訴不盡的相思

元稹詩中

風華易逝，情難全

曾經滄海難為水，除卻巫山不是雲，
取次花叢懶回顧，半緣修道半緣君

情深幾許，換不回驀然回首的一瞥驚鴻
詩酒為伴，留不住長安城頭的月落西風

此情可待，終是舊紙殘詩寫盡的離歌
從曲江煙雨到西廂殘夢，元稹的愛恨流轉如詩如畫
卻逃不過時光荏苒，落葉離枝，各自天涯

吳俁陽 著

目錄

第1卷　不是花中偏愛菊 …………………………… 005

第2卷　牡丹經雨泣殘陽 …………………………… 039

第3卷　唯有牆花滿樹紅 …………………………… 079

第4卷　潛教桃葉送鞦韆 …………………………… 133

第5卷　夜夜箏聲怨隔牆 …………………………… 171

第6卷　公子文衣護錦輿 …………………………… 211

第7卷　誠知此恨人人有 …………………………… 257

第8卷　半緣修道半緣君 …………………………… 315

目錄

第1卷
不是花中偏愛菊

秋叢繞舍似陶家，
遍繞籬邊日漸斜。
不是花中偏愛菊，
此花開盡更無花。

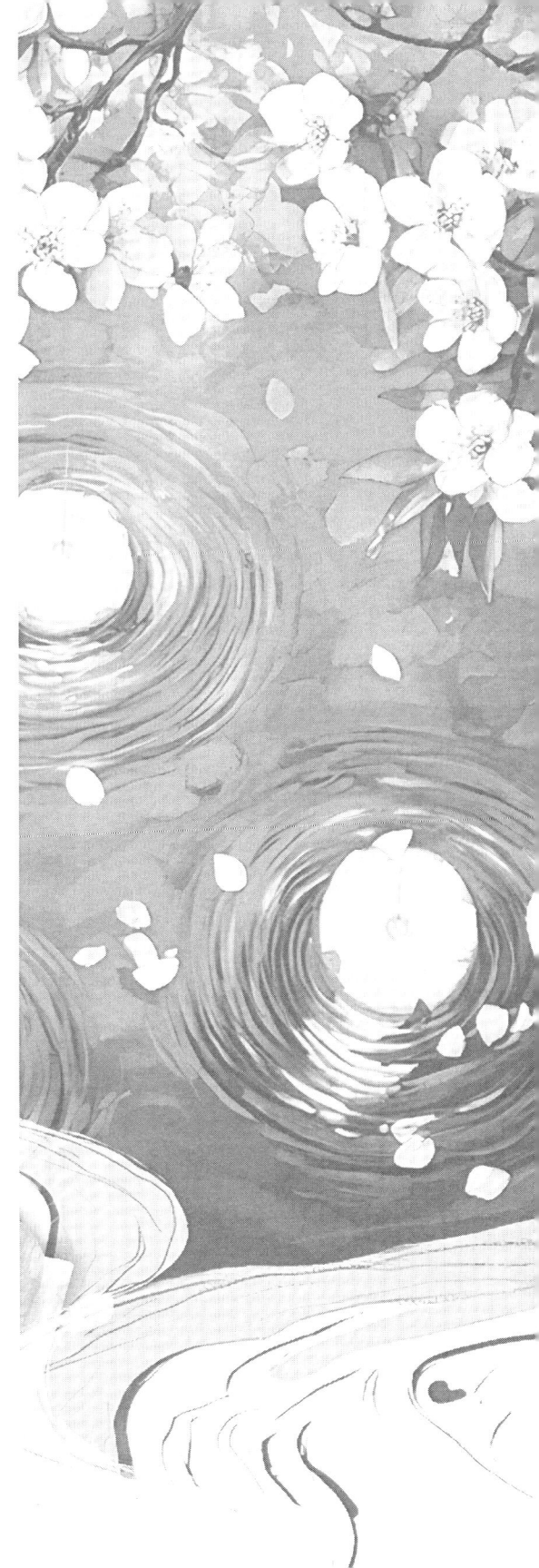

1. 長安

我一直在縹緲的記憶裡深愛著一座城。

早在去拉薩的時候，我就在高遠的夢裡深深眷戀著西安。不過我更喜歡她那個古老而不失綺豔的名字——長安。

那時的我站在布達拉宮前，朝東北方向遙遙望著，不遠處就是念青唐古拉山脈。念青唐古拉山脈再往東，是寬闊的平原，在平原上有一座富麗堂皇的城，就是我念念不忘的長安。古時的長安，為天朝上國大唐的首都，在她的腳底下由東向西延伸出一條漫漫無邊的絲綢之路，捲盡黃沙，落盡花雨，一回眸便渲染盡了盛唐的繁華與滄桑。

我常想撐一葉蘭舟，逆著歷史的長河，穿過歷朝歷代的興衰，一路西行，於一個秋天的黃昏，在殘陽如血、天高雲淡的清寂中，緩緩走向盛唐花樣的記憶裡——長安，滿懷期待地叩開那扇蒼老斑駁的古都之門。那千年以前繁奢的朱雀大街、傾城爛漫的菊花、風流倜儻的詩人、葡萄釀就的美酒和晶瑩剔透的夜光杯早已在腦海中根深蒂固，我無法不去想念。

「李白斗酒詩百篇，長安市上酒家眠。」我想目睹那樣的豪情與橫溢的才華，也期盼著「明月松間照，清泉石上流」的靜謐與寧和，憧憬著「藍田日暖玉生煙」的顧盼生輝，更希望沉醉在「春風得意馬蹄疾，一日看盡長安花」的興奮與喜悅中。但那時，站在布達拉宮身後的紅山頂上，我無法飛逾千萬里的距離投入她的懷抱，於是，只能靜靜地想念，不曾苦惱，也不曾急躁。

遠方有一座令你掛念的城池，足以美好你的幻想，像海市蜃樓，讓你始終都對它充滿神祕的嚮往，我喜歡這樣的感覺，淡淡的，輕輕的，甚至帶著些許說不清道不明的憂傷。慢慢的，想念於眼前變成了一條拋物線，在時間裡面蔓延，緩緩升至遙遠的天際，直插雲霄，壯麗得讓人來不及嘆

1. 長安

息便已心生相思。這樣的想念來得純粹，來得真摯，因為明知無法到達，所以從一開始就未曾心生奢望，相反，卻可以讓人永無止境地珍視著這份想念。

而現在，緣於元稹，緣於對大唐那份始終不渝的嚮往，清秋冷寂的季節裡，我終於滿心歡喜地站在了這座瑰麗的城前。

腳踏渭水、背靠秦嶺，連綿不斷的山峰給了她厚實的依靠；雄偉高大的城牆、氣勢恢弘的宮殿、輕歌曼舞的佳人、放蕩不羈的文豪，更賦予了她文化的雄渾底蘊。

然而，她不僅是一座深沉博大、花團錦簇的城池，更是一座詩的天國。從春江潮水到楓葉荻花；從接天蓮葉到獨釣寒江；從大漠孤煙到天階小雨，從洛陽親友到朱雀橋邊……那一點點的浪漫，一些些的風流，都於轉眼間化作了膾炙人口的卷卷詩書，芬芳著一代又一代的幽夢，迷醉著一年又一年的清歡，雖歲月流轉老去，但大唐飛歌依然可以隨時隨地拔動你嬌嫩的心弦。

……

風，輕輕吹過水湄，帶著一叢蔥蘢的綠意，追著夢的翅膀，仿若遙遠年代的詩意迴響，在亙古不變的神話裡恣意尋找那一座流光溢彩的城市。它知道，她是簡牘裡深藏的墨跡，帶給人們無法言說的美麗與憂愁；亦知道，她是青銅器上鐫刻的記憶，留給世間難以忘卻的渾厚與大氣。此時此刻，它不想追憶過往裡的任何繁華與喧囂，只想在姹紫嫣紅的季節遇見她的今生，把所有的美好都烙在擦肩而過後的記憶裡。看，她依然雍榮華貴，宛若華蓋上鑲嵌的星辰，依然璀璨顯眼，彷彿皇冠上烘托的金烏，依然婉約典雅，如同一襲青紗下的曼妙舞蹈，瞬間便在它低聲吟誦的思念裡搖醒了一個盛世的傳說，怎不惹人目眩神迷？耳畔，古老的風鈴在花開的聲音裡開始變奏，渾厚如黃鐘大呂的音符迅速破冰而出，直貫蒼穹，只一

低眉，便奏響了藍天白雲永遠不變的深情召喚，彷彿在等一個久候不至的歸人。我仰首回望，是你嗎，長安，而你要等的那個人就是我嗎？

從明德門到玄武門，一路歌樓舞榭，火樹銀花璨若星月。我隻身走在繁華的長安街頭，穿過長生殿，踩著青青碧草，遙想當年，華清宮絲竹絃樂聲聞於天，絕美的楊貴妃時而裾如飛鶯、袖如浣雪，時而蓮步輕移、翩若驚鴻，心裡不禁生出一絲朦朧的迷惑，要是此生有那麼片刻的時光能與那世間的風華絕代流連往返於花前月下，即是做一個卑微的守門吏，也該是心甘情願的吧？「雲想衣裳花想容，春風拂檻華露濃。若非群玉山頭見，會向瑤臺月下逢。」如血的殘陽映著貴妃傾國傾城的臉，卻遮不住她眼底的落寞，最終只留下「七月七日長生殿，夜半無人私語時。在天願為比翼鳥，在地願為連理枝」的誓言，供後人咀嚼玩味，然而我的心卻早已跟著如花美眷飄忽而去。

長安——此刻，我用美麗的想像碰觸你詩意的輪廓，我掌心的水花含苞欲放，我夢想的枝頭綴滿星光，我眼裡滿漲的是無限的深情，還有對你獨一無二的依戀。我知道，這世間沒有比曲江更波瀾的心情，一回眸便可以搖碎灞橋的月亮，也沒有比李白更易醉的豪腸，張口一吐就是半個盛唐，而你的多彩亦是我永遠也無法描摹的多情與絢爛。杜甫的水邊多麗人，王維的柳色春山映，岑參的雪後似春歸，杜牧的回望繡成堆，黃巢的沖天香陣……長安啊，你的美麗竟是如此眾多生命的拓荒，怎能不讓人陶醉，又怎能讓人遺忘？

現在，我站在大雁塔下滿含深情地看你，看你滄桑不失溫婉的顏，看你傲視群雄、不卑不亢的姿態，看你那一顆歷經風雨卻依舊暖人的心。

我走過大唐遼闊的疆土，走過浪漫的絲路花雨，而今，我只想在大雁塔下，靜默著看花開裡的落日熔金，看西風下的瘦馬古道，看這座神祕莫測的城，看那首首如夢如幻的詩，任想像與憧憬將我整個包裹住，然後，

1. 長安

沉浸在歷史的懷想裡，去追逐，去奮鬥，去做自己想做的所有事，去擁抱自己想擁抱的所有人。

　　沒有哪一個王朝，可以如此完整地縮排一部詩集裡；也沒有哪一個王朝，可以擁有如此眾多的被褐懷玉的天才。回味著那些詩，回憶著那些人，我低低地嘆息，發出一陣驚訝的唏噓，儘管明明知道自己永遠都不可能成為那些才子中的某一個，但心底依然有著深深的嚮往。輕輕，轉過身，面向塔下喧囂的都市，長安城絕美的夜色令人心醉，一如千年前的小橋流水、楊柳依依，不經意間便留下一條如虹的幻影，然而遺憾的是，那幻影裡卻沒有我被奉為上賓的驚喜。

　　長安，我錯落有致的腳步驚醒了你嬌喘欲滴的美夢了嗎？長安，那根透明的琴弦還在你修長的十指下震顫，轉瞬便震落了美人臉上凝香的露華了嗎？望穿秋水的等待，是誰的眼淚在搖曳的燭火下變得甘之如飴？銀燭秋光冷畫屏的寂寞裡，是誰的嘆息在湮溼的羅帳裡深鎖了一季的惆悵？獨步瑤臺的風采，高處不勝寒的無奈，在才子的筆下流連了千年，卻是誰在歷史的天空下唱出了比海還深的深情？長安，我喜歡聽你唱歌，喜歡聽你奏響盛世的樂章，只是喧囂與寂寞過後，切莫亂了遠古的音律，不然古淡清醇的山水也會恨你，恨你彈指驚春去，恨你忘了藍天與白雲的依戀。其實，你什麼也沒忘記，你只是把悲愴藏在了裙裾之下，只用歡喜與微笑面對眼下，於是，而今的你便融成了一盞雅豔柔潤的碧螺春，時刻散發著在滄桑中冶煉過的從容風味，讓一代又一代的文人墨客為你駐足，心甘情願地來品評你花般絢爛的過往，一個泱泱大氣的傳說！

　　你恬淡一如仙子的笑，瀉進西涼的夜光杯，和著瓊漿，醉了一個又一個世紀；你嫵媚宛若桃花的顏，流入太極的池水，攪著落花，迷了一雙又一雙的眼。你淡若雲靄的眉，勾魂攝魄的眼，細膩滑潤的腮，千嬌百媚的唇，讓天地酥了脊梁，讓江河醉了眉眼，讓百花只能夠在靜默中低頭不

語，讓月亮只懂得在深夜裡寂寞徘徊。是這樣嗎，長安，你陶醉和震撼了整個有情世界？！

那夜，我一直沉醉在大唐的繁華舊夢中，來不及收拾旅途的勞頓。臥在床上輾轉反側，睡不著，於是披衣下床，信步走在飯店外面層林盡染的湖畔，聽遠處傳來的絲絲竹音。驚然回首，岸邊的菊花不經意便在眼底鋪散開來，一股淡雅的清香隨即在四周漫溢。月光也是淡淡的，散落著輕輕的淡雅，鋪灑在靜靜的湖面上，有一種婉約的美。湖對岸是一條曲折幽暗的林間小徑，遠遠望去，好似沒有盡頭，卻有著一種說不出的別緻，不知道千年之前有沒有如桃花般美豔的女子曾經出沒其間，若有，我也期待著一場人面桃花相映紅的遇見。

那夜的月色令人心醉，微風徐徐送來，湖畔的柳枝夾著菊花的馨香輕輕拍打著堤岸，低聲響應著四周的蟲鳴，就連樹下人的影子也倏忽變得朦朧起來。漫步湖邊，我能感受到自己身上充溢著一股淡淡的菊花香，不經意的一瞥，天空是那麼澄靜，空氣是那麼清新，腳下的菊花是那麼芬芳，而我的心，卻有著一股莫名的失落……

湖對岸的盡頭隱隱傳來竹簫的音韻，那斷斷續續的鳴咽聲，像一個無助的女子在孤獨的夜色中輕輕地抽泣。吹簫人纖長的手指撫過悠長的簫聲，簫音摻著夢的味道，隨著落花慢慢淡去，緩緩飄散在朦朧月色的惆悵裡。那一瞬，我彷彿看見他正坐在悽風苦雨的石上，對月吹簫，把淚、把血、把心，把一切的歡喜明媚、悲傷憂鬱，都吹出、吹盡，然而總也吹不完的卻是綿綿不斷的哀愁。

可惜月亮卻對他視而不見，置吹簫的他和聽簫的她置之不理，任吹簫的他把每一個音符都吹得耀目生繽，或哀怨或悲傷，任聽簫的她把悠悠的傷感收盡心頭、指尖……

簫聲，曾是她一生的守望，從她出現在他生命裡的那一刻起，她就注

定走向不幸，而今，她的倩影竟定格成永恆在這無望的凝望裡，而她夢中的花轎也只在月光的夢中晃動⋯⋯

2. 菊花詩

　　那是個裘馬輕狂的年代，一群春風得意、熱血沸騰的少年，躁動而又不安分地叩開了長安城的大門，卻失意地發現，那裡根本沒有他們想要的青雲梯。

　　九月的風很涼，長安的花也將落盡。走在波光瀲灩的曲江水湄，輕折一枝灞橋柳，他們互相吶喊著：回到故鄉去吧，那裡有菊花，也有美酒，還有散落在河嶽間的壯麗詩行。

　　故鄉的風正好，花正豔。那是些醉酒狂歌的日子。惺惺相惜的年輕人，飛揚跋扈，睥睨天下，盡情享受著溫暖的春天和真摯的友誼，喝遍了大江南北、荊楚幽燕，再也無意向長安。

　　又是許多年過去了，一個落木蕭蕭的年代，長安城樓披上了一層中唐的餘暉。那些少年們的背影早已遠去，在他們身後，一個喜歡吟秋的少年登場了。只是當時的人們誰也沒能預料到，他無意間的吟唱，竟拉開了一個王朝的落寞的秋天。他就是少年元稹，是我前世糾葛的人，是我今生要覓的人。

　　秋叢繞舍似陶家，

　　遍繞籬邊日漸斜。

　　不是花中偏愛菊，

　　此花開盡更無花。

　　我低低吟著你 —— 元稹，為她寫下的〈菊花〉詩，感受著你千年前的

傷感與悲戚。刻骨銘心的愛令你徘徊不前，離別的苦索讓你淚溼青衫。

鶯鶯，你在心間千百回地唸著她的乳名，卻難以說清人世間究竟有多少種愛，又有多少份情。請別再問是劫還是緣，愛你是我心甘情願，只要還可以愛，天崩地裂又如何？念起，心如潮水，普救寺合歡樹下的低吟淺唱，唱盡了她的哀怨，卻也是你悲傷的源頭，你知道，她仍是你心底最深的牽掛，是你永遠不願揉散的心結，你並不想因為害怕，就把這份濃濃的情感深深埋葬在心底。

她伏在你的肩頭，說要和你一起去看長安的菊花。轉眼，菊花盛開，她卻早已淡出你深情凝望的視線。你沒有忘記，沒有忘記在花開的時候，替她摘一朵插上鬢間的承諾。你淚眼模糊，你有太多的不情願，太多的不捨，時光飛轉，喧囂的路上，錦衣玉食的宴席上，卻少了看花的時候有她陪，愣是多了心碎、心痛。

你知道，菊花開了，她卻沒能踩著你詩句裡留下的白雲走向長安，走向你奼紫嫣紅開遍的世界。你還想聽她在你耳邊低語著、纏著要你為她在髮間插一朵最美的菊花，可你知道你再也無法辦到，所以總是在痛苦中輾轉反側，徹夜難眠，然而卻又固執地認為，哪怕是蝴蝶投入烈火中的輪迴，也不是最殘缺的完美，更何況你只是下定決心離她而去。很多次沉溺在這樣的情緒裡，無法自拔，更不知道該如何收場，但你終究還是找到了解脫的出口，那便是把所有的思念都梳理成文字，鋪成一篇訣別的長信，任風捎至她的窗。為了祭奠，祭奠你愛的情話，你摘下一朵最美的菊花，夾在給她的信箋裡，然而卻只是輕描淡寫地告訴她，長安的菊花已經開了，沒有任何的表情，也讓她無從揣測你落筆時的心語。

你深愛著一個喜愛菊花的女人。她給予你最炙烈的情感，讓你在這種像火一樣的熱情中心甘情願地燃燒，然後在燃燒中升騰，又在升騰中得到淨化。如果，可以捨去那份難分難捨的眷戀，你便會從容不迫地飛翔在永

恆的青春、雋永的承諾中，可你知道，你和她都捨不下點滴的眷戀，而這會讓你們瞬間燃成灰燼，所以你只能選擇退縮。

「秋叢繞舍似陶家，遍繞籬邊日漸斜。」你希望在只屬於自己的這份愛情天地裡舞動翅膀，然而，卻始終徒步繞行在籬邊盛開的菊花叢中，直至夕陽西下，也不肯忘記給她那份永恆的承諾。就像剛剛綻放的菊花，盛開在愛與痛的邊緣，卻被純情的諾言引發，在風中恣意燃燒著愛戀，不忍埋首煙波，而釋放出一切狂熱，帶來一波波纏綿。

「等長安城裡的菊花開了，你一定要摘一朵給我。」鶯鶯抿嘴一笑，伸手指著如瀑般油亮光潔的秀髮，「我要你親手替我簪上。」

「我會採來長安城裡最美麗、最名貴的菊花替妳簪在鬢間，讓妳成為全長安城最引人注目的女子。」你緊緊摟著她的香肩，在她額上輕輕一吻，「哪怕那花生長在懸崖峭壁上，我都會為妳採來。」

你就這樣作出了承諾。時光劃過長空，菊花鋪滿的路，充滿歡樂也灌溉了憂傷。你在長安城縱酒高歌，歡樂是一天，憂鬱也是一天，你不知道你的選擇是對是錯，杯中的美酒更無法抵擋你對她的思念。酒越濃，念越深，世間的圓滿究竟要往哪裡去尋？你愛她，卻不得不放棄，情緒如同死結，僵持在那裡，解不開，無法釋懷。

「長安的菊花開了嗎？」遙望空中寂寥的白雲，想著她清麗的面容、無邪的眼神，風動的方向裡竟夾著她天真的問語，如同雜亂的思緒一樣無序。你不敢想，不敢想，那些菊花留戀的日子，會不會，終究只變成你一個人的記憶或是你一個人的過去？你害怕，害怕你終究會忘記在花開的時候採摘菊花給她的承諾，害怕當初的誓言終究會變成你心底漸漸模糊的痕跡，更擔心你再想起她的時候，她正揮動著飄蕩的衣袖徘徊在風霜之中，幽怨的眼神中還有些放不下的憂愁，而你卻站在花落花飛的惆悵裡疼痛著所有的不捨與離別，悔不當初。

或許，來年菊花綻放的時候，你正在告訴自己，永遠也不要再為她回頭，不要看天河裡牛郎牽著織女行走的身影；或許，來年菊花綻放的時候，你正徘徊在華燈初上的街頭，靜靜凝視前方，轉身又走向傳說中的雨巷；或許，來年菊花綻放的時候，你已決定隨水手去遠航，等你回來時再告訴她，其實天長地久並沒有想像中的那麼久……

菊花開了，她卻淡出你的視線。你還想聽她說，聽她說要你在長安城裡摘一朵菊花插在她的鬢間。

鶯鶯，我已經看到了。那一叢一叢的菊花，宛若妳飄香的芬夢。長安城最美的菊花我已經夾在給妳的信箋裡，秋的氣息在菊的枝頭蔓延拉長，不知道妳還能否嗅出它輾轉的芬芳，能否憶起長安城秋的過往？

你放下杯中酒，輕輕走出有琉璃瓦屋頂的六角亭，看泛黃的花瓣隨風飄落，透出縷縷動意，恰似展開柔柔的無數手臂。花蕊盈枝，清馨馥郁，卻惹得看花的你不知花開花落曾幾何。

黃花為你開，黃花為你落？秋風習習，秋肅殺，秋孤寂，一曲清音更是心緒瘦，添了新愁。曾以為秋的日子，你會牽了她的手走在靖安坊曲徑通幽的深巷裡，旁若無人地，聽她笑語如珠，看她頷首低笑，如今，花黃的時候，你卻隻影孤身，徬徨在淚眼漣漣裡。你不捨，你糾結，如花的眷戀終將成為虛無的幻影，你怎對得起她對你的一片相思，一片哀愁？

你在心底嘆著，秋風秋雨愁煞人。它漫過時間的堤壩，撐一葉小舟，漂浮而來，帶不走任何惆悵，卻將溫文爾雅的你拋在遙不可及的長空中默默泛黃。花自無語，你默默猜想花的心事，獨自醉在這孤獨與寂寞的天堂。淡淡黃菊，舌狀的花瓣和筒狀的花蕊聚縮一起，是在等待著什麼，堅持著什麼，抑或盼望著什麼？

「此花開盡更無花！」秋天過後就是冬天，冰天雪地裡，你看不到點點花紅，普救寺裡那一簇簇新綠都將幻化成抹抹枯黃，糾纏你沒有頭緒的心

2. 菊花詩

緒。你攤開雙手，去抓簷上滑下的雪珠，一轉身，才知道現實或虛擬的情感都已無法捕捉，即便是再豐富的文字，依舊不能說得徹底，如同無能為力的思緒，不能再表達具體的情意。

鶯鶯。你又在唸她的名字。滿目昏黃，分不清眼前飛舞的是落花，還是她多情的舞袖。「不是花中偏愛菊」，你知道，你愛得更多的是她而不是菊花，你愛菊花也是因為她的渲染，因為她在普救寺伏在你肩頭的低吟淺唱。菊花就是她，她就是菊花，你至此才明白古老的詩詞裡傳說的人淡如菊，就是她這樣娟美沉靜的女子。她如同菊花綻放在多情的季節，恬淡、清麗，若月裡嫦娥，在你心頭早已驚豔了幾個世紀，然這一瞥又是何等的匆匆，甚至來不及讓你仔細玩味，便又倉促而逝。

很多事可以不去計較，可以在繁華過後選擇忘卻，但你明白，唯獨愛情不行，無論怎樣的大丈夫，也一樣是拿得起，放不下。都說男兒有淚不輕彈，就算是舉杯邀明月，你也縱橫不了自己的糾結。

你思緒縹緲如煙，宛若一首離別時沾染著愁怨的新詞，已不能再隨心所欲地奏出涓涓流淌的旋律，似乎或許只有這樣，你才能在無盡的思念裡靜止一些莫名的憂慮。你的愛情如同藤生的記憶，攀附著徹骨的愛戀，與穿越時空的流鶯共同飛奔在紫陌紅塵間，不可分割。只是鶯鶯，你將奈之若何？

「微之！」你看到她斜倚在西廂的門框下，緊緊瞅著你的眼，眉含愁眼含怨，卻掃不盡萬般相思千般纏綿。

「鶯鶯！」你舉起手，空空如也。她的目光落在你白皙修長的手上。那是一雙讀書人特有的光滑細膩的手，是吟詩作賦的手，空空如也，掏不出長安城裡採來的秋菊。

她哀怨地轉過身，低聲抽泣。你緊步追上，舉起空空如也的手輕輕撫著她如瀑的長髮：「鶯鶯，我來晚了。」

「你心裡沒有我。」鶯鶯蹙著眉頭,任淚水浸溼她蒼白的面頰,「說好要在長安城裡為我戴上最美的菊花,可你卻忘了承諾⋯⋯」

你瞪大眼睛瞪著自己的手,怎麼會?你怎麼會忘記對她許下的承諾?不是的,你不是故意的,可你卻忘記了。你沒有為她採摘那叢空谷深巷裡的菊,沒能為她親手簪上那朵飄香瀉露的菊,她的心有著撕裂般的痛。

鶯鶯。你坐在秋風掃葉的地上,看滿院的落菊,相思著你的相思,夢幻著她的夢幻。鶯鶯,我不能,不能再回去看妳。你緊鎖了眉,任愁緒溢滿心頭,搥胸頓足。你知道,這樣的情緒終將隨著時光的流逝慢慢沉澱,會在記憶的深處化成相思的琥珀。不要怪我。你輕輕唸著,是對她的安慰,更是對你絕情的欺瞞。或許有一天,她會明白你今日的不得已,體會你今日決絕的難處,但你就是過不去今天這個坎。

遠處縹緲的歌聲在耳畔蕩漾開來,那一抹金黃越來越清晰地盛放於眼前,纏著你的心,繞著你的身體,慢慢縮緊,讓你忍不住再次深情喊出她的名字 ── 鶯鶯!你在想,這漫天飛舞的菊花會不會帶著你的思念,捎著你的不捨,飛向遙遠的蒲州,飛向普救寺的西廂,讓它替你訴說心中對她的痴迷。你的心莫名的憂鬱,天知道全都是因為她,菊花已經開過,她已滑出你的視線,只剩下普救寺牆下那一顆在鞦韆上蕩過的、青春騷動的心,一直注視著鞦韆上的白色紗裙,一來一往的蕩漾,彷彿歲月不曾停留一刻,轉眼便是飛花如絮,然而,手中握住的是否還是思念的源頭,你不得而知。菊花開了,鶯鶯卻永遠被你藏在了記憶深處,可是你還是放不下,想聽她再輕輕喊你的名字,說一句她會在鞦韆架下等你捎回長安的菊花,替她簪上髮際。

你無力地攤開手,一瓣落花落在你的手心。花開了,花落了,你和她的纏綿後會無期。你將那朵最美的菊花夾在訣別的信箋裡,捎給了遠方的她,從此,她和花將被你永遠珍藏在一個不可知、不可說的方寸,你會在

那個方寸長久聆聽著她的低吟淺唱，聽她跟你索要菊花戴的嬌嗔痴迷。

你抬起頭，默默望向那片片飄散的落花。那片片的飛黃只是天邊匆匆路過的朵朵流雲，卻引誘著你渴望擁有整片蔚藍的天空。樹欲靜而風不止，驀然回首，才發現你所擁有的一切，只不過都是自己書寫「為賦新詞強說愁」時的少年不識愁滋味。

3. 老宅院裡的女人

西元 755 至 762 年爆發的「安史之亂」，讓曾經煊赫不可一世的大唐王朝開始走向沒落，讓身世飄零的貴妃楊玉環因兵變在馬嵬坡香消玉殞。一千年後，我似乎還能看得見，那個女人正攜著絲絲竹音，踏著時間的光，一路逶迤而來。一千年，風華散盡，便是無限的落寞，而她如花的笑靨卻在月光中搖曳生姿，滿天飄香的菊花也因她而羞怯了。

「安史之亂」平定後的第十七個春天，即西元 779 年，位於長安城內靖安坊西北隅的元氏老宅，舒王府長史元寬與弟弟侍御史元宵的家中迎接了又一個鮮活的小生命的誕生，他便是在中唐時期有著「元和才子」之稱的大詩人元稹。此時的大唐已逐步由強盛走向衰落，當呱呱墜地的元稹第一次掙扎著睜開眼睛時，他看到的並不是花見也羞的楊貴妃，而是一個山河破碎、百廢待興的國家。

說起來，這元氏老宅住著的人可是大有來頭的。元氏是北方鮮卑族拓跋部後裔，北魏、東魏、西魏時為赫赫皇族，北周、北齊兩代顯貴輩出，即使到了隋朝，也是風光無限。這棟老宅便是隋文帝楊堅賜給元稹的六世祖，時任兵部尚書的平昌郡西元巖的。不過入唐後，元氏家族在歷經安史之亂而愈漸衰微。元稹的祖父元俳僅官至縣丞，父親元寬儘管尚武多才，卻長期沉淪不遇，只混了個舒王府長史的閒職。

那是一座早已淹沒於歷史煙塵之下的荒涼建築，在現實裡，我找不到它留下的任何遺跡，但它殘存的氣息卻在我心頭久久縈繞。恍惚中，我彷彿站在古老的靖安坊街頭，隔著遙遙的時空，看到那高高的門檻和那紫紅色的向天際斜飛的簷角。那斑駁的舊牆、雕花的窗櫺、水磨的青磚，無一不在我心中陣陣激盪，恰似一種古老深厚的情結，正與我的思念遙相呼應。我瞪大雙眼，炯炯有神地凝望著眼前這漆朱的大門，儘管歷經滄桑、沉鬱蒼涼，卻富有無限的詩意，就像頭頂的這片藍天，有著不可洞穿的蘊藉，更有著無法抹去的寬厚。

儘管家道中落，但元氏老宅往日的氣派還是要保持的。元府的整個建築分為東西二院，以縱軸為主，橫軸為輔，主體建築放在後部。東西兩院單體建築有堂、廊，內部柱子也有定型的排列方式，靈活多變的室內空間，使簡單規格的單座建築富有不同的個性；西院建築宏大，巷道曲折，但是並沒有給人雜亂的感覺，建築序列的組合，在對稱與均衡、簡樸與精緻間達到了爐火純青的藝術成就。元積出生的時候，元氏老宅的門口還擺放著一對象徵權勢與威嚴的石獅。擺放很有講究，左雄右雌，同時用麒麟與獅子圖案磚雕彰顯富貴，表達麒麟送子、四獅（時）如意的寓意。大門為平板門，由門扇、門框、門堆、門楣等主體組成，又有門墩石、門過木、坐街石等附件。門扇用比較結實的厚木板製成，上面飾有大銅炮釘，還有銅製的獅頭鋪首。

跨過高高的門檻，穿過內門廳可以看到影牆。影牆迎門而建，除了為庭院增加氣勢、祈禱吉祥之外，也有一種使外界難以窺視院內活動的隔離作用，按古人的說法叫做防「三煞」。元府的影牆是磚雕照壁，它的材料是質地細膩的水磨青磚，風格細膩繁複，雕刻手法靈活多變，外觀玲瓏剔透、細緻入微。

轉過影牆，可以看到一棵直撲雲天的古槐，繁茂的枝葉遮天蔽日，蓋

3. 老宅院裡的女人

住了大半個庭院，彷彿一首韻味深長的古詩。樹旁古井點點青苔密布，放眼望去，每一個角落都顯得清涼、靜謐、簡樸，格外引人發思古之幽情。

穿過影牆往西就是西院，也是元積度過童年的地方。院內有牡丹數叢，北亭前有辛夷樹兩株，它們與院內的眾多花草一起，每天都迎著縷縷微風搖曳多姿，招展著浪漫的風情，如在起舞，似在歌唱。而由北而來的一條小溪曲折，正穿過院子向南靜靜流淌著，有時候元積可以看到隨波逐流的紅葉，他知道，那是二姐仰娟詩情大發時的遺跡，上面的點點墨跡，都記下了二姐青春的惆悵與莫名的哀愁。

二姐仰娟就住在後院的北樓上。不過父親說了，等到來年春花爛漫之際，便要把二姐送到宮裡當娘娘去。二姐不稀罕當什麼娘娘，她只想找個能和自己攜手一生的如意郎君，哪怕他只是那獨占花魁的賣油郎，只是那身無分文的賣水郎。雖然元氏祖上是赫赫皇族，但那早是時過境遷的事情，現如今父親只不過是一個小小的舒王府長史，別說是皇家貴戚，縱是那考中進士剛剛發跡的文人墨客，又有誰會攀結下這門寒酸的親事？父親的話，二姐並不在意，當娘娘哪有那麼容易？只不過是父親酒醉後的痴人說夢罷了。二姐沒想到，父親不經意的一句玩笑話卻被認真的執行，他真的把元家發跡的希望寄託在了二姐的身上，不停地跟妻子鄭氏嘮叨說，自己的女兒即使當不上娘娘，送進宮當個宮女，給皇上使喚總可以吧？當今聖上德宗皇帝的母后沈氏不也是宮女出身嗎？還有，德宗的父親代宗李豫的母親吳氏，當初不也是個小小的宮女嗎？母以子貴，但憑女兒這張如花似玉的臉蛋，怎麼不會迷了皇帝的心竅，也弄個娘娘來當呢？再說，那早已殯天的吳太后不還跟鄭氏家族沾親帶故嗎？吳氏能以宮女的身分誕下皇子，自己的女兒又不缺手臂少腿的，怎麼就不行呢？

當宮女？二姐從沒想到父親會把重振元家的希望寄託在自己身上。年僅十四的她從沒做過進宮的春夢，當父親當著一家人的面把這個重要的決

定說出來時，她驚怕得抖落了手裡的瓷碗，落了一地的晶瑩。二姐生性木訥，從不與人爭執，儘管她有一千萬個不願意，也只是含著眼淚，悄悄回到自己的繡樓，掩上門，倚在窗下偷偷抽泣。風從北面的溪畔吹來，裹住整個元府大院，颼颼作響，即使渾身裹了幾重棉衣，也覺得從外面一直冷到心底。二姐端正地坐在床邊，快速地納著鞋底，白線粗針小錐子，在她那雙靈巧的手裡配合得極好。拉線聲也是細綿細綿的，極富韻感。自從父親宣布了要送她進宮當宮女的消息，二姐就沒日沒夜地坐在床邊或是門檻上埋頭納著鞋底，悶聲不響，一直保持著一種姿勢，彷彿籮子裡的鞋底永遠也納不完。一針又一針，執著而深沉，清秀而又憂鬱的目光追隨著針線的遊走，好像針線涵蓋了她所有的生活內容。

　　七歲的元稹並不知道進宮對二姐意味著什麼，但他知道二姐不喜歡進宮。他也不希望二姐進宮，因為大哥長年在外，二哥是不苟言笑的人，大姐又遠嫁他鄉，能陪自己說悄悄話的也就剩下二姐一人了。如果二姐進了宮，住到那高牆大院後的世界裡，自己那些青澀的心事又該對誰訴說？元稹順著二姐樓下窄小的木樓梯，飛快地爬上二樓，踩得梯木咯吱作響。樓梯板有些顫抖，他心裡卻莫名地緊張起來，彷彿自己一不小心就再也無法窺視二姐婉約的笑容。他輕輕推開虛掩的門，探過頭，瞪大眼，覷著眼睛哭得紅紅的二姐。二姐看到他，照舊勉強擠出一絲微笑，伸手拍拍鋪了厚褥的繡床，示意他坐到她身邊來。小元稹忐忑不安地走到床邊，兀自立著，在床前凝視著，又不由自主地撫摸著那簡單而很殘舊的床褥。二姐似乎剛剛起床，床褥上還遺留著她的體溫及體香。床前那面銅鏡，還像從前那樣靜靜地掛在牆壁上，彷彿一隻明亮的眼睛，從早到晚，一直守護著深閨中的二姐。鏡面黯淡無光，看不到二姐皎白清麗的容貌，也看不到二姐那雙清澈透明的鳳眼，唯有一枚斷了的玉簪靜靜躺在落了漆的妝奩邊，和著生了鏽的光線，默默詠嘆著二姐隱隱的悲痛。

3. 老宅院裡的女人

　　元積抬起頭，目光定定地落在閨房裡擺放著的琴、棋、書、畫上。東邊牆上還掛著一條紫色的長裙，上面繡著大紅的牡丹，花開得栩栩如生，彷彿走近它便會透出濃郁的芳香，難怪一大家子人都對二姐的繡活讚不絕口。父親曾經得意地望著二姐說，就憑二閨女這雙巧手，進了宮要是沒機會接近到皇上，那就是沒天理了。可是二姐並不想為皇上刺繡，她只想為那個常常在院後，踩著竹梯在牆頭眺望她的窮小子繡，一生一世，生生世世。她不知道他姓甚名誰，只是在每個月圓之夜，便換了新洗的衣裳，在鬢間插上玉簪，打開後窗，倚在窗臺上，長長久久地望向他。他就踩在那光滑的竹梯上，也長長久久地望向她，只是一個甜甜的微笑，便醉了她的心田。她已經愛上了那個少年，無可救藥的。她企盼著他拿著名帖到府上來求親，可是她等了整整一年，他還是沒來，就連那青翠的竹梯也早已消失在牆頭之外。他走了。去了一個她不知道的地方。她裹著惆悵，再也沒等到那份朦朧的愛情，三百六十五個日日夜夜，她一直倚在後窗看那爬滿了青苔的紅牆，聽雨聲，把那份淡淡的哀愁寄嚮明月。

　　古琴就放在那條繡了牡丹的長裙下。黏了灰，斷了弦，發著霉味地瑟縮在牆角，孤獨地沉睡在時空的記憶裡，猶如二姐受傷的心懷。自從知道父親要把她送進宮，二姐的青春歲月便納在鞋底上停留了一天又一天，對那個少年的無盡思念都化作了手裡不停動作著的一針一線，並在細小的針線上安置著自己的靈魂和生命。

　　二姐一邊納著鞋底，一邊抿著嘴笑著，她還在盼著那無名少年的歸來。哪怕只有一眼，便是老死宮中，她也無怨無悔了。一天又一天過去了，她一直默默地盼，默默地等，等得她心生抱怨，等得她失去希望，等得她眼裡充滿了絕望的神色，每一天，每一夜，她都像一尊冰冷的雕塑出現在元府大院裡，不笑也很少說話，臉上只有木然的表情，就連元積也猜不透她的心思。

第 1 卷　不是花中偏愛菊

　　她輕輕將手裡的針線從鞋底的一面穿到另一面,這一針納得可真久啊!櫥櫃裡已經滿滿放了幾十雙她為少年做好的布鞋,一夜又一夜,一月又一月,她不知道還能為他做些什麼,那就為他多做些鞋子,等著他回來穿。她默默瞭著那裝了滿滿一櫃鞋子的櫥櫃,他要是不回來,她做的那些鞋子又要給誰穿呢?

　　二姐一邊納著鞋底一邊默默流著淚,委屈的淚水伴著長長的等待讓她心裡稍稍好受了些。明年春天,她就要被父親送到宮裡當宮女了,要是他來不及在她入宮前趕回來,只怕這輩子就再也無緣會面了。

　　「二姐!」元稹伸過手緊緊拽著二姐飛針走線的手,稚嫩地叫了一聲。他的目光充滿震驚與憂鬱,他無法體會二姐內心的苦,但卻從她憂愁的眉眼裡看到了一種無法言說的恐懼。

　　「小九!」二姐淚眼模糊地盯著年幼的弟弟,伸過手在他的小手上輕輕捏一把,「等到了春天,二姐就不能再在家裡陪著你玩了。二姐走了以後,你要用功讀書,重振我們元家的門風,不要讓爹娘失望,明白嗎?」

　　元稹似懂非懂地點點頭,緊緊盯著她手裡的鞋底問:「妳是在給爹做鞋?」

　　二姐搖搖頭。

　　「是給大哥?」

　　二姐還是搖頭。

　　「那就是給二哥了。」元稹摸了摸腦袋,不假思索地說,「難道是給二叔做的?」

　　二姐放下手裡的針線活,將他摟到懷裡,嘆口氣說:「不是。都不是。」

　　「那是給誰做的?」

　　「你還小,等你長大了就知道了。」二姐低下頭,在他額上親了一口,

3. 老宅院裡的女人

「小九乖，等二姐做完這雙鞋就帶你去看皮影戲，好不好？」

元積點點頭，目光仍然落在那雙布滿針眼的鞋底上，忽然若有所悟地說：「我知道了，妳一定是在給那個站在牆頭偷看妳的哥哥做鞋。」

「小九！」二姐目光凝重地盯著他，伸手輕輕摀著他的嘴，「小孩子不許胡說！」

「我知道那個哥哥喜歡妳，妳也喜歡那個哥哥。」元積抬起頭，眼神裡透著一種倔強。

「你再胡說，二姐就不帶你去看皮影戲了！」

「妳放心，我不會告訴爹娘的。」元積噘著嘴巴，「這是我和妳之間的祕密。」

「祕密？」二姐笑了，笑得如同院裡的牡丹一樣燦爛，「你這個鬼靈精！」

「可是父親卻要妳進宮當皇帝的妃子，那個哥哥要是知道了豈不是會很傷心難過嗎？」

「那個哥哥不會回來了。」

「妳怎麼知道他不會回來了？」

二姐搖著頭：「他只是一個過客。」

「什麼是過客？」

「過客就是不會再回來的人。」二姐眼裡含著哀怨，「他只是喜歡看我們院裡的辛夷花，看過了就不會再回來了。」

「我想他一定會回來的。」小元積緊緊拉著二姐的手，那是一雙白皙修長的巧手，可現在卻顯得鬆軟無力，毫無生氣。

「他已經看過辛夷花了，還回來做什麼？」

「回來向二姐提親啊。」元積瞪著無邪的眼睛，「他才不喜歡看我們院

裡的辛夷花，他就是喜歡看二姐。他還想把二姐風風光光地娶回去當新娘。」

「小九！」二姐忍不住嗚咽起來。

元稹仰著頭望著二姐：「二姐，妳別哭嘛。妳要是不想進宮，我替妳去求爹。他要是不同意，我就在他面前長跪不起。」

「沒用的。」二姐囁嚅著嘴唇，「這是二姐的命，誰也改變不了的。」二姐輕輕推開元稹，重新又拿起鞋底，飛快地納了起來。

風華散盡，便是無限的落寞。轉眼，十多年便從指間的縫隙裡溜過去了。剛從蒲州普救寺回到長安元氏老宅的元稹駐立在年久失修的繡樓前，仍然看得見當年二姐落下的那顆晶瑩剔透的淚。二姐針針線線，繡的都是鳥語花香，納的都是柔情蜜意，她長久地倚在窗下，舉頭望月，想像著父母早已媒妁的新人便是那爬上牆頭對她嫣然一笑的少年，祈禱不要讓孔雀錯配了斑鳩。她如花的笑顏在點點梅花中搖曳生姿，朱唇輕啟，他彷彿聽到她一聲聲的呼喚。那一日的二姐，如同仙女般，舞步輕盈，裙角飛揚，滿堂的梅花都因她而含羞。

「二姐。」他看到她回首時眼角那滴未乾的淚。他恨自己身不逢時，不能救二姐於水深火熱之中。他恨未能盡自己的全力替二姐找到那個意中人，仰天長嘯，血在梅樹上染紅了滿地的凋零。

「小九！」二姐抱住了他，然後他便在她的眼淚裡漸漸安靜了。

「二姐，為什麼我們要是元氏的子孫？為什麼重振元氏家族門風的重任要讓我們來承擔？」他在二姐眼裡看到了一抹悲傷。

「小九，我的小九。」二姐用溫柔的手臂緊緊摟住了他，「如果你真的愛那個叫鶯鶯的女子，就不要放棄，不要像二姐，一輩子都在孤寂中默默守候。」

3. 老宅院裡的女人

　　可是他不能愛，就像二姐當年無法愛一樣，他肩上擔負著光耀元氏門楣的重任，如果任由自己的情感像斷了閘的流水一樣噴洩而下，他又如何才能完成父親臨終前對他的殷殷期許呢？是的，他愛鶯鶯，像二姐愛著那個無名少年那樣長久地眷戀著她，可這是一個講究等級觀念的無情的現實社會，世俗的眼光容不得他娶一個失了勢的寒門小姐，如果要重振家風，他就必須攀一門好的親事，唯有那樣，他才能回報父親的養育之恩，才不枉這一生做了元氏的子孫。

　　「小九」。二姐痛苦地望著他英俊的面龐，「小九，如果你真的已經決定好了，那就放棄她，放棄了她你就可以完成父親生前的心願了。」

　　可是他並不想要那榮華富貴，在他內心深處，他什麼都不要，他只想要他的鶯鶯，要和鶯鶯花前月下共度一生。「不！我不要光宗耀祖，我只要鶯鶯！」他生生甩開二姐，踉蹌而去，卻跌倒在了落英繽紛的梅樹下，如同孩子一樣哭泣著，而此刻的鶯鶯卻離他咫尺天涯。再回首，二姐早已失其所在，他流著淚，捧著一地的梅花，才想起二姐早就離開家當尼姑去了。就在父親宣布要把她送進宮的第二年春天，她就決心要去當尼姑。後來她真的當上了尼姑，取法號真一，在那寂靜的庵堂裡淒涼度日，沒過幾年便帶著無限的惆悵與悽婉，離開了這個桃紅柳綠的花花世界，終其一生，都沒能和那牆頭的少年再見上一面。

　　「二姐！」元稹躑躅著爬上二姐的深閨。床頭的銅鏡依然落滿了灰塵，古琴早已沒了蹤影，只留下那一床破敗的棉絮散發著二姐殘留的氣息。有多少年沒回來過了？元稹惆悵地盯著那面銅鏡深深嘆息著，他不知道二姐是不是也曾像鶯鶯那樣，於夜半時分，輕手輕腳到樓下檢查本來早已緊閉的大門，又急急地上樓關緊那扇本來不大的窗戶，但他知道，二姐也曾有過和鶯鶯一樣的情愫，只是二姐那片相思所託非人，那麼鶯鶯呢？

　　他想起那個夜晚，在普救寺西廂房內，鶯鶯也是站在一面銅鏡前，臉

蛋漲得通紅，似乎要照亮窗外那無邊漆黑的夜。她緊張得像要停止呼吸，低著頭，默然無語地站在自己面前，一個鈕釦，一個鈕釦，一件衣服，一件衣服，把自己脫了個精光。藉著黯淡的燈光，他細細地看著鶯鶯溢著芳香的裸體，那嘭嘭的心跳聲，猶如打鼓，至今還殘留在那間小小的房子裡。時光荏苒，又回到二姐的閨房裡，這裡是否也曾留下過西廂那樣的香豔？他搖搖頭。二姐這輩子都沒和任何男人有過親密的接觸，縱使她一直癡癡念著那個牆頭少年，也只是一段默默守望的愛。想到這裡，他的心隱隱作痛，要是當年那爬上牆頭的少年跳進院子，二姐是否會像鶯鶯那樣投懷送抱？

風和著泥土的清香從窗外吹進來，撲打著窗邊那扇油漆斑駁的櫥櫃，發出古老的吱嘎的響動。元稹抬頭望去，只見那積滿了蛛網的櫃門已被風吹開了一條細小的縫隙，他信步前移，伸手打開櫃門，卻發現裡面擺滿了琳瑯滿目的鞋。那是二姐替那少年做的鞋子，他從沒想到她為他做了那麼多的鞋子。元稹小心翼翼地捧出那一雙雙一針一線做好的布鞋，把它們一股腦地擺在床上，一雙一雙地數著，一雙，兩雙，三雙，四雙，五雙……十雙……四十八雙……，他算了算，幾乎每一個月二姐都要做兩雙新鞋出來，那一年，她居然從沒間斷過！看著這一雙雙布滿灰塵、發了黃的布鞋，他的眼淚刷地一下子湧了出來。在二姐的枕邊，他還發現了一雙沒納好的鞋底，他把它舉起來緊緊貼在臉上，任淚水盡情地流淌在每一個針腳窩裡，二姐啊二姐，妳對那牆頭少年的心意他到底還有沒有機會能夠明白？

鞋子，不僅僅是鞋子而已，那一針一線，一個又一個的針腳窩，縫進去的可都是她對少年的一片心意哪！雖然她只是個深居簡出的少女，並不懂得什麼大道理，可她知道該如何對自己心儀的男人好，為了她眷戀的男人，她受再多委屈、吃再多苦也心甘情願，哪怕只換來他一個回眸。可是

3. 老宅院裡的女人

她再也沒有機會看到少年對她深情地微笑了，元稹的心痛到了極點，二姐這是何苦？此時此刻的鶯鶯，是否也像二姐當年那樣，在普救寺裡苦苦等待著自己？是否也心灰意冷地走到窗臺旁那破舊的梳妝檯邊，拿起一面橢圓形的鏡子對著自己的面容照了又照，卻只照見一地萎落的相思？

對不起，鶯鶯。請原諒我一時的糊塗。相信我，我是愛妳的。雖然相愛的道路悠遠漫長，但我還是決定堅持下去。不管前面的路還有多遠，不管路途中的荊棘會怎樣為難我們，我都會一直陪伴著妳走下去，哪怕是到了生命中的最後一秒鐘，我也會始終守在妳的身邊。我會陪妳爬上那高高的大雁塔，為妳採來天邊那朵最美麗、最純潔的雲彩；我會扶著妳柔嫩的腰肢共遊曲江，為妳捧起最清冽的那一泓池水。

遠處，梨園的曲聲穿過宮牆傳到宮外，一直傳到靖安坊深處，傳到元氏老宅的繡樓上。那夜，他一直守在後院的辛夷樹下，替二姐等待著那個再也沒能出現過的少年情郎，也在替鶯鶯等著自己的回歸。「他是不會再回來了的。」二姐憂鬱的聲音在他心頭默默徘徊，宛如鶯鶯害怕他一去不回。在普救寺的那些個漆黑的夜裡，他只有在看到鶯鶯疲憊的身影走入夜幕中，才能放下心來。每個夜裡，他都在西廂焦急地盼她逶迤而來，可每次托起她飄香的粉腮，內心卻又無法平靜了。他不知道這樣做到底是錯是對，鶯鶯還是個未諳世事的少女，如果自己不能給她幸福，她會不會也像二姐那樣，為了等一個本不該等的人而毅然削去青絲，從此青燈木魚伴天明呢？

不！鶯鶯！我愛妳！我不會辜負妳的！妳本是我的表妹，也是出身官宦人家的千金之軀，這樣的婚姻門當戶對，元氏家族的人是沒有理由阻止我們的結合的。元稹輕輕撫著鶯鶯的額頭，在心底默默安慰著自己，鶯鶯，請妳相信我，回到長安，我一定會把我們的事稟明母親大人，她老人家生著一顆金子般純淨和善的心，如果她知道妳我是如此的相愛，她一定會笑

第1卷　不是花中偏愛菊

著接納妳成為元家的兒媳。噢，鶯鶯，還需要我把心掏出來給妳看嗎？妳在我心裡是怎樣的位置，難道還不能從我看妳的眼神裡讀出來嗎？表哥？不，請別再叫我表哥，叫我微之。元稹眼眸裡閃起晶瑩的淚花，他緊緊捏住鶯鶯纖弱無骨的玉手，放到自己蹦跳不停的心口，生怕一鬆手，她便要縹緲而去。透過燭光，他從鶯鶯迷茫的眼神裡看到了她也在等待，也在期許。天色微明，等紅娘接鶯鶯離開西廂的那一剎那，他看到她久久徘徊在門前，不忍離去的模樣，心宛若硌到碎石子上，被硌得生疼。

「小九，如果你愛她，就去找她；如果你還惦念著父親大人的遺言，就放棄她，不要再拖泥帶水，讓兩個人都痛苦。」二姐悽婉的聲音再次響徹在他耳畔，他的心陡地一下又被某種神祕的東西緊緊攫住了。到底是去找她還是絕情地棄她而去？他不知道。已經是冬天了，鶯鶯早就該收到那封絕情的信箋了，她現在的心是不是也跟我一樣的痛？

那一夜，他披風戴雪，坐在辛夷樹下一壺接一壺地喝著。他想把自己灌醉，可為什麼他的心裡分分秒秒都還藏著她的影子？雨很大，卻澆不滅他內心深深的絕望。他愛鶯鶯，但母親大人卻對這門婚事有不同的看法。母親鄭氏和鶯鶯的母親本是同族從姐妹，算起來，鶯鶯還是她的姨甥女，可她對親上加親的婚事並未提起多大的興致，只是提醒兒子時刻牢記父親的臨終遺言，像崔氏這樣亦已式微的家族，如果跟他們結親，又如何能幫助元氏家族光耀門楣呢？鄭氏盯著兒子輕輕嘆口氣，抿一口茶，什麼也不說，該怎麼辦就由他自己掂量著看吧。

元稹知道，母親雖然沒有堅決反對自己和鶯鶯的婚事，但心底卻是一萬個不同意、不情願。鄭氏一直希望兒子能夠攀結一門好親事，而鶯鶯那樣的門庭又如何能在仕途上助兒子一臂之力呢？

鶯鶯！叫我如何安置妳才好呢？母親大人對我寄予了太多的期望，我不能讓她老人家失望，可妳知道我有多麼的愛妳，這世上我想娶的人只有

妳一個，但我真的不想傷了母親大人的心。我……我可以不在乎性命，可卻不能讓母親大人下半輩子都活在憂鬱愁苦之中。鶯鶯，妳叫我該如何是好，如何是好？他記起小時候，母親大人一直跟他叮嚀的一句話，她說：九兒，你一定會成為皇帝身邊的重臣的。只要你肯用功讀書，只要你肯努力上進，就一定能完成你父親的心願。心願？他滿眼噙了淚，為什麼他的愛情要被這樣的心願牢牢禁錮，難道要光宗耀祖，就必須拋棄自己最最心愛的人嗎？他憤懣地扔掉手中的酒壺，仰天大慟。他恨，他怨。他再次跌坐地上，朗朗吟起那首寄給鶯鶯的〈菊花〉詩來：

秋叢繞舍似陶家，

遍繞籬邊日漸斜。

不是花中偏愛菊，

此花開盡更無花。

在他眼裡，鶯鶯就是那心底偏愛的菊花。要是這段情不經歷一番寒徹骨，又哪得撲鼻的香氣縈繞周身？可是，他的鶯鶯能理解他，會原諒他嗎？

4. 鄭氏

入夜，微涼。西元 786 年。長安靜安坊元氏老宅，鄭氏滿面憔悴地守在靈前，默默盯著丈夫舒王府長史元寬的靈柩，欲哭無淚。短短幾個月的時間，小叔子元宵和丈夫元寬先後棄世，家族的兩大棟梁訇然倒塌，只剩下纖弱的鄭氏和膝下幾個嗷嗷待哺的孩子，往後的日子該怎麼過呢？他走了，她的心也被掏空了，望著跪在自己身邊的兩個兒子，滿心裡擱下的只是一眼望不到邊際的無限惆悵。元積剛剛九歲，元積還不滿八歲，以後的以後，她要如何才能撐起這個家？

父親臉上的皺紋和母親緊蹙的眉頭給幼小的元稹留下了深刻的印象。淚水模糊了他的雙眼，他是多麼希望父親還可以像活著時一樣能夠讓他伸開雙手，替他輕輕抹著臉上的皺紋，哪怕聽一聽父親的咳嗽聲也是好的，至少說明他還活在這個世上。二姐的咳嗽聲讓他回過神來。二姐又咯血了，在昏黃的燈光下，元稹瞥一眼佝僂著身子的二姐，內心猶如刀絞般劇烈疼痛起來。

照屍燈忽明忽暗的光亮折射著二姐蒼白的臉，讓人擔心她不久就會撲倒於地，但她仍然咬著牙堅持繼續替父親守靈。元稹抬頭看一眼躺在靈床上的父親，父親的臉上蓋著黃裱紙，他根本就看不清他的神態，可是他心裡知道，父親的眼睛一定正打量著他，他是多麼捨不得離開這一大家子的親人啊。他的目光與回過頭來看他的鄭氏碰在一起，鄭氏終於忍不住撲倒在地，嚎啕大哭起來。

這個家就這樣散了嗎？她不甘心。她不相信元氏家族就這麼垮了。無論如何，元家也是北魏皇室後裔，縱使家道中落，瘦死的駱駝也比馬大，難道她一個寡婦就不能支撐起這個家？回首往事，鄭氏悲痛莫名，作為元寬的續絃，她一連替元家生了二女二男，該享的福也享了，該盡的義務也盡了，因為持家有方，兼之才德兼備，丈夫元配妻室留下的兩個兒子元沂、元秬也都對她敬重有加，可是在這個家裡，她總覺得自己身分尷尬，甚至是個多餘的人。她和元寬是典型的老夫少妻，元沂、元秬都比她小不了幾歲，每當聽著那兩個和自己年紀相彷的後生叫著她娘的時候，她就會覺得渾身不自在，只好勉強擠出一絲微笑相向。嫁給一個比自己大將近二十歲的歐吉桑並非自己所願，可是在那種時代，婚姻並不是由著自己性子，想嫁給誰就嫁給誰的，更何況鄭氏還是出自名門的大家閨秀，父母之命、媒妁之言，縱使內心有一萬個不願意，也得強嚥著淚水、頂著蓋頭坐上花轎。

4. 鄭氏

　　鄭氏來自滎陽大族，父親是睦州刺史鄭濟。按說這樣的家族，鄭濟似乎沒有必要將自己的愛女下嫁給官職卑微的舒王府長史元寬，而且還是填房，又比女兒年長了近二十歲，歷史的真相到底是怎樣的已經無法考證，但被父母做主嫁給一個半老頭子，鄭氏的心情自然好不到哪去。那一天，鄭府裡來了很多人，而她的心卻是冰冷的。一縷陽光透過雕花窗櫺，冷冷地照在房間西首的紅木床上。鄭氏半倚著枕頭，盯住水墨綾帳子的一角發呆。這時，房門忽然「吱」一聲開了，俊眉秀目的丫鬟素蘭走了進來。

　　「小姐還沒起來？」素蘭走到梳妝檯前，拿出裡面的粉黛、珠釵，回過頭盯著鄭氏說，「客人們都在外面候著呢。夫人關照過了，一定要在吉時將小姐送上花轎。」

　　「我不嫁。」鄭氏呆呆倚在床頭，咬著嘴唇低聲喃喃著。

　　「什麼？」素蘭瞪大眼睛覷著她，「小姐……」

　　「今天可是妳大喜的日子，素蘭說得對，趕緊起來，梳好妝，就該上花轎了。」夫人盧氏挑著門簾踱了進來，一臉雍容華貴地盯著鄭氏，「好閨女，妳就聽娘一次話，妳爹好歹在官場上是有頭臉的人物，妳要再這麼倔強著，叫我跟妳爹這張老臉往哪裡放？」

　　鄭氏望著母親盧氏，情不自禁地泣道：「千挑萬選，你們就給女兒挑了這門好親事？聽說他家的兩個少爺都跟我一般年紀，您這是讓我去做他們的母親還是去做他們的姐妹？」

　　盧氏躬下身，輕輕拍著鄭氏的背：「這就是命。妳爹答應了的事，說什麼也改變不了的。嫁雞隨雞，嫁狗隨狗。妳就認了這命吧！」盧氏語帶悽楚，「再不濟，元家早年間也是赫赫皇族，嫁過去，算不得委屈。」邊說邊回頭瞟著素蘭，「還不快扶小姐起來！」

　　素蘭「嗯」了一聲，忙不迭地走上前，替鄭氏穿戴起來。

鄭氏宛若一具殭屍，任由素蘭攙到梳妝檯邊，一聲不吭地盯著面前的銅鏡，看素蘭舉著一把琥珀色的牛角梳子替她仔細地梳理著一頭及膝的長髮。梳子從頭上輕輕滑過，髮絲就在腰間輕舞，一遍又一遍，和著窗外風吹葉片的窸窣聲，讓心底有了柳葉婆娑的感應。一股恬淡的味道在空氣中瀰漫開來，清風輕柔柔地穿過她的指間、髮梢，她只看到自己的長髮在隨風飛舞，心情也慢慢沉澱了下來。

外面的喧囂告訴她，娘說得沒錯，這就是她的命，她是該認了命的。於是不再去想，只是靜靜地抽泣，祈禱來世能嫁個如意郎君。

「小姐，一會就該上妝了。妝花了就不吉利了。」素蘭一邊替她攏著頭髮，一邊叮囑她說。

她呆呆看一眼素蘭，瞇上眼睛，再也不去想什麼，或許現在她要做的只是聽天由命，遵從父母的意願，高興地坐上花轎嫁到元家去。

素蘭舉著梳子繼續替她梳著頭髮：「一梳梳到尾，二梳梳到白髮齊眉，三梳梳到兒孫滿地，四梳梳到四條銀筍盡標齊。」

「什麼？」她心灰意冷地問著素蘭，也是在問自己。

盧氏推門走了出去。素蘭附在鄭氏耳邊低聲勸她：「小姐，妳要是想哭就好好哭一場吧！妳心裡的苦素蘭都明白，可誰叫妳攤上這樣的命呢？夫人說得沒錯，嫁雞隨雞，這就是女人的命，就算躲到天涯海角，也是無法逃脫得了命運的安排的。」

「素蘭！」鄭氏終於忍不住撲在素蘭懷裡哽咽起來。她是多麼的不情願，那個男人都可以做自己的爹了，可又有什麼法子？她又能拿什麼來跟命運抗爭？

「哭吧！把心裡的委屈都哭出來就會好的。」素蘭也陪著她一頓傷心，「小姐凡事都要想開一點，雖說新姑爺比妳大了許多，但要是人好，小姐

4. 鄭氏

嫁過去倒也不虧,再說他從前娶過妻室,自然比其他男人格外懂得疼愛自己的女人,這知冷知熱的,豈不比那些年輕的後生強了許多?」

「素蘭⋯⋯」鄭氏微微睜開眼,伸手輕輕摩挲著銅鏡前那隻木製的梳妝盒,那裡面潛藏著她整個少女時代所有細密的心思,在歲月流逝中,一層一層,包裹成蜜蠟一樣的包漿,幻化出一番濃郁的韻味,而如今,這韻味卻在她心底糾葛成傷感的花,令她悲痛欲絕。晨光熹微,柔和的光線透過窗戶折射進來,緩緩抖落妝盒上的灰塵,也抖落了她如花的少女心思。

曾幾何時,墨色螺黛描過她溫柔秀美的春山眉,血色胭脂染過她嬌嫩柔美的櫻桃唇,紅蓼檀香藏進過她的衣袖,羅帕輕淫拂過了她的淚滴⋯⋯難道這些香豔的女兒心意都是為了那個未曾謀面的糟老頭子準備的?微光輕襲,迅速在她心底流轉開一個個傾國傾城的故事,流轉開一段段才子佳人的傳說。她嘆了又嘆,如果自己就是那傳說中的佳人,哪個男子才配擔當起故事裡才子的角色?青春的夢幻到底暢想了誰寂寞的心田,一縷輕絲撒下的又是誰的哀痛?凋零在風中的嬌豔,正顛覆著夢的渴望,在遍布荊棘的深處,啞然的,只是逝水無痕的悲傷。

素蘭說得沒錯,可她並沒要什麼知冷知熱的男人,她要的只是一個和自己年紀相仿的如意郎君,這小小的心願,為什麼上天也不肯成全於她?罷了,既然已無路可逃,那就坦然接受。她靜靜呆坐在梳妝檯旁,任由素蘭往她臉上撲著香粉,聽著粉撲在頰間發出的細微聲響,彷彿感受到滑落風塵的心傷,正對她訴說著一個千年的情殤。恍惚間,她彷彿看到一個千嬌百媚的少女,正蹙著眉坐在子夜的梳妝檯邊,對鏡獨自梳妝,眼神的瀲灩已抵不過歲月烙刻的憂傷,手裡的梳子舉起又落下,落下又舉起,好像在茫然地等待著什麼。她突然驚悸了,那幻境中的女子像極了多愁善感的自己,她也是在為沒能嫁得如意郎君暗自傷懷嗎?

「抱著殘夢守侯,也總好過無夢的哀傷。」那女子的面容從她的銅鏡裡

緩緩爬了出來。她在說話，她是在對自己說話嗎？她瞪大了眼，緊張而又期待地緊緊盯著那面鏡子，而那神傷的女子卻又於一瞬間消失得無影無蹤。

「抱著殘夢守侯，也總好過無夢的哀傷。」她痴痴唸著這句話，一遍又一遍。

「小姐，妳在說什麼？」素蘭輕輕拍打著她的肩頭。

「沒，沒什麼。」

外面的炮竹聲已經響了，盧氏隔著門簾催促她們快點，說新姑爺來接人的花轎就要到了。素蘭明顯加快了速度，鄭氏卻變得莫名的恐懼，素蘭往左，她就把頭偏向右；素蘭往右，她就把頭偏向左。無論如何，她也不願意坐上那頂花轎，那可是要葬送她一生幸福的花轎啊！

……

一晃眼，二十年匆匆而逝。鄭氏嫁到元家成為元府的女主人也已有二十個年頭了。想起當年初出嫁的一幕一幕，她心裡湧起的既有心酸也有甜美。那天晚上，長她將近二十歲的夫君元寬在府裡喝醉了，在眾多親朋好友面前哭了，不知是傷心，還是高興。當他的長子元沂紅著眼對她說，他父親哭了，一定是心裡藏了委屈時，她心裡甚是震驚，滿臉憋得通紅。難道是因為她，他看出了端倪？他察覺到她內心的不情願，知道自己娶了一個並不可能會愛上他的妻子，還是他即將又要告別單身的日子，因傷感而哭？

儘管她不了解他為何哭得像個孩子，卻讓她心底生起了對他的一份歉意和憐憫。因為他喝醉了，所以他並沒能親手替她揭開紅蓋頭。為了照顧醉酒的他，她顧不上禮節，毅然掀開了蓋頭，把喝得滿身酒氣的他扶上新布置的紅繡床。在替他拭去口角的穢物之際，才發現他原來是那樣一個俊美不凡的偉丈夫，根本不是她想像中的糟老頭子。她忽然有些激動，又有

4. 鄭氏

些驚喜，眼前這個玉樹臨風的男人哪一點配不上自己？這不就是她日夜期盼的如意郎君嗎？她緊蹙的眉頭終於舒展開了，那一夜，她和衣擁著面前這個大男孩沉沉睡去，心裡湧起的是無限的滿足與欣慰。

第二天一早，醒來後的他輕輕搖醒枕著他胳臂入睡的她，歉疚地盯著她羞紅的面龐，溫柔地問她昨晚到底發生了什麼事。

她抿嘴笑著，輕輕起身替他披上衣裳，柔情款款地望著他說：「沒什麼。昨天晚上你喝多了點，然後整個人就都不清醒了。」

「是嗎？」他笑著對她做了個調皮的鬼臉表情，伸手撫著她光滑的面頰，千憐萬愛地說，「讓妳受委屈了。」

她搖著頭：「能替夫君受委屈，是我的福分。」

他望著她愜意地笑著，一把將她緊緊擁入懷中。他吻著她喃喃低語，她熱情四溢地回應著他。良久，他鬆開嬌喘吁吁的她，伸手理她整理著亂了的鬢髮，忽然顯得有些慌亂，語無倫次地說：「我還以為……」

「以為什麼？」她滿眼含羞地問。

「以為妳會嫌棄我。」他拉過她的手緊緊握在懷裡，「我以為妳會抗拒我，以為……」

「怎麼會？」她伸手輕輕摀著他的嘴，「我是你的妻子。這輩子，就算上刀山下火海，我都跟定了你。」

「這可是妳的真心話？」

她鄭重點著頭：「除非你把我趕了出去。」

「怎麼會？」他學著她的模樣說出這三個字，在她額上重重吻了一下，「給我生個兒子。生了兒子，在元家，就不會有人敢欺負妳了。」

是啊，生了兒子，在元家便沒人敢欺負她了。她果然不負眾望，接連替元寬生下二女二子，在元家的地位很快便穩如磐石。加上她嚴於律己、

寬於待人，把整個元府的家事打理得井然有序，不僅小叔子元宵對她佩服得五體投地，就連元寬前妻所生的兩個兒子也對她崇敬有加，見了她都會心悅誠服地喊她一聲娘。可沒想到，就在她等著坐享天倫天樂之際，元宵和元寬卻接連棄世，諾大的家族頓時失了頂梁大柱，不由得她不徬徨悲戚起來。她才四十剛出頭，沒曾想卻一夜華髮叢生，失去了往日的所有美豔與雍容。該怎麼辦呢？難道就要眼睜睜看著這個家散了不成？

不！不行！元寬臨終前拉著她和次子元秬的手，要他們保證不會讓這個家就這麼散了，他們都含淚答應了。可是家裡素來沒有積蓄，元寬、元宵一死，元氏子輩都不得不在家守制，這樣一來他們就失去了俸祿收入，也就斷絕了整個家族全部的經濟來源，一大家子幾十口人都張大了嘴巴等著吃飯，生活的困苦自然不言而喻。元寬一死，鄭氏立刻亂了陣腳，她立即請人捎信給時任蔡州汝陽尉的長子元沂，催他及早回京料理父親的喪事，可信捎了一封又一封，就是不見元沂那邊有任何回應。難道？鄭氏急得如同熱鍋上的螞蟻，那時候因為淮西節度使李希烈早已公然發動叛亂，僭號稱王，淮西地早已不復歸朝廷節制，而汝陽恰好是李希烈的地盤，莫非元沂已經喪身兵亂？

鄭氏這些天眼皮子一直在跳。因為李希烈叛亂，元家人跟元沂的音訊也就徹底斷了，多年來都沒取得聯繫，要是元沂真的死於亂兵之中，她又如何能對得起九泉下的元沂之母呢？鄭氏面色蒼白地跪在丈夫的靈前悲泣哽咽著，直到次子元秬頂著風霜從外面趕回來，她才回過頭瞪大眼睛覷著元秬，迫不及待地打聽起元沂的消息來。

元秬愁眉緊鎖，不忍看鄭氏悲戚的臉。鄭氏心急如焚：「你倒是說啊！你大哥是生是死，也總該有個準信才是。他是家裡的長子，你父親的後事缺了他不行。」

「娘！」元秬哽咽著，「大哥他，大哥⋯⋯」

4. 鄭氏

「你大哥到底怎麼了？」鄭氏緊張地睃著他，心撲通撲通跳個不停。跪在她身旁的元積和元穑緊緊抓著她的手，在她左右兩隻手上各抓出兩道紫色的血痕。

「大哥他，大哥他多半已經死在汝陽了。」元秬忍不住痛哭涕零起來。

「什麼？」鄭氏甩開兩個幼子緊緊抓著自己的手，陡地站起身來，目光如炬地盯著元秬，「你說什麼？元沂他？」

元秬悲不能勝地嗚咽著：「我派了好幾撥人去打探消息了，從蔡州回來的人都說有一段時間沒看到大哥露面了，他們說李希烈殺人不眨眼，大哥那個書呆子氣，遇事從來不懂變通之理，很可能早就做了亂兵的刀下之鬼了！」

「那不是還沒個確信嗎？活要見人，死要見屍，一天沒有確信，你大哥就還有活著的希望。」

「可是……」元秬目光呆滯地望著父親的靈堂，「父親已經走了有些日子了，俗話說入土為安，我們總不能為了等大哥回來，一直不讓父親大人下葬吧？」

元秬的話，字字撞擊在鄭氏心坎上，撞得她頭暈目眩。她真的已經失去主張了，雖然她不願意相信元沂多半已經死在亂兵之手，但心底還是不得不去這麼想。天哪！你為什麼總是這樣愛捉弄人？元寬、元宵已經走了，為什麼還要帶走元沂啊？鄭氏跌倒在元寬靈前，面色臘黃，元積和元穑的哭聲震耳欲聾，她卻沒有心思去管他們。孩子，你們的爹走了，你們的大哥不知所蹤，天塌下來了，這個家是真的轉眼就要崩塌了啊！

「老爺！老爺！你不能就這樣扔下我們孤兒寡母一走了之啊！積兒和九兒還小，你讓我一個婦道人家怎麼辦啊？」她再也抑制不住情感的潮水，撲在元寬靈前撕心裂肺地哭喊起來。

元秬也陪著鄭氏傷心哽咽著。可就在這節骨眼上，一個模糊的身影「撲通」一聲便在他們眼前重重倒了下去。是二姐！元積飛快地撲上前，張開小手輕輕推著二姐虛弱的身體。二姐的頭枕在元積稚嫩的臂上，大口大口吐著鮮血，濺到元積的白色孝衣上，綻開一朵朵驚魂的桃花。

「二姐！」元積幾乎是扯破嗓子地叫嚷著。這一嗓子，驚天地，泣鬼神，把所有人的注意力都集中到二姐仰娟身上來了。

「仰娟！仰娟妳怎麼了？」鄭氏跌跌撞撞地跑到二女兒面前，望著她染紅的孝衣，心被擰成了一股麻花。這到底是怎麼了？元家祖上到底作了什麼孽，要讓變故一樁接著一樁的發生呢？

鄭氏伸手指了指元寬的靈柩，終於心力交瘁地昏了過去。整個元府頓時亂成了一鍋粥。

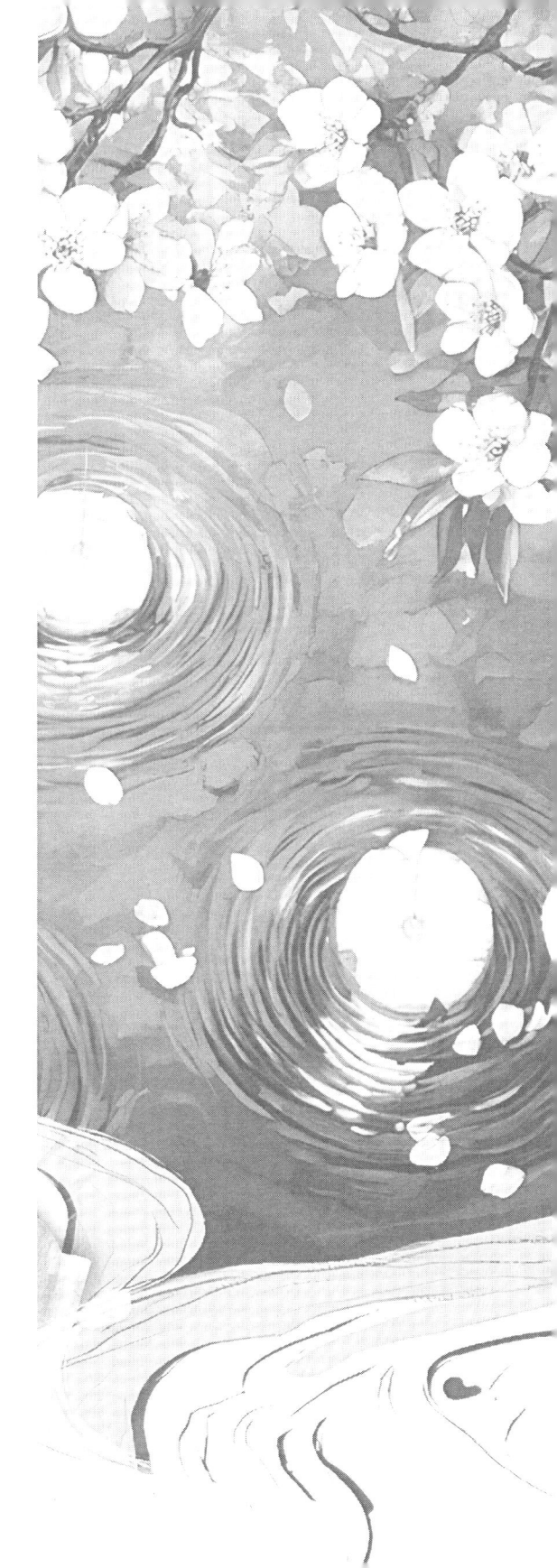

第 2 卷
牡丹經雨泣殘陽

殷紅淺碧舊衣裳，
取次梳頭黯淡汝。
夜合帶煙籠曉月，
牡丹經雨泣殘陽。
依稀似笑還非笑，
彷彿聞香不是香。
頻動橫波嬌不語，
等閒教見小兒郎。

1. 普救寺

　　如果沒有元稹，沒有《西廂記》，普救寺就是一座平常的佛寺，或許，用平淡無奇來形容它也不為過。

　　我終究還是去了普救寺。金風送爽、雁陣凌空、秋色最濃的九月，我帶著一顆緬懷的心，隻身去了傳說中的普救寺。這裡不僅閃耀著迷人的宗教色彩，更珍藏著一段美麗的愛情傳奇。

　　沿中國山西省永濟市西行三十里，即可抵達黃河岸邊的古蒲州城，而普救寺便坐落在古城東北角的西廂村的高塬之上，南北西三面臨壑。或許是因蒲坂大地自古多才俊的緣故，此塬不知何時被稱為「峨嵋」，頗具詩意雅韻。塬西數里處，便是聞名遐邇的蒲津古渡，因地扼秦晉，原本是由山西進入陝西的門戶重地，所以早年間總是人來人往，熱鬧非常，只因歲月久遠，幾經變遷，如今已經荒廢殆盡。

　　古寺坐北朝南，前後空闊，站在塬上，放眼望去，向右可睨大河排空雪浪，向左能顧莽原疊翠峰巒，遠處「一峰一朵玉芙蓉」的五老峰悠然可見，近處「綠野平疇美如畫」的意境，更令人頓生「聖地登臨韻不勝」之感。風濤聲中的黃河為普救寺繫上了一條金色的綬帶，鸛雀樓的風鈴聲與鶯鶯塔的蛙鳴聲此起彼伏，在這裡你可以感受到美不勝收這四個字的終極意蘊，也會讓你由衷的感嘆卻原來真的不虛此行。陡峭的峨嵋塬南面腳下，便是當年通往長安的驛道通衢，望著那歷盡滄桑風雨的古道，我不禁陷入了悠遠的沉思，究竟，過往的歲月中，曾有多少的風流才子，攜著大河的情波流韻，登臨這噴吐著盛唐華彩的禪院，在梨花深院的月光下靜靜感悟過那段悽美的深情之戀？

　　可以說，普救寺是一座充滿傳奇的寺院，早在大唐貞元十七年，它便成就了一段不朽的愛情，也正因為這段愛情，普救寺才得以歷千年而不

1. 普救寺

朽。在此後的歲月中，不論是地震損毀，還是戰火焚燒，它總能如鳳凰涅槃般一次次得以重建，也總能讓那段兒女情長的曠古奇緣得以在人們心中不斷地延續，更讓它自己成長為飲食男女精神家園裡的一棵葳蕤的菩提樹。

而今，名噪中外的古普救寺早已隨著西廂愛情化作了歷史的塵埃，令人驚嘆的卻是今人重建後的、巧奪天工的藝術宮殿。一切的奇蹟，都源於從塬上發掘出的普救寺大量的文物遺存，源於歷代文人墨客吟誦普救寺的美文華章依然響徹在大地，源於張生與崔鶯鶯的愛情故事愈傳愈美，所以今日的普救寺非但沒有被歲月的流塵掩蓋昔日的風華，反而越來越盛名遠播，那悠悠古韻亦依然撲面而來，絲毫不會讓置身其中的遊人產生任何的違和感。

無論是金釘朱戶的山門，還是琉璃重簷的鐘樓，無論是富麗堂皇的經閣禪房，還是鎏金雕玉的配廂亭榭，無不五顏爭輝、七色競彩。中條山中的飛禽走獸，繪聲繪色地融進了殿宇屋簷；五老峰下的奇花異草，神完氣足地化入了迴廊裡的圖案。在這千古名剎裡，蒼鬆勁柏矗立著北國的風骨，嫩竹柔柳搖曳著江南的嫵媚，如詩如畫，引人入勝，而張生與崔鶯鶯的愛情故事，如泣如訴，更為普救寺披上了一層神祕而迷人的面紗。

我知道，這裡遊人如織從來不是為了殊勝曼妙的風光，人們更在意的是那段唯美的愛情傳奇。幾乎所有知道普救寺、來過普救寺的人，都不無例外地聽說過《西廂記》，或是接觸過《西廂記》，而作為古典名劇的《西廂記》，正是以普救寺的山水為背景，透過對張生與崔鶯鶯愛情傳奇的深情描摹，才把博大精深的文化浸染得冰清玉潔、玲瓏剔透，而這種飽含著人文意蘊的景觀，才是最最吸引人、誘惑人的。

普救寺裡有鶯鶯，有張生，有纏綿千古的情愛，更有著元稹的身影，這是我早就知曉的，但我之前並沒有特別想著要去看一看這個所謂的愛情

聖地，或者去那裡找一找自己的情緣究竟歸於何處。我對佛法歷來只是一知半解，所以不知道菩薩對於發生在自己眼皮底下的這段情愛是怎樣的態度，讚賞或者反對，欣然受之，或心存忿恨。不過，這已經不重要了，重要的是，因為這段情愛，普救寺出名了，而不是因為有了菩薩，普救寺才出名了。

有菩薩的寺廟多如牛毛，但是，有情愛的佛堂卻獨此一家。我不想去一座寺廟裡探尋愛情的真諦，也不願用面對愛情的心態去面對菩薩。我無法確保自己在同一個場所面對兩個截然不同的事物時還能做到遊刃有餘、心無旁騖，能迅速轉換自己的心境且不會感到絲毫的難堪與羞愧。但是，我終究還是去了普救寺，因為我想去看看，只想去看看。

梓木鍍金的寺門楹聯，將古寺裝扮得古色古香，在陽光下顯得分外耀眼：「普願天下有情，都成菩提眷屬。」這是佛教領袖趙樸初先生的手筆，斯人已經涅槃作古，但佛門言情，這樣大而化之，這樣光明磊落，如日月輝映人寰，恐怕天下也只有這普救寺了。顯然，幾代文人濃墨重彩勾畫的一千二百年前的這段風流逸事，早已被佛門坦然接納並從容肯定了。

文化對時空的超越，以及它兼蓄包容的力量，因為《西廂記》的故事，在佛家重地招展成一種博大的氣象。塵封千年的歷史本是一片繚繞的霧靄，林林總總、繁縟複雜，委婉朦朧，但文人的筆墨卻給了歷史非常有趣的取捨法則。王實甫藉著「願天下有情人皆成眷屬的」美好願望，愣是把一段傳奇煉成了經典，在那個絕對男性本位的封建社會，為女兒立傳，使飽受欺凌的女性展現出不朽的人格魅力。這或許便是人們會爭先恐後來這裡朝拜愛情的最大誘因。

入得寺門，旋繞鐘鼓樓前的是一百零八級臺階。佛家認為，人的一生有一百零八災，按寺廟裡的說法，上了這臺階就可以免去一切災禍，我自然也樂得走一走，祛祛身上的晦氣。或許鶯鶯「待月西廂下，迎風戶半

1. 普救寺

開。隔牆花影動，疑是玉人來」的千古絕唱，正是得益於這撒滿佛光的臺階，否則，她一個弱女子，憑什麼掙脫封建的桎梏，衝破世俗的藩籬，而登臨到一個曠世超逸的純清境界呢？這是鶯鶯寫給張生的第一封情書，單看詩文情意，已是十二分的美妙，詩中掩藏著約會的時間地點，不能不感嘆鶯鶯的至情至性與才華橫溢。不知道當初的她在走過這一百零八級臺階的時候，是不是也曾有過心心念念的祈盼，想必總該是有的吧？

在遊人的注目中，我努力攀登完了長長的石階，但願不虛此行，在未來的日子，再也沒有任何的世俗煩惱來侵擾我。凝眸，臺階上矗立著高聳入雲的佛塔，煞是壯觀，然而令我意想不到的是，佛塔雖然高大，卻有一個與之很不相稱的名字──鶯鶯塔，莫非崔鶯鶯最後也修成了佛祖高僧不成？其實，鶯鶯塔原名叫做舍利塔，顯然是佛家建築，本與鶯鶯和愛情無甚關係，不過因為《西廂記》的廣為流傳，至今不止這塔，就連寺裡的青竹、道路上的白沙，人們也都親暱地稱之為「鶯鶯竹」、「鶯鶯沙」了。

說來奇怪，一般寺院佛塔該有的雄渾氣息，在鶯鶯塔上卻找不到一絲一毫的痕跡，倒有一股亭亭玉立的婀娜風姿。那白生生的細沙，青翠欲滴的修竹，還有那顯目的紅牆碧瓦，以及牆前院後的綠樹黃花，無一不洩漏著愛情的青蔥與美好，望一眼，便覺得有歷經千年的清芬迎風撲面而來。在這裡，任何人也無法迴避心中的緬懷，即便他心如鐵石，也會不得不從心底悠然生出深切的崇敬和眷戀來。

依塔西顧，正是黃河湧出龍門的一段。「白日依山盡，黃河入海流」；「雪浪拍長空，天際秋雲卷。」我無法不陶醉於古人無數次描繪的浩瀚壯美的景色之中。眺望對岸的「太史祠」，遙想司馬遷與元稹這兩位不同時代的文學巨匠，不知道他們是否曾神會於這「水上蒼龍堰」。不過我倒是由衷地希望他們曾有過深刻交流，因為他們的筆墨形神俱肖，都曾移易了風俗，使之清醇，亦曾澆鑄了脊梁，使之英烈。或許，他們的筆，是蘸黃河

水書寫的，抹去了依權仗勢的角色，使汗青永輝；或許，他們都將靈魂在黃河夕暉裡淬火，將不朽的流芳，只褒獎給肩負使命的風流人物。只是，千年光陰彈指一揮間，今時今日，我又能有幸與他們相遇在這佛法與愛情交相輝映的聖地嗎？

有遊人以石頭在鶯鶯塔旁叩擊，塔上很快便發出了悅耳的「咯哇——咯哇——」的鳴叫聲，方志稱之為「普救蟾聲」。我總覺得這隨叩而鳴的蛙聲有一種昭示，它使人覺得如置身於田家農舍，一種豐沛盎然的韻律，便引你回歸到自然中去。

下得塔來，我追憶著鶯鶯的嬌容，踩著元稹踏過的足跡，手扶青竹，足步白沙，轉迴廊，度曲經，又看了樓臺閣宇、觀音羅漢、草木花鳥。看遊人如織，卻是舊的模樣，而那新的磚瓦，和別處的寺廟倒也沒什麼兩樣。驀然回首，又發現這寺廟雖有佛堂，有菩薩，有鐘鼓，有香火，卻是沒了僧人，沒了經語。

大概是因為有了情愛，僧人便只好遠遁了他處。或許是早已沒了供奉，佛堂前的香火才變得稀疏黯淡；或許是少了弟子的照料，菩薩身上的佛衣才變得塵跡斑斑，甚至讓人懷疑他們是否還有能力庇護信眾、佑護世人。難道佛之大者，便是情之大者？或曰：佛即愛也！

然而，元稹的西廂卻是熱鬧的，總是人流如潮。因為那裡有情愛，有悲歡，有功名利祿，有七情六慾。千年前的愛情雖然遙不可及，可誰心裡不夢著歷史會在自己身上重演？繼續漫步在普救寺，去尋覓張生與崔鶯鶯的身影，那雅致的月亮門邊，我分明見到了張生「驚豔」的一幕：當長嘆「花落流水紅，閒愁萬種，無語怨東風」的鶯鶯，在紅娘的陪伴下，緩緩走出梨花深院，猶如天仙離開了碧霄，翩若驚鴻地穿過月亮門，款款而行，驀地便與在園內遊興正濃的張生迎面而遇，而她絕世的姿容一下子便點亮了他欽羨的雙瞳。

1. 普救寺

　　張生如痴如醉,但鶯鶯卻不嗔不喜,蓮步輕移芳徑,擦肩時驀然回首,向他投以「秋波一轉」。那至美者的「秋波一轉」,是天國瑤池裡的聖波在人世間的俄而一閃,是一見鍾情的委婉傾訴,它彷彿把世間一切的曼妙和絢麗都融進了那芳菲一瞬。我想,沉浸在「蘭麝香仍在,佩環聲漸遠」氛圍裡的張生,必定會從大家閨秀鶯鶯那秋波一轉裡讀到比國風、楚辭、漢賦、唐詩更美的風雅,讀到比西湖裡帶著露珠的荷花更美的風韻,也讀到了比翔舞在藍天碧水間的白天鵝更美的風姿。

　　出得西廂,我又憑弔了鶯鶯的「拜月臺」,在「梨花深院」晉謁了鶯鶯當年居住的地方。梨花院裡處處都彌漫著張生與鶯鶯的愛情痕跡。房中塑有蠟像,人物情態,栩栩如生。我隨遊人一路看去,如痴痴於《西廂記》演出的舞臺下,沉迷於閱讀《西廂記》的書案之上,一顆心全被主角的遭遇和磨難牽動,亦為他們終成眷屬的結局而欣慰。但事實上,張生的原型元稹卻未能與鶯鶯結為連理,不得不引為最哀婉的遺憾。

　　「梨花院落融融月,柳絮池塘淡淡風。」唸著這句詩,那花開之季,張生與崔鶯鶯月夜和詩的情景便一點一點地映現在我的眼前。他們「一個潛身曲欄邊,一個背立湖山下」,唱詩酬韻,琴瑟和鳴。皓月當空,花深似海,那一刻,在張生看來,月下的鶯鶯便是天仙的化身,望之彌進,接之彌遠。薄霧輕起,香靄四溢,這多情才子怎能不觸景生情?「月色溶溶夜,花陰寂寂春。如何臨皓魄,不見月中人?」這緣境而發的詩句,伴隨著清風明月,字正腔圓地傳入鶯鶯的耳中,豈能不勾起幽閉深閨的懷春少女的幾多情思!面對著有司馬相如之才、潘岳之貌的張生,想起那令人不滿的包辦婚姻,鶯鶯芳心寸亂,彷彿一下子便覓到了傾吐胸中塊壘的知音,當即和道:「蘭閨久寂寞,無事度芳春。料得行吟者,應憐長嘆人。」這是心心相印的唱和,也是一見鍾情的託付。

　　是詩,使鶯鶯獲得了「心有靈犀一點通」的愉悅;也是詩,使得張生

得到了「高山流水遇知音」的快慰。可又有誰知道，《西廂記》裡的美好結局，其實終不過只是元稹的一曲心傷？有人指證梨花深院西南角的女牆，便是當年張生於夜深人靜之時攀越偷情的地方，他就從這裡跳牆而過，與鶯鶯鸞鳳和鳴，成其好事。時至今日，遊人站在張生深夜爬樹踰牆的「現場」，再將那詩輕輕地吟詠，也捺不住心馳神往，感慨唏噓。那時那刻，我禁不住想要穿越時空的隧道，去唐朝問問元稹那時的心境若何，大殿的彌勒佛卻笑了，笑得燦爛無比，笑得沒心沒肺。

行至書齋院，我發現，那便是「白馬解急圍，兵退孫飛虎」後，張生移居的書房。一架古琴，勾起我遐思萬端。崔母的食言，使得月下西廂，頓成夢中南柯。鶯鶯悲淚溼香羅，張生相思染沉痾，只將滿腹心事付瑤琴。又是一個月色溶溶夜，琴聲響了。在花園裡焚香拜月的鶯鶯被琴聲所吸引，但聞琴聲如髮髻上的珠寶鈴鈴作響，似長裙上的佩玉叮咚有聲，若房簷下的鐵馬隨風晃動，又像是窗簾下的金鉤敲打窗櫺……「其聲壯，似鐵騎刀槍沉沉；其聲幽，似落花流水溶溶；其聲高，似風清月朗鶴唳空；其聲低，似聽兒女語，小窗中，喁喁……」悽悽楚楚的琴聲中，鶯鶯潸然淚下。柔弱的鶯鶯，終於在封建禮教的藩籬中昂起了頭，在門閥理念的屋簷下昂起了頭，在希望的曙色中昂起了頭……

想著張生與鶯鶯的情事，我在菩薩面前燒了幾炷高香，感受了情愛，許下了心願，看到了「不朽」，想到了無盡。無盡是什麼，無盡又不是什麼，或許只有西下的夕陽才能明白。

我，只不過是夕陽下的一個倒影，一個長長的憂傷的倒影，和一千二百年前的元稹一樣，若有若無地印在佛堂的暮色中。

2. 愛情皮影戲

　　西元 799 年，已經明經及第長達六年之久的元稹在時任夏陽縣令的姐夫陸翰推薦下，於河中府獲得一個低微的官職，並被上級主管分派到西河縣，在縣衙任一個文書之類的低階職務。這個時候的元稹人微言輕，工作也很清閒，於是終日與友人留連於風月場所把酒問天，縱情於聲色犬馬之中。

　　他縱馬高歌，放蕩不羈，令見到他的所有女人都為之傾心。然而他對她們皆視若無睹，因為他的心，早已珍藏了一份驚豔的戀。

　　藹藹中的普救寺，沾衣欲溼，在朦朧的雲霧繚繞裡，望不盡的是婀娜多姿的青山傍水，還有那妙不可言的蒼翠欲滴。露珠銜著晨曦次第闖入眼簾，那悠揚縹緲的樂曲卻不知從何處而來，只聽得人心蕩漾。循聲望去，遠處水波瀲灩，他端坐一方輕舟之上，一襲白衣，輕撫琴弦，只一眼便惹人沉醉了經年。

　　他彷彿飄然出現在世人面前，帶著絕世才情、俊朗風神，於紅塵萬丈之中，擁著斷崖獨坐的寂寥。

　　「殷紅淺碧舊衣裳，取次梳頭黯淡汝。夜合帶煙籠曉月，牡丹經雨泣殘陽。依稀似笑還非笑，彷彿聞香不是香。頻動橫波嬌不語，等閒教見小兒郎。」

　　他站在牡丹叢下輕聲吟誦。他眼裡看到的，心裡念著的，全是那風姿綽絕的鶯鶯。

　　「積石如玉，列松如翠。郎豔獨絕，世無其二。」聽他淺唱微吟，我莫名地在腦海中浮現出這樣的詩句。

　　那時的元稹應該是不染人間煙火的，卻在眼波流轉間孑然一身，浮光

掠影，突地心生驚豔。他微閉雙目，遮了那深邃悠遠的眸，在波瀾微漾的水面倒影出頎長身姿，一轉身，揚起微風，掩去了淺淺笑意。

他潔白的面孔宛若白蓮，皎潔得澄淨透澈，在陽光的照耀下，沒有絲毫雜質。少年英才，名動天下；英姿朗朗，才情勃發。他的舉手投足，足以使世間任何女子都為之動容。

那日，他遊興正濃，撇下了眾詩友，離開了府衙，單身匹馬，去了傳說中煙柳飄絮的蒲州城。因慕了普救寺的名，他於冬日的月夜下叩響了寂寂的廟門，投宿其間，卻陰差陽錯，莫名邂逅了悽悽惶惶的她。

他被寺僧安排在西廂小憩，卻排遣不了心頭的寂寞，信步走了出去。外面煙雨迷濛，薄薄的霧氣靜靜縈繞在寺院內精緻的亭臺樓閣上。平日裡香火裊裊的欣榮景象被一片霏霏細雨沖淡了，院內一片冷清，卻有琴聲如流水般從隔壁的梨花深院一個紗窗內傳出，帶著一抹淡淡的愁緒。隨著曲調的變化，愁緒越來越濃。好一曲〈鷓鴣天〉，元稹輕輕嘆道。即便是路過的行人聽到這樣悽婉的琴聲，也會禁不住潸然淚下，傷感之餘，元稹也不禁為這位彈琴者高超的琴藝嘆服。

還沒等他回過神來，於冷月寂然、流煙裊裊的一聲嘆息中，便有一個白衣白裳的女子，手提一盞宮燈，拖著一道淡淡的影子，從隔壁的梨花深院中透迤而出，惆悵地沿著門前碎石鋪成的小徑往前邁步，彷彿循著詩人的韻腳婉約地一路走來。她身後還跟了一個七八歲模樣的小男孩。

她白衣勝雪，嫋娜娉婷，青絲妖嬈，眸如秋水，只一眼，就醉了元稹多情的少年心。她牽著小男孩的手一路前行，他踮著腳尖，一路跟蹤而去。她在一個廢棄的雜物間前停下來，小男孩竄到她身前，用力推開緊閉的房門，只聽得「嘎吱」一聲，他們便像斷了線的風箏瞬時消失在他眼前。

他伸手輕輕推了推門，門卻被她從裡面緊緊關死。他搖著頭慢慢踱到

窗前，伸手在窗紙上輕輕捅開一個窟窿，懷著滿腔的期待往內窺望。室內光線幽暗，一塊白布陡地映在他柔情似水的眼簾中，上面現著點點亮光。他們在做什麼？他瞪大眼睛繼續窺視，卻看見她和小男孩手裡各自拿著一張皮影，正站在白色幕布後表演著古老的皮影戲。他們演得十分投入，彷彿自己就是劇中之人。這是一齣哀婉的千古愛情絕唱〈採桑子〉。

「野花迎風飄擺，好像是在傾訴衷腸；綠草萋萋抖動，如無盡的纏綿依戀；初綠的柳枝輕拂悠悠碧水，攪亂了芳心柔情蕩漾。為什麼春天每年都如期而至，而我遠行的丈夫卻年年不見音訊……」

幕後的白衣女子操縱著皮影，表情陷入憂傷與思念。小男孩天真地看著她，彷彿他便是她企盼多時的郎君。

「離家去國整整三年，為了夢想中金碧輝煌的長安，為了都市裡充滿了神奇的歷險，為了滿足一個男兒宏偉的心願。現在終於錦衣還鄉，又遇上這故人般熟識的春天，看這一江春水，看這清溪桃花，看這如黛青山，都沒有絲毫改變，也不知我新婚一夜就別離的妻子是否依舊紅顏？對面來的是誰家女子，生得滿面春光，美麗非凡！」

小男孩唸完皮影臺詞，朝白衣女子扮著鬼臉，逗得她緊蹙的眉頭終於慢慢舒展開。

「繼續。」白衣女子回過頭打量著小男孩，明亮的眸子裡充滿鼓勵的神色。

「這位女孩，請妳停下美麗的腳步，妳可知自己犯下什麼樣的錯？」小男孩繼續興致勃勃地擺弄著手裡的皮影。

「這位官人，明明是你的馬蹄踢翻了我的竹籃，你看這寬闊的道路直通藍天，你卻非讓這可惡的畜生濺起我滿身泥點，怎麼反倒怪罪是我的錯？」她輕啟朱唇，字字如珠璣。

透過小窗洞口，元積清晰地看到白衣女子手裡拿著的是一張牛皮製成的皮影。不僅有著有良好的透明性和色彩，而且造型精緻完美，立體感強，和小時候二姐在靖安坊耍給他看的皮影如出一轍。

「二姐！二姐！」他的思緒隨著白衣女子手裡搖動的皮影飛回到十數年前那個飄散著辛夷花香的夜裡。那夜，二姐在繡樓上為他表演了一晚上的皮影，可他仍然看不夠，待到夜深人靜後，他還是纏著二姐不放，非要她再耍一個。

「貪心鬼！」二姐伸手指著窗外愈漸西沉的月亮，「也不看看幾更天了，你想累死二姐啊？」

「二姐！」小元積將頭埋進二姐懷裡，撒嬌著說，「再演一個，就一個。」

「你這個小鬼，真是拿你沒轍！」二姐嘟囔著嘴，「好了，反正已經被你折騰大半夜了，你說，演什麼？」

小元積眨著眼睛，認真想了想後說：「〈採桑子〉！」

「〈採桑子〉？」二姐的臉陡地紅了起來。她知道這齣戲是說愛情的。她還是個未出閣的女子，要是被外人知道自己在家裡偷偷唱這種俚詞豔曲，不說她傷風敗俗才怪！

「不行！」二姐斷然拒絕了元積，「我不會唱〈採桑子〉。」

「妳會的！」小元積瞪大眼睛，「我聽妳唱過的。」

「我什麼時候唱過了？」

「就是那個哥哥搬著竹梯爬上後院牆頭看妳的時候。」小元積噘著嘴，盯著二姐壞壞地笑，「妳唱給那個哥哥，也得唱給我。」

「你！」二姐氣惱地瞪他一眼，「好了，唱就唱。不過二姐只會唱一點。還有，你不能在爹和娘面前說我會唱〈採桑子〉。」

「嗯。我不說！」小元積重重點著頭，「誰說誰是小花貓。」

「小花貓？」二姐「噗嗤」笑出聲來，「這可是最後一曲了。」二姐從擺在床前的箱子裡重新翻出兩張適合的皮影人，一邊操縱著皮影，一邊咿啞地唱了起來。

「……妳的錯就是美若天仙，妳婀娜的身姿讓我的手不聽使喚，妳蓬鬆的烏髮漲滿了我的眼簾，看不見道路山川，只是漆黑一片；妳明豔的面頰讓我胯下的這頭畜生傾倒，竟忘記了他的主人是多麼威嚴。」

「快快走遠點吧，你這輕浮的漢子，你可知調戲的是怎樣多情的一個女子？她為了只見過一面的丈夫，已經虛擲三年，把錦繡青春都拋入無盡的苦等，把少女柔情都交付了夜夜空夢。快快走遠點吧，你這邪惡的使臣，當空虛與幽怨已經把她擊倒，你就想為墮落再加一把力，把她的貞潔徹底摧毀。你這樣做不怕遭到上天的報應……」

二姐一會扮著痴情的女子，一會扮著多情的男人。如夢如幻的曲調，加上二姐優美的唱腔，聽得小元積如痴如醉。他怔怔盯著二姐手裡那兩隻大小比例適中，面龐、身體、手腳面面俱到，形象栩栩如生的皮影人。那男人長得濃眉大眼、狂野粗壯，那女人則紅唇小口、精緻纖細，小元積不禁託著腮默默思量著，是不是自己長大後也會長成二姐手裡的皮影男人那樣粗野？他還太小，不懂得愛情，但也在憧憬著長大後的自己能遇到一個如同二姐手裡那樣紅唇小口的麗人。

二姐手裡夾著竹籤，讓那一對皮影人按照著劇情，不斷變幻出正、側、仰、俯多種姿勢，並透過調節影偶與幕布的距離，獲得大、小、虛、實等複雜而優美的形象變化，造成藝術性的空間透視深度，看得小元積歡快得如同逃出牢籠的小鳥，歡呼聲、拍手聲，此起彼伏。

「二姐！」他在心底深情地呼喚著二姐，已然分不清響徹耳畔的唱詞究竟是出自二姐還是白衣女子的口。看她一襲白衣飄飄，或許就是二姐幻化的精靈也未可知。

「上天只報應痴愚的蠢人，我已連遭三年的報應。為了有名無實的妻子，為了虛枉的利祿功名。看這滿目春光，看這比春光還要柔媚千倍的女孩……想起長安三年的悽風苦雨，恰如在地獄深淵裡爬行。看野花纏繞，看野蝶雙雙追逐，只為了凌虛中那點點轉瞬依戀，春光一過，它似就陷入那命定中永遠的黑暗。人生怎能逃出同樣的宿命。」

「快快住嘴吧，你這大膽的罪人，你雖貌似天神，心卻比鐵石還要堅硬，雙目比天地還要幽深。看鮮花纏綿，我比它們還要柔弱；看野蝶迎風飛舞，我比牠們還要紛忙迷亂。看在上天的份上，別再張開你那飽滿生動的雙唇，哪怕再有一絲你那呼吸間的微風，我也要跌入你的深淵，快快走遠吧，別再把我這個可憐的女子糾纏……」

「看野花纏綿，我比它們還要渴望纏綿；看野蝶迎風飛舞，我的心也同樣為妳紛忙迷亂。任什麼衣錦還鄉，任什麼榮耀故里，任什麼結髮夫妻，任什麼神明責罰。它們加起來也抵不上妳的嬌軀輕輕一顫。隨我遠行吧，離開這滿目傷心的地方，它讓妳我雙雙經受磨難……」

白衣少女和小男孩在白色後深情地表演，一邊操縱皮影人物，一邊用流行的曲調唱述故事，雖然沒有同時配以打擊樂和弦樂，表演卻充滿了濃厚的藝術氣息。

門「嘎吱」一聲又響了。白衣女子輕挪蓮步，提著宮燈，裊婷地踱著碎步飄然而出，身後依然跟著那個懵懂的小男孩。

「姐姐妳看！」小男孩瞪著站在窗下偷窺的元稹，不無驚訝地叫著。

白衣女子順著小男孩手指的方向看到了一襲明豔緋衣、風流倜儻、鬢若刀裁、眉似墨畫的他。白衣女子對著他從容一笑，隨即牽著小男孩的手轉身離去。

藉著月光，元稹終於把白衣女子的面容看得一清二楚。但見她皓膚如

玉，烏黑的頭髮上挽了個望仙髻，髻上簪著一支珠花的簪子，上面垂著流蘇，風一吹，流蘇便搖搖欲墜。她雙眉修長如畫，雙眸閃爍如星，小小的鼻梁下有張櫻桃般的小嘴，嘴唇薄薄的，嘴角微向上彎，帶著點哀愁的笑意。整個面龐精緻清麗，如此脫俗，如此驚豔，簡直不帶一絲一毫的人間煙火味。她穿著件白底綃花的襖子，配著白色百褶長裙，周身都透著一股青春活潑的氣息，站在那，用不著說一句話，就溢著端莊高貴與文靜優雅。純純的，嫩嫩的，宛若一朵含苞的出水芙蓉，纖塵不染。

「姑娘……」元積簡直看得呆了，怔怔盯著白衣女子，一時語無倫次起來，「姑娘請留步！」

「公子有何賜教？」白衣女子輕輕轉過身，眼睛卻不去看他。

「姑娘可否再為我唱上一曲？妳那美妙的喉聲，如同夜鶯般婉轉動聽，讓我想起去世多年的二姐。小的時候，二姐經常耍皮影戲給我看，唱得最多的就是這曲〈採桑子〉。」

「夜已深沉，奴家多有不便，還望公子見諒。」

「姑娘！」元積害怕辜負了這如花佳期，按捺不住內心的激動，「就請妳再為我唱上一曲吧。為了一個遊子思念他姐姐的情懷。」

「奴家失陪了。」她喃喃低語，再次轉身，牽著小男孩的手，毅然決然地離去。只聽得「噌」的一聲，一個綠衣霓裳的女子的身影便如紙片般頹然倒地，身後，分明有幾根細細的線，牢牢繫著她的手足。

那是一個綠衣霓裳的皮影，從頭髮到鞋襪，每一個關節，都是手工製成，極其的精緻。元積凝神望去，皮影便如傀儡，每一根絲線都是掌握在白衣女子的手上的。

「姑娘！」他彎腰揀起皮影，輕輕遞到她手裡，想要多說點什麼，卻又無法啟齒。

「瞧，這是一對呢！」小男孩盯著元稹，舉起他手裡拿著的另一個白衣勝雪的白衣男人皮影在他面前一晃，臉上綻著炫耀的神采。

「這對皮影人，是一個公子和一個歌姬。」白衣女子望著他輕輕說著。

「一個公子和一個歌姬的故事？」他有些好奇打量著她。

她點點頭：「公子也喜歡皮影戲？」

「小時候經常和家姐一起玩皮影，可是並不精通。」

「本來就是耍著玩的，精不精通有什麼要緊？」她莞爾一笑，「你會唱嗎？」

「我？」元稹搖著頭，「只怕唱出來嚇著了姑娘。」

白衣女子嘴角仍然掛著笑，忽地把手中舉著的綠衣霓裳女子的皮影塞到元稹手裡：「夜深了，奴家實在不便再為公子唱曲，你要是真的喜歡，就留著這個做個念想吧。」

「這……姑娘……」

「難得公子喜歡，這東西在公子手裡也算是有了個好去處。」白衣女子邊說，邊提著宮燈揚長而去，只留下元稹一人站在寂靜的夜裡惆悵。

那一夜，他臥在床上輾轉反側，怎麼也無法入睡。世上居然還有這樣美豔的女子！他有些不敢相信，莫非自己只是做了南柯一夢？那氣質高貴淡雅的女子該是不食人間煙火的仙子才對啊！可是，可是，那綠衣霓裳的皮影女子還在他手心裡緊緊抓著，怎麼可能會是一個夢呢？她是誰？半夜三更怎麼會出現在普救寺裡？難道這廟裡出了花和尚，將這美豔的少女藏匿下了？不，看她透亮如水的眸子就知道她不是那種風塵女子，可她又怎麼會跑到廟裡來了呢？他百思不得其解，滿心的疑問無人能解，只好和著相思將那皮影人從頭看到腳，又從腳看到頭。

她為什麼要送皮影給他？他瞪大眼睛盯著手裡綠衣霓裳的皮影人，宛

2. 愛情皮影戲

若看到她淡雅冷豔的容，心被緊緊攫住了。只那麼一眼，他就無可救藥地喜歡上了她。是的，他喜歡上了她，喜歡上了那個一襲白衣，卻不知道姓甚名誰的女孩。可是她會喜歡上我嗎？他屏住呼吸，只聽得自己一顆心，砰砰的直跳到喉頭。像她那樣一個冰雪般的佳人怎麼會喜歡上自己這樣的窮小子呢？元稹心裡暗暗地嘆氣，皮影冷不防掉到床下，他連忙翻過身，小心翼翼地從地上把它揀起，緊緊貼到心窩上，生怕一不小心，它便會變成隔壁那個梨花一樣的女子飄然而去。

燭光隔著床前的屏風搖曳，昏黃的光線令他驚心。他冷汗涔涔，卻聽到屏風外，陡地響起鶯歌燕語般婉約甜美的聲音。

「羊腸溪，百摺渡，紅柳繫白駒。誰家的女兒藏起羞手，攏袖中尺半藕白綢？推朱門，新梳頭，這低低紅了的桃花，是還她還是不還？」

誰？誰在唱曲？他瞪大眼，只見屏風上，便現出那個纖小的皮影，是她的白衣公子，一舉一足，手法十分的熟稔。

他心頭一片茫然，蹭一下跳下床轉到屏風後，卻看到她白衣飄飄，一雙深邃的眸子，灼灼地盯著他慌亂的眼神，抿嘴對他輕輕笑著。元稹看得有些出神，只聽得她又在自己耳畔輕輕吟唱起來：「女兒女兒，少小不更事。那回初春與我畫眉，卻記得誰更多？是長安北來的公子，嗒嗒的馬蹄醉了奴家的春夢。求飲還是求姻？奴不知呀奴不知。只奈何那桃花還是桃花，人面卻不待人面。你似那去年白衣勝雪，偏這出懶洋洋春風慢怠了我，唱將一厝如雨桃花紛紛落，奔入飛巷，錯扣相思鎖。」

「姑娘！」元稹情難自禁，突地上前，將她緊緊擁入懷中，然後，一個趔趄，一個回眸，哪裡還有她白衣勝雪的身影？明明就是他的皮影幻為真人，恍若隔世。他望著手中的霓裳少女，悵然若失，不禁詩意大發，踱到案邊，鋪展開紙墨，憶著初見她的點點滴滴，想著她的種種風情，立即揮毫寫下一首款款情深的〈白衣裳〉：

雨淫輕塵隔院香，玉人初著白衣裳。

半含惆悵閒看繡，一朵梨花壓象床。

我隔著千年的時光，在煙雨中望你。

　　那夜，你心裡開始有了那個念念不忘的她。夜色深深，只聽見風聲簌簌、夜雨瀟瀟，柔柔的雨絲傾瀉下來，豐盈而綿長，溫潤而潮溼，透過朦朧的雨簾，如詩的流韻裡灑落成一幅畫卷，增添了幾分浪漫，也憔悴了你幾分漸瘦的心事。你在西廂下想隔壁梨花深院的她，想瘦了月亮，想圓了夢想，想肥了春苗，更想長了藤蔓。

　　清晨，抬頭凝望如織的雨幕，那絲絲的悽清滴落在眼眸深處，濺起一朵朵溫情的浪花，每一滴跳躍的晶瑩都折射出她的影子，那是浸潤了千年的相思，飄落於眸中才激起陣陣漣漪，如影隨形，隨夢心想。

　　冬天的空氣中，透著微微的涼，悠然地漫入心底，潮潮的思緒讓你無心再去品味平仄纏綿的詩行。你只能靜坐在寂寞的邊緣，一遍遍看她送你的皮影，一次次看她在眼前飄蕩，不期然地，便把自己瀰散在脈脈愁緒裡肆意的放逐，融化成為了她揉損心腸的傷，凝固成一顆顆純潔的心粒，灑滿柔軟的大地。

　　你低頭悄問，隔院的她，能否聽到來自你靈魂深處的聲聲呢喃，能否看到你揉碎滿地的無限深情？其實她又怎能不知你思如線、情如溪的萬般柔情、千般掛念？不管人生幾何，你用一生的愛，寫盡千古的詩詞，為她織詩成繭；用無盡的思念，望穿盈盈的秋水，為她牽掛成災，縱是鐵石心腸，也不會毫無知覺。可這都是後話了。現在，深居簡出的她並不知道你在為情而苦，為情而傷，她只是一個人靜靜坐在琴下，憂傷著她自己的憂傷，糾結著她自己的糾結。

　　你向寺僧打聽她的來歷，打聽她的家世，知道她是一個沒落了的官宦人家的小姐，只是父親已死，剛剛入土為安，孀居的母親便帶著她和弟弟

2. 愛情皮影戲

　　由博陵歸還長安，途經蒲州時便投宿於普救寺中小住。你還知道她姓崔，小字鶯鶯，但除此之外，你對她一無所知。一連十多天，梨花深院的大門都緊緊閉著，崔家的飲食供應都由寺僧安排送入院中，儘管你費盡心思，學那攀了竹梯爬上牆頭的少年，想要一睹女孩的芳容，卻始終未能如願。

　　她再也沒有走出過那所院子，也沒有走出她那間閨房。你每天都站在牆頭痴痴地等，默默地盼。直到又一個清晨，她穿著藕絲衫子柳葉裙，和另一個明眸皓齒的少女出現在院子的一角賞花。不知是有意還是無意，只是輕輕一瞥，她便轉過身，急步返回室內，只留下一片惆悵畫在你心頭。

　　這次短暫的邂逅後，你更加意識到自己是真的如痴如醉地愛上了這個乳名喚作鶯鶯的少女。你時常暗自揣測那梨院深處的白衣女子是否也在深深眷戀著自己，是否也會在剎那間便愛上你。肯定，否定；否定，肯定。你把頭搖得如同撥浪鼓，你不知道，你實在沒有勇氣再去想。

　　我深愛的人啊，妳或許不會知道，看不到妳的時候，每個夜裡，總是讓人感到清冷孤寂，世上的一切都染著藍色的憂傷，心，也瀰漫著婉轉的牽掛，思濃情悵，青澀難嚥，叫我無法安心地做詩，無法安心地讀書，每時每刻都按捺不住浮躁的心緒，只有一遍遍地尋問妳的蹤影，心裡才會好受一些。美麗的女孩，妳為什麼要躲著我呢？妳到底為什麼不肯出來再與我見上一面，哪怕不說話，只對著我笑一笑也是好的啊！鶯鶯，你第一次在心裡喚她的乳名，妳那梨花深院裡是否也有輕風拂過，是否也有白雲飄動？如果有，那一定是我深情的眼眸在找尋妳，在痴痴地等候妳的到來。

　　睜開眼，閉上眼，到處都是她輕倩的身影。你知道，你已經無法將她從心頭抹去。你手裡緊緊抓著她送你的皮影，心裡輕嘆著，要是這皮影能變做她的模樣該有多好。許多時候，你靜靜凝視著這沒有感情的綠衣霓裳，總覺得有一股暖流靜靜淌過，緩緩注入你的骨髓與血液，撩撥起你心底最深處的那根弦，卻彈不出歡樂的曲調。拆開摺疊的心事，掀起層層漣

漪，深處每一層彼此走過的痕跡，依舊顯現在眼前，開啟所有的記憶，你所經歷過的無數窈窕女子，卻只有她是你心底最深處的那一抹溫柔，任誰也無法取代。

她讓你心甘情願掉入感情的漩渦，無論時光怎麼樣流逝變遷，洗滌掉所有的華美色彩，都不能改變她是你生命裡追求的唯一，那是因為戀戀紅塵的最深處，只有她叫你心動。不管她是開心還是憂鬱，都是你最永恆的記憶。你在想，要是每天都能讓你見到她，哪怕是看她千遍萬遍，也定然不會心生厭倦。

下雪了，在這孤寂的冬日裡。雪花，正從四面八方吹來，旋轉，飛舞，上升，飄落，你臆想著自己和她，相互依偎，裸著雙足，一步一步走在冰天雪地中。雪花劃過一道道傷痕，落到你們頭上、身上、腳背上，最後滋潤成水，再也找不到一絲痕跡。你看著她，憐憫而堅決，你們就這麼決絕地沿著雪地義無反顧地走了下去，沒有目的，也沒有目標，雲影下隨便一條小徑，天的那端，世界的盡頭，就這麼陪著她一直走下去吧。無論結果是怎樣，無論前方的道路有多遠，你只要這樣牽住她的小手，就是牽住了整個世界；無論前方有什麼，只要你們在一起，只要能陪著她，只要她嫩若柔荑的纖指還緊握在你的手中，你就會這樣義無反顧地走下去。

你不知道你在害怕些什麼，恐懼些什麼。鶯鶯，妳會像我愛妳那樣愛上我嗎？如果妳愛我，就請緊緊抓住我的手，跟著我，遠方的遠，道路盡頭的盡頭，我終將會陪妳一起走過。可是她沒有任何的回應，她仍然把自己緊緊裹在那個狹小的世界裡，甚至連悠悠的古琴聲也不再出現了。她是怎麼了？生病了，還是刻意迴避著自己？她是討厭我嗎，可她為什麼又要把自己心愛的皮影送給我？你看著屋外紛飛的雪花，信步走了出去。你看見一片片通明剔透的雪珠滾動在簷下臘梅嬌嫩的花瓣上，像荷葉上的露珠，在那裡蕩著鞦韆。忽地，從梨花深院裡溢出一股濃郁的紹興花雕酒

味，強烈地刺激著你的鼻子。你已經很久沒有喝過酒了，可你並不想獨自飲酒，你只想和鶯鶯一起坐在案前分享那美酒的甘醇，可她會為你送來那熱氣騰騰的佳釀嗎？

驀地，已經停歇了多日的琴聲再次響起。那輕靈飄逸、豐滿圓潤的音符，在鶯鶯的纖纖玉指下，被奏成了一首無限的相思。琴聲悠揚，你聽出琴音裡透出的傾瀉千里的相思，正和著滴滴清淚化為漫天相思的雪花，彙整合淺淺的憂傷，輕輕地飄落在你的窗臺，久久流連、迴繞。

鶯鶯，這琴音的相思是為我而起嗎？你瞪圓眼睛，迅速爬上牆頭，踮起腳尖朝梨花深院的深處眺望著，卻只看到一個紅衣女子把著笤帚在院裡清掃著飄雪。紅衣女子抬起頭來朝你輕輕地笑，露出一口潔白的牙齒。你想，這一定是鶯鶯的使女無疑了，丫鬟都長得如此清新可人，難怪小姐更是出落得驚若天人。

「紅娘！紅娘！」你聽到她在屋裡喚紅衣少女的聲音，那聲音高高低低，錯落有致，宛如一首天籟，令你神魂顛倒。

紅衣少女匆匆扔了笤帚走進屋去，轉眼的工夫卻又轉了出來。他還兀自立在牆頭呆呆望著，不曾想紅衣少女早已端著一碗熱氣騰騰的花雕酒舉到他的手邊。

「喂！喂！」

「這位小姐……」元積傻傻地盯著少女手裡端著的酒碗，不無失態地囁嚅著嘴唇低語喃喃。

「我哪是什麼小姐？」紅衣少女掩鼻一笑，「這是我們家小姐讓我送你的花雕酒。剛剛溫過的，是我們家老夫人特地從博陵要帶回長安的陳年老釀，一般人想喝還喝不到呢。」

「你們家小姐？」

「是啊！」

「你們家哪位小姐？」元稹目不轉睛地盯著她，「就是穿著白衣裳的會演皮影戲的那位嗎？」

「什麼皮影戲不皮影戲的？」紅衣少女把酒往他手裡一塞，「瞧你，長得眉清目秀的，看不出來還是個書呆子呢！」

紅衣少女咯咯笑著往屋裡去了，只留下元稹一人緊緊抱著酒碗站在牆頭，久久不願離去。

「我說書呆子，你還杵在那做什麼？」紅衣少女從屋裡探出頭來，對著他喊了起來，「大下雪天的，你不怕凍死啊？還不趕緊進屋喝酒去！」

「噢！」元稹舉著酒碗朝紅衣少女作了一揖，「小生這就回屋，這就回屋。」

「真是個書呆子！」紅衣少女又發出一陣清脆的笑聲。

你患得患失地踱回屋裡，端坐於案前，把頭湊到花雕酒碗邊，嗅著它濃郁甘甜的香氣，宛若沉醉在三月的春風裡。她送我酒？那麼說，她心裡也是有我的了？你緊鎖的眉頭緩緩綻開，志得意滿地，邊飲著酒邊看著她送你的皮影。鶯鶯，我不會辜負妳的，我一定會像我爹對我娘那樣，一輩子都對妳好的。

你的嘴角漾開縷縷深情的笑，一遍又一遍地對自己說著，不管你和她將來如何，在以後如歌的歲月裡，春天的風，都會因她的氣若幽蘭散發著花香的味道；夏日的雨，也會因她的嬌豔柔美才洋溢著溫潤的氣息；秋天的楓，也會因她的浪漫純情才渲染出斑斕的色彩；冬日的白雪，更會因她的傾心無悔才舞動著千年的眷戀。

親愛的鶯鶯，以後的以後，每天的清晨都會是一個美麗的開始，每天的夜晚也都會因為一個美麗的夢而結束。你想像著此時此刻的鶯鶯正斜倚

2. 愛情皮影戲

在深閨的屏風前，笑意盎然地和你同時舉起一杯花雕深情地飲著，在她身前則是紅衣少女替她點燃的一爐沉香。想著想著，不禁詩興大發，激動地吟唱起來，這便是你為鶯鶯寫下的第二首〈白衣裳〉：

藕絲衫子柳花裙，空著沈香慢火燻。

閒倚屏風笑周昉，枉拋心力畫朝雲。

「來，鶯鶯！乾杯！」你高舉著酒碗，對著梨花深處的方向，一仰脖子，「咕嚕咕嚕」將一碗酒一飲而盡。

你蹙著眉，將手中的酒碗放下，一雙夾雜著憂鬱的眸子，盯著擺在案前的皮影。眼前的美人皮影，綠衣霓裳，柔嫩的臉龐吹彈可破，一低頭，領如蝤蠐、齒如瓠犀，分不清到底是皮影還是那藏在深閨裡，單純得沒有一絲心機的崔家小姐。

你十指緊緊攢著鮮豔如花的美人皮影，在紗質屏風前，愣是固執地將那齣愛情皮影戲，照著你的念想，慢慢上演著。你讓手裡的皮影美人動了起來，將那才子佳人的愛情，唱得哀怨宛轉，復又變戲法似地從袖子裡拿出一隻白衣公子的皮影，扯著線，讓他也跟著動了起來。

你說：「姑娘啊，妳若真心愛我，便跟我遠走天涯，放棄那榮華富貴，和我做一對尋常夫妻。」

然後又放下白衣公子，重新拿起綠衣霓裳，扮演起那個窈窕多姿的歌女。

「我說公子，你若真心愛我，就帶我遠走海角，只為了能和你相依相守，便是那金山銀山，奴家也不多看它一眼。」

你唇角泛著一絲得意的笑，你沒想到自己一個人也可以將這齣皮影戲演下去。可是你心愛的那位女孩會放下一切，跟著你遠走高飛嗎？一曲唱罷，你將那隻白衣公子的皮影扔在地上，甩著袖子，便將自己的手指輕輕

繞在那綠衣霓裳女子身下糾纏不清的絲線上，然後又讓她重新變得鮮活，對著你微微頷首，道一聲：「英俊倜儻的公子，你可否為了我放棄一切？功名利祿，還有你肩負的光耀門楣的責任？」

「我願意！」你看著她的眼，認真地說。

這時，你便看到她那一汪清澈的秋水中，閃著無數憧憬的光芒。她說：「我的公子啊，你不會騙我吧？多少痴心的女子，都被那花言巧語的紈袴少年騙了如花般純真的感情，奴家可不想步她們的後塵，以後的以後，只在那淚水中淒涼度日。」

「不會的。」你緊緊握著她的手，「鶯鶯，我愛妳，我會一生一世都對妳好。」你手裡的皮影美人終究掉到了地上，和那白衣少年一起做著白頭偕老的美夢，然而你和你的鶯鶯呢？你醉了，你睡了過去，你在夢裡溫存著你的美夢，一個只有你和鶯鶯的純美世界。

3. 英雄救美

所有古今中外流傳下來的膾炙人口的愛情故事裡，「英雄救美」的橋段似乎總是少不了的，古羅馬詩人奧維德更是建議年輕人將自己的意中人帶到競技場去約會，好似只有在危險緊緊的氛圍中才能使人們迸出更加絢爛的愛情之花。

人的一生很漫長，亦會經歷許多的事情，若有幸搭救一位美豔的妙齡女子，並非每個人都能遇到的事，它需要在一種特定的場所和機會下方會醞釀而成，所謂可遇不可求，而元稹在普救寺就真實地救過一位姿容出眾的妙齡女子，並讓他的人生擁有了一次刻骨銘心的愛情經歷。

元稹親自操刀的傳奇〈鶯鶯傳〉明確交待了這次「英雄救美」的前因

後果。「……是歲,渾瑊薨於蒲,有中人丁文雅,不善於軍,軍人因喪而擾,大掠蒲人。崔氏之家,財產甚厚,多奴僕,旅寓惶駭,不知所託。先是張與蒲將之黨有善,請吏護之,遂不及於難。十餘日,廉使杜確將天子命以總戎節,令於軍,軍由是戢。鄭厚張之德甚,因飾饌以命張,中堂宴之……」

證諸史籍,《舊唐書‧德宗紀下》貞元十五年記云:「十二月庚午,朔方等道副元帥、河中絳州節度使、檢校司徒兼中書令渾瑊薨」,「丁酉,以同州刺史杜確為河中尹、河中絳州觀察使」。當年十二月庚午,是十二月初一,丁酉是同月二十八日。也就是說,時任河中地區軍事首領的渾瑊於十二月初一突然去世,至十二月二十八日朝廷命杜確接替其職務,前後不及一月的時間。兵亂時間不長,涉及範圍也不大,因而此事史書未載。唐代軍中監軍多由宦官擔任,平日慣常對將士作威作福,丁文雅也必屬此類,因而值主帥暴逝、軍中無主之際,軍人發生騷亂,乃至譁眾取寵,實為屢見不鮮之事。

參照史籍分析,〈鶯鶯傳〉中所記這一兵亂事當屬可信。正如陳寅恪在〈讀鶯鶯傳〉中所說:「至於傳中所載諸事蹟經王性之考證者外,其他若普救寺,寅恪取道宣《續高僧傳》二九〈興福篇唐蒲州普救寺釋道積傳〉,又渾瑊用杜確事,取《舊唐書》一三〈德宗記〉貞元十五年十二月庚竿及丁酉諸條參校之,信為實錄。然則此傳亦是貞元朝之良史料,不僅為唐代小說之傑作而已。」

由此可見,自河中主帥渾瑊暴逝,到新帥杜確上任之間所發生的事件即兵亂,史書漏載了,而元稹在〈鶯鶯傳〉中卻無意地補足了這一史實。渾瑊是個很有威望的將領,善騎射,屢立戰功,以忠勇著稱。他死後,宦官丁文雅不會帶兵,軍人趁著辦喪事之際進行騷擾,大肆搶劫蒲州人。寄居普救寺的崔氏母女財產眾多,又有一群奴僕,旅途暫住此處,不免感到驚

慌害怕。在此以前，元稹跟蒲州將領頗有交情，就託他們求官吏保護崔家周全，因此崔家才沒有遭到兵災。這便給了元稹一個英雄救美的機會，而事實上，元稹也正是透過這件事才得以擺脫單相思之苦，徹底「擄獲」佳人芳心。

　　自那夜醉了之後，元稹對鶯鶯的思念也變得與日俱增。總是夜不能寐，便又總在輾轉反側後披了衣裳，靜默於窗下慢捻燈花，用一顆溫柔的心輕輕傾一杯香茗於地，以真情祭奠那抹皎潔月光裡的無辜相思，然後，和著一腔愁緒獨自徘徊，只把嘆息與失意當成了自己的座右銘。鶯鶯。他輕輕念著她的閨名，獨守那一紙綠衣霓裳的皮影，在淺淡的月色下緩緩奏起一曲〈高山流水〉，為著無法接近的她，也為著自己的憂傷與失落。一日不見，如隔三秋，該如何才能把她的清芬永遠握在掌心？他不知道，也不懂得該如何去嘗試，於是，只能裹著一懷感大的寂寞，用瘦了的指尖不斷拈起樂府的古雅悠香，以婉約的曲調，讓縹緲的簫聲在風月的輕紗流霜裡漸行漸遠，若即若離。

　　他恨不能伸手抓一把淺淡的雲影，給患得患失的心情裁一襲霓衣，將一臉的愁容偽裝成微笑，然後在想像裡用一顆雋永的詩心變著法地逗她歡笑，可十指卻又按捺不住地拉動了皮影下的絲線，任思緒穿過斜風冷月，瞬間便在熱烈的期盼中再次編織起縷縷清淺淡薄的情緒。他知道，縱使假裝，臉上那抹僵硬的笑也欺騙不了自己，到底，該怎麼做才能走近她的身邊、靠近她的心？抬頭，望向窗外明潔如玉的月光，他輕輕鋪開紙箋，筆走蛇龍，任思緒沿著思念的詩章斷句徐徐而行，冷不妨卻聽到心底的吟哦聲聲，只是，痴情的歌詠唱了數千年，落在他耳邊的卻唯有訴不盡的人世蒼涼，而案前的宣紙，塗來抹去，也終不過是在古典文辭裡迴旋著最後一韻，始終明媚不了她的花顏，更溫暖不了他祈盼的雙眼。

　　斜倚花香輕瀉的窗臺之下，他百無聊賴地張開十指，用纖瘦的指尖緩

3. 英雄救美

緩撥弄著一個人孤單的光陰，任她精緻靚麗的身影，一次又一次地氾濫在案几上雜亂堆放著的那些煙波浩渺的墨香古卷中。仔細回味書卷中那些讀來令人口舌生香的文字，每唸一句，便覺得宛若有詩人詞客從幽遠的遠古向他走來，或是帶著「十三與君初相識，王侯宅裡弄絲竹。只緣感君一回顧，使我思君朝與暮」的風流雅致，或是帶著「山無陵，江水為竭，冬雷震震，夏雨雪，天地合，乃敢與君絕」的蕩氣迴腸⋯⋯香則香矣，豔則豔矣，卻還是不能拂去他心間盤桓已久的點點愁思。誰說書中自有顏如玉？他捧著書卷唸來唸去，卻不見任何的顏如玉伴他左右，倒更加渴慕見到那真實的佳人，只是何年何月他才能有幸見到她的芳姿？回首，明月西沉，他忍不住在心中悵問，究竟，誰才是他在水一方的伊人，誰又是他永世珍藏的那抹心香？唉，不想也罷，窮困潦倒如他，又拿什麼去奢望她的真心？低頭，無可奈何地掰弄著十指，一聲低沉的嘆息便又讓他萬般的相思瞬間歸隱到樂府古詩裡去了。

回首，花落，夢裡不知身是客，可自從遇見了她，所有的夢都做不美，那幾多惆悵怎不惹他心傷難禁？窗外，疏影漸遠，心事，卻朵朵盛放，恰似一個婉約的詩人，在風中不停行吟著，任所有的紅塵往事都湮滅在千里煙波的詩韻中，然後，獨自在暗夜裡嗟嘆，用淚水與花開的聲音靜靜釋放著那些沉澱於心底的淡淡的憂傷。還能做些什麼呢？見不到她，他只能獨自依在浮光掠影的華麗中，一句句品讀書卷裡所有為愛情盛放的詞語，然而每每翻開書頁，便又宛若打開了一扇古樸厚重的門，看到的，聽到的，都是他對她莫名的珍重與期待，還有重重的失落與惆悵。那些漢魏的詩章詞賦仿若穿過無垠的月光，一次又一次地抵達他的身邊，攜著千古的幽幽情思，瞬息便映亮他充滿溫柔的心田，卻又不能替換他對她的脈脈相思，究竟，該如何才能快樂地將思念進行到底呢？

平平仄仄的詩章中，呢喃輕語的吟哦中，每一次默然的期待，總有不

盡的淚水瞬即盈滿他的眉眼。那一岸的曉風，那一彎的殘月，帶來的總是離情別緒的惆悵，而遠處那一次次離岸而去的青舟，和他相望的莫非只能是無法靠近的永遠？一絲一縷的思念，其實終不過只關乎於自己的心情，與他人又有何干，他又拿什麼去要求她走近他的世界？既然這樣，便任那一世的繁華絢爛如花，便任那一地的落寞寂寞成秋，然後，在枕衾輾轉的夜裡，用一顆相思成災的心留下千篇愁賦好了！

　　拉動皮影絲線的男子，把離愁，和著離別的月色喝了一杯又一杯，卻不意，醉了的只是皮影戲的記憶。寂寞的皮影，繞著多情的十指，身登輕雲的梯，正把樂府古詩的盛裝一一取下，這以後，無數個難眠的夜晚他又該如何取捨？她一襲霓裳臨風飄飛，香染綠鬢，芳華正豔，柔嫩的藕臂正挽著的又是誰家的少年，那纖若柔荑的手指撫著的又是誰人的多情？低低的嘆息聲裡，他每一滴的眼淚似乎都凝著一生孤單的剪影，泛著一世悽苦的漣漪，如果今生沒她來陪，縱使陌上妊紫嫣紅、花深似海，回眸之間，亦不過只是萬千繁華已然落盡！

　　是誰，在千年的漢賦裡輕舞飛揚？是誰，在凝眸處醉舞相思淚裳？又是誰，在風花雪月裡一遍又一遍地訴說著心底的憂傷？在這本該琴瑟和鳴、霓裳輕舞的月夜下，除了他，還有誰會對著這一輪冷月傷情悲懷？鶯鶯？他搖首無語。他那濃烈得化不開的情根本還未曾在她心底留下哪怕是一抹的殘痕，又怎會為他心傷難耐？或許，她送他皮影也只是一個不經意的舉動，可她知不知道，他卻為此付出了寢食難安的代價？

　　領首凝眉，落筆寫下一句句思念，未曾想，思緒擱淺的那一瞬，素箋早已成灰，相思亦已成災。憶著她風華絕代的容顏，他在心裡一遍遍追問著自己，紅塵世間，情愛的世界裡，究竟誰會把誰真的當真，誰為誰永遠地心痛，誰又是誰唯一的人？來何來？去何去？他和她，誰是誰前世的眷戀，誰是誰今生的劫數，誰是誰下一個輪迴裡最刻骨銘心的那個人，又是

3. 英雄救美

誰總是日以繼夜地用感傷的手指在淺淡的月色下，傾訴著一個又一個千古的傳奇，卻換來永久的無人與共？

月華洗過的容顏，儘管蒼白，儘管失色，卻無法冷了他相思的情懷。輕拈琴弦，他把滿腔刻骨的想念都繞在指間化作了一曲曲無盡的愁怨，放任那楚辭漢賦、樂府唐詩，攜著遠古的縷縷幽香，慢慢撫過他瘦削的肩，將情深意重四個字深深的烙在眸光的盡頭。然而，癡迷的那一刻，究竟誰才會是他命中注定該邂逅的那抹香豔，他又該如何循著撲鼻的香氣去尋覓她前世今生裡的溫柔妥貼？他不知道。但突然爆發的兵亂卻給了他宣洩相思的最佳出口。他沒想到亂兵的馬蹄會踏向普救寺，更沒想到那些沒了紀律約束的將士們會把壞主意打到客居在寺中的崔氏母女身上。但，這卻給了他一個最最重要的機會。

那一天，在蒲州城裡搶紅了眼的亂兵們聽說普救寺裡住著家財萬貫的崔氏母女，更兼打聽到那崔氏之女生得花容月貌後，無不動了邪念，遂一哄而上，騎著馬，帶著武器奔向普救寺，要寺僧將那閉月羞花的國色佳人交出才肯罷休。王實甫的《西廂記》為這夥亂兵安排了一個首領，姓孫，名飛虎，為了得到鶯鶯，親自率領五千兵馬包圍了普救寺，大有不得美人誓不罷休的架勢。普救寺內的寺僧歷來是方外之人，不問世事，哪見過這樣的陣勢，一個個都嚇得面露驚惶，無計可施。而那鶯鶯的母親，崔家的夫人也只好在被迫無奈之下當眾許下諾言，如果有人能夠進獻退兵之策，解救她們母女平安度過此厄，事成之後，定把那千嬌百媚的女兒倒賠嫁妝許配於他。當時借住在寺院的書生張君瑞挺身而出，寫了一封信給與自己有八拜之交的好友白馬將軍杜確求救，並派寺院裡一個名叫慧明的武僧在深夜裡面殺出一道重圍，親自把信送到了杜確手裡。杜確當時正鎮守蒲關，統領十萬大軍，人們都很尊敬他，所以把他稱為白馬將軍，他接到張生的求救信後，想都沒想，便馬不停蹄地率軍連夜趕到蒲州，與孫飛虎展

開了一場激烈的廝殺，並成功生擒了孫飛虎。

這自然都是附會之說。不過也從另一個側面說明了元稹在那次兵亂中替崔氏母女解圍的過程中所發揮的重要作用。也正因為這突如其來的兵亂，給了元稹進一步深入接觸那日思夜想的鶯鶯的機會。

關於崔氏母女的身分，元稹後來在將自己化名為張生的〈鶯鶯傳〉裡記敘了此事：「張生遊於蒲，蒲之東十餘里，有僧舍曰普救寺，張生寓焉。適有崔氏孀婦，將歸長安，路出於蒲，亦止茲寺。崔氏婦，鄭女也；張出於鄭，緒其親，乃異派之從母。」

透過替崔家母女解圍這件事，元稹得以與崔夫人鄭氏接觸。接觸過程中，就不免要閒談些家世，卻意外地發現崔夫人竟然是自己的從姨母，因多年未見，幾乎辨認不出。這個從姨母鄭氏本來一直隨在京做官的夫君居於長安，貞元十年後，其夫去世，鄭氏便攜子女扶柩歸葬博陵故里。因不習慣博陵的風土人情，在夫服滿後，鄭氏便決定攜子女再由博陵返回長安生活。

從鄭氏的談話中，元稹還得知，原來當年為修建普救寺，鶯鶯的父親捐助頗多，就連當時寺中的主持方丈也是由其親自剃度，所以鄭氏借住於寺中自是情理之中的事情。因天寒地凍，又兼兒子歡郎體弱多病，鄭氏便決定留住於普救寺，替先夫做幾場超渡法事，且擬待寒冬過盡，來年春暖花開之際再返回長安。

鄭氏將和鶯鶯一直在普救寺裡待到來年春天才回長安的消息，無疑給日夜為相思所折磨的元稹帶來了一劑福音。本來，在期盼與鶯鶯再見無果後，他已經決定返回縣衙，好好做他的文書工作，誰知道陰差陽錯，偏偏發生了兵亂，卻又因禍得福，讓他有機會在崔氏母女面前展現了自己的價值，而更難能可貴的是，這齣「英雄救美」的大戲剛剛落幕，他便找到了一個絕好的機會，順理成章地走進了少女鶯鶯的內心世界。

4. 鶯鶯詩

　　元稹不意在普救寺與從姨母相見，自是感慨萬分。而鄭氏因為感激元稹救護之恩，更是對其另眼相看，還特意在寺中大擺酒席款待於他。先是讓兒子歡郎出來拜見元稹，接著又叫女兒鶯鶯出來拜見，不料鶯鶯卻推說有病，執意不肯出來。鄭氏不免動了氣，吩咐丫鬟紅娘一再去請，過了好久，鶯鶯才帶著一臉的不情願，勉強出來與元稹相見。

　　再見鶯鶯，她早已換下了一襲素裝，取而代之的是一件殷紅的上衣和一件淺碧色的下裳，不過一眼便能辨識都是舊時衣物，絲毫沒有貴族小姐的驕矜之氣。只這一眼，便又醉了元稹的心頭，再回眸，但見她摒去濃豔脂粉，只著黯淡之妝，雖貴為千金，卻與一般富家女子迥然有異，更加突顯了她超然脫俗的品味。再看那窈窕的身姿，彷彿夜合之花，含香滴露，籠罩於煙靄迷濛的晨曦中，既靚麗顯眼又朦朧模糊，極顯嬝娜之美態；而那豐潤的面容、飛紅的兩腮，更宛若三月的牡丹，在春雨初霽、殘陽返照之中，珠光點點，如泣如訴，既顯「一枝紅豔露凝香」般的華美，又見「清水出芙蓉」般的清純。

　　這可真把元稹給看傻了，呆呆地說不出一句話來。他又開始疑惑自己見到的美嬋娟究竟是否人間所有，這個表妹美得也太不可思議了吧？短暫的愣神之後，元稹立即拱手向鶯鶯施禮，鶯鶯卻一臉不情不願的樣子，目光始終斜視著別處。

　　「不知表妹芳齡幾何？」席間，元稹目不轉睛地盯著鶯鶯問。

　　鶯鶯只是低頭掰弄著手指，元稹的話，她一句也沒聽進去。

　　「鶯鶯！」鄭氏在桌下偷偷踢了女兒一腳。

　　鶯鶯還過神來，滿目含羞地盯一眼鄭氏：「母親大人……」

「你表哥救了我們一家的性命，怎好這樣怠慢於他？」鄭氏瞥著滿臉通紅的鶯鶯，「表哥問妳多大了，還不快快告訴妳表哥？」

「我⋯⋯」鶯鶯低語呢喃，「十七。」

「還不給妳表哥敬酒？」鄭氏將酒盞推到女兒面前，「往後我們娘兒仨就得靠著妳表哥了。」

「姨母這話言重了。」元稹連忙站起來欠了欠身子，「小甥只是略盡綿薄之力，些許小忙，實在不足掛齒。」他的目光始終傾洩於鶯鶯冷若冰霜的臉上，不管她對自己怎樣冷漠，他心底那份熱情卻是徹底被眼前這位絕世佳人撩撥出了。

「鶯鶯！」鄭氏又推了推女兒，用眼神瞟著她嗔怪著，「這孩子，怎麼這麼沒規沒矩的？敬個酒也不會嗎？」

「表哥⋯⋯」鶯鶯紅臉覷著元稹，只好勉強起身端起酒盞，往元稹的酒蠱裡慢慢斟著酒，「請！」

元稹愣愣盯著滿面嬌羞的鶯鶯，是驚豔，也是風流，卻不知道伸出手去接那早已盛滿葡萄美酒的夜光杯。

「表哥⋯⋯」鶯鶯又輕輕叫了一聲，那流著酥淌著媚的語調，更令元稹心曠神怡。那晌午，一雙柔荑，幾盅美酒，他一掩袖便即醉了。斜眼，瞟她似笑非笑的眉眼，看她略帶嬌憨的神態，嗅美酒之清芬，卻發現聞香非香，那暗暗的馨香居然是從她身上散發出的，更是誘人無限。

「表妹⋯⋯」他舉起酒盅，接連滿飲了三杯。

她又持了酒盞，往他杯裡傾著。偷眼瞧去，卻見她眼橫秋波、顧盼生輝，臉上陡地升起兩片紅雲，似有嗔意，卻又無語。他不禁亂了心緒，卻看到窗外透進來的一枝紅梅，忍不住在心底暗嘆，表妹表妹，妳與那窗外的俏紅梅究竟又是哪個先紅的呢？

4. 鶯鶯詩

正待他要滿飲了此杯，等閒之際，卻聽得她輕聲喚身邊歡郎的名字，似乎並沒將他放在心裡，但他藉著目光的餘輝，卻看到她明明也在偷眼瞟著自己。

這是一幅多麼雋美的世情圖景。一個多情的公子，一個懷春的少女；一個為她失魂落魄、語無倫次；一個明明心裡有他，卻偏要裝出毫不在意的拘謹模樣；一個想要掏出心窩給她看，卻礙於旁人，話到嘴邊只好惆悵嚥回；一個意在此而言在彼，想要看他卻喚著弟弟的名字，怎能不讓人咀嚼再三？

這樣的美好，勝過山水的綺麗，勝過溫柔鄉里的纏綿，難怪宴席散後元稹便當即賦詩一首，題名〈鶯鶯詩〉，將這次會面中鶯鶯的嬌美情態用錦繡文章一一記錄了下來：

殷紅淺碧舊衣裳，取次梳頭黯淡妝。
夜合帶煙籠曉月，牡丹經雨泣殘陽。
依稀似笑還非笑，彷彿聞香不是香。
頻動橫波嬌不語，等閒教見小兒郎。

再見她的時候，柳笛攜著清風吹醒了沉睡在冬日的大地，縹緲的音韻渡過寒塘，只一瞬，便覆蓋了畫中的淺草秋荷，把世間所有的蒼白荒蕪，都轉換成耳畔三兩支短曲綿長，自是情意雋永，溫潤人心。剪風影，裁明月，只想在詩成的時候掐一朵花開的美麗與她共賞，卻又不知道她的心意如何，於是，只好在煎熬中默默地期盼，默默地等待。不過我知道，那時那刻，你，元稹，雖用錦繡詩章將鶯鶯的美貌與嬌憨之態描摹得恰到好處，但在你內心深處，卻還是有著隱隱的擔憂。儘管鶯鶯之父已逝，但崔氏仍是有唐一代的名門望族，而元氏家族早已衰落，姨母鄭氏到底會不會同意你和鶯鶯的結合還是一個未知的問號。你很想跪到鄭氏面前，乞求她

成全這段美好姻緣，卻又生怕唐突了鶯鶯，雖然眼見得她與你眉目傳情，到底還是沒求得她隻言片語，萬一她不願意又該如何，豈不是要把自己逼到沒有退路的境地？

憶著她的容顏沉思，冷不妨抬眼望向窗外，卻有斜風細雨迅速湮溼了你心底積澱的惆悵。看，枝頭早已變得稀疏的花兒在你黯然神傷的眼前紛紛落下，恰似你雜亂無章的思緒，繽紛不了外面的世界，卻繽紛了你的思念，也繽紛了你想像中的兒女情長。提筆的剎那，驚鴻一瞥的紅顏，深深埋進你長長的髮絲裡，輾轉難眠的心事，卻偷偷寄在了隔院的風景中，隨風招展，而她什麼也沒看見。

淺淺的憂傷，依然悄悄藏在季節的深處，不變的寂寞，還是被你輕輕攏在了掌心，思念的痛讓你怎麼也無法撥開掩在你窗前的霧藹雲煙。想著她的千嬌百媚，念著她的翩若驚鴻，你獨坐窗下，俯首飲宿雨，垂眉聽冬雪，於萬籟俱寂中拈來幾許夢裡的溫柔，在花落的聲音裡吟唱著陽春白雪，在搖曳的燈火下一次又一次地打撈著你想要的未來，任穿過朦朧雨簾中的手指，輕輕地、柔柔地，觸控起遺落於紅塵深處的記憶，在幻鏡裡把她的眉眼一一撫遍。

那時那刻，你多想守在她的身邊，聽一曲高山流水的清歌，攬一聲風情萬種的低語，於彼此的歡笑裡細數流年的繽紛，用戲說的調子碼出歲月的光輝，給她一份恆久的溫暖與明媚。然而，當她在繁華的樓閣前默無一言地轉身而去，遺落在你腳下的卻唯有紅顏迷離的傷，還有你不為人知的痛，即便想用歡喜與微笑來假裝鎮定，蹙起的眉頭還是無法掩蓋你內心的慌亂。你不知道該做些什麼才能將她留下，你不知道自己到底是不是她心底那抹璀璨的陽光，天上的星星你摘不下來，水裡的月亮你打撈不起，你唯一能做的就是與時間賽跑，爭先恐後地，用最纖細的指尖劃破歲月的恬淡溫潤，用最精緻的語言描述她的花容月貌，筆揮翰墨，任香豔的詩章停

4. 鶯鶯詩

泊在疲憊的雙肩，夜夜縈繞在夢的簷梁之上。

你多情的心事裡，蓄滿了欲說還休的期盼，在妙筆生花的字裡行間，或繁花似錦，或落英繽紛，而所有的文字都與寂寞有染。你深深地嘆息，為什麼你舞文弄墨的手總是挽不住她如水般細膩的思緒，每一次相思成災的時候，只能任由滿心的不甘與不捨穿越歲月的浮雲，把所有的愁緒都付諸筆端，在想像與編織的故事裡掩蔽所有的失落，然後又一再的盡其所能地用冶豔的詩詞打發這許多無聊的時光？

或許，一切的落寞與慌亂，只是因為你無可救藥地愛上了她而已。這是你第一次愛上一個女人，也是你有生以來頭一遭體會到愛情的種種甜蜜與苦惱。你知道在你初見她的那一刻起便已深深地愛上了她，自那之後，所有的神魂顛倒，所有的刻骨銘心，所有的欲蓋彌彰，所有的心神蕩漾，都只是因為你的世界有了她的存在，雖然她始終默然無語、冷若冰霜，但你明白，她的出現已然改變了你生命中所有不該有的注定，你不會在碰壁之後選擇毅然決然地轉身而去，而是要迎難而上，讓她的美麗徹底清芬你的靈魂，讓她的溫柔徹底張揚你的深情。

在你的想像裡，她是個和你一樣，喜歡沉醉在古樂府詩裡吟賞風月的的妙人兒，即便在燈火闌珊之後，也會獨坐於梨花掩映的西窗之下，守著一懷寂寞的歡喜，以一襲披肩的長髮緩緩打撈起遠古的幽情，任十指纖纖，把纖薄的月光細細描摹成一首首清新淡雅的小詩，然後，和著花香，將其一點一點地綴入歲月的書簡，在唯美的故事裡一次又一次地刻劃下千年輪迴的繾綣。只是，那些繾綣的故事裡有沒有他左右為難、徘徊踟躕的身影，有沒有她深藏在紗窗之後的那一雙流瀉著萬般深情的眼，正偷偷端瞧著他把所有的難為都凝成了漆黑背景之下的一次次的煎熬？

你不知道她想像的故事裡到底有沒有你的存在，但你知道，你手邊的一紙素箋正承載著你心底的裊裊沉香，任那些密密麻麻的字句，都在苦

苦的等待與折磨中最終憔悴成了一首瘦瘦的〈鶯鶯詩〉。溫婉皎潔的月色裡，你挽著長安的風，捧著蒲州的水，看捲簾西風裡，著一襲殷紅舊羅衫的她，手提一盞綵鶯明燈，沿著牡丹花叢一路迤邐，泛蘭舟破雲水之浪，穿過紅牆黛瓦，越過霧靄雲煙，飄過風花雪月，掬水為佩，折花為裳，徒然讓滿懷的柔情，都在柳色青青的煙雨樓臺中漸次迷亂，那一雙期盼的眼神裡卻不知究竟深藏了多少的纏綿與悱惻。而你，就那樣靜靜地看著她，想要高聲喚她，最後竟連一個字也喊不出來，於是，只能心痛著捲起衣袖，在小樓吹徹玉笙寒的落寞裡舉筆翩躚，任滿腔的柔情肆意潮漲在滿目的春光裡，然後，於芸芸眾生中，執著著尋覓著她前世遺留下的種種禪機。

　　你知道，朗朗的月色下，是她披裹了一身的溫婉，攜著萬種的柔情，在靜謐中踩著亙古的影子，踏著萬頃的碧波，緩緩流淌至你的腳邊，才在一回眸的凝望中奏響了你和她三生情緣的序曲，只是這一齣戲碼究竟該如何演繹，你心裡並沒有底。她自白色的皮影幕布後出場，無須華美的戲服裝飾，無須冶豔的胭脂點染，就洩露了她絕倫的美豔，那一雙如水般澄澈的眼睛更是輕易便撥動了你的心弦，然而這般耀眼的美麗真的能夠為你所有嗎？塵世的風沙遮擋不了她的麗質天生，寂寞的庭院掩蓋不了她的國色天香，你不敢相信自己會擁有抱得美人歸的好運氣，只怕長此以往，你青巾長衫路過的身影，到最後只能見證她生生世世的守望。可你還是不甘，即便眼前就是窮途末路，你也想努力嘗試一番，至於未來，那麼久遠之後的事，就留待日後再去思索吧！

　　想她的時候，是誰總是輕執羽扇，在昏黃的燭火下掩卻淚珠千行，又是誰總是揮筆落墨，在纖薄的宣紙上掃低落花無數？或許，這世間有著千萬個癡情的男子，而現在，在這荒郊野嶺的普救寺，也只有他元稹一個多情的男子總是在日以繼夜地將她心心念念了個遍，卻為何她還是一如既往地只把他當作一個熟識了的陌生人？如果說世間的紅塵情愛、男歡女愛，

4. 鶯鶯詩

自古就只是一場永無止境的傾訴，那麼，你更希望用一闋長長的敘事詩來安居你和她的「緣」，在詩的意境中對酒而舞，任花間樽前的纏綿，到最後只化成一個「天荒地老」的詞，永遠擱淺在你和她執手的溫暖裡。

情絲萬丈，繞過高山，覆過大河，綿綿無盡頭，卻是剪不斷，理還亂。沒她紅袖添香、相伴左右的日子，陪伴你的只能是更幽更深的寂寞，還有一懷遣之不去的孤傷。再熾熱的感情也經不起時間的冷卻，更經不起相思之人的冷淡，那時那刻，你孤寂的背影，正穿越在滄桑的飄零中，行走在纖薄的淒涼裡，那一路的風塵，亦總是伴著你的惆悵，以飛舞的姿勢，一而再、再而三地，企圖踱進她明媚的風景中，而她，卻依舊躲在梨花深院，用一脈心香默默捲起寂寞的長袖，在窗下直舞到海枯石爛，也不肯對你敞開心扉。不變的詩題，在歸去來兮之間不斷地吟哦，而你彷彿那個遠古故事裡守在花下的痴人，從繁花似錦一直等到花落繽紛，也沒等到她的回望，卻等來了你自己的凋零。相思成災，那日宴席之上她嬌羞的紅顏早已深深鎖在了你的心海，每一次澎湃都能帶給你一份充滿曙光的希望，同時也都會帶來一次無盡的失落，你不知道這個時候還能為她做些什麼，但你知道，你心裡想的是她，眼裡見的是她，落筆寫就的詩章還是她，雖然想替她揀拾一路曼妙的風景，但心裡構築的卻只是一片永遠也抵達不了的海市蜃樓。

你發現，無論你怎樣相思滿懷，在這並不恢宏的普救寺裡，卻只是在沒完沒了地上演一場沒有她出場的獨角戲。散了的宴席，早已沒了她的蹤跡，你只能一個人跌坐在寂寞的庭院裡落寞憂傷，悽然落淚，卻不敢大聲喧譁，更不敢驚動她的沉默。你總是獨自站在門前，呆呆地望著隨風而落的枯葉悵問，究竟是誰的芳履在你窗下輕碾而過，把滿腹的相思都掛在了你盼春的枝頭，儘管你明白那一切只不過是你多情的幻想，卻還是忍不住把這個問題擱在心頭兀自盤問了許久。還記得宴席那日她臉上從始至終都

075

掛著的風輕雲淡的表情,以及她默然不發一語的轉身,或許,那便是她的決絕,可若不是她近乎苛刻的無情,又怎會留給你獨自思念著啜飲的機會?或許,你是喜歡著這種孤單與心傷的,因為你深知梅花香自苦寒來,而愛情亦然,不經歷一番寒徹骨的疼痛與煎熬,你和她又怎會明白紅塵情愛的可貴?她不語,你只能獨自隱忍,卻不意,句句纏綿的癡念,到最後卻讓你孤寂的影子刺傷了你俊逸的眉眼,傷到無路可退之際,你終是攤開了雙手,任擱淺在心頭的悲愴吹落滿天的晴朗,然而,放眼望去,望到的滿滿落下的竟是你一地的心碎!

　　你悲傷,你痛不可當;你感嘆,你愁緒叢生。為什麼,思念了這麼久,你在簑衣生寒的夜風中,卻只留下了一行行平仄的詩句,和一道道相思暗戀糾結的痕跡,偏偏遍尋不見她哪怕是一次的偷偷回眸?或許,世間的事,終究都沾染著些無奈與難為,然而,他的情愛紅塵裡若少了她的參與,縱有神來之筆、浣花紅箋,又怎寫得那綿綿無絕期的天長地久?輕輕,拈起剛剛落筆的宣紙,和著滿心的惆悵,將它看了又看、唸了又唸,吟出的依然還是昨日斷章的詩篇,那滿紙塗鴉的殘句,盈滿雙眼的,亦唯有雨起雨落裡的花開花謝,而那滿天飛舞的,也只是他一個人悽悽的悲涼,無恨,無痕。

　　月色傾城,你舉頭邀月,只盼能借得它的三分溫婉來掩飾你內心突起的傷。盛大的寂寞在風中吟唱著你對她不滅的相思,環繞於周遭的,卻依舊只是千篇難解的愁賦,你終於還是浸倒在了潸然的淚水中。解下腰間的輕羅素帶,將千絲萬縷的心事一一疊放在胸前,你沉幽的嘆息終被一雙瘦若無骨的手擰下,帶著萬般的愁緒,緩緩落在枕衾輾轉的深夜裡。你已然知曉,在得不到她任何回應的日子裡,你心裡的婉轉,即便綿延至永久,也只能書寫在絹帛紅箋之上,而瘦了的指尖,縱使塗滿墨汁,亦只能拴在一個沒有出口的諾言上。她無語,她沉默,她一如既往地無視你,一城風

4. 鶯鶯詩

絮裡你無所依傍，唯有拄著文字的枴杖在情愛裡獨自蹣跚前行，讓單戀的愁苦在前塵的夢裡遊蕩，任古韻清音在風中流淌，任刻骨痴情在心間縈繞，哪怕一夢千年，也是心甘情願。

啊，鶯鶯！在我寫遍了滿紙哀愁與凝望的日子裡，妳就不能回報給我一個淺淺的微笑嗎？莫非，妳與我一世情緣的畫卷只能定格在宴席間那曖昧的眼眸深處嗎？你終是忍淚不住，發出一聲幽幽的嘆息，靜佇暗夜的中間，身披文字賜予的一襲寂寞詩衫，逍遙在詩詞歌賦的春江花月夜裡，無語凝噎。或許這一生，你注定要與詩書做伴，與文字結親，永遠都坐在詞彙風生水起處，淡看雲捲雲舒、花落花開，但你仍是強烈渴求著一段轟轟烈烈的戀情，渴慕著那個殷紅淺碧的女子能夠站在溫婉的月色下，輕輕伸過手，撫平你那為她憔悴緊蹙的眉頭。

你想不到的是，在你暗自傷懷了無數個日夜之後，她終究還是走進了你的世界。她派了她的使女紅娘來到你的院前，彷彿一個快樂的精靈，輕輕推開了你虛掩的房門。你緊抓皮影的手在燈前顫抖了一下，那綠衣霓裳的人偶卻被你捏得更緊。紅娘說，小姐要在你和她初見的那個雜物間演皮影戲，約你去看她的表演。你問紅娘，歡郎去是不去，紅娘對著你嫣然一笑，說小姐今晚只想自己一個人表演，演給你一個人看。你聽了這一句，便頓時潸然淚下，感覺老朽了的生命終於煥發了最最精采的活力。

千帆過盡，誰能載動翻江倒海的眷戀；弱水三千，誰能轉變獨取一瓢飲的痴絕？千百度的追尋裡，你終是找到了生命中那個絕美的知音——崔鶯鶯——你知道，從今往後，你是再也走不出她的世界了。

第 2 卷　牡丹經雨泣殘陽

第 3 卷
唯有牆花滿樹紅

春來頻到宋家東，
垂袖開懷待好風。
鶯藏柳暗無人語，
唯有牆花滿樹紅。

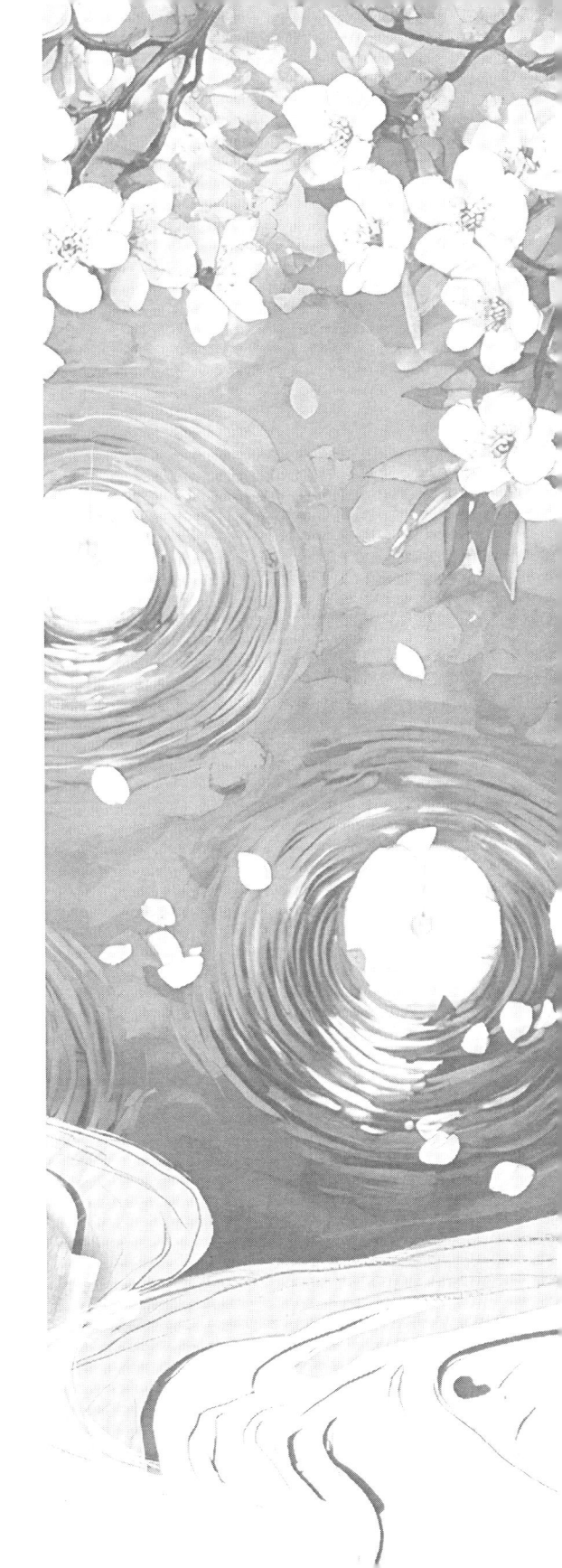

第 3 卷　唯有牆花滿樹紅

1. 鳳翔

　　西元 787 年冬。鄭氏步履蹣跚地走出長安靖安坊元氏老宅，身後跟著十歲的元積和九歲的元稹。門外，一駕破舊的馬車早已恭候多時，鄭氏忍不住淚眼模糊，轉過身，深情地撫摸著門前那對威嚴的石獅，心裡湧起無限惆悵。還會回來的，她輕輕安慰著自己，也安慰著不肯離去的小九元稹。

　　還有什麼可留戀的？夫君已逝，留下這座諾大的宅子，縱是守著它，也是守著一份空洞的寂寞，與其坐以待斃，還不如丟掉這無謂的面子和尊嚴，去投奔在鳳翔的親戚，為大家都找條活路。都說是瘦死的駱駝比馬大，鄭氏本以為咬咬牙，總可以把這艱難的日子度過去，無奈巧婦難為無米之炊，家裡的東西變賣了又變賣，日子卻過得越來越捉襟見肘，吃了上頓便沒了下頓。

　　眼瞅著天氣一天比一天冷，儘管鄭氏挖空心思地當了自己嫁進鄭府時帶來的金玉首飾，也才只是勉強替兒女們準備下了過冬的皮毛衣物而已。而今這一大家子人的吃喝拉撒都靠著她一個人的典當來維持，自然是難以為繼，眼見得年關將至，開銷也日漸增多，手頭上所剩無幾的銀兩馬上就會花用到底朝天，而年貨都還沒準備，這可叫她如何是好？孩子們都盼著過年呢，可過年所需的花費卻是毫無著落，加上元秬因為在家守制，一時失去了收入來源，縱使有心也幫不上太多的忙，所以作為主母的鄭氏縱使有心改變窘迫的境況，在殘酷的現實面前也唯有暗自垂淚到天明的份。

　　幸好遠嫁在鳳翔的大女兒和在鳳翔做官的兄弟們知道她在長安的日子不好過，便捎來了信，委婉提出要接他們母子去鳳翔度日的願望。去鳳翔？依靠兄弟和女婿度日？這話要是傳出去，豈不是給元氏家族臉上抹黑？可要不這麼做又能如何，元積和元稹還小，正是長身體的時候，虧了誰也不能虧了他們啊，要不自己日後到了黃泉路上，她又該如何向元寬交待？

1. 鳳翔

鄭氏把自己的意思跟次子元秬說了。元秬卻是一萬個不情願、不同意。為了元家的面子，也為了自己的面子，他說什麼也不能讓繼母和她的孩子們離開長安老宅去依靠外族度日。元秬開始打起元氏老宅的主意。望著流經院裡的小溪，望著院裡高大的夜合樹，他作出了一個大膽而又接近妄為的提議。元秬決定要把元氏老宅賣掉，再去別的地方買一個小院落，這樣剩下的錢就可以幫助全家人度過這最艱辛、最難熬的日子了。

元秬的提議立即遭到鄭氏的斷然拒絕。就算餓死凍死，也絕不能在元氏老宅上打主意。這可是元氏先祖元巖留給元氏後人唯一的念想了。元寬和元宵在世時對這座院子是那麼的留戀，那麼的喜愛，這裡的一花一草、一樹一木、一磚一瓦，甚至門廳裡雕刻著的松竹梅，無不侵透著元寬兄弟的心血，要是賣了它，自己和元秬就會成為元氏家族的千古罪人了！

「娘！」元秬神色凝重地盯著她，「恕元秬說句不敬的話，元家早已不比往年，現如今叔父和爹又都不在了，眼下最緊要的是想辦法讓弟弟妹妹們吃飽穿暖，這樣才不會辜負我爹的在天之靈啊！」

「你要是賣了元氏老宅才是真正辜負了你爹的在天之靈！」鄭氏面色沉重地望著元秬，「你大哥多半不在了，這個家日後還得指望你振興，怎麼遇到一點點困難就想著要變賣祖宅呢？要真這麼做了，對得起你爹和你叔父嗎？他們為這棟老宅付出了多少心血你不知道嗎？這院子裡的花花草草，在他們眼裡哪一樣不跟自己的性命似的？」

「可是眼下……」元秬哭喪著臉為難地說，「不賣了老宅，這日子真的沒辦法過下去了。親戚們眼見我們這房衰敗了，不看笑話的就難得了，兒子又無能，不懂得經營之道，如今又沒了俸祿，元家真的已經到了窮途末路的時候了。」

「窮途末路？」鄭氏冷冷的面孔裡突地射出一道堅毅的光，直直逼向元秬，「再說這般沒志氣的話，你就不配做元家的子孫！」

「可是，殘酷的現實擺在眼前，您倒是說說，不賣了祖宅，我們還能怎樣？元柤餓死凍死是小事，可是積兒和小九呢？爹生前最疼愛的就是他們，含在嘴裡怕化了，握在手裡怕丟了，爹要是看到他們過著忍飢挨餓的日子，一定會贊成我把老宅賣掉的。」

「我不是說了嘛，我可以帶著他們去鳳翔投奔你大妹妹。你大妹妹和小九的舅舅、姨母們已經捎來好幾封信讓我們去鳳翔了⋯⋯」

「娘！」元柤打斷鄭氏的話，「我不同意！我不同意你們去鳳翔投奔外姓人！」

「這不是沒有辦法的事嘛！」鄭氏雙眉緊鎖，「你以為我願意去投奔別人？家裡再窮也是自己的家，要不是沒辦法，我能捨得撇下和你爹生活了將近二十年的老宅去依靠外姓人度日嗎？」

「可您有沒有想過，您要是真的帶著他們去鳳翔投奔大妹妹，那些族人和外人會怎麼看我？他們會說我欺負你們孤兒寡母，說我不孝，說我容不下你們母子，說我⋯⋯」

「不會的。外面的人不了解你，為娘的還不了解你嗎？」鄭氏眼裡噙了淚花，「你爹這些年一直大病小病不斷，你大哥元沂又在外邊任職，這個家不一直都是你在支撐著嘛！別人不知道，為娘的心裡卻是清楚的。我知道，你為了這個家付出了太多太多，我們娘兒幾個打心眼裡感激你，可是元家現在已經這個樣子了，我若不帶著他們去投奔你大妹妹，難道真的要看著你把元家祖宅變賣了不成？」

「可是⋯⋯」

「什麼都別說了。」鄭氏搖了搖手，「我會跟親戚和街坊們說清楚的，你也別再打老宅的主意，更不要自責。我明白，你已經盡力了，沒人會怪你，與其讓大家都守著這個宅子挨凍受餓，還不如暫時放下尊嚴，畢竟，

1. 鳳翔

活著才是最緊要的事，對嗎？」鄭氏邊說邊伸手理了理元柜褶了的衣襟，「就這麼定了吧，我還有些舊首飾，都給你和你叔父那房的兄弟留下了，也夠你們撐一陣時日了，再堅持堅持，等替你爹守完制，這家人的日子便會像從前一樣好起來的。」

「娘！」

「等你們日子過鬆裕了，我會帶著積兒和小九回來的。」鄭氏勉強擠出一絲微笑，「只是仰娟我要託付給你了。她一直體弱多病，肯定是不能跟著我一起去鳳翔了，這孩子看著不苟言笑，其實心重，要是有什麼忤逆了你的地方，你這個做哥哥的還得多擔待著她些。」

「您放心吧，日子再苦，元柜也不會讓仰娟受半分委屈。」

「那就好。」鄭氏嘆息著，「這孩子命不好，你爹本來還指望著送她進宮，讓她去過幾天好日子，沒想到她又落下了病根，宮是進不去了，可女孩子家大了，難免會野了心思，要是有人家肯討了她回去，倒也了卻了我一樁心事。」

「您是說想幫二妹妹找個人家嫁出去？」

「就是想想。你看她那樣子，整天病懨懨的，有誰家的好男兒會娶了她進門？」

元柜沒有吭聲。他知道二妹妹這病多半是好不了的，卻不得不安慰鄭氏幾句：「我會替二妹妹尋摸著的。也許真有欽羨二妹妹才華的高門大戶相中了二妹妹呢。」

鄭氏嘴角掛著一絲無可奈何的笑。幾個兒女，她唯一放心不下的就是仰娟，可她又病成那副模樣，只怕帶了她，半道上就會要了她的命，所以還是狠了狠心，決定把她留在元氏大宅。

走的那天，仰娟跟在元柜夫婦身後前來送別。仰娟最捨不得就是小九

元稹，拉著他的手摸了又摸，叮囑的話說了一遍又一遍，像不盡的黃河水般滔滔不絕，連她自己都驚訝今天說的話為什麼會有這麼多。或許這次分別就是永別了，她心裡一直有著隱隱的憂。

「小九，你再好好看看二姐。」仰娟臉上掛著淡淡的笑，緊緊握著元稹胖乎乎的小手，「你看仔細了。我是二姐，等你回來時千萬別把二姐的模樣給忘了啊！」

「二姐！」元稹哽咽著，「二姐⋯⋯」

「好了，車還等著呢！」鄭氏輕輕拉起元稹，盯一眼仰娟說，「娘不在家，妳要好好聽妳二哥的話，好好養病，知道嗎？」

仰娟點著頭：「等我養好病，就去鳳翔找您和小九去。」

「二姐⋯⋯」小元稹在鄭氏懷裡掙扎撲打著，回過頭望著仰娟，撕心裂肺地叫著，「二姐！二姐！」

「小九！」仰娟忍不住撲上前，一把將元稹摟進懷裡，抓起他的手放在自己的面龐上輕輕揉著，「小九，你摸摸，這是二姐的臉，是二姐的臉！」

元稹的小手在仰娟臉上輕輕摩挲著。他知道自己和二姐終究是逃不過這一別的，他要好好看清二姐這張如花似玉的臉，好好摸摸這張臉，不要等自己回來時再也記不起這俊俏的模樣。

他還不知道，這一別真就變成了自己和二姐的死別。就在元稹於鳳翔依倚舅族，跟隨姐夫陸翰和姨兄胡靈之學詩誦經之際，二姐卻因為病體纏綿，主動要求出家為尼。但削髮為尼並沒能挽救二姐年輕的生命，她終是帶著如花的笑靨去了一個遙遠的地方，與自己最心愛的弟弟元稹剎那永別。這是元稹心底最深的痛，多年以後，當他初見鶯鶯之際，甚至認為那白衣白裳的冷豔女子便是二姐縹緲無依的魂。

⋯⋯

1. 鳳翔

在元積心裡，鳳翔是一座苦難的城，也是一座幸福的城。他在這裡整整生活了五年。十歲，到十四歲。

鳳翔，多美的名字，只這兩個字便醉了他的心扉。那個煙雨朦朧的早晨，馬車經過連日的顛簸，終於停在了鳳翔古老蒼勁的城門下。在車上睡了一晚上的元積被鄭氏輕輕搖醒，睜開眼睛，入眼的卻是幽暗、沉悶的城樓。下車後，撫摸著城樓下的巨大支柱，絲絲冰涼傳到手中，心中不禁納悶起來這究竟是到了哪裡。微風吹拂，一座不大不小的城池瞬間盡收眼底，處處都透著安祥與寧和，給人一種無拘無束的親切感。元積尾隨著鄭氏和前來迎接他們的陌生的舅舅、姨母、表哥們走在空蕩的青石街道上，看著滿目的黑瓦白牆，聽著清脆的鳥鳴聲，心裡的落寞和傷感一掃而光。這是個世外桃源般的地方，路旁多奇樹濃竹，清靜而雅致，看其景聽其聲聞其味，忽然覺得自己穿越了百千年的時光回到了遙遠的古代。

這是哪裡？

是鳳翔城啊！姨兄胡靈之歡快地拉著他的手，四處指指點點，告訴他，這座城在遠古的時候叫做雍城，是周王室的發祥之地，也是秦朝統一六國之前立國最久的都城，而現在卻是大唐的陪都，有一個比鳳翔氣派得多的名字──西京。

那為什麼又叫鳳翔呢？這裡能看到鳳凰飛舞？

是啊。胡靈之呵呵笑著。可鳳凰在哪裡？元積踮起腳尖，仰起頭，伸長脖子四處探望著，但除了觸目可及的空曠，他什麼也沒看到。你知道弄玉的故事嗎？胡靈之問他。小元積歪著脖子直翻白眼。弄玉？弄玉是誰啊？胡靈之盯著他，弄玉你不知道嗎？弄玉是秦國時有名的君主秦穆公的女兒啊！噢，是個公主！那她一定很漂亮吧？可弄玉跟鳳翔又有什麼關係？

胡靈之耐心地替他解惑。弄玉是一個美麗而又多才多藝的公主，她氣質高雅、衣著華麗、光彩照人、明豔如玉。秦國上上下下的臣民都以一睹

弄玉公主的美貌為畢生最大的幸事。說起來，弄玉這個名字還大有來歷呢。那是個動亂的戰爭年代，秦穆公為稱霸天下，愣是把自己已經嫁給晉懷公的女兒懷嬴，重新許給晉懷公的叔叔晉文公重耳為妃，可他機關算盡，卻始終做不了中原霸主，只是占著西方一小塊地方。後來他聽說秦國的陳倉出現了兩隻寶雞，得雄者王，得雌者霸，於是立刻派人四處尋訪，並期盼自己成為真正的王者，沒想到這件事費了好一番周章，到最後卻又毫無結果，這讓他氣急攻心，愈加覺得心力交瘁。眼看著馬上便要大病一場，這時候夫人穆姬居然又替他生下了一個如花似玉的女兒，見到可愛的小公主後，穆公立刻化憂為喜，萎頓的精神隨即為之一振，而恰恰就在這個時候，西戎國獻來一塊千古難逢的玉璞，那小公主拿在手中玩弄始終不願捨棄，穆姬夫人便說，既然這小女娃如此喜歡玉璞，又十分愛玩弄它，不如就替她取名叫做弄玉吧？穆公聽後萬般開懷，在為女兒賜名的同時也將玉璞一起賞給了她，而弄玉這個香豔的名字便這樣流傳了下來。

可這跟鳳翔還是沒有關係啊！元稹瞪大眼睛不解地說。

胡靈之伸手輕輕點一下他的腦門。別著急啊，我還沒講完呢。這個公主還有個特別的嗜好，就是喜歡擺弄樂器，所以在她很小的時候，秦穆公便請來聞名天下的樂師進宮教導弄玉習樂，弄玉倒也長進，什麼樂器都玩得精通，尤其是笙，足可冠絕天下。據說穆公一日聽不到弄玉吹笙就會無心於朝政，可是有一天弄玉竟然無緣無故地把笙扔到了地上，並表示以後再也不願吹奏，弄得穆公大為沮喪。穆姬夫人連忙追問弄玉到底是為了什麼，弄玉卻告訴母親說，樂師給她的笙並非天下最好的笙，吹起來一點都不好聽，只會令人貽笑大方，所以還不如不吹的好。

穆姬夫人問她怎樣的笙才算好笙，弄玉卻答不上話，再去請教穆公，也說不出個所以然來。當夜，穆公因為弄玉的事很是鬱鬱寡歡，迷迷糊糊入睡後，卻在夢中見到一個美豔的婦人對他說，弄玉公主手中把玩的那塊

1. 鳳翔

西戎國玉璞就是最好的笙材，穆公聽後又驚又喜，醒來後，立刻命全國最好的玉匠將賞給弄玉的那塊玉璞製成了一把玉笙，名喚碧玉笙，並將它交給弄玉試音。夢中的婦人果然沒有欺騙穆公，弄玉吹奏新笙時發出的聲音猶如鳳鳴，天上人間難有，一時傳為至寶，穆公大喜，又命人特地築了一座鳳樓，並在樓上建有高臺供弄玉吹奏，而那高臺便是歷史上鼎鼎有名的鳳臺。

弄玉公主長到十五歲時，已出落得姿容絕世，穆公便開始留心替其物色佳婿。他思索著如果把弄玉嫁給一個國君，一定能幫助自己早日完成成為中原霸主的心願，但弄玉公主執意不肯，揚言偏要嫁給一個精通音律且必須會吹笙簫的男人，否則寧可孤老終生。秦穆公和穆姬夫人無奈，公主的婚事也就耽擱了下來。就這樣，弄玉在寂寞中蹉跎了一天又一天，為了心中的執念，絲毫不肯將就著便把自己嫁出去，而就在所有人都以為她要在秦宮中做一輩子老閨女的時候，奇蹟卻悄悄發生了。

一個月明如水的晚上，弄玉像往常一樣，一個人慢慢走上鳳臺高樓，倚窗靜思。面對皎潔的明月，她柔柔細細地吹撫著手中的玉笙。在那寂靜的夜空中，笙聲美妙而悠長，她忘情地吹著，把她如詩如夢的少女情懷、青春眷戀、閨中幽怨，都一一寄託在了無盡的笙聲中。她沒想到的是，就在她吹奏得忘乎所以的時候，居然會有一隻美麗的綵鳳從遙遠的星空悄然飛落到她身邊的高臺，更想不到會有一個跨下彩鳳的俊美少年正微笑著出現在她面前，望一眼便醉了她所有的心神。他叫蕭史，是天上主管音樂的神仙，因為被她技藝超絕的笙聲所吸引，才忍不住下界前來仔細聆聽。他深情地望著眼前這個美麗的女孩，陶醉在美好的笙歌中，一時間竟亂了主張，不知道要對她說些什麼，卻又捨不得就此離去。好就好在年輕的心總是相通的，有時甚至不需要任何的語言，就能做到心心相印，那一瞬，他們執手相望，從彼此的眼神中便迅速讀懂了對方的心意，於是，他們並肩

跨上了綵鳳，朝天而去，飛向那無垠的星空，同時，也為人世間留下了一段蕩氣迴腸的優美神話。

原來這就是「鳳翔」這兩個字的來歷啊！元稹心曠神怡地抬頭仰望著天空，他在想要是那傳說的弄玉公主身跨綵鳳而來，該是多麼美好的事情啊！可惜，他看不到弄玉，也盼不來綵鳳，只好被姨兄牽著手往舅舅家宅院的方向走去。

因為有了姨兄胡靈之和從姨表兄吳士則、吳士矩等人的陪伴與安慰，元稹在鳳翔的童年生活算得上是無憂無慮的，但失去父愛的日子總體上來說畢竟還是悲苦難熬的。為了不過多打擾娘家兄弟姐妹，鄭氏到鳳翔後便過起了獨立門戶的日子，生活條件比在長安城時好不了多少。儘管鄭氏舅族給予了他們孤兒寡母很多幫助，元稹母子生活得還是相當艱難，甚至仍需要用舊衣物改製成冬天禦寒的棉衣，用典當得來的錢買米下鍋。幸虧鄭氏賢淑，備極勞苦，躬親養育，才使元氏之家得以維持下去。

這段貧苦交加的生活，在元稹日後的詩文中多有體現，但總體來說，有一眾表兄弟的相伴，他在鳳翔的日子過得地還是比較快樂的，而且這段經歷也讓他和表兄們的感情日漸加深。關於這些，他在後來的詩文中記述甚祥。〈答姨兄胡靈之見寄五十韻〉詩序中說：「九歲解賦詩，飲酒至斗餘乃醉。時依倚舅族，舅憐，不以禮數檢，故得與姨兄胡靈之之輩十數人為晝夜遊。日月跳擲，於今餘二十年矣，其間悲歡合甚，可勝道哉！」

〈寄吳士矩端公五十韻〉詩中寫道：

昔在鳳翔日，十歲即相識。

未有好文章，逢人賞顏色。

可憐何郎面，二十才冠飾。

短髮予近梳，羅衫紫蟬翼。

1. 鳳翔

伯舅務驕縱，仁兄未摧抑。

事業若杯盤，詩書甚徽縲。

〈贈吳渠州從姨兄士則〉詩中也說：

憶昔分襟童子郎，白頭拋擲又他鄉。

三千里外巴南恨，二十年前城裡狂。

寧氏舅甥俱寂寞，荀家兄弟半淪亡。

淚因生別兼懷舊，回首江山欲萬行。

從這類作品中，我們便可以清楚地看到元稹與表兄們感情深篤，數十年後憶及當時的情形，各種不同的場合均描述得歷歷在目。同時，也可見證，正是因為「舅憐，不以禮數檢」，才使元稹和眾表兄們得以不拘禮教規矩而放蕩嬉遊，過著「二十年前城裡狂」、「為晝夜遊」的浪蕩生活。

和表兄們的感情相比，這段時間的生活本身給元稹留下的回憶顯然更為多姿多采，日後每當憶及當時的情形，總是津津樂道，作長篇鋪敘，盡情回味。但這並不等於說元稹在這段時期玩物喪志，玩歸玩，功課還是要做的。鄭氏可把重興元家的希望都寄託在元積和元稹身上呢，在對他們的教育方面仍然是十分重視的。元稹也不賴，沒有辜負母親和舅族的期望，在過著缺少管束的浪蕩生活時，仍能刻苦攻讀，並廣泛向人求教。除了母親的啟蒙教育外，還曾師從姐夫陸翰和姨兄胡靈之，得到他們傳授的經史基礎知識和詩文創作技法。由於家貧缺書，他還經常步行幾十里地去齊倉曹家借書。也正是如此志於學的決心和勤勞的精神，才使得少年元稹飽讀大量典籍，為日後步入仕途打下了扎實的基礎。……

元稹幾乎是從踏進鳳翔的那一刻起就開始喜歡上了這座瀰漫著濃厚歷史文化色彩的城。對十歲的他來說，這裡的一切都是新奇的，卻又是蒼老的、陳舊的。他尤其喜歡鳳翔城的舊城牆，學業之餘，總喜歡沿著舊牆漫

步，踩著護城河邊的鵝卵石，一邊看楊柳青青，一邊撫摸舊牆上斑駁的痕跡。

記憶中，鳳翔城的每一面牆都光怪陸離，都刻劃了歷史的滄桑痕跡。兒時的牆，高大無比，沿著他和表兄們成長的歲月，畫下他們成長的步伐。他們的信手塗鴉，在長大成人後看來雖然稚嫩無比，但卻承載了共同的青澀記憶，讓他們在日後回憶起來時增添了無比多姿的色彩。

離開鳳翔後，元稹還是愛在各地的舊牆前徘徊留戀，無論是長安、西河，還是蒲州。陽光穿過樹枝，光影在牆上犬牙交錯，往事一幕幕又在舊牆上次播。人約黃昏後，是牆給了依靠；拔劍駐守，是牆給了支持。那一面面古老的牆，在他的記憶中漸漸老去，那一幕幕的故事也在他的淡忘中漸漸消退，而那些牆卻始終默默承載著世間所有的過往，或許有幾多哀傷，或許有幾多欣喜，它都默默地看在了眼裡。

他喜歡靠著牆，尋找幾分依靠；喜歡依著牆，聽它慢慢講著那些辛酸的陳年舊事。講著那些歲月，那些人，講著那些美滿的憂鬱的喜悅的惆悵的愛情，那些早已離他遠去卻又真實存在著的回憶。它告訴他那些經年的傷痛，那些刻骨銘心的記憶，那些遠去的歲月是多麼的淒涼，也告訴他明媚的希望和屹立不倒的期盼，告訴他只有在失去時才會懂得它的存在，只有在遠去時才會明白它的意義。

每每想起鳳翔的城牆，元稹總會忍不住發出輕輕的嘆息，在他心裡，與其說鳳翔是詩意的，不如說它是滄桑的。從姐夫陸翰案頭的故紙堆裡，童年的元稹對鳳翔這座城有了不一樣的理解。曾經的輝煌，曾經的富麗堂皇，都被戰爭毀於一旦，現在，這座歷經了戰火洗禮的城，正以一種寬容的姿態聳立在他面前，給了他太多的震憾。

說不清到底是愛上了這裡的人，還是愛上了這裡的滄桑，反正他是無可救藥地戀上了這座城。而今，我也和他一樣迷上了這座城，我正站在他

1. 鳳翔

當年笑看楊柳青青的地方，揀起幾塊粗陶的殘片小心翼翼地端詳著，然而面對歷史的滄桑與厚重，竟又徬徨得無言以對。那些隨風起舞的楊柳依舊靜靜地醉在河畔，在所有鮮豔欲滴的時光中把歲月催熟，而後慢慢老去，不曾想過擁有什麼，也不曾想過放棄什麼，看著它們，我心裡湧起一股莫名的感動，卻又不知道該發出些怎樣的感嘆。

元稹隨鄭氏寄居鳳翔之際，因為連年的戰火，往日煙柳繁盛的城池早已蛻變成邊鄙荒涼之地。時光荏苒，現如今的鳳翔城，山風總是喜歡嗚咽著掠去昨天的記憶，遊人們亦都喜歡坐在古城牆遺址下把酒臨風而飲，而我卻端坐於山花爛漫的土坡上，想要在歷史的瞬間裡，去辨認早已被千秋的風霜雨雪沖蝕得失了原來模樣的那些元稹留下的足跡。

可我無法辨識。時間太久，久得能讓世間過往的一切，都被眼下的煙柳淹沒殆盡。我只知道，在度過了無憂無慮的童年後，他終於還是離開了這座他深愛的城，帶著心底的激盪和鄭氏的希冀，毅然決然地去外面的世界闖蕩，在科舉的道路上追尋起另一條繁盛之路。唐貞元八年，西元792年冬，十四歲的元稹辭別母親，離開鳳翔趕赴長安應明經試，從此展開了他全新的人生。

山坡下是大片大片的果林，一個農家女孩正在樹下採擷紅透了的蘋果。不知怎的，眼前忽然掠過一幕圖景，彷彿看到元稹那位十四歲就嫁為陸氏婦的大姐，為了幫助母親和兩個幼弟度過艱難困苦的日子，正站在樹下摘那熟透了的山果，當狼煙在遙遠的山頭上點燃的時刻，她依然靜靜地守在這片野果叢生以及寄予了她很多遐思與希望的林中，一顆又一顆地，將山果扔到腳邊的草地上，那一瞬，她粗布縫製的長裙熠熠生輝，與馬蘭草編織的袋子相互輝映著她的青春與柔美。

大姐長髮飄飛，出神地凝視著遠方，彷彿在想像一段可遇不可求的幸福時光。夫君陸翰只是個小官，每月的俸祿有限，自己也只能為母親和兩

個幼弟略盡綿薄之力,可這些山果到底能讓一個貧苦之家維持多久?大姐心裡默默惆悵著,要是爹爹還在就好了。大姐把採來的野果子揹回去,和鄭氏一起將它們洗淨釀成果酒,由僅剩下的老僕挑出去走巷串街地叫賣,以換取供全家人開銷的費用。這樣的日子究竟還要熬多久?大姐不知道,卻把希望全部寄託在兩個弟弟身上。

大姐坐在窗下,點上羊油燈,輕輕拍著端坐在案邊藉著月光用心讀書的元稹的肩:「九兒,元家往後就要指望你和積兒了。」

元稹點點頭,咬著嘴唇繼續讀書。

「二姐還等你回去看她呢。」大姐眼裡噙了淚,她還不敢把仰娟出家為尼的事告訴他,「要好好跟著你姐夫學習,有不懂的地方就多開口問你姐夫和表哥們。」

「嗯。」元稹回頭盯著大姐關切的眼,「我一定會用功讀書的。以後等我做了官,一定要讓娘和大姐二姐過好日子。」

元稹沒有辜負大姐的心。西元 793 年春,明經試榜文發下,十五歲的元稹一舉登科,全家人都大大鬆了口氣。一千年後,我似乎還看得見,一隻山鷹在遠赴長安路上的元稹頭上盤旋飛過,他默默抬頭,回望鳳翔城斑駁古老的城牆,大聲喊出了自己的心聲:我愛你!我還會回來的!鳳翔!

2. 春詞

「看那魚兒歡快徜徉,看那鳥兒自由飛翔,看那花兒迎風蕩漾,看那雲兒四處飄蕩。是誰,給我徜徉的清泉;是誰,給我飛翔的藍天;是誰,給我蕩漾的臂彎;又是誰,給我飄蕩的靈魂?」

鶯鶯手裡擺弄著一個少女模樣的皮影,一邊拉動絲線,讓它做出各種

2. 春詞

表情動作,一邊在白色幕布後唱出嬌鶯般婉轉的歌喉。還沒等元稹緩過神來,她手裡的皮影就又變成了一個衣著華麗的中年婦女。

「我的女兒,我也曾像妳那樣渴望飛翔,也曾那樣希望蕩漾。自由是幸福的毒藥,愛情是靈魂的傀儡。妳的母親,在繁華的長安,於萬千人中,尋覓自己的方向。」

「我美麗的母親,那年是否有人讚美:誰家的女子如此嬌俏?誰家的女兒如此妖嬈?只是我家中早有眷戀,這讓我如何割捨?」

「那是自由的諷刺,那是美麗的謊言。無數的夢想堆積的城牆。華燈初上,是美麗的回憶;月上柳梢,是凌遲的美麗。沒有受傷的心靈,沒有破碎的眼淚,只有不去追尋,才有幸福的空氣。沒有忘了歸來,忘了春將遲暮。」

鶯鶯在女兒和母親兩個角色之間來回變換,如魚得水。元稹經不住看得神魂顛倒,不知不覺中踱到她面前,輕輕捏起她手中女兒的皮影,學著那嬌俏女子的模樣唱了起來:「行雲不歸,流水不回。母親的憂愁,在女兒的心頭。沒有追尋,怎能有行走的勇氣;沒有遇見,怎能有疼痛的記憶?您的錯誤就是把我當成了自己。您的女兒,即使痛苦,也是幸福,即使愉悅,也只有更幸福。」

聽了元稹的唱詞,鶯鶯臉上立即爬上了嬌羞的紅雲。元稹用鼓勵的眼神看著她,她才不得不繼續那母親的角色,咿咿啞啞地唱了起來:「那年是母親的生辰,那天滿街花燈,那刻我的手帕如落葉凋零。是他,撿起了手帕;是他,輕觸了我的指尖;也是他,放開了我的手;也是他,在同樣花燈滿街時,獨留背影。」

元稹痴痴盯著眼前的神女,早已抑制不住內心的激盪,唱出的詞句卻被他改了又改,篡了又篡:「您比魚兒還愛徜徉,比鳥兒還想飛翔,比花兒更要蕩漾,比那白雲更愛飄蕩。只是,魚兒失了清泉,鳥兒傷了翅膀,

花兒落了根，白雲找不到藍天。郎君的夢想就是少女的方向，帶著您的眼睛與我遠去吧，明日就在前方。」字字句句，都含著對鶯鶯深藏的情。

他是她手中的皮影，隨她向左向右，向前向後，他無法開口，無法告訴她，他對她情意的深厚，只能默默守在她身後，只為了她不經意的那一次回眸；他是她手中的皮影，隨她的意志翻著筋斗或是戰鬥，他無法開口，無法告訴她，他心裡的喜怒哀樂，只能默默守在她身後，只為了能再觸碰到她那雙溫暖的手；他是她手中的皮影，也心甘情願地做她手中的皮影，無論時間多麼長久，他願意為她等候，直到她毫不留情地將他推開……鶯鶯，他深情款款地注視著她，卻不知道該如何開口，只好把在心裡憋了很久的話一句一句唱給她聽。

可是，這美豔的女子真的能聽懂他隱藏在詞曲中的如花心思嗎？鶯鶯沒再看他一眼，轉過身，將手裡的皮影丟在身後的箱子裡，紅著臉，急步走出了雜物間，只留下元稹一人呆呆立在原地。難道是自己太過心急，唐突了佳人？元稹緊步跟了上去，鶯鶯卻早已失其所在。

從冬月，一直到次年初春，元稹幾乎有兩個月沒能再見上鶯鶯一面。夜未央，人難寐，思緒如同光影斑駁下的一堵古老城牆，荒草叢生，一俯首，落入眼底的唯有滿染蒼茫的落寞，不由得他不心生恍惚。已經是早春二月了，她還是不肯再見他一面，難道她心裡當真不曾留駐過自己玉樹臨風的身影？斜倚月下，元稹發出低低的嘆息，到底，還要他付出多少的癡情，才能如願以償地捧起她如花似玉般嬌嫩的面容？無奈之下，他唯一能做的就是把錦衣夜行的寂寞繫在窗櫺上輕輕搖曳，在回憶與想像裡憧憬與她攜手到老的情景，然後，把所有的歡喜與哀傷都一一融入柔腸百轉的文字，在季節的變遷中感受上天的每一份恩賜與捉弄。

就這樣，老生常談的舊事依舊被他不知疲倦地塗鴉，原本以為早就擱淺在她目光之外的心願卻又在那個寒涼遍生的初春被吟唱得奼紫嫣紅。起

2. 春詞

身，坐在床邊靜靜看她送他的綠衣霓裳，每一念起，都惹他心緒紛亂，究竟，深居簡出的她都藏了些怎樣的心思，那些細膩的心思裡又藏了多少關於他的祕密？她的心思，他猜不明白，也思索不透，既然無法洞知她都想了些什麼，也弄不清她到底對他有沒有好感，那就索性不要去想，不要枉費心機地去思量，還是為她寫一首思念愛慕的詩好了！

總是想找出一些最能表達他心情的文字，總是想賦予這段感情最為華美的辭藻，然而，當纖瘦的十指摸著詩的韻腳一路招搖，一些雜亂無章的病句，也便迅速從四面八方鋪天蓋地而來，並在灼灼的日光下開出繁盛的花來。是章節裡的語無倫次洩露了他內心的慌亂，還是停筆後的將錯就錯放縱了他的率性，他不得而知，他只知道，寂寞的時候，他早已習慣一個人呆呆坐在窗邊，一邊伸手理順一頭散落的長髮，一邊痴痴想念著某個刻骨銘心的片段，然後一聲聲喊著一個鍾情的名字，在蒙塵的時光中，任記憶隨著那場盛開的梅花舊事不著痕跡地探窗而入，瞬間洞穿他所有的柔腸百轉。落筆千言，那個已經沉寂了許久的聲音再次闖入他的耳膜，那張已經模糊了許久的面容，再次映現在他的眼前，而那些想要深埋心底的前塵往事亦宛若一把鏤空染香的摺扇，被慢慢展開在思念的襟口，於是，過去所經歷過的種種歡喜與惆悵的脈絡，便又一股腦地在他不變的守候中逐漸變得次第分明，每一念起，都惹他莫名的徬徨。

春來頻行宋家東，垂袖開懷待晚風。
鶯藏柳暗無人語，唯有牆花滿樹紅。
深院無人草樹光，嬌鶯不語趁陰藏。
等閒弄水浮花片，流出門前賺阮郎。

——〈春詞二首〉

你鋪開筆墨，攜著濃濃的情，在紙箋上一字一句地刻劃描摹著，一口氣便寫就了兩首沾滿柔情蜜意的〈春詞〉。第一首的第三句和第二首的第

二句中都含了一個「鶯」字，是你故意嵌入鶯鶯之名以寄意。你在心底發出長長的嘆息，或許，與她邂逅的那一剎注定是你夢中夢了千百次的那道風景，只能驚豔你的想像，卻無法讓她與你產生任何的共鳴，亦無法讓夢輾轉變成你期許的現實，所以你唯一能做的就是逼著自己接受上天早已欽定的安排。可你還是不甘心，如果老天爺從來不曾為你們許下任何聚首的諾言，又為何偏偏要在普救寺為你們安排一場如花的遇見？

也許相遇本身就是一個美麗的意外，可你左思右想後還是搞不明白，這意外究竟只是一場無人左右的意外，還是上天絞盡腦汁的刻意安排。與她的擦肩，終是哀傷成一段無法與人訴及的寂寞，以後的以後，是不是你便要守著這無盡的孤悵，獨自徘徊在生命的流年裡，日復一日、年復一年？緣分的天空下，那些可望不可及的日子裡，即便她不曾來，你門前的花草間，也都有她驚鴻掠過的影子，總是翩翩浮現在你思念的眸中，只是，住在梨花深院閉門不出的她，她的眼中是否也有你那一張面如冠玉的臉？你的詩句裡，有她嬌羞滿面的俏模樣，有你在無盡的期待之後只握了一把惆悵失意的落寞，可即便如此，你仍在忍不住地聯想，東漢時期深山迷途的阮肇和仙女的不期而遇，不正是你和她這一場遇見的寫照嗎？鶯鶯就像那美豔得不可方物的天臺山仙子，而你自己不就是那無意間闖入仙境並最終收穫豔遇的懵懂阮郎嗎？

「深院無人草樹光，嬌鶯不語趁陰藏。」深院冷落，放眼望去，寂寞到看不到一個人影，每一個角落都藏著令人心悸的感傷。彷彿，一瞬間，整個天地都變成了一片蒼白的荒蕪，諾大的世界只剩下不盡的草光縈繞在你的眼前，就連那平日裡總喜歡在枝頭放聲歌唱的嬌鶯也都固執地躲進了濃蔭裡，不肯望向你啼鳴，哪裡還有一絲絲溫馨的色彩？一切的一切，都讓你心緒難平，這難道就是你所期盼的那個總是姹紫嫣紅開遍的世界嗎？唉，你低低地嘆著氣，這自然不是你希望看到的那個世界，而你當然也不

2. 春詞

是在寫那隻藏在樹蔭下的夜鶯,而是在寫你的鶯鶯,你心中深藏的那個世間的至美。你渴望見到她,一日不見,如隔三秋,可她偏偏故意躲著你,無論你怎樣為情所苦,她都不去聽,不去看,不去想,不去思,彷彿你的存在於她而言只不過是一把透明的空氣。

「等閒弄水浮花片,流出門前賺阮郎。」等她,夢她,你在普救寺度日如年。落花臨水,柔弱可愛,總是惹人生出萬般憐惜,拈一片花紅,你忍不住問著自己,為什麼她就不能像水浮花片那樣,歡快地流出門外和你相依相伴呢?難道自己的相貌比不上阮肇,無法令她動心,還是自己的才華不足,不能讓她產生思春的念頭?

「春來頻行宋家東,垂袖開懷待晚風。」你每天都在期盼能夠再與她相遇在普救寺的某個角落,春天到了,氣候也轉暖了,那夢中的佳人總該出來散散步了吧?可她還是沒有出來,彷彿普救寺中根本就不曾出現過她的蹤跡,於是你只好在每個日落黃昏的傍晚時分,拎著滿心的感傷,默默穿過亙古的寂寞,不住地徘徊在大門緊閉的梨花深院前,垂著袖,將她悄然等待,然而每一次等來的終不過是那黯然掠過的晚風罷了。

「鶯藏柳暗無人語,唯有牆花滿樹紅。」你知道,你心儀的鶯鶯就藏在那探出牆頭絲絲飄拂的綠柳之後,但任憑你費盡周章,也聽不到她夜鶯般婉轉的嬌笑。瞪大眼睛,你卻無從找尋她的身影,儘管明白她從未曾離去,心裡漾起的亦唯有深深的失落與惆悵。凝眸,那伴著柳絲隨風招展的滿樹的紅花正透過深深的院牆探出身來與你邂逅,而你卻沒有心思欣賞它們的美麗,更不曾想要把它們的妖嬈寫進你的詩書,可讓你始料不及的是,它們倒將你滿腹的相思渲染得更加寂寥落寞。

你不知道她為什麼總是對你如此無情,到底是她不解風情,還是她心裡早就藏了別人,抑或是她不擅表達內心的情感?你把自己想像成二八年華的她,幫她設想了種種不肯接近你的理由,但到最後仍是半夢半醒地糊

塗著，根本就解不開最終的答案，或是無法給予自己你最想要的答案。女人的心，海底的針，她每天都把自己關在院子裡，到底在做什麼、又在想什麼？你不知道。可你知道，她是你的公主，是你的仙子，是你的傳奇，是你生命中所有可以或不可以的片段，沒有了她，你的生活再精采也都注定會是一片永遠的蒼白與荒蕪。桃之夭夭，灼不過相思的眉眼，這一段刻骨銘心的愛慕中，你把自己全身心地融化在想念的世界裡，一次次地唸她的名字，一次次地畫她的容顏，一遍遍地在宣紙上落筆關於她的所有風情與嫵媚，然而寫來寫去，也不過是任一個人的孤單在寂寞裡書盡了相思繞指的溫柔，卻從來都不曾打撈起一份心願得償的歡喜。

　　夜深了，拈在手裡的故事，被你剝繭抽絲般一層層剝開，可惜，最後呈現在眼前的卻不是你想要的清歡，而是早就洞悉了的那份遺憾與失意。一直以來，你都很想與她把酒東籬下，一回頭就可以在悠然的心境中見到陶淵明筆下的南山，哪怕在露冷霜寒的季節你也不會轉身離去，因為你知道她始終都趴在你的肩頭陪你一起醉看紅塵；一直以來，你都很想與她一起剪燭西窗，秉燭夜談，讓你們之間流連了幾世的緣分，在柔暖的燈火下鋪陳成一闋最美的宮詞，平仄出兩個人眉間眼窩的一世風情，然後和她在皎潔的月色下共吟人生的歡欣，直到永遠；一直以來，你都很想與她琴瑟合鳴，在花落花開的聲音裡歡笑著彈奏千年，高山流水，或是陽春白雪，即便彈落三朝的簫管五代的琴弦，你也不會心生遺憾，而這一切只因為你知道，這世上還有個她，會在萬籟俱寂的竹林中遙聽你為她奏響的一曲〈鳳求凰〉。然而，有誰知道，想她的日子裡，紅肥綠瘦的春光早已費盡，才高八斗的秀句難以再續，她不在，你已是江郎才盡，再也無法脫口吟出錦繡珠玉的華章？被歲月鏤空了的愛情，被時光熬乾了的思念，無論怎麼撰寫也只是一紙枉然，這一份孤獨無人與共的單相思，你憑什麼就可以篤定日後的她會和你一起走到地老天荒？其實你也猜到了，所有的故事終不過只是你一個人的春夢，然而是夢總就會有醒來的一天，那麼夢醒後，當

2. 春詞

一切皆散若雲煙，你又該如何繼續欺騙自己下去？

你知道，你和她，本是陌路之人，一次回眸，便開始了一場刻骨銘心的遇見，然而這一段故事，卻也催生了一個關於愛情的劫數。思慕的夜裡，儘管淚水一次又一次湮溼青春的面龐，在深陷的眼窩裡刻下憂鬱惆悵的痕跡，卻是無法救贖，也無從救贖。轉身之際，依稀可以聽到歲月藏在風聲裡的嗚咽，你莫名地心驚，莫非，你和她所能擁有的終歸只能是一份無法言述的傷痛與煎熬嗎？思念依然在淚水裡磅礴，那一聲聲無言的呼喚早已在各種糾結中頹然倒地，你終於不得不明白，縱相思成災，在沒有等來她應和的時光裡，也永遠都無法縱橫你和她傾城的傳奇。

你的心酸，我一一看在眼裡，然而，即便有心，卻是無法替你拭去心間的傷痕，只能作為一個旁觀者，愛莫能助地默默關注著，至於分擔，或是承載，更是無能為力；你的心痛，在我吟誦起你那一首首詩文的時候，早已悄然落在我的心上，化成了一朵哀傷的花，在風中遙遙祭奠著你的痴情，但也僅此而已。知道嗎，元稹，一千年前的你，總是在普救寺萬籟俱寂的時候想著你的鶯鶯，一千年後的我，卻在這無盡的夜裡想著你，夢著你醉心的紅顏，不住地感嘆這曾經滄海難為水的疼痛與不得已？

突然，沒來由地就憶起拉馬丁的詩來：「人世浮華，妳的奢侈是妳的，我只要一屋一燭，還有一隻禿筆，書寫性情。人群穿梭，妳的忙碌是妳的，我只要一空一靜，還有一方藍天，暢想桃源。前路蒼蒼，妳的風光是妳的，我只要一飯一漿，還有一寸光陰，苟延餘生。」或許，文心總是相通的，古往今來從來就沒有過一次例外，一千年前的你和拉馬丁有著同樣的惆悵、相似的憂傷，可是你，真的甘心和拉馬丁一樣，只守著那份孤獨與落寞過一輩子嗎？不，你孤獨，可你並不希冀落寞，你在心裡千迴百轉地念她，在夢裡固執地尋她，經常淪陷在自己築就的愛情陷阱裡，但你並不想永久地沉淪，縱使情傷，你也要用那顆破碎的心，在虛無的高處，吟

唱起那首關於愛情的詩歌。

　　早知道這場相遇，只不過是一季的纏綣，你卻深深淪陷於此，但你並不後悔，只是有些淡淡的懊惱。在月光下靜靜端看瘦了的掌心，條條紋路並不繁複，你卻無法猜度宿命的走向。得與失，遠與近，去與留，仿若一步之遙，又仿若滄海難渡，你陷入了深深的矛盾之中。用一行瘦了的詩句點亮紙燈，用一個孤單的身影抵近牽掛，讓所有的思念都停留在刻骨銘心的一頁篇章中，然而，每當想起她轉身的背影之際，你依然只能蜷在一滴淚裡，任悲傷與徬徨倏忽捻碎筆下一句句水意情懷。所謂愛情，只是一種傳說，如果只是一個人愛了，即便握住筆的手指磨成了針，恐怕也無法串起兩個人的纏綿。低低的嘆息聲裡，你終於明白，與她擦肩而過的瞬間，無奈和落寞都早已凋零在了昨夜的西風裡，或許，沒了她的回應，以後的以後，你便要與自己的寂寞相依為命，但那是你的命，本都與她無關，無論是好是壞，你必須接受並從容面對。

　　一切，沒有開始便已落幕。皮影戲〈採桑子〉裡那段玉暖生煙的臺詞你還記憶猶新，那如花的女子水袖輕甩，風月盡透，演盡世間風流無限，只可惜那個英武的男人卻不是自己的身影，一身寂寞的白衣隨風翻飛，再咿咿啞啞的花腔，也唱不出溫暖人心的鴛夢……幕前，皮影人水袖翩翩，幕後，你和她，卻是一紙空文。對白卿卿我我，轉眼離歌切切，身披盛世華衣謝幕，卻說不出再見二字，怎不惹人愁緒叢生？你的心，已然隨著落下帷幕的皮影戲，鏽跡斑斑成一隻不再風情萬種的鎖，然，究竟鎖住了什麼，你不得而知。

　　一曲悽切的〈廣陵散〉，在冷寂的夜空裡，隨著你纖瘦的手指於風中四處飄蕩，而你的思緒，那些關於過往的痕跡與影蹤也開始變得迷離起來。早春，總是淒涼多過繁豔，踏一地落紅，寂寞是那片唯一未曾凋零的、澀澀的葉子，正孤單地懸於無奈的枝頭，和形單影隻的你遙相呼應，於是，

2. 春詞

彷彿沒來由的，便又再起潸然愁緒，而你的心，亦早已在凝望的眼神裡寒冷了幾個冬季，再也尋不回哪怕是一絲一毫的溫暖。究竟，你已在熱切的盼望中夢了多久又失望了多久？她不在，你依然還是執著一卷古樂府，在風中反覆地吟唱，可這落紅滿地的春光裡，又有誰會踱著步伐向你慢慢走來，並陪你一起把悲傷與寂寞都扔進花叢，讓它們燃燒殆盡，再也無法走回你的世界？冷眼望著鏡中的自己，才發現你的眼神居然變得越來越迷離恍惚，那個往日裡玉樹臨風、俊朗飄逸的翩翩少年，如玉的面龐，竟然已被一張蒼白疲憊、寫滿憔悴的臉取而代之，難道，這就是你想要的結果嗎？

沒有她參與的每一個日子，你早已習慣於讓自己蟄居在早春的深處，不去聽門前的泉水叮咚，不去看窗外的姹紫嫣紅，寂寞的身軀形同一紙虛設。靜守一室淺淡的燈光，你默然無語，心裡想的卻是不知道今昔這雙為她寫下風情春詞的手，是否還有機會能夠秉一根紅燭陪她敘話到天明。你千絲萬縷的情絲總是剪不盡，抽不斷，每想念一次便痛苦一次，而她依然不來，你能做的也只是任憑那顆滴血的心，再次地碎在這悽悽的冷夜。荒涼的風情，在一個人的孤單裡斜插了一段亙古的寂寞，日復一日，月復一月，歲月中那些細碎的萎謝依然在他憂鬱的生命裡肆意地吟唱，只是它們是否也看得見暗夜裡的才子總是坐在寥落裡獨自神傷，任悲傷逆流成河？

情感的城池，被眼底過往的烽煙一再燒灼，一不留神，便已遍體鱗傷，而你依然心甘情願地為她沉迷，哪怕墮入萬劫不復的苦海，你亦無怨無悔。夢裡注視她每一個舉手投足的同時，多少都像是在攬鏡自照，當痴情的目光緩緩穿過一個映在遠方的映像，每每被她婉轉的聲音，或是明媚的笑靨，或是嬌俏的身影喚起的時候，你總是一如既往、心無旁騖地沉溺於那場煙花舊夢，睜眼為傷，閉眼為觴，且樂此不疲，無怨無悔。

問世間情為何物，直教人生死相許。隱隱的笙歌總是縹緲在每一個念

起的時分，那些舊了的往事亦總是班駁在凝望的眉眼裡，縱相思生苔，也不曾有過短暫的停留。還記得，曾經為她，編織過許多的美麗與歡喜，到最後才發現，原來所有的癡心自始至終只是你一個人的春夢，豔則豔矣，卻恍惚到讓人睜不開眼，更無法將那份明媚捧在手心呵護珍重。你知道，你那濃烈得無法化開的愛，在這荒煙漫草的年月，恐怕連一句再見也不及說出口，便要永遠地沉陷在眼前這片亙古的荒蕪裡，而所有關於她的記憶也都會被早已守候在路口的風沙徹底地淹沒。然而，你依然不甘心，即便等到一切都落空之後，這孤獨寂寞的風，早已拋卻了零碎的語言，讓記憶裡的微笑變成隔世的念白，你也要迎難而上，再給自己一次探訪的機會。

　　你在惆悵。如果生命裡沒有了她的陪伴，你那獨立紅塵的孑孑身影，將又會有誰來在意，又會有誰來牽掛？幽怨的曲子早已搗碎了你相思的心，尋她不見，再多的悲傷也無人心疼，無人憐惜，既如此，還是什麼也不要再彈了！無論怎樣的曲子，總會有曲終人散的一刻，而到那時，一地空蕩的淒涼中，又會有誰敲開你午夜的窗，用傾世的溫暖烙痛你無眠的眼、打溼你舊時的衫？會是她嗎？你搖搖頭，此時此刻，你根本不能確定她是否也如你愛她般的愛你，經過冗長的等待，你早已喪失了所有的信心。

　　因為與她相遇，以後的每一個日子總是能夠讓你在品嘗思念的痛苦之際，感受到塵世間的美好。她的完美對你來說，彷彿天起涼風時的一襲披風，時時為你遮蔽著寒涼，給你送來一路的溫暖。也曾想手捧扶桑，將最苦澀的等待，化為美麗的誓言並使之永恆；也曾想透過漫漫長夜，帶著她給你的柔情蜜意，在皎潔的月色中，相擁著乘風破浪而去……可她的冷漠與默然，終究還是讓你望而卻步，但又不甘心就此轉身，於是，只能守在寂寞的邊緣，將她思了又念、念了又思。天高雲淡，溪橫水遠，即便隔了天涯海角的距離，她也一直都是你心裡最美的也是唯一的守望，哪怕明知她不會走進你的世界，你依然在自己編織的未來裡，與她守著海枯石爛的

2. 春詞

誓言執手相看，從未有過片刻的懈怠。

幾度落花在你紊亂的思緒裡翻飛，幾度飛雪在你潮起的淚水裡洶湧，那一季的記憶幾乎成了你一生永恆的痴迷，即便痛到撕心裂肺，你也不肯把她從你凝望的眼裡剔除。然而，這一切終不過都是你的想像，儘管你很痴情，但這滿懷的相思到底還是帶著幾許一廂情願的味道，孤單或是寂寞，也只是你一個人演繹出的獨角戲罷了。她終是沒能給你任何回應，只是和從前一樣寂寂地守在梨花深閨中，輕嘆她一世的女兒徬徨，不肯讓困惑流落於任何的言語與文字中，而你卻已經為她傷透了心懷，惆悵的詩文也早就寫了一篇又一篇。

夢裡夢外，那些思念的文字，終是在深不見底的落寞裡抖落下你滿身的荒蕪，如花飛撒，任心底盤桓的憂傷與惆悵，於瞬間寫滿窗前的每一片落英。她的身影在你眼裡一直都是模糊而遙遠的，卻又始終輕繞著你的心，不離不棄，即便隔了山高水長的距離，也從不曾與你錯失在想像的天地間。多少的良辰美景，多少的夢裡飛花，多少的情愛繾綣，多少的耳語輕言，多少的纏綿影像，總是在最不經意的時候，纏繞在你痴痴盼望的眼中，然而每一次念起，還沒將她的名字唸出口來，一切的歡喜明媚便又在轉眼間化作了陌上的青煙，而你滿腹的深情一下子也變得了無憑依，這不得不讓你重新梳理思緒，並想要為自己的思念找一個徹底的出口。

古色古香的雕花小窗外，冷月如鉤，寂寞似水，而你卻悵坐在寂寂的長夜中，開始描畫著即將來臨的歸期。是啊，你該走了，早就該走了。你本是西河縣一個小小的文書，卻為了一個女人，便終日流連於蒲州城外的普救寺，和那個只要美人不要江山的唐明皇又有什麼分別？可你捨不得走，捨不下這冷若冰霜的二八佳人，捨不下這若有若無的春情，捨不下她望向你的嬌羞眼神，捨不下她一襲白衣白裳站在你面前孤立無依的神情。她是需要你的。她需要一個高大的男人將她緊緊攬在懷裡，呵護她一生一

世。你初見她時，便從她落寞的眼神裡發現她需要一個你這樣的男人來愛，於是你把包袱捲了又放開，放開了又重新捲起，如是反反覆覆，終是為了她下不了那個走的決心。

　　你想去找她，想去找她好好談一次。無論最後會出現怎樣的結局，歡喜的，悲傷的，團圓的，分散的，也總比自己一個人在這冷寂的西廂裡獨飲情殤強了許多。可你還是不敢，你怕，怕她一句無情的話，怕她一個冰冷的眼神，瞬間便將你濃烈的情懷冷得如同冰結的湖面，再也融化不開。你為和她的見面設想了一個又一個情節，好的，壞的，不好不壞的，顛來倒去，卻覺得這個也不好，那個也不妥。你急了，難道就這樣在無休無止的徬徨與矛盾中將歲月暗自蹉跎過去？你發現，你的眉梢眼底都藏了對她的相思，驀地回首，那相思居然已經攀在窗前的藤上，用古老的方法結繩記著你心底點點的憂愁。你是真的愛上她了，而且早已愛到無路可退。緣之一字，簡單明了，卻又是世間最紛繁複雜的字眼，幾翻輪迴過後，能否還能讓你等到她，成為你今生的天，就要看你的造化了。

　　西窗的月已斜，無盡的孤傷裡，你獨擁寒衾守著一懷寂寞，卻是瘦盡了燈花，瘦盡了天地，瘦盡了眼前的山水。所有的前塵舊事，在你眼中，都恍若隔世離空的輕煙，唯有一聲長長的嘆息，才能釋放你內心深藏的痛。紅塵深處，那曾經藉著皮影戲一一唱出的戀歌依舊順著淚水的磅礴幽咽而出，而那滿腹的相思，亦早已把你納入憂傷的戲文中，在一個人的舞臺上演盡人世的悲歡離合，卻怎麼也找不到任何逃離的出口。你知道，你心底始終盤桓著一個結，結著你的情意綿綿，結著你的相思不斷，結著你的神魂顛倒，到最後，亦依著你的想像綰成了一個死結，任今生荒唐也罷，哀怨也罷，再也無法解開，或許，這便是你今生要替前世償還的夙債吧！多情的淚滴，流不盡夜晚的漫長，痴心的幻想，夢不出錦繡的前程，難道你真的要把她放在心底最隱祕的角落，珍而重之地收藏起來，然後任

由自己守著一方孤寂的天空，於無盡的艱難困苦中獨立行走，再不去憶起往日的紅顏？

罷了，罷了，既然她心裡沒有自己，倒不如兩兩相忘的好。你嘆息著，或許有些人，有些事，今生注定只能塵封在記憶裡，又何必非要剝繭抽絲地念了又念？花開花落，緣起緣滅，世間的盡頭終不過只是一抹空洞的蒼白，生命走到終點，到最後握在手裡的也無非僅此而已，又何必執著心頭的依戀，讓自己終日活在無法排遣的痛苦之中？終於，你踉蹌著腳步，踩著一地厚厚的古老心事，舉著皮影人在佛前默默祈禱，祈禱來生能夠化身為花，於她經過的路旁，為她綻放一季的美麗，卻不要把她永遠留在你的身邊。只要看到她路過的微笑，你便心滿意足了，你在心裡許下了盛大的願望。或許，你會在蒼茫世間流轉一個輪迴，又一個輪迴，但你心無所怨，終生無悔，菩薩啊，以後的以後，就讓所有別離的情殤，都塵封於這華麗的辭藻之中，讓我帶著明日的黃花，帶著她今生的音容笑貌一起浪跡天涯吧！

3. 紅娘

她是鶯鶯的丫鬟，年紀和鶯鶯彷彿。平日裡總喜歡穿著一襲紅色的衣裳，在世外桃源般的普救寺裡顯得格外出跳，所以她的名字也取得如同她身上的火紅般炙熱跳躍，叫做紅娘。

鶯鶯總愛緊蹙愁眉，縱使內心熱情似火，對著你的也只是一副冷若冰霜的面孔，讓人難以捉摸她究竟在思索些什麼。紅娘不同，她心裡想什麼，嘴上便會說什麼，是個心直口快而又活潑俏皮的女子，高興了，悲傷了，都會毫無保留地寫在那張白玉無瑕的臉上。

第3卷　唯有牆花滿樹紅

　　無數個日夜，元積都會隔著西廂與梨花深院間的那片小小的花園，看到矮牆那邊紅娘忙進忙出的身影。但他不敢叫她，生怕驚動了深閨裡的冷漠佳人。她會笑話自己的，無法得到小姐的芳心，卻去勾搭她身邊的丫鬟，恐怕只會讓她更加由衷地把自己看輕。

　　他猶疑著，到底要不要跟紅娘搭訕。皮影的絲線在他手裡輪番拉動，心，一如既往的沉痛。他盯著手裡的皮影佳人，覺得自己便是它千年前的寂寞身影，徒勞地搖晃著千年的記憶，無數虛度的輪迴，卻注滿了支離破碎的空洞。如風的往事如水的歌，在冥冥中注定他寂寞的一生，都要守望在愛情的視線裡，如同眼前一片搖曳的燈火，閃爍著愛，溫暖著呼吸，卻無法將她相擁。

　　是啊，你就是皮影人千年前的影子，緊緊跟隨著她輪迴的腳步走過千年的歷史，才在今生今世遇著風華絕代的她，讓你擁有了幸福的淚滴。你一直跟著她，一直看著她。你心甘情願地被她控制，從南到北，從東到西，一生不即不離，一如你手中的皮影。你惆悵啊，你的情感全部堆積在古老的皮影戲裡，愛她在一年四季，夢她在早春二月，走過風風雨雨，裹著永遠的痴迷，可她卻不再看你一眼，把所有的悲傷與思念都留給了你一人。

　　你明白，寂寞，終究會在流年的長河裡褪色；流星，有時候也會厭倦了流浪，然後離開曾經繁星點點的夜，獨自徘徊在彼岸守望著遙遠的心思。但你也明白，縱使天崩地裂、海枯石爛，你的相思卻不會因為時光的流逝而出現絲毫的褪色，而你要的也不只是獨自一人默默徘徊的守望。

　　風從雕花窗格的縫隙裡飄進，瞬間溢滿孤獨的寢室。午夜裡細碎的低喃，彷彿是為了祭奠你千年前的憂傷，又彷彿是為了憶念那些曾經纏綿悱惻的愛戀，但最後的結果都是相同的，那便是在今生抑或來世的墓前，留下至死不渝的誓言、哭泣，抑或感傷。

3. 紅娘

　　酒醒了，又是一個子夜，無月的夜。千年的眷戀，即使沒有血液的呼吸，傷痕卻依舊雜亂地橫陳在眼前。然後，硃砂、紅顏，那些原本殘留在她身上的完美，便在你眼前清楚地吐露著頹廢的淒涼，終於化作了一紙模糊的倩影。

　　嘎 —— 吱 ——

　　你手裡的皮影動了。

　　她坐在梳妝檯前，由紅娘替她梳洗打扮。紅娘告訴她，馬上，她便是元府九公子的新夫人了。然後，你便看到她右臂上鮮紅的守宮砂，看到她紅得如同硃砂般的面龐。再然後，她便頂著紅蓋頭，踩著蓮花般的碎步，一搖三擺地踱到你派來迎候她的花轎前。

　　黎明前的祈願，再也沒有輪迴。

　　嘎 —— 吱 ——

　　你終於牽著她手，步入元府大宅正廳，在皎潔的月光下，在滿面莊重的鄭氏夫人面前，見證了曾經滄海永不變心的承諾。

　　嘎 —— 吱 ——

　　洞房花燭夜，你掀開她頭頂上的紅蓋頭，卻看到她爬滿紅雲的嬌羞面龐，把她臂上鮮紅的守宮砂映襯得更加怵目驚心。

　　嘎 —— 吱 ——

　　線斷了，皮影「噼啪」一聲掉在你的腳邊。原來只是一場春夢。你醉了，你已經分不清那掉在地上的皮影究竟是前世的她還是今生的美嬌顏。你揪著心將皮影人拾起，緊緊抓在手裡，卻拉不動一根絲絃。你夢中的新娘，在你手裡不停地流浪，向著遠方的遠方，卻對現實世界沒有絲毫的留戀。她睡著了，你的心和你的指頭變得一樣冰涼，你瞪大眼睛，恐懼地盯著她，為什麼她會是一具沒有呼吸也不會言語的新娘？

第 3 卷　唯有牆花滿樹紅

　　你望著它苦澀地笑，即使線斷了，你還是解不開與她在前世裡就開始糾結的痛。你不記得你們已經離別了多久，痛了多久。或許，相聚就是為離別鋪陳，可你已經痛了千年，而你愛她的心卻絲毫沒有變得麻木，問世間情為何物，也只能教你為她生死相許了。

　　絲線，從你傷痕累累的掌心滑落，絲絲血痕，留下了遺憾，也留下了記憶。刻骨錐心的痛，讓你的相思變本加厲。你告訴自己，再也不能這樣糊里糊塗地過下去了。痛定思痛，你還是決定回西河縣當你的小吏，可你又捨不得就這麼不留一絲痕跡地一走了之，想來想去，便把最後的希望寄託在了紅娘身上。

　　這便是愛情。你找到紅娘，似乎已是「病急亂投醫」。但這也是沒辦法的辦法，崔夫人那邊你開不了口，鶯鶯又躲著不肯見你，歡郎還是個什麼也不懂的孩子，除了紅娘，還有誰能幫你向鶯鶯作一次最後的鄭重表白呢？

　　……

　　清晨，元稹拿著昨日寫好的兩首〈春詞〉，默默守候在牆頭，盼著紅娘的出現。「嘎吱」一聲，她推門出來了，帶著你滿心的希望，卻激盪開她滿面春風般的笑靨。你的心緒也一下子變得透亮起來。

　　「紅娘小姐……」元稹迫不急待地踮起腳尖，輕輕喚著她的名字。

　　她「噗嗤」笑出聲來，輕移蓮步，緩緩飄到他跟前，歪著頭，一臉燦爛地睃著他問：「表少爺是在叫我？」

　　「嗯。」元稹心裡突突跳個不停。他不敢正視紅娘，生怕她看出他心底的那點不自重來，「紅娘小姐……我……」

　　「表少爺你笑話我呢？」紅娘咯咯笑個不停，「我就是個打雜跑腿的丫鬟，什麼小姐不小姐的？」

3. 紅娘

「紅⋯⋯」元稹只覺得臉上火燙，兩頰上陡地騰起兩片紅雲，「紅娘⋯⋯」

「表少爺有話要說？」

「我⋯⋯」

「有話你就說嘛。」紅娘噘著嘴，「支支吾吾的做什麼？比我們家小姐說話還要不痛快。」

「我⋯⋯」元稹忽地從懷裡掏出一張精緻的詩箋來，想要遞到紅娘手裡，卻又不好意思起來，愣是低下頭，再也說不得半個字來。

「表少爺你這是怎麼了？」紅娘疑惑地打量著他，「你要再不說，我就回去了。老夫人今天給我安排了很多家務，要拆洗被子，還要幫小姐出趟門，哪來的閒工夫跟你在這閒聊？」

「不，不是閒聊。」元稹急了，連忙把手裡的詩箋遞到紅娘手裡，「這，這是⋯⋯」

「這是什麼？」紅娘打開詩箋瞟了瞟，似懂非懂地唸著上面的詩句，「等閒弄水浮花片，流出門前賺阮郎——哎呀，羞死人了，表少爺，你怎麼給我看這樣不得要領的浮浪豔詩？要是讓老夫人知道了，非得把我打死不可！」

紅娘雖然只是個丫鬟，但自幼跟在喜歡詩文的小姐後面，成天耳濡目染，倒也不是個什麼也不懂的，乍一看元稹詩箋上的帶有挑逗意味的香豔詩文，禁不住著實嚇了一跳，整張臉都突地變了顏色。

「不！不是⋯⋯紅娘姑娘，我⋯⋯」

「什麼是不是的？」紅娘跺著腳，斜睨著他咬了咬嘴唇，「本以為你是個謙謙君子，沒想到你和外面那些亂兵根本就沒什麼區別！真應了我們小姐說的那句話，男人沒一個好東西！」

「什麼？」元稹瞪大眼睛盯著她，「你們家小姐真這麼說？」

「可不是？她說的不就是像你這樣的登徒子嘛！」紅娘氣呼呼地把詩箋塞回元稹手裡，「這回算你初犯，姑且饒了你，要是再有下次，一定拿了這詩箋回稟了我家老夫人去！」

元稹急了：「紅娘姑娘妳誤會了！這詩箋上寫的詩不是要給妳看的！」

「不是給我看的，那你給我做什麼？」紅娘歪著脖子覷了他好半天，眼珠骨碌碌一轉，忽地心有靈犀似地瞪著他，「噢，我明白了！」她伸手朝後一指，「你是想讓我把它拿進去給我們小姐是不是？」

「正是。」元稹急忙點點頭，「若是紅娘姑娘肯幫忙，元稹這輩子都忘不了妳的大恩大情。」

紅娘不敢相信似地盯著他，忽地又咯咯笑了起來。「怪不得我家小姐好幾個月都不出門了呢，原來都是你搞的鬼！」

「是我……噢，不，不是我……」元稹連忙辯解說，「我沒有搞鬼……」

紅娘在鼻子裡冷哼了一聲：「搞沒搞鬼，你自個心裡有數！」

「那還得有勞姑娘幫我把這詩箋……」

「怎麼？你還想讓我替你傳信啊？」紅娘不屑地說，「本姑娘我今天心情不錯，不去老夫人面前告你的狀，你要是再胡纏個不休，休怪我拿了詩箋告到老夫人面前，看她怎麼收拾你！」話完，轉過身，拔腿就走。

「紅──娘！」

「你還想怎樣？」紅娘回過頭，懊惱地盯著他。

「我對妳們家小姐是真心的。」

「真心的？」紅娘來了興致，「怎麼個真心法？」

「妳就可憐可憐我吧！這兩個月來，妳們家小姐躲著不肯見我，我哪一天不是在痛苦徬徨中度過的？妳看，我現在比初來的時候瘦了這麼多，還不是因為一心一意戀著妳家小姐的緣故？」

3. 紅娘

「你這麼一說，倒是我家小姐對不住你了？」

「不，我不是這個意思。」

「那你是什麼意思？」

「我只是想拜託妳進去跟小姐說一聲，過些日子我就要回西河縣了。可是走之前，我不想讓自己帶著遺憾，哪怕小姐罵我幾句，我也得讓小姐明白我的心意才好。」

「讓我家小姐明白了你的心意又能怎樣？孟子說，男女授受不親，禮也。男子瓜田不納履，李下不整冠，道不得個非禮勿視，非禮勿聽，非禮勿言，非禮勿動。俺家夫人向來治家嚴明，有冰霜之操。崔家內無應門五尺之童，年歲長到十二三歲，沒有夫人的呼召絕不敢進入中堂。那夜小姐為還公子救助之恩，私下約了公子去雜物間看皮影，回來時被夫人窺見，少不了一頓責罵拷問，說小姐身為閨閣之女，不告而出閨門，倘若遇到遊客小僧私犯該如何是好？愣是逼得小姐在佛前發了毒誓，所以自那夜之後，我家小姐就沒再敢邁出閨門一步，說起來，還是沾了你的光呢！」

「什麼？」元稹沒想到鶯鶯之所以閉門數月不出居然是因為受了崔夫人的訓斥，心裡既痛又喜。痛的是鶯鶯受此無妄之災，喜的是他終於明白鶯鶯之所以避而不見並不是因為心裡沒他，若是讓紅娘把這兩首春詞遞進去，或許自己就能擄獲了她的芳心呢！

「還什麼什麼的？我家小姐都被你害慘了，你還在這裡嘀嘀不休，當真是想讓俺家夫人把她鎖在屋裡不成？」

「可是⋯⋯」元稹手持詩箋，悵然若失地盯著滿臉冰霜的紅娘。她可是他最後的救命稻草了，無論如何，他也要抓住這最後的希望，讓鶯鶯明白他的心跡。

「你就死了這條心吧！」紅娘哼了一聲，抬腳轉身離去，一會的工夫

111

就消失得無影無蹤。

鶯鶯！元稹的心仿若被利器撕開，劇烈地疼痛著。她居然是因為自己才受了牽連，才不能出門看這一地的春光！可他真的太愛太愛她了，尤其是知道她躲著他並非因為討厭他，就更加迫不及待地想見她一面，當著她的面將心中萬般柔情和盤托出。

可是，他還有機會嗎？恍惚中，他覺得自己就是那被放縱、被束縛、被緊緊纏繞在皮影身後的絲線，任人操縱，任人欺凌。但他卻又不能像那些絲線，對什麼事都憶不起，對什麼事都不往心裡去。他寧願自己一直只是個傀儡，但卻要由她操縱，哪怕操縱一輩子，生生世世，他都決沒有怨言。可是，她又在哪裡？躲在寂寂深閨中的她，是否還曾記起他這個如同木偶般被老天爺操縱著情感，卻又無法自拔的痴情男子呢？

你閉上眼睛，看時光在飛花的亂影中緩緩掠過，心如沉香。枕著她如夢如幻的名字，你沉入了一場寂寥的夢中，任思緒香豔著你沉重的呼吸，撩撥著她如水的心思。然而，夢醒時分，那縹緲的情愫卻又在風中驚起一枕冷香，驀然回首，才發現，空蕩蕩的屋子裡，仍是你一個人獨守西窗，一個人獨望明月，一個人獨懷寂寞。可知？弱水三千，你只想取她一瓢飲；繁華似錦，你只願凝望她一人？如果可以，你寧願在佛前傾注塵世間所有的虔誠與膜拜，只為換取伏在她肩頭痛哭一晚的機會，卻不願如望夫石一樣，繼續接受天荒地老的陳列，可是佛祖會不會答應你這苦苦的祈求呢？

你又見到了紅娘。她依舊笑靨如花。而你卻為鶯鶯茶飯不思、寢食難安、形銷骨立。你憔悴的模樣讓嬌俏的紅娘嚇了一跳。她不再責怪你，不再埋怨你，只是細聲慢語地問你是否真的會愛小姐一生一世。你點了點頭，相思的淚水順著清瘦的面頰如同錢塘江潮澎湃而下。她終於被你的痴情打動，為你指明了一條陽光明媚的康莊道路。

3. 紅娘

「小姐和公子既是表兄妹,為什麼不託人來說媒,光明正大地把我家小姐娶回去呢?」

「說謀?」

紅娘點點頭:「我家小姐是官宦門上的千金,比不得路邊的花花草草,難道公子就沒有過這樣的打算?」

「可是……」元稹緊蹙著眉頭,「我對你家小姐的感情已是一日不見,如隔三秋。若是等到媒人前來說謀,怕不是又要苦等上幾個月才能見上小姐一面?這還是好的,若是姨母不肯俯就,只怕這輩子再也無緣與小姐相見了。」

「這……」紅娘為難地盯著日漸憔悴的他,不禁心生憐憫,「這也不是個辦法,罷了,你把昨日的詩箋拿來,我替你拿進去交給小姐,看她究竟有何話說。」

「你肯幫我遞話給你家小姐?」元稹喜形於色地盯著紅娘,忙不迭地從懷裡探出詩箋,輕輕遞到她手裡,「這事就拜託姑娘了。妳的大恩大德,元某今世沒齒難忘。」

「還不知道我家小姐會怎麼說呢。」紅娘皺著眉,「我可先把醜話說前頭,若是我家小姐看了詩箋上的詩心生歡喜,我就繼續幫你們遞話;若是小姐惱怒了,只怕這事以後便再也做不得了。」

「那是自然。只要姑娘幫我把這詩箋遞進去給小姐看了,不論小姐心生歡喜還是惱怒,都是老天的安排,以後再也不敢有勞姑娘就是。」

「若是我家小姐看後心生歡喜呢?」紅娘撇了撇嘴唇,「那公子就不回西河縣了吧?」

「這……」

「公子可別忘了紅娘說的話,正經派人來說媒是要緊事。」紅娘把詩箋

113

塞進懷裡，叮囑他說，「話我是幫你傳進去了，但你也別抱太大希望。我家小姐向來自重，是個冰清玉潔的女子，就算小姐對公子有意，若是沒有媒妁之言，只怕這事還是沒奈何的多。你可別存了些不三不四的心思，玷汙了我家小姐的名聲。」

「姑娘說的是，元某謹記在心。」元稹向紅娘深深作了一揖，「只要讓小姐明白我對她的心意就好，別的小生從不敢奢望過什麼。」

「那便好。」紅娘抿嘴嫣然一笑，「是好是壞，等到了黃昏，在牆頭下等我的消息。」

從日出到黃昏，元稹站在牆頭等了又等，盼了又盼。天曉得那一日為何顯得那樣的漫長，只一回眸便已冷了他的憔悴。紅娘怎麼還沒來？難道鶯鶯看了他捎去的詩箋惱怒了？

他的心撲通撲通跳個不停。要是鶯鶯真的惱了可如何是好？放眼望去，園子裡料峭的寒梅已在笙歌深處悄然隱去，清瘦的桃花已在不知不覺中渲染了春天的畫屏，在姹紫嫣紅開遍的繁麗中，書寫著滿枝的素詞錦字，然而，一個不經意，所有的明媚便又在他凝望的眼中零落成一紙輕瀾的心事：

桃花淺深處，

似勻深淺妝。

春風助腸斷，

吹落白衣裳。

——〈桃花〉

你彷彿又看到身著一襲白衣裳的鶯鶯，就站在桃花淺淺深深處，臉上好似描著深深淺淺而又恰到好處的妝。雖然著裝素淡，仍是無法掩蓋其內在的天生麗質，處處都溢露出如花似玉般的美豔風姿。可是，春風過處，

3. 紅娘

你看到的只是滿樹桃花，眼前哪有什麼白衣裳的妙齡女子，怎能不讓你腸斷天涯？

鶯鶯！你忍不住在心頭大聲喊她的名字。你望著夢幻中的她在落英繽紛的桃花叢中，裹著一襲白衣飄飄，踏著你平仄的詩詞格律決然離去，剎那便失其所在。鶯鶯，妳就這樣離去了嗎？妳真的捨得讓我難過讓我愁嗎？你迷失在尋覓她的天空裡，三千青絲不結，十里桃花不開，心微微地痛。欄杆倚遍，嘆息聲聲，在沒有開篇、沒有結局的故事裡，你唯一能為她做的便是任翰墨於筆下飛舞，落字成殤。

看來紅娘是不會來了。驀然回首，蒐集起所有眺望的睇光，你在吹綠春天的風中渴望能夠尋來千年前那心動的一瞥，未曾想夢裡的鶯鶯早已走遠，只留下一襲惆悵的白衣飄拂在你模糊的眼前。透過煙塵回望過往中的點點滴滴，你看到你和她之間始終都隔了一朵桃花的距離，任憑你怎樣努力，也無法在時光裡開出繁盛的愛情。你在想，假如用花瓣連綴起一件華美的袍，是否就能裹住深深入骨的寂寞，只用歡喜與微笑面對人生？你搖搖頭，或許，你和她本就是天涯陌路人，偶爾的相遇終不免永遠的擦肩，那麼，長相廝守的相濡以沫還不如相忘於江湖，於是，你滿飲了一杯花雕陳釀，在詩賦裡駕著一輛時光的馬車，揮一把文字的鞭繩，毫不猶豫地向著有你的西廂重返。

出乎你意料之外的是，雖然讓你等了很久很久，但紅娘終究還是來了。踩著輕快的步伐，手裡持著一張彩箋。她在你身後帶著清脆的笑聲喚你。你愣了愣，儘管有些遲疑，但最後還是轉過身去迎候她的歡笑，而就在那一瞬，你的目光定定地落在了她手持的彩箋上，只一眼，便徹底洞悉了愛情裡所有的溫潤與美豔。

她託紅娘回覆了一首詩給你。那首詩有個好聽的名字，叫做〈明月三五夜〉。你抑制不住激動地吟誦起那字字珠璣、句句溫柔的情話：

第 3 卷　唯有牆花滿樹紅

待月西廂下，

迎風戶半開。

拂牆花影動，

疑是玉人來。

這麼說，鶯鶯也是對我有意的了？你欣喜若狂，你手舞足蹈，恨不能立即高歌一曲。長長的守候，久久的相思，終於熬出了苦海，就連紅娘都為你高興著。你激動得涕淚交加，看來終是沒白愛她一場。你望著這滿園的桃花，將她視作你紅塵裡最美的相遇，誰又能說她不是你前世流香的桃花扇裡那個拈花微笑的女子呢？

你激動得語無倫次，你激動得說不出話來。鶯鶯這首詩，很明顯地是在暗示你於明日月夜之下跳過牆頭去與她幽會，身為風流才子的你自然懂得其中的含義，只是當著紅娘的面，你不便多講，只是暗自歡喜悲憂著。鶯鶯，為妳，我願化身宮商角羽，在水湄撫弄琴弦與妳箜篌相知；為妳，我願化身詩經楚辭，在宣紙上撰寫那輪迴再輪迴的故事；為妳，我願化身漢賦唐詩，在木牘竹簡裡述講述那天荒地老的傳說；為妳，我願化身遊街匠人，在皮影裡穿針引線，縫製相思取暖……

你為她許下太多太多的心願。放眼望去，牆根下的芭蕉忽地惹下萬千相思，每一次呼吸都帶著無限深情，遠處門環上的銅綠似乎也在風中訴說著那些亙古的殘夢，迅速把你帶到一個遙遠而又幽深的未知世界。你不知道，那些舊去的故事裡是不是也曾留下過你們前世的身影，但你知道，今生今世，你一定要讓它們見證你和她的歡喜，永恆的歡喜，當下一世你們攜手回來的時候，一眼便能望穿上一世曾經歷過的悲歡離合。虛設的情境中，你彷彿聽到她在跟你說著知心的密語，她滿臉含羞地附在你耳邊輕輕地說，只要握住了你的手，她就擁有了整個春天，擁有了這滿園的桃色；而你什麼也沒說，只是望著她呵呵地笑，然後緊緊抓住了她的手，慢慢放

3. 紅娘

進你溫暖的懷抱，也就在這一瞬，你才真正理解了「舉案齊眉」的天倫之樂原來並不僅僅存在於書本之中。

萬籟俱寂的夜裡，你在宣紙上輕輕蘸下一抹桃紅醇香，指間的墨山水畫，她就是那點睛的一筆。你已然忘卻了一場滄海桑田裡的秦腔漢韻，只將嬋娟悄悄印上了眉間，在思念的風聲裡顧盼著流年中的平仄。你用心思撥動琴弦，用意念吹響簫管，別一朵牽掛在襟上，只在春水回眸的一個瞬間，便迅速抵達了那座桃花已經開了很久的水墨城池。你知道，千年之前，你便從那繁花似錦的古城邊打馬走過，而她恰好從那潑墨的山水畫中漸漸淡出，半夢半醒間就成就了一場不可逆轉的邂逅。

記得那時花開正豔，你把溪畔第一朵桃花採來插在她夢的鬢間，即便是一句話也沒說，相知的暖流已然溢滿你們的周身。剎那相逢，情深如許，一瞬間的相望，宛如秦腔中的尾韻，鳳步搖簪，咿咿啞啞，只願執子之手，與子偕老，頃刻便是地老天荒，再見便是海枯石爛。你們就那樣對望著，含情脈脈，相見恨晚，彷彿你和她的出生便是為了完成那次盛大的遇見，而當時驚起的那份眷戀，似在塵世之中，又似在塵世之外，一言難盡。

千年之後，青燈紅燭下，你依然躬身於案下，細心研磨著一方稠墨，任前世的眷戀在你瘦了的指尖瞬間凝結成畫紙上一聲聲無奈的嘆息。鶯鶯，知道我有多愛妳嗎？妳就是我眉目間集成的思念，就是我指間染著的疼痛，就是我潑墨畫中留白的離別，夜夜都在我的夢裡反覆上演一曲青青陌上桑，和著我的歡笑，枕著我的思淚，曲調再悲傷，也無法讓我忘記我們千年前曾經許下的諾言。這一切，妳還都記得嗎？

你端坐案前用心地作畫，卷軸上卻始終畫不出她前世的顰眉頷首。你尋尋覓覓，從煙雨霏霏的江南走到羌管悠悠的邊塞，卻只聽到她縹緲的歌聲在雲端隱隱約約地穿過。走了這麼多個世紀，走得長長短短，走得曲曲

折折，走得高低不平，走得柔腸百轉，而她是否還能憶得起當年在古城溪畔許諾要與她相伴一生的少年？畫中的她該拈哪一朵桃紅，該依那一樹翠綠，該對著你盡情嘻笑，還是該對著你皺起眉頭？經年的舊事被一陣輕風繞成一徑疏離的流蘇，你知道，白雲低叩的不是誰家的院門，也不是你路過的籬笆，而是你心底深藏的那點硃砂痣，一個關於你關於她的撲朔迷離的故事。

望著畫不出她前世風采的畫紙，你黯然神傷著，一筆凌空揮毫的淚滴，便剎那滑進夢中的溪畔，落款於桃花盛開的時節。也許，這就是緣分，你和她注定的緣分，千年前，千年後，都衍生在這紅得驚豔的桃花之下，時間或是地點，亦來不得一絲一毫的混淆與錯亂。緣這東西究竟是什麼，為什麼總是來如驚鴻，去如飛燕？你不想深究，只是暗自慶幸著，因為你還來得及穿越千年的時光，從遠方匆匆趕來，依然故我地等在她簪花的路上，和她一起攜手，上路。

愛情的門扉已經打開，桃花朵朵，一路招搖開來，在明媚的陽光下虛設著二月的春風三月的水路，一直開到桃花塢的渡口，開到水墨江南的畫舫上，一任她鶯歌燕舞，餘音繞梁。那時的你，早已忘記了自己姓甚名誰，也忘記了身在何處，左左右右，前前後後，東東西西，來來往往，你眼裡只有你的鶯鶯，你的世界裡只有她一個人的存在，而你終不過也只是一個虛幻的影子罷了。你知道，從古到今，無論前世，還是今生，你的存在都是為了襯托她的出現，只是，明日月夜之下，迎著她相約的芬芳勇往直前，你便能枕著她的溫潤，擁著蝶舞花香入眠，再也用不著枕著不斷的相思寂寞入夢了嗎？

夢醒，燈熄，你在漆黑的深夜裡繼續憶著她溫婉的容顏無語輕笑，那一瞬，所有的風月皆從思念的空中悠然散去，於是，想像中最美好的一天便在甜蜜的思緒裡浸著無數的希望開始了。

4. 夜合

　　你懷著滿腔的喜悅，攜著一抹桃花香，於那個星光點點的夜晚，攀過園裡的杏花樹，跳過矮牆，躡手躡腳地走進了那嚮往已久的梨花深閨。

　　終於就要與她傾心相見，就在那片桃紅柳綠斜陽西下的院落裡。那個院子，你偷偷看了一回又一回，那枕著沉香屑的香閨，也被你夢了無數次。你向她輕輕走來，風，是那麼輕，她的笑容，是那麼明媚，穿透所有前塵往事，在你眼中，燦爛成一片芬芳。

　　你手裡攜了一枝桃花。你想溫柔地拂開她額前的髮，將手裡這枝桃花簪在她的鬢邊，要陪著她，踏遍萬水千山。你的心溢滿了快樂，快樂流出雙眼，幻化成山花爛漫的幸福，在你眉間畫上了千年的承諾。她在你眼前任輕風吹動她的長髮，任髮絲纏繞你和她彼此的眸，輕吟低喃。你深情地望著她，心底卻莫名的惆悵起來。這一眼深情的對望，可曾抵得過輪迴中的千般相思與期盼，又可曾抵得過無數個夜的寂寞和痴夢的糾纏？

　　你輕輕叩開虛掩的閨門，卻看到紅娘正寢臥於外間的床上，而那夢中的美嬌顏卻端坐內室西窗之下，把玩著她手裡的皮影。紅娘望著你，驚駭至極，一骨碌爬起身，瞪大雙眼緊緊睃著你帶了燦爛笑容的臉，患得患失地問著：「公子，你怎麼到這來了？」

　　你伸出一根手指放在唇邊，輕輕噓一聲：「姑娘忘了昨日小姐託妳捎給我的詩箋嗎？」

　　紅娘不置可否地點點頭，忙不迭地跳下床，拚命推著他出去：「你趕緊走，要讓我家小姐和夫人發現了，可不得了！」

　　你輕輕笑著：「是小姐約我來的。」

　　「小姐？」紅娘疑惑地盯著你，又回頭睨一眼端坐內室中的鶯鶯，一

副茫然不知所措的表情。

「妳家小姐在詩裡暗藏了約我今夜來此相會的心意，還盼姑娘替小生轉告一聲。」

「這……我家小姐當真約了你來？」

「要不她怎麼會為我留著門呢？」

紅娘探頭往外一望，是啊，平日裡小姐早就安寢了，今日這房門自己也早就關死了的，怕不是小姐有心約了表少爺來，才又偷偷開了門閂，在屋裡等著他的吧？

「姑娘還不快進去替我通報一聲？」你催促著紅娘，生怕一眨眼，便又生生錯過了這良辰美景。

紅娘自是轉了身進去。你便輕移步伐，悄然上前，立於內室與外室相連的廊間，看纏繞在鶯鶯指尖的皮影。那皮影在白色的幕布後化作翩翩少年，那聲音穿過鶯鶯及膝的長髮在說：「姑娘啊，為何上天偏偏要我遇到妳，又為什麼偏偏要安排這樣悽慘的結局？為何，我們，總是要做離人？」

你終是沒有等到紅娘出來，就輕輕嘆口氣，緩緩踱到她的幕後，卻看到她那張柔情似水的臉龐上，神情依舊憂鬱，只是一對眸子，卻含著溫柔的目光，專注地盯著她手裡的皮影。

她看見有人來，便緩緩抬起頭，灼灼的目光，迅速穿過你身旁兀自立著的紅娘，卻又沉靜如水地打量著你，沒有表情，也沒有對你說出任何一句話語。這時你才把她打量很更加仔細，幾個月大門不出、二門不邁的鶯鶯仍是略施淡妝，一襲素裙，透著淡淡的婉約之美。還有那一頭如瀑的青絲只是隨意地用紅頭繩紮了，靜靜垂在背後，腳上卻是一雙繡花蝴蝶履，更映襯得她粉嫩臉上的雙瞳熠熠生輝。

4. 夜合

　　她默然無語，仍然把玩著她的皮影。你卻看得入了神，緊緊盯著她如花似玉的容顏，語無倫次地說：「妳這般的模樣，真是好看。」

　　鶯鶯不語，只是起身走到他身旁，從箱子裡取出另一個緋衣歌女的皮影，再次踱到白幕前輕聲吟唱起來。她說：「公子啊，你我才剛剛相遇，為何偏偏堅持要做離人？為何你就認定，結局便是悽慘而無望？」

　　白衣公子的身影佇立不動，身畔的你也如被施了定身術般，良久不語，半晌才回過神來定定地望著她，那一雙無辜的眸子中，卻有憂鬱的神情，漸漸滲出。

　　「鶯鶯……」你忍不住踱到她面前，「小姐問的，是皮影，抑或是小生？」

　　鶯鶯的手指一顫，緋衣美人緩緩倒下。她起身，抬頭望向窗外點點星輝的天宇，如黃鶯般的聲音，依然在空曠的山谷間迴盪。然而她說的不再是戲文裡的臺詞，而是直接轉向你說出了她的心聲。

　　她說，你不該倚仗救人之恩而心生邪念，透過侍婢傳送淫秩之詞，實在是始之以義、終之以亂，完全一副說教的口吻。你驚呆了，她約你來就是為了對你說這些？

　　鶯鶯。你喊著她的名字，你不敢相信她會說出這樣決絕的話來。這真的就是她約自己來想要說的話嗎？

　　「我約你來，就是要告訴你這些。」

　　鶯鶯的手指仍拉動著皮影的絲線，可你卻再也沒心思看她白幕上的桃紅柳綠。你望著她冷漠的臉，仍舊抱著最後一線希望。「我是真心的。鶯鶯，請妳相信我，我沒有玩弄妳感情的意思，只是我真的再也受不了深陷情感泥淖的煎熬，如果再不說出來，我會死掉的！」

　　「可你已經說出來了。」

「可是，妳為什麼要對我說出這麼絕情的話？」你瞪大眼睛，灼灼地盯著她，你的唇，近得都快碰到她的臉龐。然而她的肌膚觸覺卻是如此的冰涼僵硬，你的心不由自主地往下沉落，抬起頭，寂靜的夜空裡，只能聽到你嘶啞的聲音在四周迴旋，彷彿一隻受傷的狼在低聲悲嚎。

「請公子自重！」鶯鶯回過頭，不再看你。她不再喊你表哥，卻換了另一種稱呼，而這稱呼卻含了穿越了千百萬年的寒涼，直直地砸向你的心窩。

「妳心裡真的一點也沒有我的位置嗎？」你問得直接而鋒芒畢露，她的臉不由泛紅，接著不假思索地搖搖頭。

你絕望了。難道自己就真的那麼惹她討厭嗎？你的心碎了，你跌跌撞撞地逃了出去，獨自站在風中，任衣袖吹得鼓鼓作響，再回首，瞬間便消失在了牆頭的花叢之中。那個時候，你還不知道鶯鶯的心情並不比你好到哪去，你走了後，她便一直凝望著你遠去的背影，默默噙著淚，轉身，揀起躺在地上的白衣公子皮影，任手指溫柔地拂過白衣公子精緻的面龐，一邊低吟淺唱，一邊想你那雙無比憂鬱的眼睛。她對你們的結局似乎早已了然於心，她並非對你無情，只是害怕這般的偶合會讓你將她迅速遺忘。她要的是共你一生一世，要的是你騎著高頭大馬，帶著花轎將她迎娶回靖安坊的元家老宅，可你偏偏不提婚嫁之事，又怎能讓她不心生怨念？

怎麼會是這樣的結局？你無法接受這無情的事實。你跌坐案下，涕淚漣漣。你想起崔護的那句：「人面不知何處去，桃花依舊笑春風。」在這分合聚散的青春年華裡，一切的貪嗔痴念，一切的水月芳華，總是能如輕煙般迅速消逝無痕，可你對鶯鶯的思念也能做到這樣瀟灑落拓嗎？崔護的詩，看似歲月無痕，卻隱藏了不盡的遣之不去的愁緒，而你終歸也無法將她的音容笑貌從腦海中一筆勾銷。

相思恨轉添，謾把瑤琴弄。

樂事又逢春，芳心爾亦動。

4. 夜合

此情不可違，芳譽何須奉。

莫負月華明，且憐花影重。

你又開始寫詩，為她，為你心中念念不忘的可人兒，卻是寫不盡「相思恨轉添」，只能「謾把瑤琴弄」。

把盞在暗夜裡肆意縱情，你迷離的眼神裡著滿懷的相思，在悠然綻放的桃花裡次第張揚，一不小心便渲染了你心底的失落與深痛。疲倦的眼望不見槳聲燈影裡的畫舫，只看到一葉孤舟寂寞地飄蕩在水面，而你所有的閱歷都不足以讓你以波瀾不驚的心緒去面對這一切的失意與惆悵。風冷，霜殘，寂寞的長髮撫過寂寞的長夜，卻叫你去哪裡找尋舊時的王謝堂前燕？她的芳夢終是落在了你的嘆息裡，而你思念的笑靨，也一一落在了孤獨的酒裡，轉瞬之間便又化做一把槳櫓，在寂寞如風的嗚咽中撥動起記憶的漣漪。

「樂事又逢春，芳心爾亦動。」你想用熱情如火的詩句，袒露相思之情已然刻骨銘心的心跡，期以深摯之情能夠撥動她那顆冰冷的心。然而，你卻也明白，你終是一個人站在了故事的開端，而她只是隔岸觀景的旁觀者，就算涉過所有的情節，依然到不了你想讓她抵達的彼岸。因為，途中冰冷的河水輕易就會讓迷茫中的她醒轉過來，即便花深似海，她也不會沿著奼紫嫣紅走遍你期許的春光，而那些繁複的思念，到最後也不過都演繹成了你眼中飛墜的零亂。你知道，如果你的故事少了她的參與，再多的繁花似錦也只是一場來不及打撈的空白，轉身過後，留下的無非是追憶成空的醉眼迷離，亦明白，愛情的蒼涼終究是一種天定的宿命，左邊如夢，右邊成荒，唯有過程飄著淡淡的桃花香，即便有心摘取，卻又是輾轉成夢……

「此情不可違，芳譽何須奉。」你將這份感情說成是不可違逆的天意，以期喚醒鶯鶯的共識；「莫負月華明，且憐花影重。」然而你心裡依舊裹著萬分的忐忑，只能以珍惜大好時光相勸勉，以期促成鶯鶯的共鳴。可以

說，這是一首充滿理性的求愛之作，也可以說是你已下定要「破釜沉舟」的決心，想要用它來為你夢幻中期待的愛情做最後一搏，可你心裡還是一點也不踏實，不知道這麼做的結果到底會是什麼。

該何去何從？你心裡依舊沒有答案。萬籟俱寂的暗夜裡，你一次次地刻意提醒自己，忘了，放了，徹底地給自己留一條生路。其實你一直都很明白，風花雪月猶如那水中月、鏡中花，世間的一切本都是虛妄，曾經握住酒盞的手終是握不住紅塵的點滴，曾經相望的眼終是望不回過盡的千帆，那些且醉且行的孤寂路上，風煙瀰漫的塵埃中，留下的只不過是些所謂的纏綿悱惻，千百年後，又有誰會記得你是誰，她是誰，既如此，為什麼還是怎麼也放不下呢？

道理誰都知道，可身陷情沼的你還是不甘心。此時此刻，濃得化不開的思緒依舊一如既往地徜徉在你憂鬱的心頭，仿若在風中吟唱一首悲哀的古樂府，痛得你肝腸寸斷，而你依然不肯放手。繁華落盡，唱斷俗世悲歡，或許，你能做的，便只是在她轉身離去之際，攜著一縷孤傷，仰頭看一絲浮雲悄然落幕在天邊罷了。除此之外，你什麼也做不了，你知道，天涯海角的誓言只是一個玩笑，只是一個破碎的迷局，海枯石爛也只是你自欺欺人的一廂情願，那麼，接下來的路你又該如何去走，是披荊斬棘、勇往直前，還是知難而退、畏縮不前，或是另闢蹊徑、成功轉身？

不，你不能就這樣認輸。既然身子早已擱淺在這喧囂的塵世，那麼又有什麼理由不讓自己變得更加勇敢更加無畏？低頭，循著紙上道路深淺不一的痕跡，你義無反顧地朝前走著，任傷感的情緒於瞬間幻化成相思的文字，在紙張的舞臺上無聲地傾訴著吶喊著。你還能怎樣？你不能怎樣。她的決絕注定了你們的悲劇，你只能任相思的心在詩詞的文字中獨自翩然起舞，任那淒涼的舞步，在紫陌紅塵間盡情地飛旋、舞動、飄散。

……

4. 夜合

你累了，倦怠了，轉身低頭，從此已與她天涯相隔。你病了，大病了一場。姨母鄭氏來看你，表弟歡郎來看你，丫鬟紅娘來看你，但你最想見到的人卻是那個冷了心腸的她。即使心再痛，你也想在床榻上還她一個微笑。只是，你並不想讓她看到，看到你微笑的背後，轉身的那一瞬，你的淚水早已如泉般噴湧。

你孤寂地躺在床上，百無聊耐地數著窗外的星星。一顆，兩顆，三顆，四顆……一伸手，就觸控到了恍然的昨天，心，按捺不住地疼痛。一切的一切，終只不過是一場翻過去的虛無，她不在，偌大的世界裡只剩下無底的深寂默默守候著你，也守候著你枕畔和你同樣寂寞的皮影人。

你的癡心，一一落在了紅娘眼裡，她終於被你的深情打動，拿了你寫的詩送給了鶯鶯。你沒想到，這首詩送出去沒多久，鶯鶯便又打發紅娘過來探望你了。你已經心如死灰，不再對那段苦苦的單戀寄予希望，可她的詩句分明字字都寫下了對你無盡的相思：

休將閒事苦索懷，取次摧殘天賦才。

不意當時完妾命，豈防今日作君災。

仰圖厚德難從禮，謹奉新詩可當媒。

寄語高唐休詠賦，今宵端的雨雲來。

你翻動詩箋，一字一句輕輕地唸著。怕不是自己病體纏綿，頭暈眼花了不成？

「這真是妳家小姐讓妳送來的？」你望著紅娘猶疑地問。

「除了我家小姐還能有誰？」

「那這詩，是妳家小姐親手寫的？」

「除了我家小姐，還有誰會寫這種詩給公子？」紅娘羞紅了娘，伸手替你披著被角，「我家小姐說了，讓你好好養病，其他什麼事都不用想。她

對你的情意都暗含在這首詩裡了，你要是還不明白她的心，紅娘也就沒法子了。」

「妳家小姐真的對我有心？」你伸過手緊緊抓住紅娘的手，還是不敢相信。這美好來得太過突然，想想前幾天，你被鶯鶯罵出來的情形，再看這首抹著濃情蜜意的詩箋，不由得不恍惚起來。

「你這人叫我說什麼才好？」紅娘蹙著眉頭，「我家小姐斥責你，你不高興；我家小姐叫我好心送你詩箋，你卻無端地生出這許多疑惑來。你要是還不相信，就自個爭口氣，早點養好病，親自問我家小姐去！」

這是真的？只要我養好了病，鶯鶯就肯接受我對她的愛了？你不由得失聲笑了起來。和衣倚在床前，拿起她送你的綠衣霓裳皮影，你用長長的手指輕輕撫過它俊美的臉龐，宛若指尖所觸便是鶯鶯香豔的肌膚，那一刻，有暖流瞬間溢滿你的周身。

二月十八那夜，冷月凝霜，小窗又燈闌，瀟湘竹影在門前婆娑搖曳，轉瞬便搖落下了舊時的一縷縷清夢。大病初癒的你翻開案上的書簡，思緒如同機杼織就的一方繡帕，在寒涼之季，鋪放在你滄桑的案臺上，經緯縱橫，點點滴滴，都是萬種的柔情。窗外桃花紛飛，透過園中婆娑的樹影，灑落西廂半床，你抬頭，遙望天上那輪皎潔的明月，又低頭拿起鶯鶯的詩箋看了又看，臉上的哀愁次第分明。你輕輕嘆息著，或許鶯鶯只是一片好意，怕你病體纏綿，才於不得已下寫了這首詩讓紅娘送來，又如何當得了真？唉，自古多情傷離別，恐怕這一生你都等不來夢中的美嬌顏了，還是收拾起行囊趕緊離開這斷腸之地，盡快回西河縣當你的小吏罷了！

天注定，今生與她無緣，強求也是枉然，縱是藉著詩的韻腳為自己搭建起一座情意纏綿的雅閣，於平仄的字行間，也還是望不到相思花開的那一刻。搖曳的燈火下，你只能獨自一人守在深不見底的孤寂中悵聽悲歡流連，只能枯坐在空寂的西廂裡，潛心用文字穿針引線，只望可以從流年中

4. 夜合

編織出一章曼妙的花開時節，用盛大的想像設定一個奼紫嫣紅的春之彼岸。然而，如果她不在，這一切又於事何補？

除了相思，你只會寫詩。你夜夜沉湎於墨詞書卷中，倚著寂寞，寫一闋〈長相思〉，再寫一闋〈聲聲慢〉。沒人能讀懂你那份關於執子之手、與子諧老的夢想，可你仍然寫得不亦樂乎，根本就不在意別人的看法與見解。紅塵一隅，花開花落，有誰會與你月下彈箏，共看那良辰美景，又有誰會與你雪中共賞，把那紅梅尋盡？雲捲雲舒，有誰會與你將那寂寞在水湄一一細數，告訴你會在哪一個黃昏的夜闌，與你共坐紅燭前的爐邊把盞吟詩？

是鶯鶯嗎？你點點頭，又搖搖頭。夢裡不知身是客，只好從雲端借來一紙水墨，惹動一整片雲煙的相思。你的心已經為她枯竭了，此時此刻，你的心房一如那寂寞了千年的城池，早已葬了紅塵的故事，葬了桃花的開落，也葬了你幾世的痴絕。月明如水的夜裡，你只能迎著桃花的盛開，在寂寞的風中做著一場一廂情願的美夢，而她一路縹緲的風塵，卻是你永遠都無法杏去的暗疾。你惆悵著，所有的過往想來已是前塵如煙，隔了千山，阻了萬水，不復初時那臨風把酒、對月歡歌的逍遙，而那三尺雕欄之後被寂寞鎖在深閨的女子，在你眼中也早已凋零成塵世中那一株獨自搖曳的瘦荷，究竟，該怎麼做，才能讓天地還你們一份豐腴的心情？

等待，恍惚中似乎已在一個人的孤單裡越過了千年的光陰，帶著你一腔如水的哀怨。端坐案前，花瓣悠悠落來，忽地想起〈採桑子〉的曲譜，盡是些輾轉不得的別離，卻為一則傳說做了完美的鋪陳，只是，你和她的故事，千年之後，又經得起哪首曲子的檢驗？風扣門環，落花是那麼輕，心事是那麼重，你想酤一壺舊城的煙雨，揀一行憂愁的詩句，在宣紙間將她的美豔輕輕地描摹，未曾想，心思還沒有入畫，悲傷卻早已落得滿城風絮。循著記憶的足跡遙遙地望去，來時的芬芳早已被你遺忘，如果結局只

能以沉默告終,那你這一生便只能相信愛情從來都只是一個悽美的傳說。想離開,卻又不知道該何去何從,只怕是一回頭只能帶走一具行屍走肉,那心卻要被永遠留在了梨花深院,看來,目下也只能將那段刻骨銘心的柔情寓於字裡行間,任其揉成斷腸的夢,碎成一地,任所有心痛都散成一夜夜哭泣的詩句:

綺樹滿朝陽,融融有露光。

雨多疑濯錦,風散似分妝。

葉密煙蒙火,枝低繡拂牆。

更憐當暑見,留詠日偏長。

——〈夜合〉

你將她比作過梨花,比作過桃花,可這還不夠。在你心裡,或許縱使將世間的花都寫盡,也無法描摹她半分的美豔。然而,你又寫了,將她比作夜合花,字裡行間,無一不洩漏著你對她的極度崇慕和讚美。但這詩裡究竟還是藏了你的寂寞淒涼,聲聲,慢慢,枉斷了愁腸,卻已不能回頭,只留得你和她的故事這樣緩緩一路,山高水長地走來。

你究竟等了她幾千百年?你和著淚,讓她的美豔流瀉於你的筆端,讓你的憂愁照著她夢幻中的魅影。你不明白,為什麼等了幾世的輪迴,那些從未曾熄滅的相思卻只剩下一段流年似水的荒蕪與空白,而那一場花開錦繡的相遇,縱使再燦爛再璀璨,又為何總也喚不回三生的舊痕,讓你怎麼也無法找到她當日的明媚?

窗外的草地已是蒼苔叢生,而你依然找不到她來過的足跡。你怕她迷路,用盡了一生的淚水,澆灌著路邊掛滿劫數的繁花,每一次凝望,看到的都是它們在午夜夢迴時微雨獨立的身影,而你,只能在一聲聲無奈的嘆息中,任經年的風霜一寸寸暈染著你寂寞的眼梢鬢角。一場煙雲流轉的糾

4. 夜合

葛，終究不過是成全了一世的落寞。你深深地嘆息，冷風長夜，伸手所能觸控到的，不過只是昨日冰冷的印痕，可你又能奈之若何？抬頭，夢還是未醒，即便是看落了春柳春花，看斷了春水春江，看飛了滿樓的春燕，你心心念念的，依舊是要用四季的花事來占卜她盛大的歸期。

「來了。來了。」紅娘咯咯笑著出現在你窗下。

你心裡一驚，目不轉睛地盯著紅娘，有些震驚，又有些慌亂。誰來了？你站起身，忙不迭地探出頭朝窗外眺望，卻看到紅娘一手抱著衾被，一手抱著枕頭，望著你輕輕一噘嘴，不無嗔怪地說：「你這呆子，還不趕快把門打開？」

這是在做夢嗎？你伸手擰一下手臂，會痛。

「喂，你還不快點把門打開？」紅娘在外面催促，聲音卻極低。

「姑娘，妳……」你踱到門邊，心撲通跳個不停，「姑娘這是……」

「你這呆子，自然是我家小姐要來見你！」

「妳家小姐？」你傻了，這大半夜的，鶯鶯要來見你，怎麼也不提前打聲招呼？而且，紅娘手裡抱著衾被和枕頭是什麼意思？難不成是鶯鶯她……

這驚喜來得太突然了。鶯鶯居然要來和自己幽會！天哪！你興奮得眼花撩亂，沒想到你在夢中期待了許久的美事，居然這麼快就要發生在眼前了！鶯鶯，鶯鶯！你痴痴唸著她的名，飛快地拉開門閂，兩頰緋紅地盯著紅娘，驚訝得一句話也說不上來。

「還愣在那做什麼？」紅娘一邊放下衾被和枕頭，一邊回頭望著你，「我說你是不是傻了？快過來幫忙啊！」

「我……」你輕輕踱到紅娘背後，瞪大眼睛凝視著鋪在自己床上那一襲飄著香氣的衾被，「這……這是……」

「這當然是我家小姐的衾被了。」紅娘不滿地瞪他一眼,「我家小姐生怕你害了相思病不治而亡,所以就化作了活菩薩,要來救你性命。」

「可,妳家小姐……」你回望著窗外,「鶯鶯她,她在哪裡?」

「放心,我這就回去接她。」紅娘望著你那副悽楚、迷離的忐忑模樣,不禁忍俊不住地笑了起來,「總得留些時間讓我家小姐準備準備吧?你這個人,詩寫得那麼好,怎麼一認真起來就跟個書呆子似的?」

「那,妳家夫人那邊……我還來沒得及請人前來說媒,我怕……」

「我家小姐都不怕,你怕什麼?」紅娘朝你翻著白眼,「也就是我家小姐心地好,要是換了別家的姑娘,恐怕這會你早就在縣衙吃了調戲良家婦女的官事了。」

「我……」

「好了,我家小姐肯來自薦枕蓆,都是因為見你是個才高八斗的俊士,可你切莫辜負了小姐一片心意,她可是等著你們元家八人抬的大花轎來娶了她回長安老宅的!」

「姑娘說的是。等我回了西河縣,立刻就派人送信回長安,定然不會辜負了小姐一片心意,也不會辜負了姑娘妳成全的一片美意。」

「知道就好。」紅娘對著你吐了吐舌頭,「要知道,我幫襯著小姐來與你幽會,在老夫人面前可擔著不小的關係,要是你始亂終棄,我第一個饒不了你。」

淺淺的月光輕輕掠過西窗,柔柔地灑在你的臉上,空氣中流淌著桃花的馨香和著夜合的芬芳,一切的一切,都令你心醉神迷。你微微瞇起雙眼,真想在這溫柔鄉里好好醉一回,然後再去盡情領略夜色迷離中鶯鶯的國色天香。然而才一分神,紅娘便扶著裊婷,滿臉含著一片紅雲的鶯鶯從外面輕輕踱了進來。你迅速瞪大眼睛,目不轉睛地盯著她看,看她一襲

4. 夜合

素衣張揚在溫婉的月色下，卻無端地猶疑起此時此刻的自己是不是身在夢中。

「呆子！」紅娘扶著鶯鶯直接走到床邊，回頭睃著你直努嘴，「喂！喂！」

你呆呆瞪著神女般的鶯鶯恍然入夢。眼前的佳人真的就是自己日思夜想的鶯鶯？你瞪直了眼睛，望著她的眉，她的眼，她的唇，她的纖纖十指，心裡不知是喜還是悵，只是傻傻地立在原地，一步也挪不動了。

紅娘轉身來，在你背後重重推你一把。一個趔趄，你跌坐在了流香溢彩的錦繡床邊。鶯鶯輕輕盯你一眼，看你狼狽的模樣，抿著嘴笑，你也望著她笑。只這一眼，便又羞紅了她的雙頰，陡地低下頭去，不讓你再看她的眉眼。

鶯鶯。你情深款款地喚著她的名，伸開手，輕輕托起她溫潤如玉的腮，突地想起《詩經》裡那句：關關雎鳩，在河之洲。鶯鶯，妳的小舟，是否真的要為我停留？驀然回首，夜已闌珊，燈已搖滅。你知道，是紅娘替你們吹熄了燭火，不由得不在心底欽羨起她的勇敢與果斷。要是沒了紅娘，恐怕至死你也不能再見上鶯鶯一面，惶論是這樣近距離地把她那嬌俏的容顏一覽無遺？

「就把妳這一生都借給我吧。」你咬著她的耳垂，親憐蜜愛地痴痴低語。

她也含了嬌羞偎在你溫柔的懷抱裡，靜靜聽你的心跳，感受你十指的溫暖，以及耳鬢廝磨的娑娑聲響。

「做我一生一世的新娘好不好？」你熱情如火地愛著她，痴纏著她，好似要把這一生一世的情海波瀾都在這一晚上耗光殆盡。其實，你並不敢奢望一生一世，縱使春宵歡娛，你內心深處仍然埋著深深的隱憂，害怕這一切只是樓蘭遺失的香夢，天亮後便會與她遠隔天涯，各自芬芳。

那時候的你還沒想過要棄絕這段愛情，你只不過是有些恐懼罷了，畢

131

竟，她是世代高宦人家的小姐，而自己只是一個寒門小吏，即使今夜將生米煮成了熟飯，崔夫人那一關過得了過不了還是個未知數，所以你只想好好享受這短暫的一夜，只想借她一生中的一夜來好好愛她，好好憐她，除此之外，你別無所求。

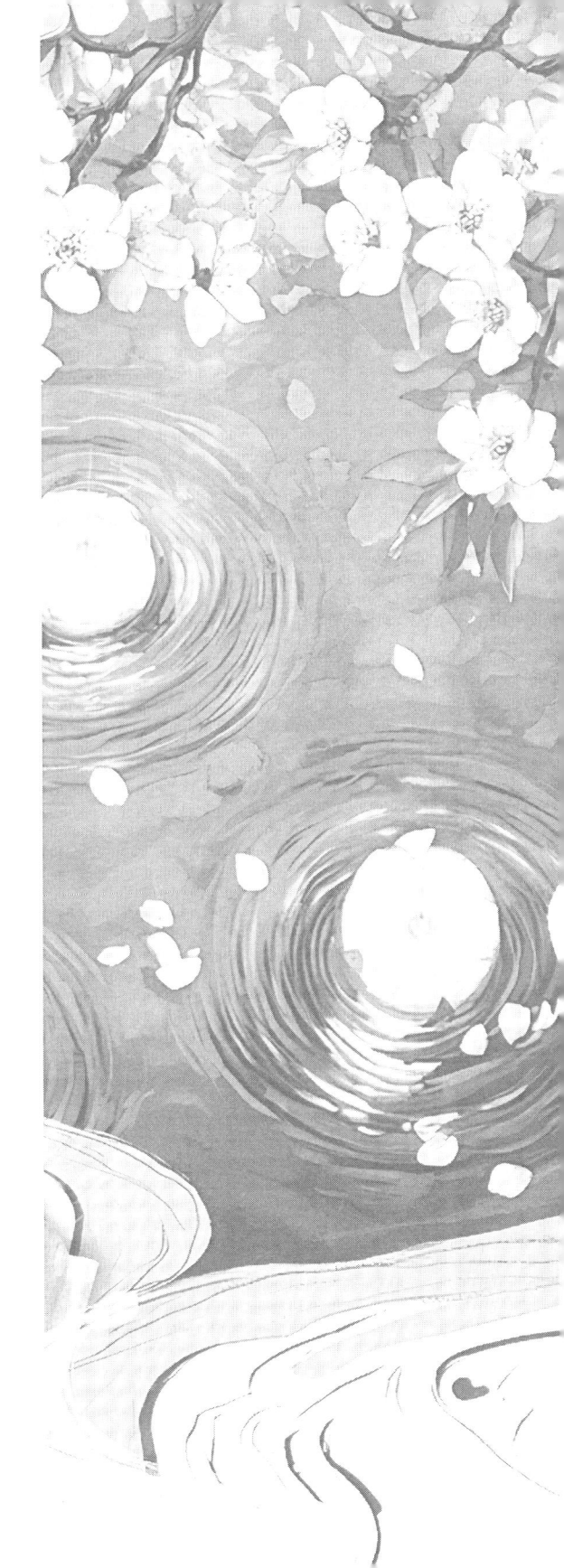

第 4 卷
潛教桃葉送鞦韆

花籠微月竹籠煙，
百尺絲繩拂地懸。
憶得雙文人靜後，
潛教桃葉送鞦韆。

1. 西廂記與鶯鶯傳

還記得王實甫的雜劇《西廂記》裡那些美不勝收、妙不可言的唱詞嗎？

「碧雲天，黃葉地，秋色連波，波上寒煙翠。山映斜陽天接水，芳草無情，更在斜陽外。黯香魂，追旅思，夜夜除非好夢留人睡。明月樓高獨倚，酒入愁腸，化作相思淚」。

如水般溫柔細膩的文辭，深情婉約，清新俊逸，讀之如春風入懷，念之若明月探窗而來，每一次捧讀都令人久久不忍釋卷。難怪清初有評論家說：「讀《西廂》，必須掃地讀之，不得存一點塵於心中。必須燒香讀之，致其恭敬。必須對雪讀之，資其潔清。必須對花讀之，助其娟麗。必須與美人並坐讀之，驗其纏綿情也。必須與道人對坐讀之，其解脫無方也。」

好的作品猶如風華絕代的佳人，美豔無雙，國色天香，只一眼望過去，便叫人一見傾心，愛不釋手，即便轉身了，也總是戀戀不捨，頻頻回顧，正如詩裡說的：「好詩美文讀如渴，似遇絕色迎面過。明知與我全無份，一往深情奈若何。」這是《西廂記》與文字的緣分，與世情的糾葛，但若認真推敲起來，其實這一切終還得從元稹說起。

崔鶯鶯與張君瑞的愛情故事，由於《西廂記》的廣為流傳，在各地幾乎都是婦孺皆知的傳奇。但究其根源，最早描述鶯鶯和張生故事的作品，卻是元稹融會親身經歷所創作的傳奇〈鶯鶯傳〉。作品中塑造的男主角張生，實際上便是元稹的化身，而西廂故事更是元稹對自己年少時期一段悽婉愛情的追憶。

元稹的西廂故事原本是一曲愛情悲劇，但歷經後世文人的不斷修改、潤飾，直到元代戲曲大家王實甫將其編成雜劇《西廂記》時，卻早已演變為一對青年男女衝破禮教束縛，並在丫鬟紅娘的巧妙周旋相助下，有情人終成眷屬的愛情喜劇。

1. 西廂記與鶯鶯傳

緣於元稹，《西廂記》有幸和曹雪芹的《紅樓夢》，被後人並稱為「古典文藝中的雙璧」。賈仲明評價其為「新雜劇，舊傳奇，《西廂記》天下奪魁」，李贄稱其是「天下至文」，認為是才子佳人之書。另外，《西廂記》以其絕美的文辭，開創了「文采派」的先河，字裡行間無不體現出一種出塵的意境美，以至於被後人譽為「花間美人」，而作者王實甫也因此被公推為當之無愧的「文采派」大師。

夜深人靜的時候，我又一次靜坐在燈下細細品讀《西廂記》，儘管早已看了很多遍，但張生與鶯鶯之間唯美浪漫、悽美動人的愛情故事依然還是深深攫住了我的心。那一幅幅意境悲涼的畫面，一句句情意綿綿的話語，一曲曲悽美婉轉的曲調，無時不刻不在震顫著我易感的心靈。「多情自古傷離別，更那堪冷落清秋節」，尤其是他們在長亭送別的情景，更是深深扣住了我的心弦，讓我潮起的心緒久久不能平靜。

張生與鶯鶯之間的愛情是真誠的、美好的，也是驚天地、泣鬼神的，但即便如此，生活在封建時代的他們也不能按照自己的意願，順理成章地結為連理，直到最後的結合，其間卻經歷了諸多的曲折與阻礙。張生作為一名書卷氣十足的書生，他誠實厚道、灑脫不羈，卻又有些呆頭呆腦，不能見容於世家名閥。家境貧寒的他，縱使才高八斗，也唯有在順利考取功名後才能獲得崔母的允許，徹底擺脫「白衣女婿」的影子，與鶯鶯長相廝守。然而，生性淡泊的他卻視功名利祿如芥草，沒有多大的人生抱負，對仕途更是缺乏期待，但為了心儀的鶯鶯，為了能讓兩個人的愛情順利開花結果，他最後是毅然走上了赴京趕考的征程。

崔鶯鶯，表面上看，她蘭心蕙質，美麗溫柔，知書達禮，嫻雅沉靜，然而骨子裡卻渴望自由呼吸、兩情相悅的愛情，在深愛的男人面前，竭力反抗封建禮教的束縛並以身作則，說到底，是一名有見識見解也有足夠膽量的女性先鋒，儘管在時人看來性格有些叛逆，但卻不失為反封建的典型

代表。她珍重與張生之間的愛情，鄙視功名利祿，但對母親迫使張生赴考的利慾薰心，以及由此造成他們一對有情人的傷感離別，卻又顯得無可奈何，所以說這個人物身上仍是帶著很多的矛盾。在赴長亭送別的路上，她的心一直在痛，痛到她無法呼吸，可她也不知道接下來該如何是好，所以只好眼睜睜看著心愛的人黯然離去，滿腹的離情愁緒也因此油然而生。

在長亭餞別時，她與即將就要分開的張生無限纏綿依戀，卻又無法改變馬上便要分離的事實，心裡自是充滿了怨恨之情。她詛咒這該死的科舉功名，還有那固執己見的門第觀念，然而，生活在封建時代的她，一個弱質女子，是不可能改變這一切約定成俗的規矩的，她唯一能做的便是痛苦著接受這鐵一般的無情事實。在與張生臨行話別的瞬間，她字字句句都流露出心底沉澱已久的真情，沒有一個字不是悽美動人的，也難怪張生會為她神魂顛倒、寢食難安。在她眼裡，也許這只是短暫的離別，根本不會成為永遠的訣別，可她也明白，如果張生中不了狀元，母親是絕對不會允許他們在一起的，到那時，即便兩個人的愛情再美，也終將會面臨灰飛煙滅的結局。但她對這些憂慮卻是隻字未提，只是叮囑張生「得不得官，疾便回來」，充分表現了她對張生的關懷備至，也表達了怕張生「停妻再娶妻」的憂慮，而這一切無不體現了她的用情之深，可以說是情更深愛更切。她一心渴望的不過是能夠早日與張生團聚，早就把那功名利祿拋諸在腦後，真可謂是「功名誠可貴，愛情價更高」。

喜歡上《西廂記》，不僅在於它的故事真摯感人，情節曲折迂迴，更重要的是文中的言辭唯美、生動活潑，清麗而又不失華美，新奇而又不失老練，與當時所要表達的情境緊密結合，真正做到了情景交融，令人拍案叫絕，再細細品讀，每一個字眼又都如詩般令人陶醉，即便捧讀終日也不忍釋卷。看！「碧雲天，黃花地，西風緊，北雁南飛」，寥寥幾句，便道出了晚秋時節的蕭瑟景色，然而，一切景語皆情語，女主角心愛的情郎即

1. 西廂記與鶯鶯傳

將裹著一身的憂傷離去，她的心該是何等的惆悵，又該是何等的依依不捨，縱使她眼前瀰漫的是一幅詩情畫意的殊勝秋景，在她眼中看來卻也只是一幅充滿離情別緒的悲傷畫面。讀到此處，我不得不讚嘆王實甫的妙筆生花──以秋天富有詩意的蕭瑟秋景襯托出鶯鶯因離情而苦痛壓抑的心情，實在是高出同輩劇作家許多的絕妙好詞。「曉來誰染霜林醉？總是離人淚」，輕輕一筆，又將鶯鶯的萬般愁緒融入大自然中，更增添了悲涼的意境，又為下文做好了鋪陳，同樣是妙筆生花。

「恨相見得遲，怨歸去得疾。柳絲長玉驄難繫，恨不倩疏林掛住斜暉」。這幾句唱詞裡，王實甫藉柳絲、疏林直抒胸臆，藉景抒情，將主角曲折迂迴的心境表現得淋漓盡致。合上書本，我在深不見底的寂靜中默默揣測著，當年的鶯鶯是多麼希望柳絲能把馬兒繫住，疏林能將斜暉掛住，讓時間就在那一瞬間永遠定格下來啊！因為唯有那樣，她的愛人才可以停下離去的腳步，他們也才不會再遭受那因兩地相隔而衍生的相思之苦。

《西廂記》裡的鶯鶯與張生矢志不渝的愛情是經典的、浪漫的，也是經受得住時間考驗的。「但得一個並頭蓮，煞強如狀元及第」，短短十四個字，充分體現了鶯鶯對愛情的珍重，對功名的淡泊。誠然，真正的愛情並不需要天崩地裂的轟轟烈烈，也不需要什麼天荒地老、海枯石爛的誓言，只要兩個人彼此兩情相悅，每一天都歡天喜地地沐浴在愛河裡，說著相知的話，做著快樂的事，便是一種永恆的幸福，而早在一千多年前，美豔而又多情的崔鶯鶯便已懂得了這個至簡的道理。什麼功名利祿，什麼榮華富貴，什麼雕欄玉砌，什麼錦衣玉食，一切一切，在他們眼裡都只不過是過眼的雲煙，而唯有愛情才是真正永恆的，是即便死也不想放手丟開的。

遠去的馬車即將啟動，情郎轉身便要離開。縱使鶯鶯心裡裹著千萬個捨不得，卻還是不得不放他離去，因為她深諳天下沒有不散的筵席的道理，即便不肯放手也是枉然。愛他，念他，紛繁的思緒，卻是剪不斷，理

還亂，貪婪的眼神寫滿離愁，別是一般滋味在心頭。在珍饈滿桌的餞別席上，「暖溶溶的玉醅」在她眼裡，卻只是「白泠泠似水，多半是相思淚」。這一融會了誇張、比喻、對比於一體的修辭手法，正如同舉杯銷愁愁更愁，以厭酒來表現愁苦，更是苦上加苦，看來她真的是要「淋漓襟袖啼紅淚，比司馬青衫更溼，伯勞東去燕西飛，未登程先問歸期」了。此處巧妙運用了三個典故，更加淋漓盡致地表現出了她的傷心欲絕，可謂愛到極致，痛到極致，然而，她這滿腔不能排遣的憂愁究竟該訴與誰知、訴與誰聽？

「相思只有自知，老天不管人憔悴，淚添九曲黃河溢，恨壓三峰華嶽」，這句話極度誇張道地出了鶯鶯與張生離別時的愁苦心緒，真正是已然到了愁極恨絕、無以復加的地步。唉，多情自古傷離別，況且離別之時是在那令人愁緒叢生的冷落清秋時節！然而，要走的終歸還是要走，她只能「青山隔送行」，但疏林卻不作美，儘管「淡煙霧靄相遮蔽」，然而裹著滿懷深愛的她卻管不了這麼許多，依然悵然痴立在風中，於極度的悲慟中將他極目遠送，難捨難分。所有文字的描摹，都無一例外地流露出了一對有情人欲見不能的惆悵與不忍離去的眷戀，怎一個痛字了得！

無獨有偶，那時那刻，「夕陽古道無人語」，卻偏偏又是「禾黍秋風聽馬嘶」，本來她痛苦的心境已隨著張生的車馬漸行漸遠，卻未曾料到這時卻又從遠處傳來了馬的嘶鳴，轉瞬便打破了古道上的沉寂，添了淒涼荒蕪的色彩，也撕裂了她那顆本來就破碎了的心。要知道，馬鳴之處，正是她的愛人所在之地，此處以「無聲」與「有聲」兩者相互映襯，更加烘托出當時環境的淒涼與鶯鶯痛不欲生的悲哀，以景襯情，化情入境，情景交融，生動展現了鶯鶯「離愁漸遠漸無窮」的心境，確實是扣人心弦，悽婉動人。

夜漸漸深了，人漸漸遠了。而鶯鶯，愁卻深、深、深，心卻痛、痛、痛。「四圍山色中，一鞭殘照裡。遍人間煩惱填胸臆，量這些大小車，如

何載得起」？以悲涼的夜景襯托出女主角積鬱胸中無法排遣的無限惆悵，感染力與震撼力都極其強烈，只是，這兩地遙望的相思之苦何時才能了卻？或許，這惱人的問題，王實甫無法回答，張生與鶯鶯也無法回答，縱是始作俑者的元稹穿破千年的煙塵來到現下，也未必能夠給出正確而又最為合理的答案。

　　《西廂記》終歸只是一部曲本，美則美矣，豔則豔矣，但歷史的真相卻又是殘酷無情的。張生的原型人物元稹並沒能像戲文裡說的那樣，最終抱得美人同歸，而是收穫了一份沉甸甸的離別。為了完成父親的遺願、母親的心願，他不得不另娶了高門之女，只讓鶯鶯在文字裡幻化成他在夢中遇到的那個百媚橫生的前朝女子，當兩人在普救寺花園中轉身互望的那一刹，所有的故事便已然開始並最終收場。而關於這一切，我們可以在元稹親自撰寫的那部帶有自傳性色彩的傳奇〈鶯鶯傳〉中找到眾多的蛛絲馬跡。

　　如果說《西廂記》是一部愛情絕唱，那麼〈鶯鶯傳〉無疑是一齣愛情悲劇，而同樣的故事，不同的結局，反響也迥然不同。撇開文學成就不說，〈鶯鶯傳〉要比《西廂記》古老得多，卻更貼近現代意識。崔鶯鶯在元稹的心裡可以說是個謎，而他恰恰又被她迷住了。元稹在遇到鶯鶯之前從未曾近過女色，但見了鶯鶯這樣的絕色後卻讓他立刻神魂顛倒、不能自持，以至於發展成「戲調初微拒，柔情已暗通。」在追求鶯鶯的過程中，鶯鶯一時回書要元稹「明月三五夜，待月西廂下」，一時又端服嚴容，痛斥元稹，一時又主動委身於他，讓元稹始終覺得她身上有一種無法抗拒的神祕感，在感情上也到了與之難分難捨的地步。

　　元稹與鶯鶯最後的結局是了猶未了，不了了之，並不是很多人認為的始亂終棄，但這方面的嫌疑全在元稹那段著名的「忍情說」上暴露無遺，歷來為論者指責：「大凡天之所命尤物也，不妖其身，必妖於人。使崔氏子遇

合富貴，秉寵嬌，不為雲，不為雨，為蛟螭，吾不知其所變化矣。……予之德不足以勝妖孽，是用忍情。」這簡直是明目張膽的辯解，全然把當時的風流繾綣置之腦後，先發制人，把自己的薄情堂而皇之地解釋為對他人善變內心的難以推測。

在唐代那樣風氣開放的王朝，一般才士的風流韻事自是不勝列舉，而元稹與鶯鶯的愛戀也只是略見一斑，但奇在元稹之撕心裂肺般痛楚的感情糾葛在當時卻是鮮見的。事實上，元稹沒有視鶯鶯為玩物止宿而去，而是愛戀之情發自肺腑、形於言表，他的忍情是經過了痛苦的權衡與殘酷的自我折磨來實現的，所以在面對不肯與之相見的鶯鶯，也只能透過文字的追憶來慰籍自己幻滅的感情。

在〈鶯鶯傳〉裡，鶯鶯自始至終只是一個被動者，是一個被命運的安排牽著鼻子走，只能沉默著接受男權社會所有既定規則的弱女子，在面對張生的拋棄之際，唯一作出的回應也只是「棄置今何道，當時且自親。還將舊時意，憐取眼前人」；而張生作為文中被敘述的絕對主角，卻更像故事裡的旁觀者，彷彿總在冷眼旁觀，算不上鐵石心腸，也不能算作柔腸百轉的性情中人，但卻是真實存在的血肉之軀。其實張生之於元稹，鶯鶯之於元稹喜歡過的那個疊字女子，這一切有情生命張揚的獨特個性和愛而不能的悽愴都是王實甫和他筆下《西廂記》中描繪的人物所不具備的，而元稹和鶯鶯終以悵然分手作為最後的結局卻是被他們所處的那個時代所普遍認可的，並未遭遇過任何的口誅筆伐，這也使得悲劇的震撼更上層樓。元稹自身的辯解，解讀者不約而同的預設，這樣的悲情恐怕比〈霍小玉傳〉裡面的霍小玉在面對李益冷酷無情的拋棄而當面聲淚俱下的痛斥更令人心寒，因為這便是必須眼睜睜面對卻又無力更改的鐵的現實。

2. 會真詩三十韻

　　你和她終是無可救藥地互相愛上了，在那個桃紅柳綠風送爽的季節。

　　明月夜，曉風輕，三月的春色染翠了鏤花的窗閣，自與她纏綿繾綣，至今已有多少個日子了？你屈指算來，從二月十八日那夜她於「斜月晶瑩」之下抱衾而來，直至「寺鐘鳴，天將曉，紅娘促去」，已經又過了十餘天了，為什麼這十多天她又沒了任何的音訊呢？

　　那些前塵舊事又在你眼前起起落落，偶爾翻揀起，心卻又莫名的徬徨，到底，你和她的剎那恩愛是悠長還是倏然？「崔氏嬌啼宛轉，紅娘又捧之而去，終夕無一言。」你在〈鶯鶯傳〉裡仔細回味著那夜與她的歡喜纏綿，才意識到整個過程，她居然一句話也沒有說，只是在天明將別的時候，才望著你嗚咽哭泣，而這樣深摯的感情又怎能讓你不為之動容？

　　你在想她，你在念她。小樓曲檻之下，溫婉的月色緩緩斜下了西廂，那誤落案頭的殘花，幽幽的暗香猶如〈採桑子〉的調譜，平仄於你瘦了的眼角眉梢，更為婉轉地忘記了琴挑何處。雲淡風輕的日子，你一直任由她的名字在心中飛舞，而你等待的身影仿若入了舊時的畫軸，白描了情事，只為等那個素衣羅裳的少女從夢中走出，輕聲細語地對你講起所有天荒地老的纏綿。然而，又有誰知，在那奼紫嫣紅的歡愉背後，卻生生鋪就了你一枕黃粱的困惑？喜悅之後的你又生出了深深的惆悵，這麼久了，她為什麼再次消失得無影又無蹤，就連那侍奉她的紅娘也宛若突然從人間蒸發了呢？

　　是她後悔了嗎？普救寺深處，你端坐在昏黃的燈火下，於花開時分低眉頷首，任一聲瘦春的呢喃在指尖裂帛無聲。一紙素箋，隔窗飛毫，終於在你翹首以待的守候中挽上了一個情字，薄蘸月色為墨，寫成一行大大的思念，卻不意到最後竟又鋪成了一路的寒白，只留下一抹深深的遺憾盤旋

在你思春的心頭，而毫無周章的你也只能任由紊亂的心情在紙箋上繼續描摹著那些關於風花雪月的舊事，片刻也停不下來。

鶯鶯，妳在哪裡？是病了嗎？可姨母見了我卻從未提起過妳的病情，到底是怎麼回事？為什麼都不讓紅娘捎句話，告訴我這些日子到底都發生些了什麼？不管發生了什麼，妳總該讓我知道的不是嗎，就算真相難以讓我接受，也好過讓我在這裡胡思亂想，無法將這一腔的憂緒默默排遣啊！鶯鶯，妳可知道，妳渺渺回眸的淡漠，恰似那冬夜的寒雨，雖早已化作了我思憶的流泉，卻又轉瞬溼了我夢中的雙翼，讓我在以後不盡的歲月裡，只能不停地抖落著嘆息的淚滴？

你抬頭遙望梨花深院，卻發現此刻已是燈火散盡、笙歌收場，再回望這冷寂的西廂，剎那纏綿之後也只剩下人去屋空的惆悵，怎不讓人徬徨難眠？鶯鶯啊鶯鶯，妳為什麼總是對我這般殘酷這般無情？如若不愛，那夜妳為什麼又讓紅娘抱了衾枕前來私會？如若愛，如今妳為什麼又要轉身消逝無蹤，跟我玩起捉迷藏的遊戲？妳忽冷忽熱的態度，可真是要了我的命啊！曾經以為百年好事那宵定，到頭來卻還是月老錯繫了姻緣的紅繩，早知如此，何必當初？

可你還是不捨，追求了那麼久，你怎麼捨得就此放棄這段情愛？是的，你捨不下，你放不下，可為什麼她的模樣竟在你眼裡變得逐漸模糊，笑容也如雲煙般飄忽不定起來？你伸出手去，在那無邊的黑暗中，想要抓住她的倩影，卻不料一把抓碎了甜蜜的夢境。午夜夢醒，耳邊還迴響著她呢喃的話語，手中還殘留著她馨暖的溫度，但枕畔冷了的淚痕卻一再提醒著你這一切都是虛幻縹緲的假象。你痛苦著站起身，想要找尋到原本屬於她的那份明媚與光亮，然，瞪大眼睛望過去，舉目幽幽皆不是，你能觸手可及的唯有窗前那縷黯淡的明月光，它正透著一叢破碎的花影送來一縷相思的清風，然而卻怎麼也無法吹開你心頭重重糾結的徬徨。深深的困惑

中，你終於忍不住重重嘆了一口氣，如果失去了鶯鶯，下一輪的繁花似錦又該是為誰開出的守候？

深夜寂寥，無聲無息，前生影，來世夢，那一季的桃李，都在嘆息聲聲中散成了一地月落烏啼的傷，在你眼前飄飛湮滅。你染著一身的寂寞，在無法排遣的無可奈何中，尋尋覓覓，覓覓尋尋，看露花倒影，看飛柳飄絮，看錦案運墨，看素箋生姿，看燈花搖曳，卻不知眼底的眸光究是誰人胸前那抹難滅的硃砂。現在，你唯有在風中高歌一曲孤寂落寞的心，將無限的相思寄予那縹緲不絕的雲霧，才能暫時將疼痛擱淺在探索的瞬間，除此之外，你別無他法。

信步走到花園裡的矮牆邊，你偷偷看那鎖盡春色的梨花深院，心依然被撞得極痛。倘若還存有些許的希望，你的心必定會張揚成那副欲挽塵世思念的弓箭，要射落情感蒼穹上的所有星與月。可是，你的心願，你嘀嘀不休的心語，你的鶯鶯能聽得到嗎？能的。你站在矮牆下唱起了你心底剛剛擬好的詩句，你賦予這首長詩一個如夢如幻的名字──〈會真詩三十韻〉，帶著她體內殘留的香氣，用痴情的字句，一一描摹著你和她初次相會的過程、交歡的場面以及那些無言的盟誓：

微月透簾櫳，螢光度碧空。遙天初縹緲，低樹漸蔥蘢。
龍吹過庭竹，鶯歌拂井桐。羅綃垂薄霧，環珮響輕風。
絳節隨金母，雲心捧玉童。更深人悄悄，晨會雨濛濛。
珠瑩光文履，花明隱繡櫳。寶釵行綵鳳，羅帔掩丹虹。
言自瑤華浦，將朝碧帝宮。因遊李城北，偶向宋家東。
戲調初微拒，柔情已暗通。低鬟蟬影動，回步玉塵蒙。
轉面流花雪，登床抱綺叢。鴛鴦交頸舞，翡翠合歡籠。
眉黛羞頻聚，朱脣暖更融。氣清蘭蕊馥，膚潤玉肌豐。

第 4 卷　潛教桃葉送鞦韆

　　無力慵移腕，多嬌愛斂躬。汗光珠點點，髮亂綠鬆鬆。
　　方喜千年會，俄聞五夜窮。留連時有限，繾綣意難終。
　　慢臉含愁態，芳詞誓素衷。贈環明運合，留結表心同。
　　啼粉流清鏡，殘燈繞暗蟲。華光猶冉冉，旭日漸曈曈。
　　鸞乘還歸洛，吹簫亦上嵩。衣香猶染麝，枕膩尚殘紅。
　　冪冪臨塘草，飄飄思渚蓬。素琴鳴怨鶴，清漢望歸鴻。
　　海闊誠難度，天高不易衝。行雲無處所，蕭史在樓中。

　　詩以「會真」為題，已點明了女主角的特點。「真」在當時的詩人筆下，大多是「仙」的意思，會真就是會仙，與天仙般的美女相會。全詩三十韻，以十韻為一層。前十韻是幽會前的鋪陳：「微月透簾櫳，螢光度碧空。遙天初縹緲，低樹漸蔥蘢」，渲染出一派迷離朦朧的環境氛圍。當此之時，裊婷的鶯鶯出現，一時間羅綃垂地、環珮輕響，單單這份美豔哪裡是世間女子所能承受得起的？簡直就是來自瑤華浦的仙女嘛！

　　中十韻是描繪相會的情景：「戲調初微拒，柔情已暗通」，更傳神地寫出鶯鶯當時既大膽又羞怯的情態。先有「微拒」之姿，繼之「暗通」之情，所以稍作「低鬟」，即已「回步」，投入元稹的懷抱。緊接著，便是「抱綺叢」、「交頸舞」，從眉黛之羞到朱唇之暖，生動描繪出兩人的熱戀情態。更進一步，元稹在摯烈的情愛過程中深切地感受到鶯鶯氣息之馨香，膚體之豐潤，映入眼簾的則是其無力移腕、多嬌斂躬、汗珠閃閃、亂髮鬆鬆的嬌憨之態，一切絕妙的情境無疑給初近女色的他在心曠神怡之餘，更增添了對鶯鶯的那份依戀之情。

　　後十韻是表現佳人離去後，詩人本身的空虛之感。鶯鶯離去後，元稹猶疑是在夢中，但她衣香猶在床，殘紅尚在枕，一切的一切無不證明著晚上的纏綿悱惻絕不是鏡中月、水中花的想像。

2. 會真詩三十韻

　　在這首詩裡，元稹在對當時豔遇細細回味的基礎上，更透過一系列具體的交歡動作，形象地描繪出那種真情撞擊時的感受和心態，從而表達出自己對鶯鶯刻骨銘心的真愛。

　　千年之後，我們仍然可以發現元稹這首詩寫得十分香豔露骨、蕩人心旌。在晶瑩的斜月下，天真善良的鶯鶯投奔了愛情，為了自己心愛的男子，為了夢想中的愛情，拋棄了一切，奉獻了一切。愛上元稹的她在他面前，放下了所有姿態，低到塵埃裡，塵埃裡便開出炫目的花來。那個晚上，在溫婉的月色之下，俊朗的元稹終於擁著夢寐以求的女子共入鴛夢，眼神顧盼之間，免不得讓人心旌搖盪，鶯鶯的風流體態和嬌憨模樣亦已深深鑴入他的腦海，烙成一朵憂傷的花，一起沉入時光的輪迴中。

　　這是一幅多麼美豔的圖卷啊！美得不可勝收，簡直就是一幅潑墨的山水畫，不僅醉了青年元稹的心，也醉了千年後來普救寺訪古探幽的我的眉眼。默默走在普救寺外寂靜的古道上，眨眼之間卻不見了千年之前逐月追夢的歸人，也不再聽到古道西風策馬而去的離歌，只是，這一程，我是否還能夠有幸在這楊柳青青春色暖的地方，邂逅到你那濃烈得化不開的三月相思？依稀裡，我看得見唐時明月漲滿畫屏，看得見花陌千里珠簾暗卷，然而，你那淡然的笑靨究竟是誰心底難吟的相思，一唱便唱轉了千年？風吹雜亂無章的心緒，輕釦古寺蒼老的門環，我在月下傾心聽著你於千年前吟唱起的〈會真詩三十韻〉，即便所有的故事都被轉去的背影落幕，我依然還在這裡守侯著你「冪冪臨塘草，飄飄思渚蓬」的婉轉，用心品味著那一場虛張聲勢的華麗，可是，你相思的指尖下正挽著的又是誰家的美嬌顏？

　　你對月深悵。如果可以，千年後，你還想在露冷霜寒之季，暖一壺花雕共她醉看紅塵；如果可以，千年後，你還想在擁衾無眠之夜，攜一卷古樂府共她月下輕唱；如果可以，千年後，你還想在踏雪尋梅之後，與她共

覓嫣紅醉眼的春天；如果可以，千年後，你還想在鶯歌燕舞之季，為她揭開銅鏡上的輕紗，在她三千青絲上輕輕簪上一枝水粉桃花……你醉眼迷離地望著她，問她好是不好，而她只是滿面嬌羞地低下頭，不語不答。

我知道，紅塵萬丈，弱水三千，你只想取此一瓢飲，哪怕歷經一千年、一萬年那麼悠遠的時光，你也只要擁著她的嬌軀度過那漫無邊際的分分秒秒，因為無論永遠有多遠，能夠與她相愛成歡，於你而言便已足夠。風過西樓，你和她的故事，一幕一幕，在眾生之中開放凋落，輾轉輪迴，即便傳唱的人早已換了一個又一個不同的面容，但過濾下的卻還是依舊不變的哀嘆與惋惜。你方唱罷我登場，此去經年，那些馬不停蹄的憂傷，如今也都只作了供後人長吁短嘆的句子，可這又如何？重要的是人們記住了你，也記住了她，哪怕這不是你當初想要的，但也足夠你在痛苦的煎熬中生出幾份欣慰來。

庭院依舊深深深幾許，拆掉籬笆折盡桃花，卻是誰手捻花枝吟遍舊賦，只待山無稜才敢與君絕？是你，還是她？遙望昔日的瑤琴依舊還在，千年後，我卻再也不能聽見千年前的琴瑟合鳴，怎不讓人無語嘆息？看，那年開得茂盛的葛藤亦未曾斷去，歷經千年的光陰，依然葳蕤蔥翠，而我卻無法連起你們已經斷掉的紅線，又怎不惹人惆悵徬徨？看不見你，也找不到她，這清朗的十丈紅塵中，我只能裹著一身的惆悵，在靜默中為你溫一壺微醉的花雕，然後依葫蘆畫瓢，在紙上囫圇著寫幾行唐詩嘆一身瘦骨，就著月色，一杯又一杯，於夜光裡執著著打撈你的影子。

「素琴鳴怨鶴，清漢望歸鴻。」回首前朝塵世，你又在西廂孤獨地將一曲離歌輕輕地彈唱，情到濃處，悲傷憂鬱之思卻在一根斷絃上戛然而止，轉瞬便讓你相思成災。

傾耳，仙鶴在你撥動的弦上鳴唱著一聲聲的哀怨；抬眼，你苦苦期盼著鴻雁會飛過你的窗邊翩然歸來。一直以為，你早已用堅強的面具在心底

築起了一堵巋然不動的城牆，卻未曾想，在她轉身而去的那一剎，每一塊磚都已經無聲無息地倒塌，而這一切，除了令你怵目驚心，便是讓你痛到肝腸寸斷。

「衣香猶染麝，枕膩尚殘紅。」你站在記憶的碎片上，輕嗅她猶染麝香的衣裳，但見枕畔的殘紅依舊留著她溫香軟玉的片段，然而，喚了千遍萬遍，還是不能瞥見她千嬌百媚的容顏，莫非她真的要決絕地走出你的世界，與你劃清界限嗎？

「留連時有限，繾綣意難終。」紅塵深深，繁花迷眼，你說人生如白駒過隙，莫錯了這良辰美景，何不趁著這大好時光好好留連纏綿？可惜留連終有限，卻好在繾綣意難終，只是，人去樓空後，這份纏綿卻讓你感到更加的落寞寂寥，每一次回眸，落入眼底的都是深不可測的傷。

千年前，你始終都執著地在縹緲的雲霧裡找尋她嫋娜輕倩的身影，日復一日，年復一年，即便天涯海角走遍，也不曾心生倦怠，更不曾心生悔意。你總是低眉捻撥著指間的光陰，以此打發找尋中百無聊賴的日子，可她彷彿存心要和你作對，哪怕你已走過了千山萬水，也不肯讓你發現她藏身之處的任何端倪。

天色微明，又一天從你瘦了的指縫間悄然溜過，你依然踹在三月的桃花枝椏上尋找著答案，苦苦思索著明日的陌上，是否能遇見她的巧笑嫣然或是回眸一笑百媚生。紅塵滾滾，此情不渝，你在佛前祈禱了一回又一回，只盼她翩然的身姿能夠飛下你手中的宣紙紅箋，溫暖你潸然的淚眼，而不要只流連在你的夢中，讓你永遠只能在幻境裡與她相守，然而，她執意躲閃隱藏的日子裡，你的十指纖纖，卻是依舊逃離不了流連在古樂府裡將那些憂傷詩句彈了又唱的命運。

你終於還是累了，也厭倦了，厭倦了這青燈伴孤影的寂寞，厭倦了這殘宵吟斷西窗月的惆悵，也厭倦了這千篇一律的憂傷。你不想再聆聽那一

首首離歌，不想再去執起那支生花的妙筆，在濤起的念想中寫你寫她不盡的相思。既然不能相守，那些早該塵封了的舊事，就讓它們在這月夜之下裹著他纏綿似水的豔詩，任馬蹄踏著一路逶迤而去吧。

3. 蜜月

她站在窗下，讀你的〈會真詩三十韻〉。讀得滿面嬌羞，讀得心驚肉跳。

她不是無情的女子，只是她心底有著和你一樣無法排遣的隱憂。你的相思太過沉重，她怕承受不起，更怕你辜負了她水樣年華，一晌偷歡，便將她忘得一乾二淨。他究是世上怎樣的男子？她輕倚紅羅帳邊，把你的詩句在心底唸了又唸，這樣的男子真會是她可以託付終身的夫婿嗎？她輕輕地嘆息，曾經把盞成歡、枕畔低語的凝望中，你是否還會記得她那一袖隨風飛舞的惆悵？怕只怕花期過後，你便會將她拋諸腦後，不再眷顧，任她成為寒潭裡那朵獨自搖曳的蓮花，縱夜夜笙歌，卻落成一首悽清的哀詩，到最後亦只能孤獨著坐於夢中的青苔之上，默默枕著你憂鬱的眼潸然入夢。到那個時候，縱是望斷天涯海角，尋遍江南塞北，她又該到哪裡去覓你的蹤跡，到哪裡找她想要的溫暖？

窗下，她攬鏡自照，執一柄舊了的桃木梳，用胭脂蘸取些流年中的含香碎屑，和著輕風細細梳理著那些深藏在髮絲中已然糾結而又陳舊了的所有關於眷戀的細節，然後將之慎重地盤成一頂繁瑣的髻，再簪一朵桃花在鬢角，儘管放縱起那一夜纏綿之後還未曾淡去的惜別，任其在蹙起的眉間黯然銷魂，瞬間便顛倒了被歲月掩埋的深愛。

凝眸，望著鏡中被憔悴寂染了青春的嬌容，她禁不住長嘆一聲，緊接著便在風的戀慕中唱開了一曲深情的〈採桑子〉，只是，那暮色捲簾中的

3. 蜜月

一問一答，又有多少舊事枕著她的相思零落成殤，到最後都一一滑落成了她腮邊不可逆轉的淚流？她不明白，為什麼明日的黃花與陳年的豔詩，兜兜轉轉之後，都成了她一個人的惆悵與感傷，而入眉處的那一樹桃花一溪山月，在驚豔了幾許歲月的流光後，到最後縈繞在她眼前的又為什麼只剩下了一廂漫卷的西風，莫非，這便是他在前世裡為她今生種下的讖？

她害怕。害怕熱戀過後，在雲煙的深處回首遙望來時的路徑時，終歸你還是你，她還是她，而一轉身，只剎那之間，卻早已各自蒼茫天涯。若果真那樣，每當彎月穿簾之際，是不是唯有在傷花惜春的纏綿悱惻中徘徊流連，才能把你的容顏記得更加真切，是不是唯有在輕靈哀怨的詞句淤積裡躑躅著想你，才能把你長久地擱在心底？她不要忘記你，可她更不敢想起你，與其一次又一次地盼你陪她飄泊紅塵，靜看陌上花開花落，還不如永遠都不要對你心生期待，因為沒有了期待也便沒有了痛苦。其實，她根本不在意你能否陪她看山看水，而所有沒有底限的溺愛也並非她想要的，你知道的，她要的只是與你長相廝守，共此一生，可你真的給得起她這些嗎？

眨眼之間，幾度回首，花飛蝶舞的煙雨樓臺中已是西風吹盡，然而吹不散的卻依舊是她藏在眉彎下的一抹清愁，怎不叫人惆悵徬徨？時光深處，紫燕歡呼著飛來又飛去，這寂寞的日子裡，究竟誰能與她執手相望，將那幽幽的悽楚一一細數，誰又能將她落寞的身影納入掌心珍重著憐惜？她輕輕放下木梳，忍不住對鏡長吁短嘆，卻不知道自己這滿心莫名的憂傷與失意究竟緣自何處。什麼時候自己也開始變得這般的優柔寡斷、愁腸百轉？從一開始，當她把整個身心都一股腦毫無保留地交給他的時候起，她就明白，她所求的只不過是這一生能夠和她心儀的男子相偎著在庭前共看花開花謝、日昇日落，執子之手，與子偕老，為什麼自與他纏綿之後她的心底便總會升起絲絲莫名的恐懼來？她在怕什麼？怕他不能給她一份安穩

妥貼、平靜寧和的生活，怕她自己一輩子都要做一個拈著殘花佇立於一樓煙雨中，只管唏噓嘆息的傷春悲秋之人嗎？

一抹晶瑩的淚滴悄然落在模糊了的鏡面上，在眼前迅速鋪染成一道落暮的驚心。都道是痴心女子負心郎，或許，她這一生都只能攜著一世的眷戀入懷，枕著一世的相思入夢了。也許，姹紫嫣紅開遍的三月對她而言只是一場恍惚的寂寞，深不可測，極度的徬徨中，那抱衾夜奔的幽情在她眼裡也被幻化成一段可有可無的夢。只是一場春夢而已。她望著鏡中模糊的自己輕輕嘆息著，當屋裡的沉香與案頭的詩文相憐相依之時，當挑燈的手勢落滿斑駁的鏽跡之際，當繞梁的曲聲不知流落於誰人窗下墨守的筆跡時，這世間所有的朦朧都在剎那間變得讓人猝不及防，而縈繞在心頭經久不衰的也只剩下長長的猶疑與困惑。

曾經，她只是想做一個終日蹁躚於鳥語花香裡的無憂女子，只想在羅裙上為心儀的男子繡上相思的紅線，只想在曲江邊獨品曉風殘月的詩意，只想在柳色彌煙的青翠裡為他輕唱一曲青青陌上桑，只想在青春華美的夢裡用心弦細數少女的萬千心思，卻不想偏偏在她最美的年華裡遇見了隨縹緲雲煙紛至而來的你，瞬間便亂了她所有的期待。你就像她前世帶來的讖，只一回眸，便在她千年一嘆的心裡踩下輕輕淺淺的印記，不由得她此情無計可消除，才下眉頭，卻上心頭。

「小姐，元相公到底又寫了些什麼？」紅娘按捺不住性子地問她，「瞧妳哭得一副淚人兒的模樣，不是他又拿什麼不要緊的話來唐突了妳吧？」

「沒有。」鶯鶯搖著頭，「元郎他……」

「他怎樣？」

「元郎他這首詩寫得情真意切，讓人不忍瘁讀。」鶯鶯伸手抹平皺了的詩箋，所有的字句都緩緩流落於她纖纖的十指之下，這樣感情真摯的語言怎麼會是對她的唐突？

3. 蜜月

「那小姐是被他寫的詩句感動得哭了？」

鶯鶯點點頭，又搖搖頭。手底那精心堆砌的文字，猶自散發著淡淡的墨香。那些訴不完的思念，古韻流轉的風情，燦若桃花的日子，都化作了字裡行間的繞指柔情，緊緊噬咬著她的心。可她心底為什麼還是充滿了無法抵制的憂慮和惆悵？

「莫非是小姐怨他還沒請人到夫人跟前正式提親？」紅娘轉到鶯鶯身後，撇了撇嘴唇說，「我看他就是個登徒子，一點也沒把小姐妳當回事。都這麼些日子了，他要是真心愛著妳，來說親的媒人只怕早就踏破這院子的門檻了！」

「紅娘！」

「難道我有說錯嗎？」紅娘噘著嘴，不服氣地說，「妳看這些天，他除了送來這麼一首破詩，還有什麼表示沒有？」

「是我躲著不肯見他。」鶯鶯嘆口氣，「怨不得他的。」

「都這時候了，妳還替他說話？」紅娘瞪大眼睛瞟著她說，「小姐把什麼都給了他，可他卻拖延著還不肯請人來說親，要這樣蹉跎下去，吃虧的只能是小姐自己。」

「或許他有他的難言之癮。」

「什麼難言之癮？」紅娘哼了一聲，「我看他對小姐就不是認真的。」

是啊，鶯鶯嘴上雖不說，但紅娘的憂慮正是她心底愁腸百結的根源所在。她將一顆痴心毫無保留地給了他，如果他只是貪戀她的美色，只是貪圖那片刻的歡娛，她這一世的清白豈不毀在了他手裡？怕只怕，一片芳心，終會化作烏衣巷口夕陽斜映野草花；怕只怕，曉寒深處，風過花落，海誓山盟蕭瑟成空；怕只怕，鎖一縷檀香，入一紙荒經，從此之後，只能守著亙古的寂寞，靜聽蟲鳴，孤望殘月，剪不斷心曲，續不完幽夢，卻是

再也無人能共。

「小姐！」紅娘搶過她手裡的詩箋，「小姐心軟，紅娘出去替妳出了這口氣！」

「紅娘！」鶯鶯起身，輕輕拽過紅娘，伸出指頭放在唇邊噓一聲，「妳是怕夫人和歡郎都不知道還是怎的？」

「小姐……」紅娘不知所措地望著她，「就這樣便宜了他？」

「是我心甘情願。」鶯鶯走到窗下，輕輕折斷從窗外探進來的桃枝，舉著它百無聊賴地在梳妝檯上默默畫了一個圈，任低垂的青絲糾葛地盈繞在指間，轉瞬便碎了一地的相思。

「可是……」

回頭，鶯鶯默無一言地望向窗外悽清冷淡的花影，試圖用一雙落寞的眼，望穿這塵世的所有情愛迷離，洞悉他心底最深的心思。然而，撩亂的痴纏依舊糾結在迷濛的眼前，宛若看不透的前生來世，費人思量，而那夢中的情人卻藏匿在白雲深處，故只攬了滿眼的霧，便迷了她剎那芳華。他終究是她摯愛的男人，怎能怪他怨他？一切都是自己心甘情願，穿過梨花深院的亭臺樓閣，走過西廂下的白牆黛瓦，只是為了那前世的約定，為了那今生的邂逅。他們誰也沒錯，誰也沒有欠下誰的，回眸處，自己終也不過是那臨水而立的倒影，只想凌波於前世的漣漪，這一切又與他何干？

「那現在該如何是好？妳又不肯見他，他成天失了魂、喪了魄一樣，每天晚上都在西廂裡唱那沒臉沒皮的豔曲，要是讓夫人發現了還能了得？」

「他不會唱了的。」

「他都唱這麼些日子了，還不是想騙妳再去西廂見他？」紅娘蹙著眉頭，「我看還是我替小姐走上這麼一遭，把話跟他挑明了，他要是真心愛妳，就及早稟明了元老夫人，派人來正式提親，他要只是一時痴纏，就讓他趁早

死了這條歪心,滾回西河縣,該幹麼幹麼去!」

「紅娘!」鶯鶯瞪著她,「這普救寺又不是我們崔家的私宅,妳我住得,憑什麼他就住不得?」

「他勾引良家女子,就憑這條,早該被打出去了!」

「妳這丫頭……」鶯鶯輕移蓮步,「罷了,他總這樣失魂落魄,還是我今晚再親自去一趟西廂的好。」

「什麼?」紅娘驚訝地瞪著她,「妳還要去?」

「他終究是我的相公啊。」鶯鶯已是心力疲憊,千絲萬縷的情纏繞得她透不過氣來,詩句裡化不開的哀傷,又一次不小心觸動了她闌珊般的夢。不管元稹心裡是怎樣想,真心愛她,還是貪圖她的美色,自己總這樣躲著畢竟不是辦法。娶不娶她,若不當面問他,又怎會知道他心裡到底有沒有盼著她呢?

……

你和她一樣,短暫的耳鬢廝磨之後,換來的便只是於無休無止的寂寞中,守著一地月圓人不圓的相思,難以成眠。那夜,洗盡了一身的鉛華,你沐著暮鼓的禪聲梵音,跪在裊裊的檀香煙霧中,在菩薩面前搖動了籤筒,虔誠膜拜,將相思唸了一百又八遍,不為修來世,只為今生能與她竹杖芒鞋度紅塵。

乍然回首,傾耳聽去,遠處響起了悠悠幽幽的琴聲,是誰又在把那過眼的繁華譜成了一曲曲的淺吟低唱?一曲〈踏搖娘〉,唱盡人間離愁別恨;一曲〈採桑子〉,唱盡人間痴情怨語;一曲〈鳳求凰〉,唱盡人間纏綿悱惻。然而,無論彈撥起的是哪一首曲子,終歸是剪不斷,理還亂,而那暗香疏影的玲瓏嬌媚亦早已成為滄海桑田的記憶,她究竟又在那搖曳的燭光中對著誰欲說還休?

月色正濃，你依然滿裹著一身的孤寂，獨守在無人抵近的寒窗邊，在案几上淺鋪紙墨，任筆端墜滿愁緒叢生的心事，攜著一世的疲憊，茫然地棲息在那些剛剛吟誦而出的錦繡詩章中。她曼妙的歌喉如驪歌般徐徐婉轉，依舊響徹在梨花深院，你靜坐窗下，用一懷亙古不變的相思回應著她的歌聲，然後，手捻一縷虛幻的夢境，回首這一路所經歷的所有繁華與蕭瑟，任早已慌亂了的記憶紛至沓來，卻再也憶不起究竟誰許諾過誰一紙地老天荒的誓言。

唱不盡的青青陌上桑，任一曲幽怨的琴音，轉瞬吹散了桃花，吹落了柳絮，那可是她在碧波瀲灩中流轉的一彎黛眉？奏不完的陽春白雪，任一把深情的古箏，倏忽彈落了風塵，撥動了水韻，那可是她在高山流水中浣洗的一世紅顏？花落花開，世事總變遷，這是萬古不變的規律，可你仍然心有不甘，你和她，卻為何總是愛得這般辛苦這般疲憊？

你淚眼模糊，你深惡痛絕著眼前這風花雪月的傳奇。它彷彿總是存心要在塵世間開你們的玩笑，所以總在你和她喧囂慌亂的背後輕歌曼舞地演繹著各種心痛，卻任今生錯亂的步履在你心間留下了刻骨的痕跡，每走一塵，每回望一眼，即便早已輾轉入眠，舊事依舊會在夢裡沉澱，而那夜你對她許下的海誓山盟，卻又都已在她的冷漠裡紛紛散落成一徑荒草亂花，徒然斑駁了久藏的春夢，於過往的雲煙處，不斷驚擾起那些隔世的舊愁，換來你總也無法停止的憂傷。

你沒想到她會來。她指尖輕輕撫著你託紅娘送去的〈會真詩三十韻〉，未曾開言，珠淚先流。

「鶯鶯？」驀然回首，你恍若夢中。遠處暮鼓的餘音裊裊升起，天邊的淡雲猶如花絮，你不由地往後退了一步，又向前邁了兩步。

你緊緊擁住了她。擁住了她刻骨的溫柔。所有的憂慮和愁緒都歸於沉寂，你擁著她低聲呢喃，似夢非夢間，彷彿墜入了天堂的雲端。

3. 蜜月

「元郎！」她偎在你懷裡，低低地抽泣。

「我不是在做夢吧？」你望著窗外影影綽綽的月色，摸著她在風中輕舞飛揚的輕絲絹袖，感受著她溫潤的氣息，卻又免不得暗自心驚，怕好夢難長。

「是我，表哥！」鶯鶯潸然淚下地盯著你，「我來了，來了。」

「我以為妳再也不會理我了。」你哽咽著，「我沒想到，我真的……我以為，真的再也見不到妳了！」

「表哥！」

「知道我有多想妳嗎？我每天都在矮牆邊的杏花樹下等妳，可妳再一次消失得無影無蹤，妳知道這些日子我都是怎麼熬過來的嗎？」

「我知道。」鶯鶯小聲嗚咽著，「我也想你。可是我怕……」

「妳怕？」你把她摟得更緊，讓她聽得到你微小的呼吸，千憐萬愛地問她，「妳怕什麼？」

「我怕你對我不是真心的。」鶯鶯伏在你肩頭顫慄著，「我本是好人家的女兒，我怕，我怕你……」

「妳怕我始亂終棄嗎？」你瞪大眼睛盯著她閃光的眸，在她唇上印上溫柔的一吻，「不會的，我愛妳，這一生，只愛妳一人，等回了長安，我就會把我們的事稟明母親大人，到時我就會騎著高頭大馬，用大花轎來把妳抬進靖安坊老宅。」

「真的？」

你輕輕掐著她粉嫩的頰，重重點著頭，將她摟得更緊。

那夜，愜意歡喜的心情讓你總是保持著臉上的笑靨如花。深情伴著如潮的思念，隨風蕩漾，你和她都忘乎所以地沉溺在了一場傾心的愛戀裡。香汗淋漓中，你不想分心去梳理自己製造的各種凌亂，只是緩緩閉上雙

眼，順其自然地放縱著自己的感情，或許唯有如此，你才能將這段真情看個透澈，也將你的心看個真切。

你溫情的手撫在她光滑的肌膚上，引得她一聲迷濛的呻吟，等你睜開眼時，才發現你所觸及的卻是一片未知的曖昧瀰漫。你緊緊地抱著她，任身體與靈魂合而為一，在忘忑中共同穿越愛的幻境，那難抑的激動頓時如同澎湃的大海，一次又一次湧來，此時此刻，她的呻吟你的喘息，冷不妨都被心底不斷噴湧撞擊的潮聲瞬間傾覆，而它們絲毫沒有退卻的意思，反而愈湧愈起勁，那巨大的聲響就那麼鋪天蓋地地蔓延過來，讓你無處躲藏也無從躲藏，只能一再地被它們淹沒，淹沒。閉起眼睛，你們初遇時的影像，又一寸一寸地在你心底進行著各式各樣的拼合，儘管甜蜜中夾了些許的痛楚，但你心裡仍是歡喜得綻開了如火如荼的花，你知道，這一次，你是真的擄獲了她的芳心，毋庸置疑。

她親吻你的時候，你發現自己開始迷醉。突然，她輕柔而又不失熱烈的親吻，像煙花一樣飛速竄到高空，暖暖的，柔柔的，不遺餘力，彷彿要把你整個揉到心裡去。面對她的痴狂，你，束手無策，甚至有些驚慌失措，所以，你嘗試著想要把自己蜷縮起來，想要學著她不再把眼睛閉上，想要保持清醒以見證你和她之間的恩愛纏綿，不再輕易錯過任何的繾綣與深愛。你把頭偎在她起伏的胸膛前沉醉著，因為唯有這樣你才能感受到生命踏實與安然，而聽到她的心跳，便是聽到她愛著你的旋律，會讓你在情難自抑的同時忘卻時間吞噬你的所有，不留餘地。

她的手在你身上緩緩地上下挪移，輕撫著你結實的後背，沒有片刻的停歇。你感動著那雙溫柔的纖手，輕柔地穿過你密密麻麻的髮絲，歡喜得想要淚流。你知道，這鹹澀的液體，不是眼淚，而是無盡的滿足與溫暖。她對你說，她愛你時，才可以看到最真實的自己，於是就可以變得充滿勇氣，而你卻告訴她，唯有在她對你深情對望的時候，你的心才能盛放成鮮

3. 蜜月

豔的玫瑰，芬芳凜冽。你知道，你和她已經達到了天人合一的境界，自此後，恐怕誰也沒有能力可以再把你們輕易分開了，這讓你莫名的歡喜，莫名的滿足。

你要她愛你，她也要你愛她。你要她擁抱你，她也要你擁抱她。你和她一起沉醉，一起紛飛，一起絢爛如花。你並不知道，接下來的時光，你和她會「同安於曩所謂西廂者，幾一月矣。」整個三月，幾乎成了你和她的蜜月。在這一月有餘的日子裡，你們除了耳鬢廝磨、交頸疊唇外，自然與那夜的「終夕無一言」不同，春色正濃，你和她或床上嬉戲，或園內盪鞦韆，或花下捉迷藏，處處都迴盪著你們的歡聲笑語，而這一切都是背著崔夫人做的，所以她只能在每個幽深的夜裡，挑一盞大紅的燈籠，懷著一顆忐忑的春心，偷偷穿行在幽深的曲巷，任潮漲的心思撫過靜謐的白牆，於霧靄潦生的月色下，綽約地看你眉目清朗的容顏，共你譜寫一曲永恆的西廂戀曲。

然而，這並不妨礙你們如痴如醉地相愛。因為你們都擁有著一顆為真愛獻身的真心，所以這冗長幽深的庭院也藉了這份愛的光，頓時變得活潑灑脫起來，就連那細花雕鏤的格窗也突然換了一副明媚的容顏，每一個角落都灑滿了盈盈的綠意與蔥蘢。這妊紫嫣紅開遍的春光裡，她就那樣安靜從容地臥在你的懷裡，看你彎彎的眉，看你淡淡的笑，看你微微露出的酒窩，而你卻趁她熟睡的時候，悄然站在了一樹璀璨的桃花下，將一片春心磨成相思的蔻丹，和著滿腔的歡欣寫出了胭脂的篇章，然後在字裡行間輕輕挽一個愛的結，便成就了那一闋纏綿悱惻的〈贈雙文〉：

豔極翻含怨，憐多轉自嬌。

有時還暫笑，閒坐愛無聊。

曉月行看墮，春酥見欲銷。

何因肯垂手，不敢望回腰。

第 4 卷　潛教桃葉送鞦韆

　　你戲稱她為「雙文」，是你對她的愛稱。再去彈首「垂手」曲吧，要不「回腰」曲也行。你深情款款地望她著的眉，求她。她只是望著你痴痴地笑，任你怎樣乞求，都不肯輕易彈奏。你搔著她的胳肢窩，就彈一曲好不好？她歪著頭，在你腿上輕輕捶著，喃喃叫了一聲不好。不彈琴幹什麼才好呢？你抬頭望著窗外醉人的夜色，用指尖點著她的額，要不，我再給妳寫首詩，如何？

　　不好。她笑著瞪你一眼，嘴角溢著天真的笑容。要不捉迷藏吧！捉迷藏？你蹙了蹙眉頭，這遊戲你已經玩膩了，要不我陪妳盪鞦韆，好不好？

　　盪鞦韆？她噘起嘴巴，現在？你點點頭，這樣宜人的夜色，有佳人在風拂柳動之下嬌笑著盪鞦韆，該是一幅怎樣心曠神怡的圖景呢！

　　盪鞦韆就盪鞦韆。不過你得幫我推著。她不無耍賴地盯著你狡黠地笑。你點點頭，只要她高興，你什麼事不願意替她做？不就是幫她推鞦韆嘛？！

　　她坐在鞦韆架上，回頭望著你俏皮地笑。你覺得她這一笑簡直是「回眸一笑百媚生」，心裡頓時漾起無盡纏綿的春風。此時此刻，你好想掬起三千丈明月光，照亮她初見時的紅顏驚豔，儘管隔了蒹葭蒼蒼，隔了霧藹茫茫，隔了流年似水，隔了花開四季，如是一現的翩若驚鴻，那一襲白衣白裳的背影，留在你眉眼深處的仍是她前世的溫然與娟好。

　　她臉上輕勻的胭脂，在朦朧的燈影和淺淡的月華裡浮動著幽幽的暗香，而那幽香更是在你目不轉睛的眸光裡裹著三月的春風，轉瞬便吹落了滿園的桃李芬芳，那翩翩的身影竟成了你魂牽夢縈的輾轉情真，在鞦韆上盪來盪去，染了你律詩絕句裡一生一世的柔情與蜜意。你一次一次地被她吸引，為她迷醉，以至於多年以後，當你憶起她眼眸中脈脈的傳情，想念便無法克制，只能任她多情的眉眼幻化成筆下〈雜憶詩五首〉中的三首，作為寄託你感懷的憑證：

3. 蜜月

今年寒食月無光，

夜色才侵已上床。

憶得雙文通內裡，

玉櫳深處暗聞香。

花籠微月竹籠煙，

百尺絲繩拂地懸。

憶得雙文人靜後，

潛教桃葉送鞦韆。

寒輕寒淺繞迴廊，

不辨花叢暗辨香。

憶得雙文籠月下，

小樓前後捉迷藏。

你始終無法逃過一個「劫」字，情劫的劫。當她早已嫁作他人婦後，你的心，日思夜想的，仍是當年「潛教桃葉送鞦韆」的她。月色斜下了西廂，你扶著她輕輕跳下鞦韆，當她滿含深情地回眸望向你的時候，你倆的故事便在那「花籠微月竹籠煙」的迷離中，宛若桃花一樣的醉去。她又開始旁若無人地唱開了，唱你喜歡的〈採桑子〉，欸乃一聲，你便又看見涉花而來的紅釵裙，正輕搖著團扇，於水湄婉轉著訴一段遙遠的鴛鴦盟，深情著演一場亙古的深閨念，那凌空水袖下的閒愁，點點滴滴，向你問起的，卻都是這滿腔的痴情怨念究竟有誰人能解誰人能知。然而，這個人會是你嗎？其實，你什麼也不知道，也給不了她任何想要的答案，即便是捫心自問，你亦回答不了這麼高深的問題，只能任它永遠都囫圇著糊塗著。

三月的春風，伴著她秦腔晉韻的呢喃，把戲文中如花美眷、似水流年的傳奇一聲一聲吹成絕響，只唱給一位月白長衫的公子聽。那公子，是她

手裡的皮影，也是你模糊了的身影。此去經年，你看了一場又一場動情的皮影戲，那戲文裡也有衣香鬢影，也有刀光劍影，也有葡萄美酒，也有鮮衣怒馬，也有秦時明月，也有西風瘦馬，也有人面桃花，也有郎情妾意，但那些前朝女子執意守著的古老諾言，卻無一例外地不在曲終人散後從你的十指間漸漸散去，最終泛化成永遠的過眼浮煙。

你知道，往日已不可再追，鶯鶯離你越來越遠，可也知道，在你心底那塊方寸之地，始終都駐留著對她不滅的相思。那相思，不僅書寫著前塵舊盟，如落花暗訪虛掩的門扉，要去追尋她曾經的點點滴滴，更伴著她那未曾老去的容顏，塗抹上桃色胭脂，綠了你一世的牽掛，縱是「不辨花叢暗辨香」，也能握住「小樓前後捉迷藏」的溫暖。

4. 春別

一個月的纏綿，讓元稹愛了一生，也痛了一生。繁華過後，驚若天人的鶯鶯在他心底漸漸沉澱成一曲妙不可言的離歌，朝朝暮暮，分分秒秒，總是在浪漫的天空裡濡溼他失意的夢境與唯美的詩行。沒曾想，一直都以為近在咫尺的紅顏卻原來竟是那六朝的煙雨，曼妙，綺麗，卻又終不過只是他心頭縈迴的一枕春夢而已，伸過手，握住的卻是永遠的遙不可及，然而，那無心出岫的流雲，飄忽來去的又究竟是他前世的憂還是今生的塵？

流水淡煙紅塵夢，雕梁畫棟間的隱恨，溼潤的是一個幽遠年代沒來得及穿上嫁衣便悵然遠去的女子的哀怨，也是元稹心底永遠撫不去填不滿的殤。聽那琴聲疊疊、洞簫悠悠，隔不斷的西廂耳語，已成一夜的華美錦衣，徒然間便在他心底添了終身都難以抹去的憂傷。遠處，縹緲的梨花深院，梨花已經落盡，深閨中的容顏依然在朦朧的燈影中忽隱忽現，那年的錦繡羅裙亦依舊在風中飛舞搖曳，只是，流連在斑駁牆頭，醉望舊日亭臺

4. 春別

樓閣的你，看到的卻是一地繽紛的落花悄無聲息地沒去人蹤。

恍惚中，你又遇見了那年的繽紛，那年的慌亂，可你知道，那已經是很久很久以前的事了，久得讓你覺得一切的遭際彷彿都已是前生的事。你在絢爛的花叢中輕輕地嘆息，你在幽深的院落中默默地惆悵，驀地，你又憶起當年那個青春活潑的少女鶯鶯，看到她在你面前低徊，聽到她在你耳畔嬌嗔，思緒瞬間如同被染了蠟，讓你倦怠的眼終於喚醒了一絲亮色。那年春天，花深似海的普救寺中，你一次又一次陪她捉迷藏，一次又一次替她推著鞦韆；她也一次又一次地耍皮影給你看，唱小曲給你聽。你清楚地記得，她總是喜歡坐在你的懷中，鄭重其事地教你唱戲，一字一句地教你，嚴肅得就像一個學堂裡教孩童唸書的老夫子。

你和她在姹紫嫣紅開遍的花下一起低低地唱一曲〈梁祝〉，那一句句的意難忘裡，朝代和年月在你們眼前都早已流連成了飄搖若夢的鋪陳，可有可無，重要的是，你和她都成了尼山書院的讀書郎，數載同窗，轉瞬便換了生生世世的相偎相依。那些個日子裡，你和她總是琴瑟和鳴、詩賦相答，而你也只願枕著那則愛的寓言安然入睡，期待在輪迴中能與她幻化成雙蝶嬉花，繼續把梁祝的那一份情深意重演繹到無人能及的高潮。情到深處，她總是望著你痴痴地說，其實她從不敢奢望與你廝守到老，所以她只想用傾城的淚換你一夜的白頭，只想在你尚未離去的時候把握住所有的歡喜，要與你在紫陌紅塵中盡情地翩躚起舞；而每每時，你便會緊緊握住她纖若柔荑的手，告訴她不要胡思亂想，只要你還活著一天，便不會棄她而去。

你還記得。是的，縱是千年之後，你也不會忘記，不會忘記她當初滿臉的期待，還有你那時許下的諾言。那個時候，你總是站在窗下頷首含情地唱著那梁山伯的戲文，咿咿又呀呀，而她卻歪坐床前一邊暗地施妝，一邊對著鏡裡懵懂的你偷偷嬉笑個不停。其實，她一直都知道你終歸要走，

可她什麼也不說，什麼也不問，依舊為你傾盡紅顏，依舊為你衣袂飄飛，依舊為你紅袖添香，依舊為你輕歌曼舞，任你生花的妙筆怎樣極力渲染，斷字離章終不能寫盡那時的纏綿。

很多時候，這些前塵舊事，你都想忘了，因為每一念起，便會排山倒海的痛將你侵襲得體無完膚；可你又不想忘，因為她的一切，包括她的骨骼肌膚、她的思緒、她的柔情，都早已深入你的骨髓，和你的血液融會一體，如果忘了她，也就是忘了你自己，而你並沒有那樣的勇氣。長長的嘆息聲裡，你又憶起她種種的好，還有你種種的負心，儘管回憶裡有太多的悲傷與無奈，但也有著很多的美好與歡喜，你又怎麼捨得將它們一股腦地丟棄？回眸，思緒冷不妨又跌坐到那年的情境中，縹緲的香霧中，你看到自己正輕輕踱到她身邊，並在她髮間簪上了一枝牡丹，然後便深情款款地將那〈牡丹〉的詩句對著她梳妝的銅鏡緩緩吟出：

繁綠陰全合，

衰紅展漸難。

風光一抬舉，

猶得暫時看。

「你又笑話我！」鶯鶯噘起嘴巴，不服地瞪元稹一眼，「除了花，你就找不出更好的事物來寫嗎？」

「就算用盡天下的花來比喻妳，我還是覺得不夠。」

「庸俗！」她輕輕搖頭，心裡卻是春光無限。

「我喜歡這樣庸俗著。」元稹輕輕摟著鶯鶯的肩，在她鬢角留下深深一吻，「要是妳不喜歡，我就把詩箋扔了。」

「扔了多可惜啊！」鶯鶯連忙拽著元稹，從他手裡搶過已經被揉褶了的詩箋，對著鏡子裡的他睃一眼說，「多好的詩啊！你怎麼說扔就扔？」

4. 春別

「多好的詩，妳不喜歡也是沒有價值的。」

「我怎麼不喜歡了？」

「妳剛剛不是說……」元稹點著她的鼻尖呵呵地笑，「看來妳就是言不由衷。」

「誰說我言不由衷了？」鶯鶯將詩箋往梳妝檯上一擱，不服氣地說，「詩寫得好，並不見得比喻得就恰當。」

「怎麼不恰當？妳看這句：鮮妍脂粉薄，黯淡衣裳故。最似紅牡丹，雨來春欲暮。用來形容妳的美貌多貼切。」

「在你眼裡，除了這些花花草草，難道就沒了別的物事？」

「怎麼會呢？」元稹親憐蜜愛地睨著她，「這不還有妳嗎？」

「你呀，就會變著法地討女人歡心。」鶯鶯笑著舉起手中的木梳，在他掌心輕輕撥弄著，「油嘴滑舌的，沒個體統。」

「那還不是因為妳長得太美了！」元稹嘻嘻哈哈地望著鶯鶯笑得合不攏嘴，「要不這油腔滑調，又該在誰面前撒著歡呢？」

「你倒越來越得意了。」鶯鶯站起身，如一抹被風吹斜的影子，輕輕倚在床沿上，忽地發現枕畔放著一封信，連忙問他說，「這是……」輕輕揀起來，漫不經心地看了起來，一邊看一邊疑惑地抬起頭，眉眼間夾了些許愁雲，「是你的家書？」

元稹鄭重地點點頭：「清晨剛收到的，是二哥寄來的。」

「你二哥催你回去？」鶯鶯把信箋握在手裡看了又看，忽地嘆口氣說，「也罷，你從去年冬天來普救寺，到這會已經耽擱有四五個月的時間了，確實不該為了我一個女子虛度了這大好青春。」

「妳生氣了？」元稹接過信箋往梳妝檯上一扔，面色凝重地盯著她，信誓旦旦地說，「二哥還不知道妳我的事，他只是聽說我只知道一味貪玩，

163

怕我移了性情,所以催我回長安投狀參加今年的吏部科試。」

「那你還不回去?」鶯鶯往床沿上一坐,吟一句〈採桑子〉裡的戲文,「耽誤了你的大好前程,鶯鶯可擔待不起。」

「真生氣了?」元稹急了,「我不是壓根就沒回信給他嘛。實話跟妳說,我就沒打算回去,我怎麼捨得扔下妳一人呢?」

「捨得捨不得又能怎樣?」鶯鶯冰著一張臉,「自古紅顏多薄命,我們女人就是你們男人身上的衣裳,哪裡比得了前程重要?」

「妳再這麼說就真要傷透我的心了。」元稹坐到她身邊,抓著她的手往胸口放去,「妳摸摸,這顆心裡要不是裝的都是妳,我情願現在就死在妳面前。要不妳讓紅娘拿了剪刀來,我把它掏出來給妳看看。」

鶯鶯深情注視著他,忽地「噗嗤」笑出聲來:「我要你的心拿來做什麼用?」

「我……」元稹已經急得滿頭是汗,「妳要不信,我真的掏出來拿給妳看。」

「好了,人家跟你鬧著玩呢。」鶯鶯掩袖一笑,「大丈夫志在四方,可別動不動就說那要死要活的話。」

「那妳不相信我嘛!」元稹憨態可掬地望著她,「今生今世,就算替妳做牛做馬,我也沒有一句怨言,死了又能何妨?」

「我說你這個呆樣!」鶯鶯伸手在他腦門上彈了一下,眉眼含春地睃著他說,「你二哥說得對,你已經在普救寺滯留了四五個月了,難道要一輩子都在這守著?」

「妳在哪,我便在哪裡守著妳。就算出家當了和尚,我也心甘情願。」

「又說傻話了。」鶯鶯正色說,「你不是要騎著高頭大馬,讓八人抬的大花轎來娶我嗎?就你現在這副模樣,連西河縣的文吏都沒當好,要騎著

高頭大馬來娶我豈不是痴人說夢？」

「妳的意思……」

「我可不願意娶我的人只是西河縣一個小小的文吏。再說你這麼久都沒回任上了，沒準那位置早被別人給占了去了。」

「那麼說，妳是支持我回長安參加吏部科試了？」元稹瞪大眼睛覷著鶯鶯問。

鶯鶯點點頭：「花無千日紅，人無千日好。天下沒有不散的筵席，這樣的纏綿又能維持多久？鶯鶯盼只盼元郎能夠一舉高中，從此平步青雲，妾身這一生也便有了盼頭。」

「我也不是不想參加吏部試，只是……」元稹猶疑著，「我只是放心不下妳，我不在妳身邊，我怕……」

「母親和紅娘、歡郎不都在我身邊嘛！」鶯鶯善解人意地望著他，「不用替我擔心，我會照顧好自己。事不宜遲，我看你明天就動身吧。」

「明天？」

「你忘了，吏部試雖然是在孟冬，可五月就得投狀，現在不走，更待何時？」

「可是……」

「等投完狀，你還可以回來看我啊！」

「要不，我們一起回長安吧！」元稹忘情地握著她的手，「姨母不是也要回長安舊宅定居的嗎？」

「歡郎近來一直體弱多病，母親說要等他身體好透澈了再動身回去，我看他一時半會也好不俐落，怕不要蹉跎到明年春天呢。」

「明年？」

鶯鶯不無惆悵地說：「以為我捨得讓你走嗎？可鶯鶯就是再捨不得、放不下，也不能誤了郎君的前程啊！」邊說邊起身替他收拾起行李，「早一天走，把事情都辦妥當了，不就可以早一天回來嗎？」

「讓我再多留幾天吧。」元稹痴痴盯著她深情的眸，從背後擁著她，緊緊抓著她收拾行囊的纖手，「就幾天，好不好？」

「你怎麼還跟個孩子似的？」鶯鶯輕輕掙脫開他的懷抱，繼續替他收著行囊，「事不宜遲，要是耽擱了投狀就又要再等一年了。」

元稹默默抬起頭，不敢再看鶯鶯的眼。他眼裡滿噙淚水，生怕再多看她一眼，便硬不了離別的心腸。這是多麼殘酷的事實，一對如膝似膠的情人，卻必須分離遠別，當然是令人腸斷心碎之事，但讓元稹沒想到的是，鶯鶯卻能深明大義，宛無難辭，不僅沒跟他鬧，反而勸他及早回長安投狀，可兩人畢竟正處在愛情的綢繆期，內心難捨之情自然無法完全掩抑，一切的一切都從她眉間透出的愁怨顯露無疑，但他還能說什麼？多好的女人啊！為他，她放下了少女的矜持；為他，她放下了大家閨秀的姿態，把所有的所有都給了他，而這個時候他居然要回長安投狀，怎不讓她愁緒頓生，又叫他情何以堪？

「今晚我就不過來了。」

「啊？」元稹回過頭，望著她潸然淚眼，輕輕呢喃著，「鶯鶯……」

「我等你回來。」她伏在他肩頭，「來日方長，我們有的是聚首的時間。」

「我明天就走了，妳不在，我的心不會安的。」

「旅途勞頓，你還是好好歇著吧。」鶯鶯嫣然一笑，飄然而去，周遭的一切都迅速隱退在離別的愁緒中。

你累了，你和衣睡下。夢裡，你又和她在皮影的白幕後傾情演繹著一出出悲歡離合的戲；夢裡，你望著她在水畔細細描畫著一彎相思的眉，任

4. 春別

那翩若驚鴻的身影顫顫地守在春的未央，於雲淡風輕處捻指輕笑你的慌亂；夢裡，你打馬從杏花微雨的江南走過，而她等在季節裡為你守候的容顏恰如蓮花般靜靜開落，轉瞬便驚起一城飄飛的柳絮；夢裡，你剪燭西窗，獨自飲酒聽風，柔腸百轉地看她在溪畔嬉戲，卻不知夢外的所有早已落寞散場。

夢，終不過是一場夢，卻總好過現實裡的荒蕪與空虛，即便夢裡的淚溼了你的衣衫，溼了你的香枕，你也不願醒來，只想醉在夢中被春風吹綠的滿城柳絮下，自欺欺人地編織起那些關於愛情的所有美豔，然後和她一起對望著，一字一句地書寫彼岸的花開花落、年復一年。

月滿西樓，花的影子終於還是被月亮吹散，她不在，孤身一人的你只能守在難以言表的寂寞中靜靜等待它下一次的悠然綻放。或許，只有春花不會在暗夜裡飲泣，因它早已熟悉了一個人的孤寂，只是你還無法做到像花一樣遺世獨立，於是在每一次念起的時候，你都會把心輕輕疊成花的影子，透過遠古紛擾的塵埃，在桃紅柳綠中到處覓她嬌俏的芳顏。

然而，相思的潮水總是會在你最不經意的時候傾巢而來，瞬間淹沒你的思緒，慌亂了你的主張，而你的心便如同那小小寂寞的城，宛若那向晚的青石巷口，雖然逼仄狹窄，但點點滴滴裝滿的卻都是她的紅顏綠鬢、明眸皓齒，根本不能做到春花那樣的灑脫。你知道，你和她早就注定了終究會是彼此前世裡遺留下的讖，所以一旦轉身，無論你以怎樣的姿態穿行在紫陌紅塵間，即便傾盡所有，也敲不開她那扇緊閉的窗扉，怎不叫你愁腸百結、左右為難？

走，還是不走，成了盤桓在你心底的一道最大的難題。煙鎖重樓，簾卷西風，盤結的愁緒曲折彎繞，那上面分明寫著你的落落寡歡，然而，卻有誰會體諒著你今宵的離愁別緒，會用滿心的溫暖撫去你周身的疲憊與徬徨？這一去，山高水長，即便隔著千山萬水在夢中再次輕釦她花深似海的

窗扉，這大千世界，誰又會總是心心念念著你的詩情畫意，卻與你一個沉醉在天涯，一個相思在海角？其實，自始至終，你和她都有著一樣的不自信，她怕你對她不是認真的，而你也怕一旦走出她的世界，便再也難以回歸她多情的眼，所以你不肯走也不敢走，可是這一回她竟表明了要放你離去的誠懇態度，莫非，這就是上天給你的警示，是要提醒你，你們天定的緣分已快走到盡頭了嗎？

你害怕，你惶恐，你擔心這一次的離去會成為你們永遠的訣別，你知道，這不僅僅只是你的幻覺，因為你早已察覺出你和她今後的道路不會走得那麼圓滿幸福。若這次轉身離去，遠在長安的你一定會隔著天涯海角的距離，為她遙寄新詞舊賦，只是，那些深情的詩句是否還依然會瘦盡她眉梢眼角的愁？一般心事，兩地愁情，你和她都難以給予對方一份天長地久的保證，誰又能堅信諾言裡的不離不棄、白頭到老？舉頭望天，你枕著滿身的憂鬱折下一窗的月色，任由衣袖裡的瘦骨輕輕詠出依舊婉約的詩詞，而就在執筆的瞬間，你更加堅信，你和她今生所有的情節，其實早已注定在三生石上，縱赴湯蹈火也難以改變，所以，你必須咬緊牙關接受一切無情的殘酷的事實，那便是：你去，她等；或者，她去，你等。

幽芳本未闌，君去蕙花殘。

河漢秋期遠，關山世路難。

雲屏留粉絮，風幌引香蘭。

腸斷迴文錦，春深獨自看。

——〈春別〉

你輾轉反側、徹夜難眠，卻在無盡的寂寞中攏著一指的深情，寫下了這首滿染著離情別緒的〈春別〉。

「幽芳本未闌，君去蕙花殘。」多少的憂傷伴風生起，多少的清愁伴花

飄去，那一絲絲的無奈與不得已都鎖在了你憂鬱氤氳的眼角眉梢。鶯鶯一夜未至，便讓你感覺春芳頓歇，世間的一切都變得黯然失色，然而，你知道，無論她朝彼岸回首之際遙望的是長樂還是未央，縱是隔著天涯，阻著海角，你也依舊會尋著舊時的路徑，不計一切代價地覓回她的蹤跡。

「河漢秋期遠，關山世路難。」想到自己明日即將遠去，不知何時才能與她相見，不禁生出關山遠隔、遙遙無期的惆悵。此時此刻，登音不響，三月的春帷不揭，那些不能隨風飄散的過往，便又揉碎在心，銘刻在骨。你搥胸頓足，呼天搶地，為什麼每一次，都是你在此岸，而她必在彼端，難道這就是上天鑄就的不可更改的注定？

「雲屏留粉絮，風幌引香蘭。」茫然回顧西廂之內，你低垂眼瞼，看她殘留在案上的胭脂水粉，卻是暗香猶在，令人幾度魂牽夢縈，於是，一幕幕皮影戲下卿卿我我的畫面便又頓時湧上了心頭，往日的娛情亦隨著一聲聲的嘆息，瞬間隨風搖落西窗下一叢嬌美的蘭草，只留下一抹弱不禁風的影供你默默回味，而那詩箋上的殘章斷句，也都被詩外的暮鼓敲出了不盡的淚滴，空惹人滿懷惆悵。

「腸斷迴文錦，春深獨自看。」你遙望遠方的蒼穹翹首以待，卻不知道自己要等的究竟是誰。古舊灰暗的屋簷下，歸巢的燕子雙低徊，而她卻不在身邊共你溫香軟玉，怎不讓人愁緒叢生？你手捧她昔日所贈定情詩章，在花深似海的無邊寂寞裡，把那令人腸斷的字句看了又看、唸了又唸，終忍不住皺起相思的眉頭，那一瞬，所有無法掩藏的記憶都從腦海中若潮水般傾瀉而出，往昔相嬉的歡顏、相依的身影，也都一一浮現於眼前，然而，儘管窗外還是依舊繁花簇簇、春光冶豔，而你和她卻仍是兩兩相望，無法抵近。或許，這就是你們的命，轉身之後，老天爺也只許你留下一顆靜若琉璃的心，永遠都只能在那些無法抑制的悲傷裡，唱一闋縹緲的笙歌，默默體會她的九曲柔腸，卻又終是難以使人釋懷。

第 4 卷　潛教桃葉送鞦韆

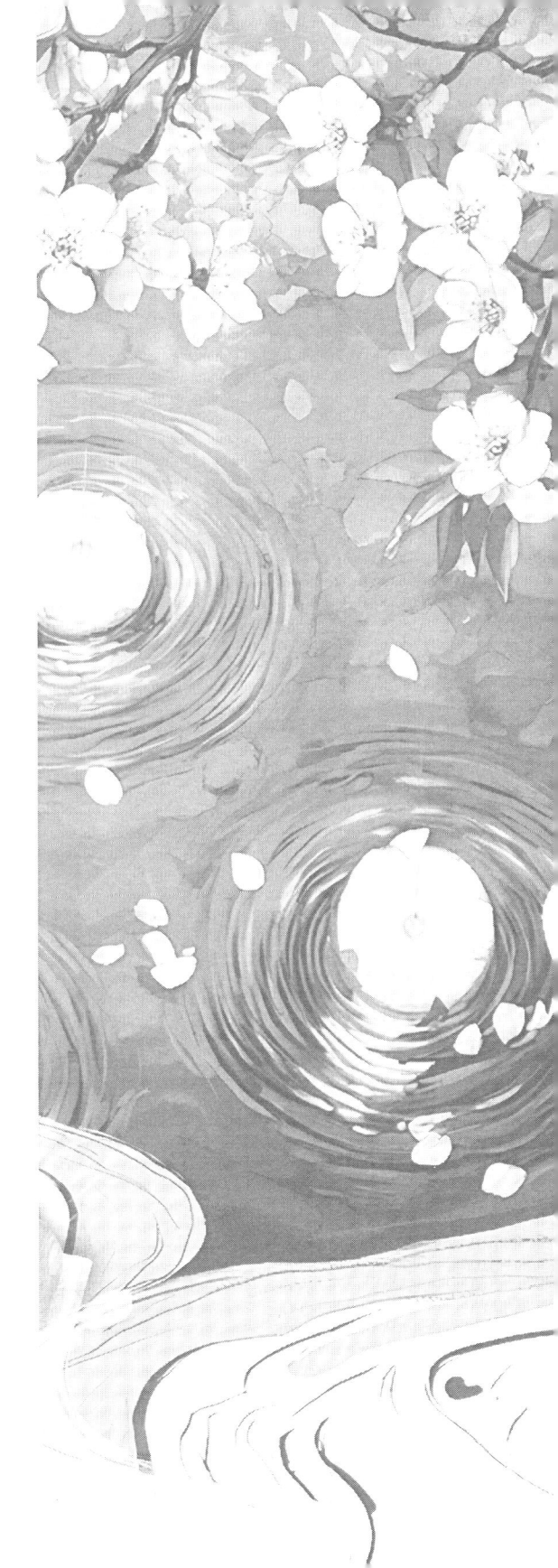

第5卷
夜夜箏聲怨隔牆

莫愁私地愛王昌，
夜夜箏聲怨隔牆。
火鳳有凰求不得，
春鶯無伴囀空長。
急揮舞破催飛燕，
慢逐歌詞弄小娘。
死恨相如新索婦，
枉將心力為他狂。

1. 憶事詩

夜深閒到戟門邊，
卻繞行廊又獨眠。
明月滿庭池水淥，
桐花垂在翠簾前。

——〈憶事〉

　　風，悄悄的，在你還未曾徹底醒來的時候便把似水年華的美夢埋葬，而你只能在長安的黃昏裡枕著一縷桐花的馨香黯然惆悵，默默徘徊。一份無法抑止的憂傷，一份永遠癡纏的深情，在或清晰或模糊的字裡行間，倏忽翻開所有關於青春的記憶，那些並不遙遠的往事，便又在你耳邊堅持重複著幾度難忘的刻骨銘心。驀然回首，看不到她，盼不到她，眼前的一切，即便美得無處可藏，你心底浮泛起的也只是一份恍若隔世的感傷。

　　你躑躅在後院那株蒼老遒勁的辛夷樹下，任一襲思念的霓裳，起舞在婉約的古樂府裡，並用聲聲的嘆息和著哀傷的曲調，於遠去的風中輕輕訴著滿腔的細膩情思。那些徘徊在流年裡的古韻，帶著你滿眼憂傷的孤寂，如流水般潺潺流淌過你留戀風塵的耳，任情深不悔的憶念久久纏綿著你心中不滅的夢魂，讓你總是難以忘懷她送你遠行時轉身離去的那一剎。她的背影，浸滿離愁的風霜，於漫山遍野的芬芳中遺落下滿地哀戚的痕跡，而你，依然沿著她的足跡在紫陌紅塵間徘徊，卻不知心底充盈的那份傷究竟是緣自她還是緣於你自己。

　　一曲清音，一段離情，在忽然落下的夜幕中，闌珊著隔世的燈火，也模糊著你憶念的雙眸，然而你還是無法把她的容顏從你思念的腦海中抹去，所以你總是守在房前屋後，將她默默地等待，卻不意，等來等去，緊

1. 憶事詩

緊握在手中的也只是滿腹的傷懷罷了。隔著滿城的飛花，你在深不見底的徬徨中繼續困惑著、惆悵著，抬頭低頭間，但見平地起風波，一場完全沒有預料到的雨水以迫不及待的姿勢侵襲而來，剎那間，門前的地面便整個溼透了。凝眸，一股股涓涓細流沿著瓦槽與屋簷潺潺瀉下，仿若奔流直下的瀑布，重重地擊打在你本已脆弱得不堪一擊的心扉，讓你找不到任何可以逃脫的路口，於是，只好一而再、再而三地沉溺在你作繭自縛的心思裡，心甘情願地去做一隻被心情囚禁的小鳥。

傾城的思念中，你任由飄搖的風雨淋溼了自己，也淋溼了你那顆因相思而疲憊的心。隨著雨水的滌蕩，你開始發現心中掠過一絲莫名的快感，不知為何，人也忽然變得平靜了許多。淋溼你的那一滴滴雨珠毫無眷戀地墜入你的心底，在你的心房漾開一圈又一圈的漣漪，而那些關於青春的、愛情的、思念的記憶都被一一紋在了你的骨骼肌膚裡，隨同你的血液流遍你的周身，儘管有些念頭依舊刻骨銘心，但你似乎已找到平衡的方法，也懂得了該如何在痛苦中盡量讓自己以一顆安靜的心去坦然面對世事中的所有不得已。

涼，很涼，你顫慄著，蜷著身子，任風雨無情地抽打，卻仍然執意不肯離去，彷彿只有那樣，你才能找到自己存在的意義。或許，蜷縮著，心才會暖和一些，才會感受到因為想念她而變得漸如游絲的氣息，才會發現自己是她生命中永遠不可缺少的那一部分。回首，你的影子被嵌在了青磚黛瓦的牆壁上，而你費盡周章之後，也沒找到她與你執手相望的玲瓏身影，那時那刻，你突然意識到，恍若已與她相隔了三生三世，曾經近在咫尺的距離亦早已變成了千山萬水的阻礙，於是，你不得不在風雨的嗚咽咆哮中退卻千里，滿裹著一身的惆悵望向她駐留的地方，然而望來望去，你望到的也只是她隔著滿院桐花靜靜凝望著你的那雙模糊的眼。

淚水，不經意間早已摔落，夾雜著雨水滑落在瘦了的掌心。你努力去

第 5 卷　夜夜箏聲怨隔牆

捕捉面龐上那一瞬間滑過的溫度，卻早已分不清哪一滴是雨，哪一滴是淚，指縫間，留下的盡是那一絲絲的微涼。冷，摧枯拉朽的冷，從掌心傳輸到心，又從心底慢慢散開，不斷擴散著，蕩漾著，流淌著，漸至充斥到全身，那一瞬，你不禁一顫，原來世間所有的繁花似錦，都毫不留情地落在你寂寞的窗幃上，於朦朧的燈影裡投下一片斑駁的剪影，只添了你滿懷的愁緒。

「夜深閒到戟門邊，卻繞行廊又獨眠。」萬籟俱寂的深夜裡，看不見思念已久的佳人，孤身一人的你依然難以成眠，只好帶著一縷閒愁，繞著行廊，緩緩行至戟門邊。鶯鶯，這樣悽清的夜晚，你是否也正擁衾窗下，挑著燈花對鏡相思？你會相信我因在靖安坊的老宅裡憶著我們曾經的花前月下而食之無味，會相信我在滿城風雨中攤開詩箋又替妳寫下一行行離別的愁思，會相信我又為妳淚失千行了嗎？

你可知道，我的手心正變得冰涼，因為失去了你的輕撫，它從此不再溫暖也不再柔軟？淚水，總是輕輕滑落，緩緩流過我因相思日漸消瘦的面龐，又總是滯留在唇角，等我嚼碎後，讓我一次次地品味它的鹹澀與苦寂。又可知道，當那痛徹心腑的思念每每湧上心頭之際，我眼前流連的只有和妳長相廝守的纏綿？遠去了妳的芬芳，我的生活失去了色彩，變得苦澀，可我還一直固守著，用自己羸弱的軀體，堅持著去尋找早已迷失了的自己，可妳，遠在千里之外的妳又可曾憐惜過我那些深不見底的傷與痛？

鶯鶯。你在想她，一遍一遍地唸著她的名字，一次一次地夢著她的容顏。你將那亙古綿長的幽怨，一一摺疊在瘦了的指間，又細細收藏在如瀑的髮絲間，然後藉就一曲清婉的韻調，深情而又感傷地懷念起那個遠在蒲州城外的美豔嬌顏；未曾想，一闋離歌，唱斷長亭，那些怦然心動的錯覺，卻成了無病呻吟的疼痛，你溫柔的呢喃，她幽怨的夢囈，瞬間碎去了一地相思，清瘦了你蒼白的容顏，整個天地也都為之失色。

1. 憶事詩

「明月滿庭池水淥，桐花垂在翠簾前。」同樣是明月滿庭之夜，此時卻不同當時。寂寂桐花依舊垂在翠簾之前，卷卷婉轉深情的詩闋，卻在彼此的轉身之後積澱成了一席冷漠的離殤，瞬間化去千年的相思，而那些字裡行間曲折連綿的心語，終是在煙花盡頭失卻了溫度，濺溼了一箋又一箋的悲曲，只餘一抹亙古的滄桑默默縈繞在心頭。再回首，遠去的她，仿若隔著一個時空，依舊徘徊在那些年久日深的曉風殘月裡，為你低吟淺唱，依舊和著風的顏色，陪你輾轉輪迴於滄海桑田的喧囂或是寂寞裡，可你知道，無論繁華還是落寞，離開了她，你的心終歸只能是一落千丈。

「下雨了，怎麼不在屋裡待著？」一臉慈祥的鄭氏站在你身前，替你撐開油紙傘，望著這滿園春光，輕輕拍拍你的肩頭。

「娘！」你回過頭，不無落寞地盯著鄭氏。

「怎麼，有心事？」

你搖搖頭。

「又想你二姐了？」

二姐仰娟是你心頭永遠的殤。你知道，有一些人去了，或許真的就永遠失去了，即便哽咽著挽留，也只是徒勞的慰藉，比如二姐。二姐已經棄世多年，但她的繡樓還在，那面鏽了的銅鏡依舊，只是再也照不出二姐似水的嬌眸，無法染紅她為那個牆頭少年痴守了三生三世的唇，但她玲瓏的瘦影，仍在用纖細的手指挑撥著寫在三生石上的繾綣絃音，隔著萬里煙波，依舊在風中淡淡敘著清冷落寂的流年，卻不意，那些看似不經意的舉手投足，早就已經心酸了你前世今生的眷戀。

「你二姐活著的時候最疼的就是你。」鄭氏的眼裡噙了悲傷的淚花，「要是那年我們帶了她一起去鳳翔，也許她就不會執意出家去當尼姑了。」

「娘！」你聽著遠處飄來的憂傷的琴音，任它在指尖漸漸沉重，默默

承載著四季如芳的溫情與思念，於心底滋生著千篇一律的滿箋錦淚，卻不知道該說些什麼才好。

「你用不著安慰我。」鄭氏悽然一笑，「你二姐這一走，興許倒解脫了。」

「嗯？」

「你以為你和她之間的那些小祕密，只有你們兩個才知道嗎？」

你驀地一驚：「娘……」

「娘什麼都知道。」鄭氏深深嘆口氣，「娘知道仰娟活得苦，她一直在等那個連名字都叫不上來的少年，可是……」

「娘……」你哽咽著，「都是九兒不好，九兒沒能耐，不能替娘和二姐分憂。」

「這怎麼怪得了你？你那時還那麼小，你有什麼法子可想？」鄭氏慈藹地端詳著你俊美如玉的面龐，「長得越來越像你爹年輕時的模樣了，只是娘沒用，讓你和積兒吃了那麼多苦，只怕你爹在九泉之下也不肯原諒我的。」

「娘！」

鄭氏輕輕撫著你的額頭：「九兒，你長大了。真長大了，好啊！」

「娘！」你輕輕握住鄭氏的手，「九兒一定好好孝順娘，一定會讓娘過上世間最好的日子。」

「娘不指望過最好的日子。」鄭氏語重心長地說，「娘只希望你能記著你爹臨終前的遺言。」

「爹的教誨，孩兒一直銘記在心。」

「記得就好，這才不枉你爹和你二哥疼你一場。」

「所以孩兒接到二哥的信後就馬不停蹄地趕了回來。」

「聽說你在外邊心都玩野了，連公務都玩得不聞不問了。」鄭氏忽地冷

1. 憶事詩

了面孔，緊緊盯著你說，「娘和你姐夫從小就教導你什麼是玩物喪志，這些你都沒記在腦子裡嗎？」

「孩兒不敢！」

「你還有什麼不敢的？」鄭氏的聲音變得淒厲，「跪下！」

「娘！」你怔怔望著鄭氏緊鎖的眉頭，連忙匍匐跪倒在她身前。

「說，你還有什麼瞞著娘和你二哥的？」

「沒⋯⋯沒有！」

「你還敢撒謊？」

「真的沒有！」

「那娘問你，你在普救寺到底都幹了些什麼？」

「沒有，孩兒什麼都沒幹，孩兒只是在普救寺裡研習功課，絲毫不敢倦怠。」

「真的？」鄭氏將信將疑地盯著你問。

「真的。」

「真沒事瞞著我？」

「真的⋯⋯不⋯⋯孩兒⋯⋯」你鼓足勇氣望著鄭氏，「孩兒喜歡上了一個姑娘，她長得貌若天仙，而且性格溫婉，還是官宦人家的千金小姐⋯⋯」

「什麼？」鄭氏不敢相信地瞪著兒子，「你說什麼？」

「孩兒⋯⋯」

「她是誰家的女子？」

「說起來，她還是孩兒的表妹。就是博陵崔家從姨母的女兒。」你不敢有所隱瞞，為了能和鶯鶯及早共結連理，你選擇了在鄭氏面前和盤托出，把在普救寺怎麼幫助崔氏母女解圍的過程詳細述說了一遍，只是隱去了西

廂幽會的種種。

「博陵崔家？」鄭氏輕嘆一聲，「我們已經有十多年沒有走動了，聽說崔家的女兒倒是出落得越來越標緻動人了，只是……」

「娘……」

「好了，你長大了，有些事娘不便多管，只是婚姻大事由不得你任性胡為，這事還是等到你考中吏部試後再慢慢從長計議吧！」

「那麼娘是不反對這門親事了？」你小心翼翼地試探著問。

鄭氏扶你起來：「說起來，這門親事倒也不辱沒元家門楣，不過大丈夫應以功名為重，切不可為兒女情長毀了一世前程。你若真心喜歡崔家的女兒，娘和你二哥會替你張羅打點著，只是這段時日你千萬不能懈怠，要好好研習功課才是。」

你聽了鄭氏的話，從那之後，便把自己鎖在西院的書房內用心讀書，整整兩個月足不出戶，只為了順利考中吏部試，好早日把那深閨中的美嬌顏娶回家。可你在無休無止地想她念她的時候，卻開始心生疑惑，難道自己的前程真的比和鶯鶯長相廝守更重要嗎？如果自己這回考不中，是不是就意味著要沒完沒了地把這書讀下去，是不是就意味著再也不能共她於西廂闌珊的燈火下纏綿悱惻？若是那樣，這書還有什麼念頭？失去了鶯鶯，功名對你又有什麼意義？

你的思緒總是伴著淺淺的月光和掌握不住的美夢，在荒蕪迷茫的暮色裡輕輕流淌，帶著迷人而又傷懷的芬芳，靜靜徘徊在房前屋後每一個不起眼的角落裡，百無聊賴地守候著曾經的青春年少與情深不悔，於風中將她默默牽掛了千百回。你的相思總是和著光陰在凡塵裡寫出別樣的風情與細膩精緻，卻不意，一轉身，一回眸，孤獨和愛便又散落了一地，讓你來不及收拾，到最後只能握住她指尖的憂傷與徬徨。曾經牽手一起走過的日子，而今都在你眼前冰冷僵硬地躺著，歡喜與明媚亦在你的守望裡退卻千

1. 憶事詩

里，連回憶也顯得膽怯懦弱，唯一留下的只有你眉間的蹙起與深鎖的惆悵。她不在，你的心依然固執地穿越三生三世的誓言，靜靜沐在雨中，看那雲捲雲舒、花飛花謝，卻不明白三生石上所謂的不老傳說早已隨著那滴碧海雲天的淚水一起沉淪，又被思念葬進那深不見底的深淵。

你想著她躺在你懷裡的嬌俏模樣，那時那刻，她總是用溫暖的指尖點著你凌亂的鬢角，望著你嫣然一笑，頓時便冶豔了你所有的期許與盼望，卻不料，兜兜轉轉後，那楚楚動人的傾城笑顏卻在你念念不忘的緬懷中織成了千年的孤寂，茫茫如風，於亙古的寂寞中劃著四季前行，用一把思念、一滴淚，承載起你無盡的輕愁。想她，念她，你莫名地心痛，然而卻又在心碎的那一刹突然明白，原來一直橫亙在你心頭的那抹乍明乍暗的光亮都是在替她等待著那個再見的約定，只是，你還能像從前那樣無所顧忌地與她執手相對嗎？

或許，該是回去看望她的時候了。你想著她的容顏，想著為她寫〈春詞二首〉時的忐忑心情，再次以東漢時期劉晨、阮肇入天臺山遇仙女的典故自喻，靜坐窗下寫下你悠悠情懷：

仙洞千年一度開，
等閒偷入又偷回。
桃花飛盡東風起，
何處消沉去不來？
芙蓉脂肉綠雲鬟，
罨畫樓臺青黛山。
千樹桃花萬年藥，
不知何事憶人間？

——〈劉阮妻二首〉

在功名和愛情面前，在母親的殷殷期盼和愛人的翹首等待中，你那顆易感的心自然縈繞著不盡的、無法排遣的困惑與矛盾，它們不斷糾纏著你，吞噬著你，讓你不知所措，讓你忐忑不安，但身處孤獨的境地，你和她初見時的那份驚豔，她夜幕下與你幽會時的那份憂柔情思，每每又都被揉入你筆下幽韻的詩情畫意裡，更讓你對愛情的渴慕強烈得愈來愈不可收拾。

和寫〈春詞二首〉時不同的是，你的心境變了。你沒有再著重描寫遇仙時的驚喜，新詩以「何處消沉去不來」、「不知何事憶人間」結句，處處包含著你對自己碌碌奔忙於「人間」俗務，從而割捨了千年難得的仙遇而「消沉去不來」的行為發出的疑問。顯然，疑問之惑，來源於你對鶯鶯的愛戀之深。

回去吧！回去！管它什麼功名利祿，你只要回去看她「芙蓉脂肉綠雲鬟」，共她「罨畫樓臺青黛山」，和她一起分享那點點滴滴的歡娛就足夠了。現在，你不想再把自己裹在靖安坊幽然而悽婉的簫聲裡，只在夢裡追尋那一抹清姿麗影，你要回去，回普救寺，去找那場曾經華麗了你如花心緒的邂逅，去踐守你和她於風中許下的旦旦誓言。你說，你要回去看她，所以你便回去了。

2. 恨妝成

夢迴處，一縷相思不盡。

從雪花紛飛時相識，到桃花紅了枝頭時相愛，再到芳荷碧連天時與她相知，你一直在努力綻放，宛如一朵蓮花，在大唐的落日餘輝下，為你心中珍愛的女子，開得奔放而詭異。

2. 恨妝成

你愛她，愛得深入骨髓。為她，你願耗盡生命中最後的餘熱，至死不悔。或許，希翼的夢幻重疊的只是憂傷，所謂三生的約定也只是換來今生的擦肩，但你們在彼此路過的生命裡，卻都已留下濃墨重彩的痕跡，任誰也不能只把回首的期盼留給錯過了的回憶。

你知道，你可以逃離喧囂紅塵，你可以逃避燈紅酒綠，卻無法遺忘和她共耍皮影的脈脈溫情，亦無法讓你的心避開她似水的清眸。你望著她，低低淺淺地笑，那一笑，包含了太多的期待與寵溺，而她也懂得你的好、你的惦念，所以在你面前，她總是心甘情願地把自己低到塵埃裡，在塵埃裡為你綻出最美的風情。

曾經，她用她的柔情與嫻靜，把自己釀成你記憶裡的一脈沉香，飲於忘川都不能忘卻的一脈沉香；而今，你已將曲終人散的離別拋在腦後，不願再讓孤獨與寂寞浸蝕了你柔軟的心，更發誓，要讓她永遠都住在你靈魂深處的天堂，日出日落，只看她眼波流轉。只是，老天爺真的會讓你們擁有一份天涯海角永相隨的天長地久嗎？你不知道，但你知道，只要有心，鐵杵也可以磨成針，你相信，你對她的這份痴愛一定會感天動地，一定會換來你和她的長相廝守。

曉日穿隙明，開帷理妝點。
傅粉貴重重，施朱憐冉冉。
柔鬟背額垂，叢鬢隨釵斂。
凝翠暈蛾眉，輕紅拂花臉。
滿頭行小梳，當面施圓靨。
最恨落花時，妝成獨披掩。

——〈恨妝成〉

第 5 卷　夜夜箏聲怨隔牆

「曉日穿隙明，開帷理妝點。」仲夏的清晨靜謐如水，露珠與荷香不約而同地在這空曠的天地間，輕洩著你和她昨夜纏綿的清韻柔情。凝眸，漏影羞棲著浪漫的音符，清風搖曳著舒潤的旋律，如虹日影將晨色的浪漫柔情填滿在窗外的林蔭荷塘，襯著她梳妝的姝影，染得你溫渥的思緒如痴如醉。

「傅粉貴重重，施朱憐冉冉。」你深情款款地看著她傅粉，千憐萬愛地望著她抹胭脂，眼裡不禁多了些許溫馨的含蓄，然而你什麼也沒說，只是任一縷不變的情思幽遊在顫動的光影裡，一聲不響地端睢著那陌上春色湧決的情意，在她眉梢眼角驟然傾瀉。你知道，相遇別離都是輾轉千年的宿命，邂逅一個人，就要讓她永遠住在自己心頭，要為她永遠怦然心動，才不枉她替你美了容顏、悅了相思，而這樣靜靜地守護著她便是你最大的幸福與愜意，即便風雨來臨，你也不能破壞了這份來之不易的寧靜柔和之美。

「柔鬟背額垂，叢鬢隨釵斂。凝翠暈蛾眉，輕紅拂花臉。」她採來辛夷的蕊，攏來梔子的香，和著蓮花織就成一襲青裳羅裙，然後，將亙古的心事輕輕挽起，結成相思的羅髻，帶著傾城的笑顏，走入千年的鏡中，覓曾經歡娛的影，於踏歌聲聲中，任裙裾飄舞，醞釀出一世的芬芳，只為尋你在四季輪迴。

她盤髮，她簪釵，她描眉，她施粉，點點滴滴，全是為了你，為了讓你微笑，讓你心醉，她深知「女為悅己者容」的道理。只是她還不明白，其實你的心早就為她醉了，醉在小橋流水畔，醉在花香引蝶邊，醉在西廂的枕蓆間。那些花間月影下輕輕蠕動的昧旦纏綿，那抹偶聽鷓鴣聲遠便迅即驚散的溫柔深邃的目光，不都是你的醉你的痴嗎？

你為她魂不守舍，目不轉睛地看著她。在你眼裡，輕梳鬢鬢的她宛若枝頭的杜鵑，美得無處可藏。你好想化作她手裡那支玉釵，簪在她的髮

2. 恨妝成

間,隨同季節的變幻,將日夜的纏綿悱惻都輕吟成一支婉轉細膩的曲子,在她心尖流連蕩漾。到那時,你會將美酒釀成琴音,就著杜鵑在弦上輕吟,她亦會為你輕舞霓裳,為你跳一支〈霓裳羽衣曲〉,天上人間,共舞花間,聽風的嗚咽,聽花的低語⋯⋯

你望著她被胭脂染紅的香腮,憧憬著和她一生一世要牽手走過的路,心裡湧起無限喜悅。若是能日夜陪在她身邊該有多好,若是老天許了你們白頭到老的承諾,你將牽著她的手將這世間所有的絢爛看盡賞遍。春,你要陪她去西塘看柳;夏,你要陪她泛舟賞荷;秋,你要陪她東籬採菊;冬,你要陪她煮梅溫酒⋯⋯這一生一世,你都要與她一起沉醉在古樂府的婉轉中,一路輕歌漫舞,聽風吟月,在一個名為天荒地老的地方搭建一座只屬於你和她的屋子,青的磚,黛的瓦,白的牆,黑的簷,每一天都靜坐在不老的光陰裡,悠然沽一壺香茗,淡濯塵纓,共她在一把搖椅裡慢慢變老,直至坐化。

這樣想著,你眉間的笑靨便映得她鏡裡的紅顏百媚橫生。「滿頭行小梳,當面施圓靨。」她望著你含羞不語,卻忽地噘起那一張性感的櫻桃唇,愣是在髮間插上了一把又一把的小梳子,在你面前顧盼生輝,瞬間便搖曳下滿地風情,那羅帶捲風處,早驚落了身後的三千繁花,也璀璨了你滿眼的深情。

你驚詫,你驚豔;你欣喜,你歡樂。只是你心底又忐忑起來,害怕這良辰美景不能被時光永遠鐫刻在剎那。「最恨落花時,妝成獨披掩。」窗外落花繽紛,點完翠、描完眉的她,照例輕輕放下手中的銅鏡,凝眉望向窗前的落紅,卻被那飄零的花絮惹起滿腹閒愁,禁不住暗自嗟嘆起來,半晌默無一語。你輕輕嘆一聲,怕什麼就來什麼,卻又不知道該如何安慰她才好,只是凝眸望著她,在心底默默恨那花兒落得不是時候。

良久,你又聽到她在風中淡淡唱起一曲〈採桑子〉,那嫣然淺笑的模

第 5 卷　夜夜箏聲怨隔牆

樣如同一朵初開的蓮花，宛在水中央，而那一抹「最恨落花時」的惆悵，也便隨著歌聲在淡淡的日影裡緩緩蕩漾開⋯⋯

「野花迎風飄擺，好像是在傾訴衷腸；綠草萋萋抖動，如無盡的纏綿依戀；初綠的柳枝輕拂悠悠碧水，攪亂了芳心柔情蕩漾。為什麼春天每年都如期而至，而我遠行的丈夫卻年年不見音訊⋯⋯」

你輕輕倚在窗邊，靜靜看她憂傷的微笑如蓮花般綻放在簾後，然後踏著斷腸的歌聲，循著她痴痴的目光默默追尋著那一剪過去的時光，總想把她最美麗的清芬牢牢握在手中。那初次動心的徬徨，珠淚欲滴的嬌羞；那盛滿深情的委屈，無可奈何的惆悵；那柔情似水的眷戀，淡若雲煙的遺忘⋯⋯冷不妨便又闖入你的眼簾，以珍而重之的姿勢再次叩擊著你柔軟的心扉，在你心底描摹著一幅水墨丹青的勝景，無時無刻不在渲染著你那份深不見底的深愛。

此時此刻，你不知道該對她說些什麼才好，彷彿這世間所有的語言都不足以表達你對她的眷戀，所以你只是微笑著聽歌聲在雲端落英繽紛，讓它迅即沾滿你染香的素衣白袍，然後輕輕踱到她的身邊，緊緊握住她的雙手，滿心裡只湧出一個希望，那就是祈求上天能讓你身體裡所有的溫度融化她指尖的微涼，撫平你心底的感傷。

「鶯鶯⋯⋯」你從背後輕輕將她擁入懷中，吻她的眉，吻她的眼，吻她的耳垂，喃喃喊著她的名字。

她只是望著你淡淡地笑，眉角仍然含著一縷憂愁。

「怎麼了？」

她搖著頭，緊緊偎在你的懷裡，說出了一個「怕」字。

「怕什麼？」

「怕⋯⋯我怕我們的愛情會像窗外的落花一樣，開不長久。」

你緊緊摀住她的唇：「不會的。等考完試高中了，我就騎著高頭大馬把妳風光地娶回長安。」

「可是……」她望著你不無憂慮地問，「我們現在這個樣子，你就不怕你娘知道了派人抓了你回去？」

「不怕。」你緊握著她的指尖，「我娘說了，我們的婚事她會從長計議。妳就等著做我們元家的新媳婦吧！」

「你娘真這麼說了？」

你重重點著頭：「不過要等我參加完吏部試才行。她怕我因為兒女私情誤了前程。」

「那你還敢跑回來？」

「我騙她說要回西河縣把手頭上的公務處理完，她壓根就不知道我又回了普救寺。」

「紙是包不住火的。」她輕嘆一聲，「姨母遲早會知道你言不由衷。」

「那還不是為了妳？」你親憐蜜愛地盯著她，「沒有妳，我活不下去。」

她望著你嫣然一笑，沒有說話。

「你不相信我？」

她搖搖頭：「我只怕好夢易逝。不知為什麼，這兩天我總覺得心緒不寧，元郎，我真的好怕，我怕我們……」

「不會的。」你安慰著她，「相信我，我不會辜負妳的。今生今世，我只要和妳在一起。除了妳，我誰也不要。」

「元郎！」

「鶯鶯！」

你們緊緊擁抱在一起，聽著她款款軟語，聞著她脈脈體香，瞥著她那

一眼深情的目光，你的心無法不為之沉醉。你在想，如果真有來生，你一定要在今生將她的模樣在心裡鐫刻，等到下輩子再遇見的時候，就可以將自己的承諾繫在她身旁，永遠都不讓她再離開你了。

你愛她愛得發狂，愛得如痴如醉。你已經不再避忌寺僧嫌棄的目光，不再避諱崔夫人的管束，你覺得愛情是這世間最偉大的情感，所以你不需要再躲躲藏藏、偷偷摸摸。是的，你要給鶯鶯一份正大光明的愛，所以你懷著忐忑而又激動的心情去見了崔夫人，把你對鶯鶯的愛慕之情和盤托出。出乎你意料之外的是，崔夫人居然一點也沒有怪怨嗔怒的意思，或許是她很喜歡你這個十多年未曾謀過面的從姨甥，或許是她因感念你的救助之恩早就生了將女兒許配給你的心思，或許是她憑著幾十年的人生經驗早已窺破你和鶯鶯之間種種的隱情，總之，她默許了你和鶯鶯的野合，但這也並非沒有附加的條件，她對你提出的唯一要求便是要等到考取功名後才能將女兒許配於你。

你欣喜若狂。你十四歲參加明經試，十五歲便如願及第，其後的六年時間，你雖然到處遊山玩水，穿梭於花紅柳綠間，放鬆了學業，也淡泊了功名之心，但你相信，憑你聰穎的天姿，考中吏部試並不是困難的事情，所以你根本不把備試放在眼裡，你只想在十月來臨之前和鶯鶯在一起度過人生中最最美妙的青春歲月，要讓這滿園荷光成為你今生今世最冶豔的記憶。

你牽著鶯鶯的手在湖畔嬉戲，她頂著一頭花草在石榴樹下巧笑嫣然，忽而躲在假山石後，忽而藏身柳蔭之下，和你玩起了捉迷藏的遊戲。她將一身的娜娜梳理成一道俏麗的風景，在柳梢高高懸起，那輕柔的一片柳綠在風中輕輕地搖，蕩漾起她幾多的嫵媚與柔婉，不經意間便讓你從頭醉到了腳。

你輕輕拈著一朵鮮豔豐腴的玫瑰，輕飄飄地從她身畔走過。你在假裝

和她擦身而過時，陡然將手中那一朵花兒插在了她高聳的髮間，映著她多情的笑顏，明媚著你深情的眸子。怔愣間，她已遠去，短短一個回眸，卻見她早已脫去外衣，只穿著一件薄衫淺戲水間，猶如一朵紅雲倒映在碧波萬頃的池中。側目中，你突然有了一種錯覺，恍若置身在一片清光明媚、芳草萋萋、蝶舞花飛的仙境中，而她便是主宰仙境的仙子。

你痴痴望著那水中的嬌容，剎那間便讓這心頭驚豔的一幕隨同這一池碧水輕輕吟誦而出：

> 山榴似火葉相兼，
> 亞拂低牆半房簷。
> 憶得雙文獨披掩，
> 滿頭花草倚新簾。
> 春水消盡碧波潮，
> 漾影殘霞似有無。
> 憶得雙文衫子薄，
> 鈿頭雲映褪紅酥。

這〈雜憶詩五首〉中的二首明顯都是寫她與你白日嬉戲的情景。那時的你，心中充滿歡喜愉悅，哪管身後的煩惱？只要和她在一起，你心底便會升起無法揮去的纏綿悱惻，你愛她，愛得無可救藥，愛得不分彼此，愛得心曠神怡，你總想為這份痴絕的愛留下些什麼，所以你不停地為她吟詩寫詩，只為了將她的青春永遠駐留心間，不讓她的美貌揮霍於似箭的光陰裡泛黃。

可你還是要走。轉眼炎夏消逝，秋風悄然而至。你和她在普救寺又度過了無數甜蜜而無憂無慮的日子。可是，中秋過後，距離參加吏部試的時日已近，你不得不揮淚與鶯鶯話別，準備回長安考試。

你在心裡輕輕地嘆。江山多嬌，引無數英雄折腰，權勢名利誤人，可惜貪戀那一瞬浮華煙雲，從來都是男兒宿命。誰都知道這盡頭是萬丈懸崖，卻又樂此不疲，不肯懸崖勒馬。成王敗寇，總是帶著天命難違的意味，你也不能例外，更何況你肩上還背負了父親臨終前的遺願，根本無法為了愛情視功名如糞土，所以即便你心裡有一萬個不情不願，最後還是要走上那條逐鹿的道路。

「鶯鶯⋯⋯」你望著坐在窗下暗自神傷的她，翕合著嘴唇，卻一句安慰的話也說不上來。你還能說什麼？縱使她不是那無理取鬧的女子，離別對她來說也是人間最最憂傷的事，她又怎麼捨得就這樣放了你去？可是不捨又能怎樣？她明知無法將你挽留，也不能將你挽留，所以只能和著一行清淚，默默唱一曲〈採桑子〉給你聽，希望回到長安的你不要將她輕易忘卻。

你望著她潸然淚下。為什麼快樂的日子總是易逝，為什麼剛剛聚首又要離別？那一剎那，遠古的寒月悲笳在你耳邊如泣如訴般響起，和她廝守在一起的幕幕往事宛若月光般傾瀉於眼前，那飛落如雪的悲喜，被盡數吹散開來，如蝴蝶翩躚的翼撫過你茫然的心海，只叫你黯然神傷。為什麼？為什麼總要讓你在愛著她的同時分享著這份凜冽的疼痛？

微涼的風吹走清愁幾許，任孤獨溫柔地割著心藤。風過，花謝，塵落，煙飛，心靈深處，那一泓溫熱的清淚，肆意滋潤著心草瘋長，而你對眼前發生的一切都無力改變、愛莫能助。即將來臨的離別生生將這美好的現實撕碎，斑駁的血，從那潔白的思念中紛湧而出，瞬間便淹沒了你傷神的眼，你知道，你唯一能做的就是認命，除此之外，你什麼也做不了。

「我會儘早回來看妳的。」你滿眼疲憊地盯著她，伸手輕輕撫著她如瀑的長髮。她髮間瀰散著優雅令人沉迷的香，猶如一朵豔麗的罌粟，撥動著你的心弦，讓你更加欲罷不能。「我一定會回來娶妳⋯⋯」

「元郎！」她哽咽著緊緊偎在你懷裡，「我什麼都不要，我只要你陪在我身邊。微之，你說過你不會離開我的，你說過的……」

你點著頭：「我發誓，我一定會回來娶妳，一定！」

你晶瑩剔透的淚光映著她多情的眸，任思念的心曲在月色下如山洪般傾瀉。在她面前，你已經無能為力，你只能一次又一次地給她承諾，哪怕明知那是無法兌現的誓言。「相信我，妳是我一生一世的守候。以後無論我在哪裡，我都會日夜把妳想起，因為妳是我今生最美的守候！」

這便是你給她的承諾。可是明天你就要走了，你還想聽她再給你撫琴一曲，你想帶著她那悠悠琴思，帶著她的寂寞，帶著你的誓言，一起，上路。

3. 曉將別

華燈初上，白日的喧囂繁華轉瞬落盡，唯有不悔的深情依舊縈繞在房前屋後的每一個角落，熠熠生輝。蜷縮在西廂一角，一身白衣素裙的鶯鶯又為元稹輕撥起愛的琴弦，卻不意，絃聲似針，針針炙痛心扉，讓人猝不及防，空惹了滿眼痴淚。

他端坐窗下，素手纖纖，任心底相思的情感遊走筆尖，在紙箋上綻放出最美麗的花朵，於她憂傷的眸底再次續寫一場等了經年的紅塵暖愛。指尖，靈氣如詩，每一次屈伸都噴薄著無盡的深愛，他悄悄告訴自己，從現在開始，他就要讓這顆生花的心靈在她的注視下開始一段不羈的旅程，更要在心尖染上世間最最豔麗的色彩，為愛擺一場文字的盛宴，讓明媚與歡喜猶如一股清泉從天而降，徹底滌蕩心靈深處的塵埃，還她一份永遠的無憂無慮。

第 5 卷　夜夜箏聲怨隔牆

　　他不想再聽到她的嘆息,不想再看到她的悲傷,所以他要給她滿園的春色,要用鮮花與鳥語輕輕撫去她藏在眉梢眼角的傷,任她在紫陌紅塵的路上逍遙一生。是的,他在等待一個燦爛的花期,要讓那些堆積到一定程度的情感都在花開錦繡的字裡行間得到一種極致的渲瀉,於是,一首〈新秋〉連同著一首〈暮秋〉,還有一首〈月暗〉,便在他望晴的眼底將回憶拈成了絲線,空靈飄逸,像是找到了一處安靜的出口,讓一塵不染的平仄都於詩箋上赫然顯現:

旦暮已淒涼,離人遠思忙。
夏衣臨曉薄,秋影入簷長。
前事風隨扇,歸心燕在梁。
殷勤寄牛女,河漢正相望。

——〈新秋〉

看著牆西日又沉,
步廊回合戟門深。
棲烏滿樹聲聲絕,
小玉上床鋪夜衾。

——〈暮秋〉

月暗燈殘面牆泣,羅纓門重知啼溼。
真珠簾斷蝙蝠飛,燕子巢空螢火入。
深殿門重夜漏嚴,柔□□□□年急。*[01]
君王掌上容一人,更有輕身何處立。

——〈月暗〉

---

[01]　本詩缺字。

3. 曉將別

　　日落黃昏，夕陽西下，本是元稹和鶯鶯歡會之時，往日那種夜深人靜後，「玉欖深處暗聞香」、「小樓前後捉迷藏」、「潛教桃葉送鞦韆」的情景實在令人心醉，每每回想起，總教人欲罷不能。只可惜，現在同樣的「牆西日又沉」，卻只能帶給他「棲烏滿樹聲聲絕」的感受。他和她相對無語，唯有「月暗煤殘面牆泣」。他甚至有了一種不祥的預感，仰望蒼穹，「殷勤寄牛女，河漢正相望」，似乎自己和鶯鶯這次離別之後便會像牛郎織女那樣永隔天河，甜蜜的日子則如同「前事風隨扇」一樣消逝無蹤。

　　細數光陰，彈指如蓮。元稹看著新寫完的這兩首詠秋詩和染滿愁緒的一闋〈月暗〉，心裡沉積已久的落寞更是無法釋懷。嘆只嘆，窗外的清風終是不解他眉頭緊鎖的愁容，池裡的流水也難懂他這顆深情不悔的心，數來數去，這世間恐怕也只有指尖攏起的詩意才是真正懂他的吧？它們總是攜著暖暖的春意呼嘯而來，鼓動著他的心緒閃亮著對未來的渴望，於一闋一闋的文字中，用心落拓著她溫柔的笑靨，然而，這些許的詩意又真的能夠讓他美夢成真嗎？

　　蕭瑟的氣氛也令鶯鶯心驚。一曲〈霓裳羽衣曲〉，訴不盡相思旖旎，眼前卻無端顯現出明皇與楊妃生離死別的婉轉纏綿。唐明皇與楊貴妃，在天願作比翼鳥，在地願作連理枝，她和他又何嘗不是？但，最後的結局又是怎樣的？歷史早就給出了答案，是殘酷殘忍，也是情非得已，可這一切都不是她想遭遇的，哪怕霓裳再美、華宴空前，她也不想涉足前人的故事，更不願再沿著前人的路把悲傷的歌再唱一遍。

　　或許，他和她，本就不該相遇。

　　他們，本就是在不同季節綻放，又在各自的季節裡獨具魅力的嬌妍花朵，卻因為一次錯置了的相遇，開始了糾纏牽絆的一生。

　　他是從天而落的驕子，羽扇綸巾掩蓋不了的是「苦覓不得，知己難求」的苦悶；金玉華服掩埋不了的是他為歌而狂、為舞而痴的心。

她為他而舞。她的世界，他就是唯一。嬌嬈如蝶，渾然忘我。

他為她而歌，他的世界，她就是全部。繞梁三日，餘音不絕。

幸福是雙刃，給你甜美的一刻也賜予你最深痛的記憶。「重城闕煙塵生，千乘萬騎西南行。」戰亂終於向他們逼近。

他本該是屹立不倒的大樹，傲然挺立在風霜中，承受風霜的考驗，卻因為她，開始了恐慌。十指相扣，逃亡途中，他們依舊信誓旦旦，「今生今世，永不相忘」。

她輕笑，因為她相信。他，是她的天，是她避風的港灣，這一點，她從未疑惑，可惜，天真的她卻忘了一點，他，從來就不是她一人的港灣。

「六軍不發無奈何，宛轉娥眉馬前死。」曾經的恩愛最終還是抵不過性命攸關，他伸手遮擋住雙眼，不願見玉人在他面前悽惶死去，亦不願就這樣與她天人永隔。

曾經，他的恩賜，他的恩寵，盡化煙塵，撒落大地，再難尋覓。回龍馭，境依舊，人難再。他，終於落淚。鴛鴦瓦冷、翡翠衾寒，誰與他共度這漫漫長夜？

當日，一支〈霓裳羽衣曲〉，驚破了萬里城廓，也將她帶到了他的身邊。從此，他對她「三千寵愛在一身」，她也給了他最平凡的愛情和最詩情畫意的浪漫生活。他沒想過曾經賜予了他幸福的〈霓裳羽衣曲〉會毀掉他們之間的一切，爾今，孤苦無依的他只能坐在寂寞深宮裡，靜靜摩挲著經戰亂侵蝕，已不復完整的曲譜，回憶昔日她舞他歌的甜美生活。可惜，好景難再，一曲霓裳羽衣，驚破萬里城廓，歌罷萬里江山，也埋葬了她如蝶般輕盈的身姿。

這便是唐明皇和楊貴妃的愛情故事，卻更像一曲斷腸的離殤。〈霓裳羽衣曲〉裡還殘留著明皇和楊妃的氣息，那海枯石爛的承諾依然棲息在琴

弦上,時時哀鳴,久久不肯離去。攜曲入定,那些經年的往事,便如同一紙箋言,流浪在靈魂之外,此情深處,自是悠悠纏綿著一闋闋的相思。

一曲未罷,鶯鶯早已淚眼朦朧,但她仍在婉轉的曲調裡尋找他的身影,已然分不清哪個是楊妃哪個是自己,更不知道自己要尋的那個他究竟是明皇還是元稹。他明天一早就要走了,她心裡是多麼難過,可她什麼也不能說,她怕他會捨不得棄她而去,而她並不想那樣自私,因為她知道,他並不是為她一人而活,他是個男人,自有他該肩負的責任,她不能為了一己之私毀了他的前程,毀了元氏族人的希望。

她只能將這份哀怨悲思放在心底默默承受,儘管她也和他一樣有了一種不祥的預感,但並不想讓他增加任何的心理負擔。或許這就是命吧!該來的總要來,留不住的縱使拚了性命也留不住,她現在能做的也只是在心裡暗暗傷懷一下罷了。

鶯鶯輕輕嘆著,想來前世她是他腕上相繫的那根紅絲繡線,所以今生才要為他朝暮痴纏糾葛;亦或許她是他前生在洛水上相視的女子,只因那無意間的一次回眸,她便為他用指尖在心頭畫上了一個大大的「囚」字。是啊,她已經被他「俘虜」,被他「囚禁」,而一切都是她的心甘情願,願只願這份感情能讓他的心情在寂寞裡開出妖嬈的花,而她,即便只枕著這份憂傷入夢也該是好的吧?單純善良的她總是這樣想著,故事裡只要有了他,哪怕只是一抹模糊的影子,對她來說也都是幸福美滿的。在愛情面前,她就是這樣,她把自己的姿態放到低得不能再低的程度,因為她相信真正的愛情總需要一個人犧牲付出得更多,既然自己深深愛著他,那就讓這痛苦由她一人來承受咀嚼吧!

她依稀憶起自己和歡郎表演皮影戲時,母親崔夫人說過的一句話。崔夫人說,入戲與落幕只有一步之遙。只一句話,卻讓她驀然驚覺,原來相遇與分離都恍如一出濃墨重彩的戲,沒有最後的主題,也沒有固定的演

繹。她含淚撫琴，慌亂間變得茫然失措，不知該再為誰彈奏一曲離殤。他即將風輕雲淡地離去，獨留她一人在戲臺上傾情穿梭，一邊哀傷莫名，一邊無處遁形，想起這些，她終究還是有些不甘，難道自己徹底投入的感情到最後只能換來連場的心碎？

她知道，她不能改變什麼，再唯美的曲調也更改不了絃斷曲終、只餘斷章的結局。指下的哀音裊裊，一曲霓裳幾經更迭，她根本就不知道所彈何曲，唯一知道的就是她的心早已碎了一地。元郎啊元郎，朝，我為你眉黛不剪春山翠，可知曉我牽掛的輕憂？夜，我為你畫梁語燕驚殘夢，可懂得我相思的新愁？長亭復短亭，何日才是君歸期？究竟，還要等多久，才能盼來我們永久的妊紫嫣紅開遍？

終於，指間的琴弦還是斷了。「嘎嘣」一聲，隨水東流，是那樣的乾脆，那樣的不留餘地。淚已闌珊，哭泣只是一種死去的生，也許一切真的該結束了。懷著丁香般的愁怨，她再也不能自已，可又不知道該對他說些什麼，只好和淚擲琴而去。

「鶯鶯！」

元稹唏噓不已地盯著哭成淚人般的鶯鶯，一個箭步，將其緊緊擁入懷中，伸手替她拭著眼角的淚花，哽咽不能成言。

「微之！」鶯鶯伏在他肩頭，忍不住悲咽起來。

「要不，我再留下來多陪妳些日子？」

「不。」她搖著頭，「試期即至，你不能再這樣兒女情長了。不管你我結局怎樣，你都要答應我，不要為了兒女之情蹉跎了光陰，否則這一輩子我的心也不會安的。」

「鶯鶯……」

「你答應我。」

3. 曉將別

　　元稹點著頭：「好，我答應妳，但妳也要答應我，我不在的時候，妳不用為我憂苦，等考完試我立刻就回來接妳。」

　　「你好好考試就行了，無需記掛著我。」鶯鶯皺著眉，「縱使始亂之、終棄之，鶯鶯也不敢心生半點怨恨。」

　　「鶯鶯……」

　　「只要君亂之，君終之，鶯鶯也就心滿意足了。」

　　「……」

　　「回長安要懂得好好照應自己。」鶯鶯伸手替他整理著凌亂的頭髮，「看你，這麼大人了，還總跟個孩子似的，功名在身的人，也不怕別人見了笑話。」

　　元稹緊緊握住她的手，緊緊貼在自己胸口：「妳相信我，無論如何，我都不會辜負妳這片情意。」

　　她勉強擠出一絲微笑：「不管怎樣，我都不會怪你，真的。」

　　「可我不會那樣待妳的。」元稹望著她肝腸寸斷，「妳一定等著我，等著我！」

　　紅塵眷戀，萬千寵愛，原來不過是轉身的錯罷了。鶯鶯望月深嘆一聲。或許，他終歸不是她的夙緣，落入眼簾的，也不過是畫中人的一懷寂寞。她不敢再期待什麼，因為期待越多，失落便會越大，所以她什麼也不說，只是默默踱了出去，卻留下一屋的冷清，一地的涼薄，在他悲悽的眼前盤旋縈繞，徘徊不去。

　　望著她蹣跚遠去的背影，元稹悵然若失。心已累，夢已碎，淚已風乾，只剩下他和她孤單的背影，在各自寂寞的雲彩裡搖曳，究竟，何處才會是他們平靜的港灣？伸開手，輕輕拂去頭頂支離破碎的月色，層層疊疊的思緒，再次飄散在孤寂的心房，如同燃起連綿的塵煙，於暮色中倦倦飄

第5卷　夜夜箏聲怨隔牆

蕩,卻是無處安放。他終於忍不住伏案疾書,和淚,將她撫琴的哀怨與離別的不捨都扣入詩中:

莫愁私地愛王昌,夜夜箏聲怨隔牆。
火鳳有凰求不得,春鶯無伴囀空長。
急揮舞破催飛燕,慢逐歌詞弄小娘。
死恨相如新索婦,枉將心力為他狂。

——〈箏〉

「火鳳有凰求不得,春鶯無伴囀空長。」鶯鶯的琴音,如同春鶯無伴,發出失侶之哀鳴,怎能不令他腸斷心碎?明天天曉就要走了,也不知道何日才能與鶯鶯聚首?元稹抬頭望著案前搖曳的燭火,心裡裹著無限惆悵。都說美麗是不會被人遺忘的,真心的付出,最終都會得到最好的回報,可他卻在莫名地害怕著,害怕這一去山高水長,害怕這一去雲淡風輕,害怕這一去再也無法找回他們共同擁有的記憶……

她的可人,她的嬌羞,她的囈語,她的痴迷,都讓他心裡裹了太多太多的不捨與牽掛,可這又能如何?他只能任由心中糾葛的、無限眷戀的感情在蘸著濃墨的指端流瀉,然後,將積鬱的蒼茫和無奈,於詩箋上一字一句地寫出來,為了她的美麗,也為了她的芬芳。

回眸,窗外的桂花正開得爛漫,芳香四溢,卻是無關風月,只映離愁。他知道,他和她自前世離散,他便踏遍萬水千山,從遠古尋到今朝,從長安一路尋到蒲州,哪怕經年的風煙早已湮染了曉風殘月裡的期盼,哪怕灞橋的柳色年年都在畫紙上氤氳成一片淒碧,哪怕聲聲的嘆息都愁聚在他和她共演的皮影戲中,他還是無法把她的身影從思念的眼中從容抹去。究竟,幾時,他尋愛的扁舟才不再零落天涯;幾時,他尋覓的伊人才不再獨佇在水一方?

3. 曉將別

　　一縷縷縹緲的桂香，在不悔的深情裡托起他細密的心事。閉上思念的雙眼，他在風中細細思量，卻不知該如何才能擁著她周身的芳華直到永遠，亦不知該如何才能催開她如花般美豔的笑靨。舉頭，溫婉的月光釀下一壺痴情的酒，他卻沒有閒情去品味這一份柔軟恬淡的美，只是輕輕揮一揮衣袖，默默徘徊在孤寂的風中，任一顆相思的心整個沉浸在微雨透初涼後的清新裡，卻不意，那份柔情蜜意倒被擱淺在了深深的惆悵與困惑中。

　　該如何？該如何？該如何？寂寞的落花含著一縷清愁眠在風中，那淡淡的幽香像極了她的髮香，一綹一綹地舒展在他的心頭，更讓他捨不得就這樣離去。輕輕，拈一朵落花在手中，看它在指間輕舞，聽它在風中低唱，任它在紫陌紅塵間灑下一路的芬芳，那脈被擱淺了的柔情便又迅速湧上他的指尖，於瞬間傾瀉出多情的心緒。他在想，一朵憂傷的落花可以傳遞秋天的絕唱，一片過眼的浮雲可以震驚一個人的夢想，而他這樣一個用指尖行走的人，或許也可以讓飄香的翰墨輕輕撫平心海裡那段夜不能寐的夙願吧？

　　風露曉悽悽，月下西牆西。
　　行人帳中起，思婦枕前啼。
　　屑屑命僮御，晨裝儼已齊。
　　將去復攜手，日高方解攜。

——〈曉將別〉

　　「風露曉悽悽，月下西牆西。」晨光下，即將遠去的元稹寫下了這首〈曉將別〉。記憶裡，唯有那些美麗的誓言，才能溫潤他那顆孤寂的心，所以他只能將對她細碎的想念在紙上鐫刻成詩，讓那些一時間無法實現的理想，無處訴說的哀怨，都一點點累積到指尖，然後在婉約的詩賦裡，緩緩吟唱起她清瘦的韻律，以自欺欺人的方式麻醉自己。

第5卷　夜夜箏聲怨隔牆

「行人帳中起，思婦枕前啼。」鶯鶯擲琴離去後，又重於深夜逾牆而來。她心裡終究還是捨不下他，所以要陪他度過這漫漫長夜。只是，她心中明白，這一別終究還是隔了天之涯、海之角，以後的以後，只怕自己終將煢燈孑影、獨倚高欄，再也無人念起，也無人憐惜。望著起身穿衣束帶的他，她心裡的疼痛頓時如同決堤的春水奔湧而下，而這一哭就再也沒能收住尾。

「屑屑命僮御，晨裝儼已齊。」元稹望著枕前悲啼的鶯鶯，心中很是不忍，但歸期已至，也唯有狠下心來命令僮僕收拾好行囊，準備出發。只是，綠窗紅淚，前事輕擲，又有誰人能解得今宵的離愁別緒？

「將去復攜手，日高方解攜。」她懷揣淡淡桂香編織著夢的霓裳，任窗前朵朵玫瑰依約而開，清新淡雅，似飛舞著的精靈，在他面前靜靜綻放，不染紅塵阡陌，獨自妖嬈在自己的季節裡。只是這樣就能把他留住嗎？她知道，她留不住他的人，也不想留住他的人，她唯一想留下的就是他那顆相思的心，可她真的能夠做到嗎？

門前的馬車早已準備好，送別的人群也都自覺地守在門外默無一詞，她卻緊緊拉著他的手，在簾下把要叮嚀的話叮嚀了一遍又一遍。眼看著日已高升，不得不讓他走，但她還是不捨，不忍分別，卻又無可奈何，將他的手放了又拉起，拉起又放下，如是周而復始，眉間眼梢，依舊染了沉醉的心情。

「我會回來的。」他伏在她肩頭輕輕呢喃著。

她輕咬玉唇，帶著怨望的眼神看著他，卻不得不放開他的手，送他到門前早已守候了多時的馬車邊。她又唱起那首〈採桑子〉，在他遠去的馬車後。歌聲歷久彌新，演繹了人間最美麗的絕代芳華。

秋風蕭瑟，霜林染淚。她的心隨著頭頂那抹流雲飄逝而去，只是她還不知，她與他的愛情，亦已隨著這蕭瑟秋風淒涼收場了。

4. 悵望關東

　　西元 800 年，唐德宗貞元十六年冬，元稹參加了吏部科試，「明年，文戰不勝」，到次年，即貞元十七年春天發榜時，他榜上無名。

　　春回大地，萬物復甦，四月的曲江已是滿目青綠，每一個角落都張揚著明豔生姿、旖旎動人的景色。春風吹拂，岸邊妖嬈的垂柳搖擺著纖細的腰肢，轉瞬便晃落了一池的飄絮，可這觸目可及的春光，卻不能撫平元稹心底積鬱已久的憂傷，他不明白，為什麼十五歲就考中明經試的他居然會栽在這場吏部試上？

　　鶯鶯，他該拿什麼去迎娶鶯鶯？他記得自己曾對她說過，考中吏部試後要做的第一樁事就是騎著高頭大馬，用八人抬的大花轎，光明正大地把她抬進靖安坊元氏老宅來，可現在，落第的他是否還能擁有這樣的機會？

　　桃花悄無聲無息地在他頭頂瀟灑地飛過，滿地落英是它曾經絢爛的美好回憶，也是夢碎之後的無可奈何。想著對她許下的諾言，他渾身都不自在，卻又不知道該如何排遣心中的煩悶。茫然中，他不由自主地抬起頭，望向那空空如也的蒼老枝幹，心裡迅即湧起萬般悵意，花已離枝，難道它還能再期望些什麼嗎？

　　不知道去年普救寺相識的那一樹桃花，是否也正在鶯鶯的窗前輕舞飛揚，但今昔的離別，滿地的落紅，卻摻雜著他已被風乾的眼淚，隨著那滿天的飛絮在空中飄蕩，了無歸依。漫步曲江邊，目睹這滿眼的荒蕪蒼涼，元稹心裡別是一番悽苦滋味。怔愣間，佳人已在他模糊的視線裡遠去，而他指間卻多了一朵別樣豐盈的桃花，那曾是映著她笑靨的花兒，當時明媚地映在他清歡的眸中，現在卻又成了他眼底最深的一道傷痕。回首，遙望芳草萋萋的曲江，一步步跌跌撞撞地往後退去，流轉的眼眸裡，總也忘不了她那絲綻放在唇角，如同山花般燦爛的笑顏，可又有誰明白，那抹溫婉

嫣然的笑，早就化作了他拿不起也放不下的幽怨？

清風乍起，那一朵濃豔的花兒在手，幽香便輕輕沁入心脾，染得他滿身的詩情畫意，連憂傷也變得清芬冶豔起來。他疑心自己是醉在了一場夢裡，猶不可信地回首她早已遠去的窈窕身姿，似乎往日石榴樹下捉迷藏時輕盈的蹦跳，桃花叢中盪鞦韆時怡悅的微笑，剎那間便都從那遠山的薄霧裡依稀飄然而至。

回憶總是從傷心的源頭開始的。昨宵的歡樂與情緣已成為今時夢中的一朵浮萍，悄然幻化在淡淡的霧靄之中，朦朧總是令人看不分明。在這個柳絮飄飛的日子裡，夢中的她依然像昨昔那樣微笑著向他走來，那熟悉的身影亦依然飄蕩在他心底每一個暗藏的角落，如清風輕輕拂過他的心海，讓他無法不在懷念的季節，倏忽想起離自己很近卻又相距太遠的她。

煙色的記憶裡，夢的邊緣，幻想與回憶彼此交錯。夢醒之後，元稹流著滿臉的淚，卻無法將盤桓在心頭的相思訴說一二。舉頭望月，他多想告訴她，雖然經過風雨，經過滄桑，在他心底，她的微笑卻依然難以令他忘懷，而她亦依然是他心頭最深的珍重。

曾經，風輕雲淡的花影裡，碧水長天的月色中，他們在最美麗的時刻邂逅，在最美麗的場景中撥起心動之弦，用滿懷的深情共同唱響一曲地老天荒的歌；曾經，波光瀲灩的秋水湖畔，她立在青翠的浮萍之上，望向他輕輕淺淺地微笑，寂寂的淡菊點染著她的芬芳，紛飛的細雨打溼她的笑顏，彷彿晶瑩的露珠，在他眼底折射出萬種光華；曾經，風華絕代的她在他凝香的枕邊嬌喘吁吁，風情萬種地呢喃著喚他的名字，任他的目光久久淪陷在她紅潤嬌羞的梨渦裡……

現在，她聲聲喚他元郎的痴語仍然縈繞在他的耳畔，那一點一滴的清歡彷彿就在昨宵，可陷身萬丈紅塵的他卻再也無法知道哪一朵白雲曾經記錄過他們的前塵舊事，更不知道該怎樣才能追回他們曾經執手相望的痴

4. 悵望關東

纏。再回首，只覺得一切都依稀發生在遙遠的仙界，所有的溫情都似前生經過，卻怎麼也無法將它們牢牢抓在手心裡，略一咀嚼便是苦澀，便是深深的惆悵。

下雨了，柳梢細雨紛飛，那一幀人間天堂的勝景中，他和她卻隔了咫尺天涯，所有的歡喜亦都轉瞬成空。依舊想念那一襲清麗的素衣，依舊想擁有她一個完整的凝眸，依舊想染指她一唇的溫潤，哪怕就此錯過整個花季，哪怕永遠陷身於飛雪連綿的冬日，他也心甘情願。那些有她紅袖添香的日子裡，她的一顰一笑，一舉一動，都在素白的宣紙上婉約成一首首瑰麗的詩篇收入他的行囊，無論他身在何處，總有點點詩意伴他江湖寥落，書海泛舟；而今，不盡的相思在遠去了她的世界裡卻滿溢成一袖的寒涼，怎麼也呵不出往日指尖纏綿的溫暖，只變成一聲無邊的嘆息，空惹人怨。

寂月杳杳，又是一個靜謐得令人發慌的夜。月光清冷如同他憂傷的目光，正透過雕花的窗櫺小心翼翼地窺視，一點一點地攫取著他心底盤結的遺憾。嘆只嘆，當初的懵懵懂懂，未能讀懂那一雙多情的眸，到而今，空留一肚離殤，任他頻頻在成災的思念中咀嚼苦澀，卻也只能與孤月一起默默品味那份痛苦的滋味。他醉臥案邊仰問蒼穹，難道，功名和愛情真的不能兩全其美嗎？沒有取到相應的功名，崔夫人就不會將女兒許配給他；沒有考中吏部試，母親鄭氏就不可能替他張羅和鶯鶯的婚事，那麼他究竟該何去何從，該如何抉擇呢？

他心底日夜所思、所想的都是那花紅柳綠下的紅粉佳人，根本沒把功名利祿放在眼裡，可他也明白，自己若再不收起兒女情長的心思，那功名恐怕就要徹底與自己無緣了，而想把鶯鶯娶回家的心願就更是天方夜譚的癡人說夢！怎麼辦？怎麼辦？是放下功名回到鶯鶯身邊，還是放下思念全心追取功名？不，他愛鶯鶯，已愛到無法割捨的地步，又叫他如何能夠為了功名而不去想她不去念她呢？老天爺啊，如果功名和愛情真的不可以兼

而得之，又為何要讓她的身影時常來到我的面前，讓我的眼睛從此不分晝夜地潮水湧流，不知方向呢？鶯鶯，我到底該拿妳怎麼辦？妳知道，我不是不愛妳，不是不想娶妳，可他們更看中的是我的功名，如果沒有功名，我和妳的花前月下就是一場空談，可又叫我如何能為了功名不再去想妳念妳？

再回首，一切恍如春夢。微風拂過，窗外的花瓣簌簌跌落，飄撒如雨如霧。溫婉的月色下，鶯鶯仿若身化輕蝶，於清風中起舞玲瓏，於花影中追香翻躚，每一個舉手投足都牽扯著元稹倚窗橫笛凝視的目光，在萬籟俱寂的天地中悠揚逐出一串無邪的歡笑。卻可憐，只一個回眸，一切虛幻便都鑴入遙遠的天際，他依舊寂寞如煙地端坐在靖安坊老宅的書房裡，獨自一人默默舐舐著心傷，她也依然獨坐如蓮，於梨花深院撫著一曲亙古的傷離別。此時此刻，憂愁的塵埃阻隔了他的雙眼，心和蘆花一起揚入碧空，他只想放飛浪漫的青鳥，在下一個豔陽的寒光裡，真摯地向她輕敘坦白的情愫和誠摯的思悟。可是，沒有取到功名的他還能如願娶回中意的美嬌娘嗎？

門「嘎吱」一聲響了。鄭氏舉著燭火輕輕踱了進來。

「我就知道你還沒睡。」鄭氏把燭火放在案上，抬眼看他糾結得化不開的愁眉，拿來披風披到他身上，嘆口氣說，「不是為娘的心狠，執意不肯成全你和崔家的小姐。只是，你已經二十好幾的人了，如果再取不到功名，叫你爹在九泉之下如何能夠安心？」

元稹怔怔盯了鄭氏一眼，想說什麼，卻又忍住沒說。

「娘知道你心裡有委屈，也知道不該和你二哥一起把你鎖在家裡逼著你溫習功課。」鄭氏坐到元稹對面，就著昏黃的燭火望著他潸然的淚眼，「你和你二姐都是性情中人，只要愛上了便不管不顧，縱使飛蛾撲火也全然無視。可你和仰娟不一樣，她是女孩子，而你卻肩負了重振元家的重任，娘

4. 悵望關東

不能眼睜睜看著你為了一個女人棄功名於不顧的。只要娘還活著一天，娘就要管你一天，就要把你培養成你爹心裡期盼的那種能夠光宗耀祖的人。娘為這一天已經等了十多年了，娘絕不會看著任何人阻礙你上進的！」

「鶯鶯沒有阻礙我上進！」元稹目光憂鬱地盯著鄭氏，「我愛她，她也愛我，您不能拆散我們！」

「愛？」鄭氏冷笑著，「你別跟我說什麼愛情！愛情能光宗耀祖？愛情能當飯吃，能當衣穿？」

「我們是真心相愛的！您拆散我們，您就是劊子手！」

「可你這是在自掘墳墓！」鄭氏瞪著他厲聲指斥說，「瞧瞧，為了崔家的女兒，你都變成什麼樣了？打小娘和你姐夫是怎麼教導你的，是教你長大了對娘出言不遜的嗎？難道我們娘幾個在鳳翔寄人籬下的日子你都忘記了嗎？不要功名利祿，你就想要愛情是嗎？告訴你，你一天取不到功名，娘就不可能讓你和崔家的小姐再見上面！」

「娘！」

「若再不收拾起你那副小兒女的扭怩情態，以後就別再叫我娘！」鄭氏緊蹙著眉頭立起身，「二十好幾的人了，也該知道好歹了！娘這麼做是為了你好，娘不想再看著你們哥幾個依舊過著從前那樣吃了上頓沒下頓的日子，你明白嗎？」

「可我現在的俸祿已夠養活自己了！」元稹囁嚅著嘴唇，「我想我也有能力養活鶯鶯的！」

「你現在心裡就只有鶯鶯了，是嗎？」鄭氏痛心疾首地瞪著他，「枉我含辛茹苦把你養到二十幾歲，你心裡還有我這個娘嗎？為了鶯鶯，你什麼都可以放棄了是嗎？那好，今天娘只要你一句話，只要你敢當著祖宗的靈位說你不想再做元家的子孫，你再去找鶯鶯還是燕燕，娘絕不攔你一步！」

203

「娘！」元稹徹底敗在了鄭氏手裡，他撲通一聲跪倒在鄭氏面前哽咽乞求說，「功名功名，為什麼你們每個人都逼著我取功名？要光宗耀祖，不是還有三哥嗎？為什麼偏偏不肯放過我？為什麼？」

「因為⋯⋯」鄭氏忍不住抽泣著，「因為娘對你寄予了太多的希望。你二哥年事已高，你三哥雖然跟你年紀彷彿，但論才學、論天姿他都及不上你，娘心裡有數，元家要重振門風也只能依靠了你，可你⋯⋯你卻偏偏傷娘的心，不讓娘有一天安生⋯⋯」

「娘！」元稹心痛莫名，「可我跟鶯鶯相愛，跟考取功名有什麼關係？您要我繼續讀書，我就繼續讀書好了，為什麼非要拆散我們？難道沒了鶯鶯，孩兒就能考中功名了不成？」

「兒啊，你好糊塗啊！知道你為什麼落榜嗎？」鄭氏語重心長地盯著他，「你十五歲就登第明經，怎麼會過不了吏部科試？還不是因為你成天沉湎於兒女私情，才釀下這枚苦果！若是娘還讓你繼續和崔家小姐來往，我看你這輩子也別想再考取什麼功名了！」

「不⋯⋯不會的！娘，我求您，只要您肯成全我和鶯鶯，我發誓，我一定好好讀書，一定在家認真備考，來年的吏部試孩兒一定能考中的！」

「那就等你考中了再說！」

「娘⋯⋯」

元稹望著鄭氏遠去的背影，重重跌坐在了地上。母親為了養育他們哥幾個付出了畢生的心血，他實在無法忤逆她的心意。看來不考取吏部試的功名，鄭氏是再也不會讓他跟鶯鶯謀面了的，可自去年離開蒲州回長安參加考試，與鶯鶯已經相別了半年有餘，而來年冬天的吏部試距今尚有一年多的時日，所有的日子都加起來將是漫長的三年。三年，就算他等得起，鶯鶯又如何能熬得起？

寫給她的信一封接著又一封，不知為什麼她連一個字也沒回。是她沒

有收到信,還是她心生幽怨,故意不再理他睬他,抑或是二哥、三哥幫著母親私下扣留了他的信件?鶯鶯,桃花謝了又開,開了又謝,可妳是否知道,有一雙眼睛始終注視著那片殷紅的花瓣,是否知道,有一顆心始終在替妳默默祝福?我想妳,真的想妳,可我無力抵抗,母親和二哥、三哥把我軟禁在了長安城,我縱使插上翅膀也飛不到妳的梨花深院,可是妳要相信我,我從來都沒想要辜負妳,更沒想要拋棄妳,只是,只是我真的無能為力,就連寫給妳的信都無法引起妳的共鳴,妳又可否告訴我,到底,我要怎麼做,才能讓妳心生喜悅,才能讓妳蹙起的眉頭舒展開來?

孤燈寒衾下,元稹細數著和鶯鶯曾經擁有的每一份美好,經霜沐雨後才更明白情到深處四個字的含義。鶯鶯,我是迫不得已的,可妳要相信,對妳的思念,已成為被鎖在靖安坊裡的我最大的精神動力,對妳的愛戀,也早已鐫刻成我心底唯一的安慰。可是,為何,為何妳那如花的笑靨,卻總不能為我停駐片刻,總要讓我在不真實的夢境中才得以相見;為何妳我千年前的蒹葭之約,僅用一把落花,便已幡白了我的一腔離愁?明明知曉,這一切的一切只不過是一場水月鏡花的魅惑,夢醒時,「空」才是唯一的結局,卻又為何,飲盡一壺濁酒,卻醉不出過盡千帆的哀傷?

我知道,妳此刻正「簾卷西風,人比黃花瘦」;我知道,妳此刻正「酒入愁腸,化作相思淚」,我知道,妳此刻正「欲寄彩箋兼尺素,天長水闊知何處」;更知道,妳我那遙遙無期的團聚,便是妳眼底最溫馨的守候。此時此刻,我多想披著一襲月色,在西廂外籍草而坐,桃花作盞,高敬愛情的金觴,斟滿一杯杯泛著陳香的釵盟鈿誓,道一句:為君沉醉又何妨?卻又怕,夢殘酒醒時更是斷人腸。

鶯鶯,我的愛。

元稹匍匐在窗前,回頭望向自己青澀的過往,一滴相思之淚黯然垂落。

鶯鶯,請不要為我哭泣。

我的靈魂這一生都將屬於妳，哪管天崩地裂，哪管冬雷震震夏雨雪，這顆心也不會再託付給除妳之外的任何女子。

　　鶯鶯，請妳相信我。

　　想起妳，我便會向著茫茫人海、遼闊的蒼穹、皎潔的明月，還有那夜色中的萬家燈火，為妳禱告，求神賜予妳歡樂，讓妳永遠做初見時那個山花般爛漫純樸的女子，即便在夢裡，在來生來世擦身而過之際，我也要在一瞥間的片刻裡記住妳的笑顏，妳的輕靈。可是現在，我沒辦法看到妳，沒辦法擁著妳嬌柔的身軀，把那萬千情話細細傾訴，既如是，就讓這長安城內細細的雨絲，扣著我思慕的詩章，翩躚成動人的蝴蝶，飛進妳燈火闌珊的夢裡，沁著瓣瓣心香，訴說我對妳的一曲相思吧！

每書題作上都字，

悵望關東無限情。

寂寞此心新雨後，

槐花高樹晚蟬聲。

——〈封書〉

　　一首〈封書〉，寄託了元稹對鶯鶯不盡的相思。

　　「每書題作上都字，悵望關東無限情。」那些個日夜，他總是默默挑亮罩紗的青燈，獨自坐在沉香雕鏤的西窗下，在素白的紙箋上，畫一座五顏六色的城池，寫一季姹紫嫣紅的花開，為她書盡平生相思意。凝眸，閒愁早已飄落了的眉間心上纏繞了經年的往事，於風中瞬間驚起曾經許下的誓約，然而，歸期終是無望，唯有舉頭悵望關東，默默思念那寄居蒲州古寺的紅顏，任眼中唯一的身影，在心底緩緩烙成深刻的印記。

　　他知道，在那場由他自己編織了無數回的繽紛的夢裡，最美的遇就是再次邂逅到顧盼生輝的她。夢中，她給了他一份明媚，給了他一份怡悅，

4. 悵望關東

於是，那一刻，他獨自拈著一朵山花站在她經過的路口，歡喜無限地笑了起來。望著她遠去的方向，他輕輕斂起所有的癡愣與煩悶，心花便簌簌地綻放起來，開得恣意蓬勃，開得明媚歡快，開得如火如荼，開得妖嬈爛漫。已經很久都沒有像現在這麼輕鬆歡快了，如是，就讓她屹立於群山之巔，以一朵山花的指引，以一抹從容的微笑，來度他一世的紅塵清歡吧。

「寂寞此心新雨後，槐花高樹晚蟬聲。」細雨霏霏後，他踏著深淺的步履，行走於殘紅寂寥的阡陌上，一路採擷下一顰一蹙的落寞，本以為能夠解下九曲連環的憂傷，卻不知思念成疾更是無從說起，剎那的工夫便又染了滿身的愁緒。

妳看，槐花開，槐花落，塵緣難盡，這一路走來，唯有亦步亦趨，才可以尋見想要的嫵媚，卻依然無法躲過一行行的煙花斷句，怎不叫人柔腸百轉？晚風過處，幽幽閉上雙眼，他在自己營造的夢幻般的氛圍中，刻意打撈起一地落英繽紛，再次沉入往日的夢景，將她的名字含在口中，小心翼翼地念了一遍又一遍。

他又看到了她。斑駁的青石小巷裡，杏花微雨中，她微笑著執一柄碎花油紙傘，娉婷著款款向他走來，那一瞬，傘外輕寒漫漫，傘內柔情無限，只一眼，便醉了他的天荒地老。他什麼也沒說，只是望著她輕輕地嘆息，雖然總是難以聚首，心心相印的深情卻也勝過朝朝暮暮的陪伴，眼裡便多了一份含愁的笑意。可是，流年似水，她真的會在寂寞的守候裡癡等自己三年嗎？

他搖首無語。也許，地老天荒只是一個望不穿的詞眼罷了，怕只怕，到頭來，只餘瘦卻的燈花，伴他孑然的寂影，直至生命的盡頭。如果是這樣，他活著又有什麼意義？回首，書案上，筆墨依舊，詩箋依舊，思念她的心情也依舊，只是，他這一片永不落山的癡情，她到底又懂了幾分明白了幾分？

知不知道，想她時，他只能揀著一地破碎的落英，看煙水流逝，聽蟬聲一片，嗅清香流韻，任十指輕叩，在寂寞中吹出一笛幽婉，在悲傷中彈出一廂悲涼？知不知道，想她時，他只能獨影西窗，將重門掩閉，於低首凝眸間，為她舞盡文墨，消盡愁腸？知不知道，想她時，他只能坐起三更，一橫，一豎，一撇，一捺，在平仄的墨跡中，字字愁生，題不盡相思依舊，任漫天紛飛的細雨都化作相思的淚滴，心卻被離愁染得更加寂寞？

或許，這就是他的命，就是他愛上她必須付出的代價，但他無怨無悔，即便為她赴湯蹈火、魂飛魄散，甚至永世不得超生，他也心甘情願。

……

兩年後。西元803年春，經過將近兩年時間的準備，已於802年冬再次參加吏部科試的元稹，終於考中「書判拔萃科」第四等，完成了鄭氏多年的夙願。而就在他帶著愉悅的心情前往崔家探望鶯鶯，欲以表哥的身分求見一面時，鶯鶯卻因為怨他一年半前和〈菊花詩〉一同寄來的訣別信而忍心賦詩一首加以拒絕：

自從消瘦減容光，

萬轉千回懶下床。

不為旁人羞不起，

為郎憔悴卻羞郎。

元稹求見未果，悵然若失，只好打道回府，卻又心懷不甘。這個時候，鶯鶯又作五絕一首，令紅娘轉交於他，以示永訣：

棄置今何道，

當時且自親。

還將舊來意，

憐取眼前人。

鶯鶯的這首訣別詩，字字句句，哀怨之情溢於言表，既表達了她對他的不滿，也封死了他們所有的退路。自此，鶯鶯徹底退出了元稹的情感世界，曾經戲水的普救寺後園、攜手的月榭、纏綿的皮影戲、拈花的十指，都未曾挽回這段紅塵之愛。鶯鶯春心已死，她苦苦盼，含淚等，整整三個春秋，等來的只是一紙訣別，而非他回眸的眼波，甚至連她後來捎給他的那封情意綿綿的長信，也被他無情奚落，於和她離別一年有餘後就被他鋪陳渲染成一篇〈鶯鶯傳〉，成為崔夫人怒斥她不知羞恥的依據。

她並不知道，他寫下那封訣別信完全是因為母親的逼迫，是一時糊塗所致，更不知道那年他寫〈鶯鶯傳〉只因難忍相思之苦，只想用文字來溫暖著她，呵護著她，想念著她，銘記著她。他知道，縱然當時纏綿悱惻，縱然當時誓言堅貞不渝，卻都抵不過指間的光陰，終究會一寸寸流走，一寸寸枯竭，所以他怕，怕在這錦瑟年華裡，那些人那些事，會在時光的流轉中漸行漸遠，到最後只剩下一個模糊的印記，所以他必須為她做點什麼。

只是，她不知道，他寫她，從未想過要拿出去炫耀賣弄所謂的才華，卻不曾想被和他一起備考的仕子李紳偶然發現，才輾轉流傳了出去。可這又是他的過錯嗎？

他想向鶯鶯解釋，可她無論如何也不肯聽。她選擇了忘記，選擇了迴避，因她不想再為他痛，再為他傷。過去的就讓它過去吧，她將滿紙怨女的思緒摺好，不再看他，不再念他，這輩子，她只願枕著幽遠的琴聲作一場綺麗清夢，醉於大唐，永不醒來。

第 5 卷　夜夜箏聲怨隔牆

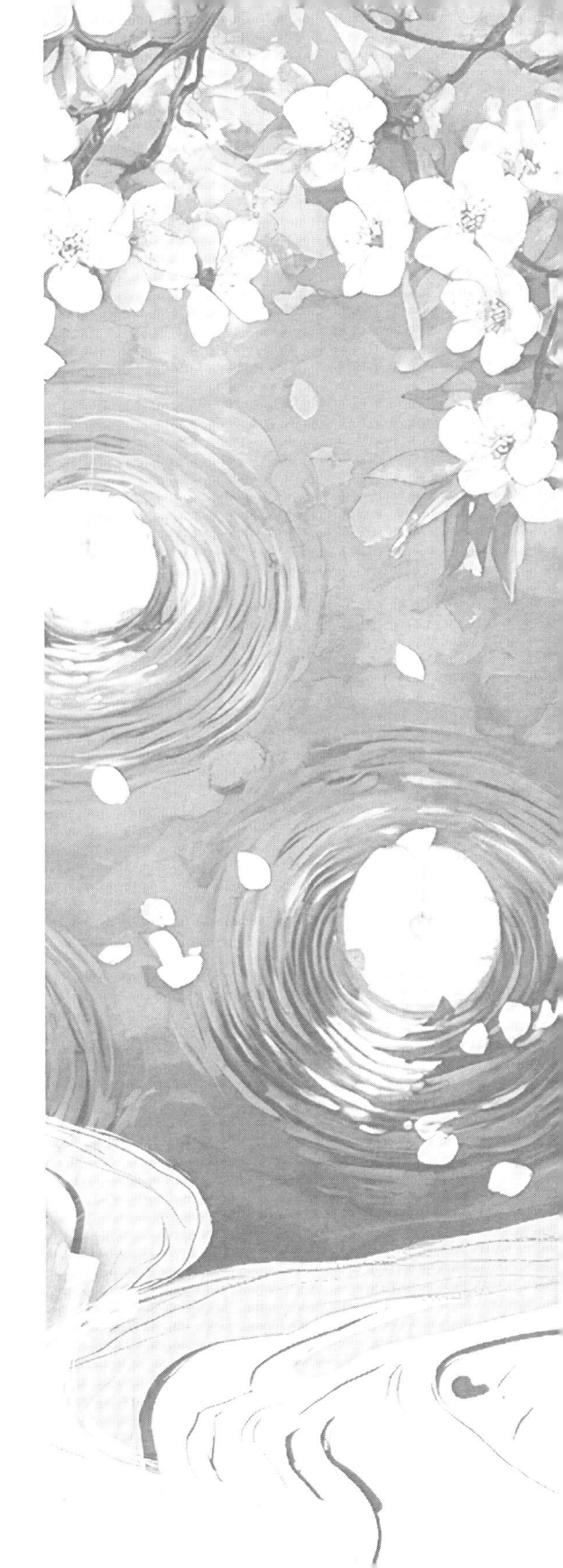

第 6 卷
公子文衣護錦輿

紫垣驄騎入華居，
公子文衣護錦輿。
眠閣書生復何事，
也騎羸馬從尚書。

1. 韋家有女初長成

　　你和她相遇，或許是一頁不可拂逆的心動寫成的華章。就是這樣遇上，隨風，隨緣。那明眸似水、長歌對月的女子，用足夠的耐心，在繁花似錦的樹下踮起腳尖，把早已剪下的一縷春光，輕輕綴上你的青衫，而那一抹矜持的嬌羞，恰恰印證了她所有的心動與歡喜，都只為等你的到來。

　　千年之前，她含笑為你飲下一盅情的蠱毒，任由愛意瀰漫成掌心裡次第綻放的傾城；千年之後，你用平仄斷章反覆丈量著你們的距離，奈何最終的結局卻是花落無聲，咫尺天涯。如若可以，她想在姹紫嫣紅開遍的季節，攜手與你共賞陌上繁花；如若可以，她想在疏雨搖碎黃梅之時，與你共聽雕木窗外瓊花飛落的聲音；如若可以，她願把你和她的故事一一記在眉眼中，於流轉的波光中渲染出一抹絕豔，輕輕印在四季的紙張上，漚成一幅六朝的古畫。只是，她今世的心願你又珍重了幾許？

　　清風輕拂，一季香盡，那些縹緲的思緒輕易便把她的良辰美景吹亂，於是，只好俯伏在深閨裡揀拾一些繁花似錦的片段寄給你，然後便守著一窗搖曳的燈火，靜靜地懷想你溫婉的容顏，把所有的無奈與不捨都飲酒吞下。那被風吹走的絲絲牽掛，會不會墜落在你思春的枕畔？那個夢中的你，會不會被她遠眺的一聲嘆息驚擾？凝眸，一泓春水逐波流，不知道潤染了多少盈袖的夜色，又瘦了多少眉間的思念，只是，那潺潺流動的聲響裡，哪一聲才是他對你的深情回應？

　　落剪的心事，穿雲破月，從來都只為你而生，然而，她的相思她的癡情，你又可曾有過點滴的感應？每一張溫柔的剪紙圖案，每一份寂寞的守侯，甚或是每一聲心痛的低喚，都浸著滿紙的盛世繁華在搖曳的燭火中搖晃，讓她每一次念起的時候，都會不由自主地沉淪，總也無法自拔。燈影斜斜，遠古的幽香瀰漫了整個閨閣，而她依然在剪紙窗花裡想你，想彎了

1. 韋家有女初長成

上弦，想瘦了下弦，無怨無悔，無欲無求。

原以為，在很久以前，你決絕轉身的背影就已帶走了她所有的感知；卻不料，兜兜轉轉後，舉首低眉間看到的依然全是你的身影，而那些關於你和她初見曲江畔時的情節，亦依舊在風輕雲淡的故意遺忘裡不斷糾纏著。該如何，該如何才不再去想你？她不知道，亦不願就此把你埋葬在想念之外，於是，只得一再拿起手中的剪刀，任它在思念裡流轉著陌上的繁花三千，任它在指間迷幻成你溫文爾雅的容顏，然後，在隔紙的燭影中，把你默默藏在無悔的執著裡，任紙香四散的溫暖，開出永遠不謝的姿勢。

愛你，就要用心去體會，所以，每每剪出你的身影，哪怕明知那近在咫尺的距離事實上卻是隔了千山萬水的迢遙，她也要擁著一身的落寞，輕輕伸過手去觸控，然而，那終歸只是一抹空洞的虛幻，指尖留連纏繞的那一剎，浮影便即逃離，那一份心痛的愉悅也只是滿足了一份虛榮的期待，傾覆的卻是久久揮之不去的惆悵。她的剪紙綴在了五月的繡樓上，遠眺的目光望斷了你遙遠的窗櫺，卻望不見你徘徊的身影，只是聽到思念的風聲把離歌的舊譜翻成了新闋，卻不意，回首之間早已是曲終人散，空餘一地悽楚。嘆，春光已逝，人亦走遠，還有誰，仍會記得在那時那地，她隔著花舫對你抱彈一脈悽婉的弦，獨自在柳絲低垂的風中輕唱一曲霓裳羽衣的韻？

昨宵依舊昨宵，今夕還是今夕。亙古的靜謐中，她伸手挑亮燈影，藉著那一縷清風，拂去歲月銅鏡的浮塵，才看清自己蒼白的容顏，只是他又如何才能憐取她這片春心暗許？輕輕，推開軒窗，望向那一輪如水的明月，破碎的心情輕輕落至寂寞的枝頭，卻是再也揀拾不起。依舊端坐在孤寂的燈前，把他的名字唸了一遍又一遍，依舊張開十指，百無聊賴地採集著荒蕪的夜色，任手中的窗花，在空曠遼遠的天地間遍尋溫暖的春情，一些曾經剪了無數回也剪不出的圖案，竟都在今宵一併從容剪出。

看不到你的身影，聽不到你的話語，她只能輕輕地嘆息，卻原來，相遇的片刻時光竟占據了你們流連過的所有空間。她唯有沉醉於夢幻中才能傾聽到你的聲音，才能欣賞到你甜美的笑容，才能在斑斕的世界裡收集到關於你點點滴滴的消息。也許哪怕只有片刻的遲疑，你便會在她的幻想裡宛若流星般剎那劃過，美麗，卻又短暫，只留給她錯染紅塵的魂牽夢繞。抑或許，對她來說，今生最幸福的瞬間只是那夢幻中的一剎那，她對你的全部思念也便在那一瞬間，被一根剪不斷、理還亂的絲線死死拴住並打成死結。

　　情意蕭索，嘗盡世間苦楚，可她依舊無悔。深閨裡，寂寞如何，錯又如何？她仍執著地剪著窗花，執著地守候著自己的期待，執著地糾纏於自己的思念，無奈卻也無怨。意念中堆砌出的所有相見的場景，都浸染著心裡的每一寸空間，等待中，她緊蹙的雙眉一如小小的窗扉緊掩，又如小小的寂寞的邊城緊閉，阻住了群鶯亂飛，阻住了雜草蔓延，阻住了柳絮東風，卻阻不住對你熱烈而又無果的渴慕。一種無法歸抵的離人情懷，注定只能在煙雨濛濛的月下長安漂泊流浪，而她的鄉原又在何處，是在你的心上嗎？

　　風起，燭動，雲湧，明月弄銀輝，冷風梟人意。對你的相思不能忘，日復一日，憑添著她亙古不滅的憂傷。聽著時光像流水一樣，在夜深人靜的時分穿過她瘦了的指縫，卻驚覺，離你，竟已是如此的遙遠，就連手中的剪紙也逐漸失去了溫暖的顏色。「今夜夢中無覓處，漫徘徊，寒侵被，尚未知」，這樣的夜，瀰漫著淺淺的傷，暗影不斷在眼前過往，她亦終於在這幕塵緣上領悟到一些無法言喻的感傷是與生俱來的讖，也明白了深陷或是沉淪，或許本身就是她的宿命。

　　她就那樣無可救藥地愛上了你，亦如你當年初見鶯鶯，愛得忘我，愛得憂傷，愛得悽苦。

1. 韋家有女初長成

她叫韋叢，字茂之。可你更喜歡她的小字 —— 蕙叢。

那年，你和詩友李紳共遊曲江。那時你剛剛獲悉吏部試落榜，心情正是最低落的時候。你靜坐在繁華的紅塵裡看時光流轉，卻不知從何處傳來一陣空靈的琵琶聲，瞬間穿越落日餘暉的天空，緩緩流淌，一直流淌到你心裡，輕得像一根羽毛，撫弄著你受傷的心靈。

她就坐在江畔的花舫裡，抱著琵琶彈一曲〈霓裳羽衣曲〉。那是你熟悉的曲子，鶯鶯曾經彈給你過。她隔著珠簾望向你，眉眼間，點點滴滴，都藏著對你的渴慕與崇拜。你只是靜靜駐立在橋頭，靜靜聽她彈奏，並不曾想要去驚動她、打擾她。你在她的曲聲裡盡情想著鶯鶯，回味她的一舉一動，滿心的失落，卻也帶了滿心的歡喜。

鶯鶯。你又輕輕念她的名字。既然無法共她纏綿，就祈禱上天讓你和她在這柳絮飄飛的日影下，在這婉轉的琵琶聲裡，於彼此的心底，烙下你們永恆的心音吧。你倚在柳樹下書寫著思念的心情，春的韻律在你身畔緩緩流淌，輕輕地，狠狠地，搖曳著婉轉空靈的琵琶聲，叩擊著你相思的心扉。那絲絃間的每一縷柔腸百轉，是否鶯鶯在夜間的淺吟低唱？此時此刻的她，是否正伴著守候的節奏，獨舞在杏花叢中，而那春風可否吻去她腮邊的淒涼與落寞？

琵琶聲聲，你突然感到有鶯鶯盈盈到來的氣息，正溫柔地、瘋狂地，穿越傾城的柳色，輕輕抵達你微醺的夢裡。不經意間，清風吹落了你頭頂的花瓣，一片片，輕舞著滑落衣袂的陽光，悄然墜落在心間，迅速雕刻成婉轉的詩韻，佇立在你寬闊的肩頭。此刻，你只想輕輕划一葉小舟，悄悄駛進她溫柔的港灣，在她多情的目光裡盡情綻放，再次給她終身的許諾，明媚她憂傷的眉眼。

花香縷縷，那支古老的曲調震顫著你的心靈，卻也蔓延著你周身的惆悵。你再也無法克制心中的熱情，忽地邁開腳步，回眸，四處追尋鶯鶯的

身影。四目相對，你看到的卻是她溫馨的眼眸，她也看見你的憂傷在她溫馨的眸底流轉、沉澱。

她不是你的鶯鶯。可你卻恍惚記得在哪裡曾經見過她。不是今生，便是前世。你看她，她也望你，目不轉睛，巧笑倩兮。她在對你笑，你心頭忽地一顫，還沒等你轉過身來，卻早被一襲白衣飄飄的李紳拽著衣角，輕輕將你拉上了她的花舫。

隔著珠簾，你也能依稀感受到她的美麗。她籠了一彎如煙的眉眼，就那樣沉靜地看著你，一句話也沒有，而你卻不知，只為這一眼的遇見，癡情的少女卻認定三生石上早已將你們的名字刻在了一起，從此後，她等你，她盼你，日日夜夜，夜夜日日，只為伴你走過這孤寂紅塵。

「蕙叢！」李紳歡快地叫著她的字，早有侍婢挑起珠簾，對著他道個萬福，將他們引入艙中。

「公垂兄……」元稹顯得有些忐忑不安，目光卻失魂落魄地打量著嬌俏柔弱的她。不是鶯鶯。他輕輕搖搖頭，在心底深深地嘆，不是。真的不是。

「微之，還不見過蕙叢小姐？」李紳呵呵笑著，指著元稹向她介紹說，「這位就是大名鼎鼎的元微之，比部郎中元秬的弟弟。」

「原來你就是寫〈鶯鶯傳〉的元相公！」她連忙起身，把琵琶遞給身邊侍候著的婢女，對著元稹作了一揖，「小女這廂有禮了。」

「不敢不敢！」元稹連忙給她回禮，「小姐的琵琶彈得真好，不知師從何家？」

她抿嘴一笑：「蕙叢自幼隨家父四處宦遊，哪有工夫認真練琵琶，只是跟著家裡的歌舞伎後面胡亂學了些，彈得不好，還請元相公見諒。」

「說半天，還沒給你介紹蕙叢呢。」李紳滿面春風地盯著元稹說，「我跟你說過的韋公韋大人還記得吧？」

1. 韋家有女初長成

「韋大人？公垂兄是說你在江南時結識的韋夏卿韋大人嗎？」

「正是。」李紳笑著，「蕙叢便是韋公最小的女兒，也是韋公最疼愛的女兒。」

「原來是韋府小姐，元某今日真是唐突得厲害。」元稹又忙不迭地給她作揖，「失敬之處，還望小姐包涵。」

「哪裡話？」韋叢輕輕笑著，「能把元相公請上花舫來，是蕙叢三生有幸。早就聽說元相公一表人材、才高八斗，今日一見，果然名不虛傳。」

你們就這樣互相稱讚著，毫不吝惜世間最優美的詞句。她的平易近人令你很是賞識，只這一次會面，她在你心裡便留下非常美好的印象。身為豪門宦女，韋叢身上一點也沒有那些大小姐慣有的壞習氣，相反，你倒覺得在某種程度上，她竟然比鶯鶯還更好相處。從李紳嘴裡，你知道她今年剛剛十七歲。十七歲，你和鶯鶯西廂私會時，她也是這個年紀，如花的年歲。你不知道自己為什麼會在心底不斷拿她和鶯鶯做對比，卻被她舉手投足間流露出的種種優雅氣質深深折服。

可你並沒有愛上她。你心裡想的只有你的鶯鶯，以至於她跟你說話，有好幾次，你都心不在焉。你並不知道，就因為你的心不在焉，卻深深傷害了一個如花似玉般的青春少女。她是那樣的仰慕你，那樣的崇拜你，幾乎只是一眼，便無法克制地愛上了你，並在心底許諾此生此世非你莫嫁，可你對她的無視卻刺痛了她的自尊，讓她好一陣子都緩不過來。

花舫一別，你再也沒見過她。雖然她託李紳帶來她新剪的窗花送你，可你卻只是輕描淡寫地一笑，將窗花輕輕扔在書案邊，便不再多說什麼。李紳知道你心裡還無法忘記鶯鶯，只好去韋府見她，勸她死了這條心。可她偏偏不，她是個一旦愛上就不可能退縮的女子，她讓李紳帶信給你，今生今世，她韋叢非你不嫁，哪怕老死深閨，也絕不輕易將這顆芳心許了別人。

為你，她寧願永遠都活在記憶裡，對她而言，有著你音容笑貌的回憶，便是一朵開得絢美的花，而她便是那簇永不凋零的花中露水。既然無法得到你的心，她便要一輩子都枕著記憶的碎片，於寂寥的夜裡不斷翻剪窗花，即使冗長，即使悲涼，即使心痛，但也自有一份淡定的驚豔之美。

　　淚，已然阻擋在她濃濃的思念裡。驀然回首，執著的感情只留下燈下孤獨的背影，於深夜裡獨坐窗下剪紙，黯然神傷。她蹲在窗花的漩渦裡，苦苦憶著你的容顏，憶著你的言語，憶著你的每一舉手、每一投足。你是那樣英俊，那樣倜儻，而她是那樣溫柔，那樣美貌，哪怕愛得粉身碎骨，她也要繼續堅持。

　　她想找個好好愛她的人，這麼多年，她一直在找。曲江畔的初見，終於讓她把夢中那人朦朧的身影逐漸看得清楚，不是別人，就是你，就是元稹。只能是那個寫出〈鶯鶯傳〉的元稹。世間痴情男子有誰能像元微之那樣把愛情愛得那樣極致？世間又有哪個女子能配擁有元微之那般極致的付出？鶯鶯嗎？也許是，但她絕不是唯一。她相信，她比鶯鶯更適合你，可你會在乎她嗎？她搖著頭，任淚水模糊視線，點點滴滴都在她手底的剪紙上流淌，元郎啊元郎，你為什麼這般狠心？為什麼你肯替鶯鶯傷心煩惱，卻不肯為我稍作停留？無論如何，論家世，論才情，論美貌，自己都不比鶯鶯差，為什麼就不能得到你一絲一毫的垂憐？哪怕只是一句無關風月的問候也是好的啊！

　　風已過，夢成空。她知道，這一生，或許自己真要老死深閨，只能孤單挺過每一個飄雨的黑夜，在萬籟俱寂的憂傷裡看變異的天空，將一腔的濃情蜜意定格在守望的瞬間，可她仍然不甘心，不認命，仍然還在固執地等待著奇蹟的降臨。

　　「蕙叢，妳應該學會忘記。」她還記得，那天李紳來府上見她勸她的話語。李紳總像一個親切的大哥哥，無論何時何地，只要她需要，他總會第

1. 韋家有女初長成

一時間出現在她面前，和她一起分享所有的快樂與不快。可她知道，那不是她要的愛情，她只是把她當成自己的兄長，若是心裡有他，早在江南的時候她便嫁了。

「元微之不適合妳。」李紳臉上掠過淡淡的憂愁，輕輕踱到窗邊，默默推敲著要對她說的每一個字的措辭。他就是這樣，總是生怕自己說錯了話，傷了她敏感的心。

「那誰適合我？」韋叢瞪大了眼睛，「你嗎？」

「蕙叢……」李紳震驚地望著她，「妳知道，我不是這個意思。」

「可是我心裡只有他，今生今世，除了元微之，我誰也不嫁！」

她便是這般固執。李紳知道，有些事情是說不清道不明的。或許這就是他們的緣分，為了這份緣，他願意再幫她試一試，只要她幸福，他就會高興。可是，他試了又試，探了又探，才發現，元稹心裡根本就沒有韋叢，可這叫他如何對她說得出口？

韋叢等啊等，盼啊盼，等得時空被凍結，等得韶華遠去。昔日的聲音，昔日的容顏，昔日的往事，都如窗外零落的月色，遙遠得讓人恍若隔世，只留下一聲仰天長嘆，幽幽落寞深遠。難道自己愛錯了嗎？她一剪一剪，剪著窗花，剪著自己憂傷的心緒，淚水猶如湧泉，心痛莫名。為什麼他不愛我？佛說，十年修得同船渡，百年修得共枕眠。難道她和他的前世便只修了十年？張開十指，她抓不到任何契機，只能任滿腹的惆悵在風中獨自幽幽地綻放，輕嘆造化竟是如此弄人。

窗外，遙遠的鈴聲輕顫，在天邊渺茫地響起，再沉落……抬起頭，仰望蒼穹，她忍不住追問自己，那可是奈何橋上，亡魂不捨晝夜的歌聲？聽說，奈何橋上，一個叫孟婆的女人會端起一碗忘情水，叫路過黃泉形形色色的來者將它喝下。喝下去，便會忘了前生所有的眷戀和痛苦，孟婆一個一個勸說著。不喝下，你們怎能忘記過去的傷痛？那些過客有的表情木

然，有的掙獰，有的恐懼，半推半就，顫顫微微，任憑前生再怎麼深戀，卻終究無人逃得過這場涅槃……

不！我不要！她望著漆黑一片的天空，心陡地沉了下去。有朝一日，自己也走上那條黃泉路的時候，她絕不願意喝下孟婆手裡那碗忘情水！她「撲通」一聲關緊窗戶，面色蠟黃，案上的窗花散得到處都是，可她還沒有收場的心事。剪，剪，剪，她剪得心靜如鏡，心沉如石。她不要喝忘情水，她不要忘記元微之，哪怕永遠無法超生，她也不要碰那碗讓她徹底忘了他的水。剪，剪，剪，她要剪出曇花，剪出那初見的剎那美麗，儘管短暫，在她心底卻是永恆；剪，剪，剪，她要剪出他的樣子，剪出她初見他的模樣，雖隔得遙遠，在她眼裡卻仍是清晰；剪，剪，剪，她要剪出一個新嫁娘，那是她自己的模樣，穿著紅綢衣，頂著紅蓋頭，踏著紅繡鞋，坐上紅花轎，剪出她一生一世的美滿幸福。即使寂寞了香鉤半卷的流蘇紗帳，即使望穿了雲屏酣臥的錦繡鴛鴦，即使看落了春柳春花畫滿樓，她依然執意，要用剪紙為自己做一襲嫁衣。

伶仃長夜，聞雨聽風，入耳盡是滴滴細密的哀愁。她試圖將心底搜摘的所有斑駁傷痕，都剪入窗花，然而，剪起紙落時，卻再也記不起當初的心動。闌珊處，究竟是誰與誰最初的相逢和最終的別離皆在掌中演繹？她搖搖頭，任一疊疊的剪紙掩了掌中的紋路，任一張張的窗花烙在窗欞間，訴說她的柔腸百轉，依舊以守侯之姿望穿秦時明月，撫過六朝花影，於漢時城關固執地尋覓著他的一縷蹤影。

可是她找不到。那為了鶯鶯孤衾難眠的痴情人究竟藏身何處？是剪紙裡一刀一刀的間隙裡，還是花影深處的庭院內？執剪之間，前塵往事皆散若雲煙，無言又襲重樓，瞬間便冷了她的眉梢。她還是找不到他。所以，她只能繼續剪。剪出了大紅喜字，剪出了雙棲雙宿，剪出了梅花三弄，剪出了四喜臨門，剪出了五子登科，剪出了夫妻雙雙把家還，也剪破了她柔

嫩的指尖。

一股錐心刺骨的痛在她心底流轉、蔓延。望著指尖殷紅的鮮血，她愣是忍住沒掉下一滴眼淚。如果那個男人對自己付出的一切毫不在意，即使自己為他死了又將如何？面對他的冷漠，她無計可施。或許，她只能將對他的濃情蜜意，一刀一刀，付諸剪下這一幅幅的剪紙嫁衣，任離愁成為一箋無字的錦，染灰曾經五彩斑斕的夢幻，才能不再那麼疼，那麼痛……

2. 良時婚娶

西元803年春。元稹終於考中吏部書判拔萃科。靖安坊元氏老宅裡鞭炮齊鳴，全家人都沉浸在喜悅的氛圍中，從鄭氏到元秬夫婦，再到後輩子姪們，沒一人臉上不溢著歡欣的笑容，可唯獨元稹例外，誰都可以清楚地發現他那張沒有任何表情的臉上寫著的卻是無盡的冷淡與落寞，似乎這一切都與他完全無關。

喧靜不由居遠近，

大都車馬就權門。

野人住處無名利，

草滿空階樹滿園。

——〈靖安窮居〉

他默默踱回書房，伏案疾書，心底裏挾的唯有惆悵和失落的情懷。失去了鶯鶯，功名利祿對他來說算得了什麼？所有的快樂都是別人的，而他在這繁華盛世裡，也只不過相識了一場寂寞而已。從此，庭院深深裡看日沉月升、花落花開，他只能守在自己無法排遣的惆悵裡，望斷故樓，蘸滿指的天青色，寫下比黃花還瘦的纖字，然後，獨自流連於花間，在古書長

賦中朝拜一個人的地老天荒。

　　閉上雙眼，在沉思中懷想前塵往事，屬於他和鶯鶯的故事已然隨風離散，空餘的不捨則迤迤成了一泓水墨，在心底緩緩漫成一簾輕夢。此刻，關於她，關於想念，都已沉溺成一城的劫，而他，卻早已躺在城中在劫難逃。只是不知，那似水流年中，究竟能有多少相遇最終會被演繹成亙古的天長地久，怕只怕，所有的美好到了最後都只是集聚在指尖的一抹憂傷，怎不惹人唏噓傷懷？

　　疏煙淡月的日子，擲筆長嘆，是誰的笑顏，埋首在一首首古樂府裡獨自憔悴，又是誰的溫柔，在深皺了、微鎖的眉間輕舞飛揚？等待的故事中，她成了他詩箋裡吟哦的唯一主題，在這一季已經走失了太多的筆墨，卻不知還要寫下多少深情，才能贖回她的真心。上一季遺落下的病因，都在情深不悔的字裡行間紛飛成一場悽美的夭折，而他依然微蹙著眉頭繞過漫天飛舞的凌亂，不肯面對她的歸去，彷彿只要自己不接受，不承認，她便永遠都守在他的身邊。多少回晨鐘暮鼓中，他都忐忑著目送飛鴻一去杳杳，卻又不敢問，不敢說，只怕一開言就坐實了自己的自欺欺人，於是，只好在心裡千百回地盤問自己，到底，她何日才能重回他的懷抱，再給他一份明媚溫婉的笑容？

　　猶記那年冬月，他騎馬而來，輕輕叩擊普救寺緊閉的大門，隔著一泓似水的眸光，與她剎那相望，只那一瞬，便明了，那一襲素衣梨花已然輕輕叩開他久閉的心門。朦朧月色下，記得她曾說要和他攜手共遊無邊風月，要和他執手同行海角天涯，而今話語未涼，佳人已漸行漸遠，任所有纏綿都零落成一地癡纏破碎的故事，怎不讓他惆悵莫名？那迴盪的馬蹄聲近了又遠，遠了又近，比曾經更虛幻，比後來更縹緲，所有的妊紫嫣紅都幻化成落英繽紛的夢境，任他一次又一次站到傾城的淚水裡，看她決然的背影，別上一朵水湄的花，飄過長安，繞過曲江，穿過朱雀大街的輪迴，

但憑記憶餘下一季的縈香，於瞬間落滿他沾滿輕愁的衣襟。

窗外桃花開盡，卻綻不出深鎖眉頭的情思。筆蘸著花紅，也臨摹不出春的別緻風情，只有一紙幽怨，傾瀉於筆端，糾結成一首〈靖安窮居〉，憂傷也跟著漸次分明。廳堂裡笑聲如潮，元氏老宅難得碰上這樣的喜事，鄭氏和二兄自然不會放過這揚眉吐氣的機會，慶功宴也水道渠成地辦得熱熱鬧鬧，把能請來的，甚至幾十年都不走動了的親友都請了來，看誰還能在背後對著他們孤兒寡母指指點點地說閒話？

可元稹不管這些，他壓根就沒心思跟那些認識的、不認識的親眷們寒暄，考上考不上都是他自己的事情，跟他們又有什麼相干？鄭氏和二兄到底明不明白，他心裡最想的是什麼？把鶯鶯娶回來才是他心底最大的願望啊！可是鶯鶯已經明確拒絕了他，紅娘告訴他，崔夫人已把鶯鶯許配給了鄭府的少爺鄭恆，一個她從來都沒見過的男人。鶯鶯真的會愛上他嗎？他搖著頭，不會的，鶯鶯不會，鶯鶯把一生的愛都給了他，又怎會愛上別的男人呢？

她說過，她要做他元微之的妻子。她說過，她盼他騎著高頭大馬，抬著大花轎，吹吹打打地把她迎進靖安坊老宅，可如今為什麼只留他一人孤寂地感受著今宵的離愁別緒，只任他輕揮衣袖，卻揮不去今生最痛的牽掛？鶯鶯，遇見妳時，是飛墨情長，一紙的盈盈笑意；別離，卻又是一闋古樂府詩的幽幽哀傷，到底，要我怎麼做，妳才肯回心轉意，才肯心甘情願地披著鳳冠霞帔嫁到元家來？難道，妳真忍心看我為妳憔悴為妳傷，把對妳的相思一而再、再而三地寫進惆悵的詩賦裡，日夜念著人隔天涯的痛，迷醉不再醒來？

「小九！」大姐采薇踩著細碎的步伐，推開虛掩的房門走了進來。

「大姐！」元稹偷偷擦去眼角的淚花，藏起剛剛寫好的詩箋，請大姐在他對面坐下。

「大家都在找你，說要讓你出去敬酒。」大姐采薇望著他微微笑著，目光裡含著無限的愛憐與疼惜。

「我不去！」元積努了努嘴，盡量讓自己紊亂的情緒平復下來，可說出來的話仍然冰涼得擲地有聲。

采薇默默心驚：「怎麼了，小九？你臉色不太好。」

「可能是夜裡沒睡好吧！」元積輕描淡寫地回答。

「你騙不了大姐。」采薇輕輕嘆著，「眼圈還紅紅的，又哭過了是吧？」

「大姐……」

「我都聽娘說了，是為了崔家表妹，對嗎？」

「……」

「你們有緣無份，還是不要去想了。」采薇緊緊握住元積的手，「你長大了，再也不是當年那個在鳳翔，跟在表哥們屁股後邊到處瘋玩的小孩子了，很多事情，都由不得你再任性下去了。」

「大姐……」

「她已經許了人家，除非男方退婚，否則你和她永遠都不可能走到一塊。」

「退婚？」他目光裡透出一絲亮光。

「快別傻了。退婚對一個未出閣的女子意味著什麼，你不會不知道吧？」采薇輕輕捏著他的手背，「聽大姐的話，從今往後，努力把崔家表妹從心裡抹去，抹得不留一絲痕跡，即使抹不了，也要把她深埋在心底，這樣才不會傷害到她，也不會傷害到你自己，明白嗎？」

「可是……」

「可是她已經快作他人婦了，所有的痴心也都只能成為妄想。如果你真愛她，就應該祝福她，替她高興，不是嗎？」

2. 良時婚娶

「我……」

「大姐和娘會替你物色一門更好的親事。」采薇仍然面帶笑意,「我弟弟長得一表人材,又才高八斗,還怕找不到比崔家表妹更般配你的好姑娘?」

「大姐……」他眼裡早已忍不住又含了一汪晶瑩的淚水,「我和鶯鶯,妳不明白的。」

「大姐明白。」采薇替他拭去眼角的淚花,「大姐什麼都明白。可是你這樣堅持,又會有什麼好結果?到最後只會傷人傷己,既然你那麼愛她,就要事事都替她著想,不讓她受到一點一滴的傷害,是不是?」

「她根本就不愛什麼鄭家的少爺!她心裡愛的人是我,她嫁到鄭家根本不可能得到幸福!」

「人是會變的。」采薇語重心長地勸他,「誰的心腸都不是鐵石做的,如果鄭家少爺對她好,她自然會對他付出所有的真心,又怎會得不到幸福呢?好了,小九,我真的替你擔心,你的心思越來越跟仰娟一樣,只是這樣不好,仰娟害了自己,也傷了娘的心,難道你還想讓娘再為我們傷透一次心嗎?」

「可有誰能說二姐不是幸福的呢?」他突地瞪大眼睛,振振有詞地說,「二姐心裡有情,縱使一輩子都不快樂,我想她也未必沒體會過幸福!妳不知道,每次她看到那個爬上牆頭的少年時,心裡是多麼高興,那份幸福的感覺是你們所有人都無法感悟的!」

「小九!」采薇蹭地站起身來,目光哀怨地盯著他,「可是仰娟已經死了!她死了,死在了她的死心眼上,你明不明白?」

「可她永遠活在我心裡!鶯鶯也和二姐一樣,她們都永遠活在我心裡!」

「那韋小姐呢?韋小姐等了你三年,對她,你心裡難道都沒有一點點

的愧疚？」

「不要跟我提韋小姐！」

「韋小姐才貌雙全，更是豪門千金，她哪點配不上你這個沒落的寒門士子？」采薇恨鐵不成鋼地睞著他，「你已經二十四歲了，該知道好歹了，世上還有哪個女子能像韋小姐這樣始終如一地默默等著你，卻連一句怨言也沒有？」

「愛情是不能勉強的，我根本就不愛她。強扭的瓜不甜，如果非要把我和她綁在一起，她也不會得到幸福的！」

「你知道真正的幸福是什麼嗎？是相敬如賓，是舉案齊眉。像韋小姐這樣知書達禮的女孩，你打著燈籠也尋不著，何況韋家還是長安城裡最煊赫的士族，人家能看上你就是抬舉你，只怕是三輩子也修不來的好姻緣呢！」

「大姐，我求妳，不要再說了，好嗎？」

「大姐是為你好。和韋家攀上親戚，對你只有百利而無一害，韋小姐對你又痴心如許，為什麼你就不能為自己，也為元家的將來好好考慮一次呢？」

「為元家？」元積冷冷笑著，「原來你們還是為了元家！為了元家，我已經失去今生的最愛，難道這還不夠，還非得要我娶一個根本就不可能愛上的女人回來嗎？」

「小九……」

「不要跟他多費唇舌了！」一臉冷毅的鄭氏踱了進來，一把拉過采薇，目光如炬地盯著痛心疾首的元積，「好，我不逼你，我們都不再逼你，過了今天，你想怎麼著就怎麼著，娘再也不會對你的事情指手劃腳，你要娶誰就娶誰，你想愛誰便愛誰，元家也再沒有你這個子孫了！」

2. 良時婚娶

「娘……你苦何這麼逼孩兒？」元稹淚如雨下，「為了完成您的心願，我已經錯過了鶯鶯，難道非要看著兒子終身都不快樂，您才高興才知足嗎？」

「小九！」采薇示意他不要再說下去。

「讓他說！你讓他說！」

「我這輩子只愛鶯鶯一人！除了鶯鶯，我誰也不娶，誰也不愛！」元稹撲倒於地，「你們讓我求取功名，我就求取功名，除了讓我娶韋叢，我什麼都聽你們的！便是讓我死了，也絕不敢有半句怨言。」

鶯鶯就要嫁作鄭門婦，元稹的心徹底死了。誰也取代不了鶯鶯在他心目中的位置，哪怕是京城最有權勢的韋夏卿的女兒。愛便是愛，不愛便是不愛。今生今世，韋叢的情意，他也只能辜負到底了。

他並不知道，鄭氏已經背著自己去韋家向韋大人求親了。京兆尹韋夏卿是個和藹而又慈祥的老人，在他眼裡，完全視名利為糞土，也沒有森嚴的等級觀念，他看重的只是人才，所以在江南遊宦之際便傾心交結才華橫溢的李紳，想將其收為東床快婿。無奈郎有情妾無意，自小嬌生慣養的小女兒韋叢儘管溫良賢淑，唯獨婚事卻要自己做主，輕易不肯俯就，為此身為父親的韋夏卿愁了又愁，嘆了又嘆，卻又無可奈何，只能由著女兒，眼看著她一年一年蹉跎了過去。

三年了。女兒暗戀上那個出身寒門的元微之已經整整三個年頭。從十七歲，到二十歲。二十歲，早已是個不尷不尬的年紀，好在女兒生得如花似玉，前來上門求親的宦門後生多得不可勝數，但韋夏卿心底仍惆悵得了不得。要是在平常人家，二十歲的女兒早就生下外孫了，可韋叢卻還待字閨中，莫非她真的要為了元微之矢志終身不嫁嗎？

日日夜夜，韋叢仍然端坐燈下，不停地剪著窗花。剪出了嫁衣，剪出了娃娃的衣衫，也剪傷了她一縷芳懷。到底，要怎樣，才能讓元微之像愛上鶯鶯那樣在乎上自己？〈鶯鶯傳〉裡說鶯鶯長袖擅舞，是否當自己水袖

輕揚的剎那，天邊就會傳來鴻雁聲聲？藍田之畔、曲水之濱，是否只要把此岸彼岸等待的夢剪成一片，就可以在他們之間鋪設出一條柳暗花明的小徑？她惆悵著，那個在詩裡說要和鶯鶯一起地老天荒的男子，卻始終走不進她的影子裡，那扇總也關不上的雕花繡窗，也只能伴著她長久地期盼⋯⋯

等啊盼啊，本以為她的痴情會打動那鐵石心腸的人，可偏偏等來的卻是四面楚歌。自始至終，她都只是獨自一人站在窗花下幽幽地悵望，任寂寞的輕風，從指尖一疊一疊地穿過，看它們悄然吹落手邊一張又一張的殘紙舊花，卻不知道該如何改變這尷尬的僵局。一切的一切都與他無關，他什麼都不知道，也無意知道，甚至對她所有的舉動都漠不關心，難道，這一生她便要帶著這一份無助又無奈的心緒，走向寂寂的永恆嗎？

「蕙叢！」韋夏卿不知什麼時候從外面踱了進來，端正地坐在案邊看她手起剪落，又剪出一幅大紅了喜字來。

「爹！」韋叢有些驚慌地瞥著韋夏卿，連忙搶過他手裡的喜字，嬌嗔著說，「您什麼時候來的，怎麼也不敲門就進來了？」

「爹敲了，可妳聽不見啊！」韋夏卿望著女兒充滿愛憐地說，「妳心裡只有妳的剪紙，只有妳的窗花，哪裡還有爹的位置？」

「爹！」

韋夏卿又從案邊揀起一張大紅嫁衣剪紙，認真翻看著：「不錯，妳剪紙的手藝是越來越好了。只是，這大紅的嫁衣要披在我女兒身上該有多好。」

「爹！」

「二十一歲了，不小了。」韋夏卿嘆著，「妳娘過世得早，這些年爹對妳關心也不夠，可不管怎麼說，女兒大了終歸是要出嫁的，妳要總待字閨中，又如何能讓妳九泉之下的娘安心？」

2. 良時婚娶

　　韋叢默不作聲，依舊一剪一剪，剪著她的窗花，一個男人的身影已經初具雛形。

　　「妳手裡剪的什麼？」

　　「啊？」韋叢低眼一瞥，居然又是元稹的身影，心裡陡地一驚，迅速將人影撕成一團，扔到案下的廢紙簍裡。

　　「妳該出嫁了。」

　　「我還小呢。」

　　「都老姑娘了。要不是妳爹現在有權有勢，看還能有誰會要妳？」

　　「不要拉倒，誰稀罕？」

　　「妳不稀罕，有人稀罕。」

　　「您可千萬別再提起李公垂，我說過，他是女兒的兄長，這一輩子都是。」

　　「要是元微之呢？」

　　「爹！」

　　「今天元家來人到府上提親了。」

　　「什麼？」韋叢瞪圓眼睛，「元家？哪個元家？」

　　「除了元微之家，還能有哪個元家？」

　　這不是在做夢吧？韋叢不敢相信父親的話。等了三年，剪了三年他的身影，卻連他一次的回眸也沒能等來，怎麼就突然來提親了呢？

　　「那我也不稀罕。」她低頭撫弄著剪好的窗花，一張一張地看著。

　　「言不由衷。」韋夏卿盯著她，「就妳那點心思，還能瞞得過爹嗎？」

　　「爹……」

　　「妳要不願意，爹就派人回絕了他們，也省得他們癩蛤蟆想吃天鵝肉。」

「爹……」

「不願意了吧？我就知道，妳這心裡滿滿裝著的都只有元微之一個人，把爹的位置都給擠沒了。好了，元家已經把元稹的八字送過來了，明天我就打發泰娘，把妳的八字給元家送過去，妳就在家等著當新嫁娘吧。」

這是真的嗎？韋叢懵了。元微之真的來韋府求親了？她等了三年，終於讓她等來那一天了嗎？窗外月華如水，窗內疏簾半卷，有夜風輕輕吹過。輕寒的風，帶著花兒細碎的芬芳，漸次在此刻的心海間氤氳、瀰漫，她緊蹙的眉頭下終於溢起了愜意的微笑。

她哭了。被繼母段氏和韋府侍姬泰娘扶上花轎時，她痛快地哭了一場。說不清是離別的憂傷，還是得償夙願的喜悅。大街小巷，四處都在流傳著剛被朝廷授為校書郎的低階官吏元稹與韋門千金喜結連理的佳話，可又誰知道她為了這天整整等了三年？從春到夏，從秋到冬，等落了桃花，等熄了燈花，等瘦了黃花，等落了月亮，然而這一切都是值得的，因為今天她穿上了大紅的嫁衣，蓋上了大紅的蓋頭，她終於明正言順地成為了他元稹的妻子，從此之後，再也不用夜夜臨窗眺望，渴望再次相見的感動；再也不用一個人獨坐在水之湄，靜守著窗前的一輪舊時明月，渴望月圓之夜的團圓；再也不用於孤寂的夜色中，凝望蒹葭蒼蒼的彼岸，渴望他清秀雋永的身姿踩一葉蓮舟翩然而來。從此後，她只要做他傍水而居的賢惠妻子，紅塵為紙，情為剪，只用指尖細細撫摩他輕歌漫舞的思緒，為他剪一出永恆的相思。

可是，可是他，真的已愛上自己了嗎？拜過了堂，頂著大紅蓋頭，她被送入滿目花燭的洞房，他卻遲遲沒掀她的蓋頭，房內房外，萬籟俱靜。她等，已經等了三年，還怕等不過這一時半刻？她沒想到，元微之會讓她等到日上三竿，讓她等了整整一個晚上，人生最好的時光就這樣被他的無情蹉跎了過去，可她不怨，她自己掀了蓋頭，望著身旁淚眼模糊的他，緊

2. 良時婚娶

緊握住了他的手,只還給他一個淺淺淡淡的微笑。

她開始梳妝。坐在窗前低眉頷首,在日影裡凝眸微笑,無語嫣然,所有的心情都在柔嫩的指尖下綻放出絢美的花來。她不該有怨的。等了他這麼久,能被他用花轎抬進元氏老宅,她已心滿意足,以後的以後,她便要收斂起大小姐的虛榮,認真伴著他度日,給他幸福,給他快樂。

元稹喝了酒,眉眼間帶了稍許醉意。望著窗前梳妝的新嫁娘,他心底湧起無限惆悵。為什麼不是鶯鶯?說好了要等他騎著高頭大馬去迎娶她的,為什麼又要反悔?鶯鶯,妳忘了自己說過的話嗎?妳說,妳想做一朵遺落在野外的小花,天天守在路口盼著我的腳步輕輕踏來,伴妳一縷幽香漫漫瀰散,那時我便是世上最幸福的人,妳便是世上最幸福的花兒,可妳為什麼說話不算數了?妳走了,我也做了別人的夫婿,可我心裡惦念的都還是妳,沒了妳,縱使偎著美嬌顏,我也不可能再是世上那個最幸福的人了!元稹潸然淚下,如果妳不能成為我手裡芬芳的花,那就讓我做妳髮間的那朵花,讓我永遠都綻放在妳身邊吧!

凝眸,元稹看到的不是鶯鶯,而是梳妝後楚楚動人的韋叢。一縷烏黑的髮絲隨風輕揚,輕輕吹動起窗外的煙霧,瞬間便在她臉上綻開了如花的笑靨。他沒想到韋叢居然生得如此美麗,一襲紅衣的她宛如一抹嫋娜的紅霧瀰漫在窗下,從頭到腳都輾轉著一世柔情,尤其是那雙會說話的眼睛,半睜半瞇間,靈動著羞澀的情愫,顧盼之間,在他眼裡卻留下一抹恍若隔世的輕柔的笑。

她望著他笑,笑而不語。她伸手從窗外高出人一頭的花叢中,摘下一朵開得正豔的玫瑰,任它悄然爬上自己的髮梢,望著他,欲言又止,眉目含情,和著金燦燦的日光,從窗櫺緩緩流淌進他的眼簾。他忽地對她生出一些怯怯的喜歡來,淺淺的,淡淡的,說不上來由,於半醉半醒之間,只想伸手截一縷燦爛的陽光給她,所以他也望著她,勉強讓嘴角擠出一絲笑意來。

「好看嗎?」她突然嬌笑著朝他身邊走來,指著鬢間簪著的花問他。

「好看。」他輕輕點點頭,臉上的憂愁卻沒有掃去。

「今天,是我們大喜的日子。」她在他身邊坐下,輕輕努了努嘴,忽地把手遞到他手邊,凝眸望著他喃喃低語,「我希望你能高興些。如果這樁婚事真讓你這般痛苦的話,我心裡也會很難過的。」

「不……對不起……」他不敢看她的眼,只是輕輕撫著她溫潤的手背,「韋小姐,我……」

「叫我蕙叢。」她含著愁淺淺地笑,「我知道,你還沒準備好。可是,我們還有時間可以等待,我相信,我一定能成為你的好妻子。」

「蕙……蕙叢……我……對……不……」

「不要說對不起,是我心甘情願。」

「我,真的不想這樣。」元稹搖著頭,痛苦莫名地說,「洞房花燭夜,我居然讓妳一個人……我不是個好丈夫,妳罵我,妳打我吧!」

「你是個好丈夫,我相信你一定會成為一個好丈夫。」韋叢緊緊抓著他的手,「我知道,你是用情至深的男子,這也是我鐵了心非你不嫁的原因。只是我們錯過了相遇的最好季節,但這一切不都是可以彌補的嗎?」

「蕙叢!」他轉過臉,緊緊盯著韋叢善解人意的眸,一股深深的自責由內而外地噴湧而出,「可是,我怕,我怕永遠都不能成為妳想像中的好丈夫。」

「我有信心。」她把他的手抓得更緊,把頭輕輕偎到他懷裡,「從今往後,我們就是夫妻了,我相信你,你能為鶯鶯寫出〈鶯鶯傳〉那樣感人肺腑的文章,以後也一定能為我寫出更加感人的詩章。」

「妳,真的──不怨我?」

韋叢搖搖頭:「愛一個人,就要愛他的全部。你和鶯鶯的事,是我初

遇你之前就知道的，又怎會心生怨念？你對她痴情，更說明你是個對感情認真負責的好男人，能嫁給你這樣的好男人，我高興還來不及呢。」

「蕙叢！」元稹也緊緊握了她的手，將她輕輕摟進懷抱。他知道，鶯鶯已成過去，無論如何，都不能再傷害這個已經成為他妻子的女人，更何況她還是這樣知書達禮、溫柔賢淑。

微風將她的髮絲吹起，輕輕拂在他的臉上。他在心底輕輕念她的名字──蕙叢，從此後，他將永遠記著這個名字，任她在自己的世界裡翱翔，不離不分。

3. 入華居

從西安到洛陽，我踩著繽紛的秋花一路搖擺而來。不過去得有些不是時候，早已錯過了牡丹的花期，心裡還是有些隱隱的失落。

一個人，走在黃昏的微雨裡，想著心事，想著唐朝的你，風也輕柔，雨也輕盈，那些淡遠的思念，便沉醉在雨和風合成的一章散韻裡，無從掌握，也無從拾取，只是淡淡地凝在指尖，彷彿一個不經意便會煙消雲散，飄逝無蹤。

大唐的菊花、古劍、美玉，還有盛滿葡萄美酒的夜光杯，早就被西洋的咖啡泡入喧囂的庭院，但我總覺得有些什麼是屬於前生的記憶，比如我對你始終抱守的惦念。為了一次傾心的相逢，我不知道曾在佛前求了多久，又許下了多少的願，我求佛賜我們一段緣，能讓我們穿越時空的阻隔，在風輕雲淡的陌上邂逅，一起品茗飲酒，一起吟詩作對，一起擊鼓傳花，為此，我寧願化身秋水之湄為你守望的荻花，在痴痴的等待裡將思念根植成籬，無怨無悔。

風，吹不散亙古的長恨；花，染不透成災的思念；雪，映不出絕代的紅顏；月，圓不了廝守的芬夢……唯願今宵釀下的一盅瓊漿，能夠穿越前世相遇的迴廊，在風中撫一曲千年的霓裳，引蝶翼般美麗的嚮往，擷我滿懷的相思，凝成殷殷紅豆，託原上的明月清風相送至大唐，送到你錦繡文章的手邊。於是，再一個月圓時分，你便來了，邁著從容淡定的步履，挾著一縷牡丹的幽雅，迢迢地涉水而來，以悄然頷首的微笑，扣響我人跡罕至的心扉，任霓虹閃耀，任歌舞昇平。

　　那年秋天，你伴著改任東都留守的岳丈韋夏卿，牽著嬌妻韋叢的手，坐著馬車一起東下洛陽，沐浴著清風，綻盡了紅顏笑靨。今昔，我亦乘著長風徜徉於古老的天津橋畔，卻只為了曾經為之迷醉的一個古老傳說，關於你的傳說。

　　因為那個傳說，我便固執地相信，塵世間起起落落的緣份，就是一朵花與一隻蝴蝶的輪迴，於是我只想傾盡一生的柔情來珍愛你，將前世錯飛的心蝶，握取為今生手邊的那一簇淡菊，從此與你做伴紅塵，朝朝暮暮地讀你，讀你成明媚春陽的溫暖，讀你成如水月光的飄逸，讀你成婉約宋詞的韻致，讀你成蒹葭詩經的深沉古意。

　　紫垣騶騎入華居，

　　公子文衣護錦輿。

　　眠閣書生復何事，

　　也騎羸馬從尚書。

——〈陪韋尚書歸履信宅因贈韋氏兄弟〉

　　成為韋夏卿的女婿，是多少仕子夢寐以求的事情，而你卻是如此幸運，竟然毫不費力就娶到了韋府最美豔的女兒。這段婚姻不僅給了你世間最賢淑的妻子，更帶給你無限風光，讓你成為所有人眼中豔羨的焦點，於

3. 入華居

是你憂鬱的眉角終於在韋府煊赫不可一世的繁華中，綻開了會心的笑意，並在筆端化成這首〈陪韋尚書歸履信宅因贈韋氏兄弟〉。「眠閣書生復何事，也騎羸馬從尚書。」字裡行間，無不透著你的得意，你的自豪，和無與倫比的優越感。

微風起於青萍之末，山又青了，樹又綠了，菊花正當時，而我，也便醉了，醉在你前世相熟的眼波中，醉在你每一聲輕柔的呼喚裡。洛陽城下，一個名不見經傳的小旅館裡，我已習慣了點燃一盞精緻的香薰小爐，於每一個靜夜聆聽你的心語，習慣了於每一個無人的角落，在潔白的紙頁上寫滿你的詩句，塗鴉無數含笑的眼，訴說我無盡的崇敬和歡喜。

「紫垣驂騎入華居，公子文衣護錦輿。」我站在古老的城牆根下，揣測著當年韋府建於東都履信坊的豪宅究竟是怎樣的排場，怎樣的氣象萬千，又掩藏了多少榮華富貴，多少紅粉佳事，卻又於滿園的菊花叢中，忍不住再一次地想你。

想你的感覺，心輕盈得彷彿一片沾染了快樂的羽毛，每一次的顫動裡都浸潤著你的呼吸。「悠悠脈脈隨風至，翩然飄落舞紅塵」。風起花醉，有香絮片片飛落。瞬間的眩惑，宛若天籟之音款款奏起，而我，卻已分不清眼前舞動的，究是透明的蝶翅，還是如仙的霓虹彩翼？更莫辨是如絲的細雨在為飄飄的落花吟唱千年的情話，還是這輕盈的落花早已化身為呢喃著美麗誓言的細雨！

這一刻，我多想執起你才華橫溢的手啊！又多想，舞清風盈袖，弄花香滿衣，只共你在紫陌紅塵間青梅煮酒論詩豪！如果你願意，我要借你胸中萬千詩意去書寫我的性情人生，可是，你願意嗎，又捨得嗎？花香襲人，我呆呆立在原地，凝神於風過處，遙望你我之間無人可知的距離，輕輕撫著肩頭那猶自沉醉的，滿是飄紅的痕跡。我搖搖頭，輕輕地嘆，我和你縱使沒有隔著千山萬水，也隔著一座時光的高山啊，所以我只能輕輕伸

出手掌，為你收藏起那份永恆的美麗，再微笑著對自己說，花開是美，花落亦是美，又何必只執著於一種結局？

　　殘紅猶解相思意，你那麼一個冰清玉潔的聰慧人，自然能夠領悟我對你的傾慕與崇敬，所以你我之間，即便不言不語，也可以做到彼此心領神會。恍惚中，我彷彿看到你穿過如水流逝的光陰，踏著一片白雲飄忽而至，以一種從容不迫的姿態望著我，淺淺淡淡地笑，並指著我肩頭的落花，溫情脈脈地喃喃低語著什麼。我也望著你笑，既然你我是如此的心有靈犀，那麼，就讓我拾幾片落花為茗，掬素手為盞，溫繞指的柔情成水，為你沏一壺清醇香洌的茶吧！

　　還有她。你望著我，認真地指著身後一襲綠裳的她。是韋叢。只一眼，我便知道她是韋叢，你的嬌妻。她風情萬種地望著你，柔情似水地望著你，滿心滿眼裡都傾瀉著對你無盡纏綿的愛意。你也望著她，千憐萬愛地望著她，只這一眼，便成了你和她心靈之約的觸點，定格了她指尖傾訴愛的羅盤，脈脈的，她便在心靈深處許下了對你永不悔改的諾言：今生今世，她都將永遠守護在你的身邊。

　　我看得出，韋叢的美對你來說就是一叢牡丹的世界。那是一縷花的清香，那是一張花的笑靨。可當這花兒在你的世界裡慢慢褪去它的濃豔淳美時，你的臉龐也就失去了起初那份無瑕的笑，漸漸變得幽幽沉暗而晦澀起來。那樣的一張面龐裡積聚了你過多的寂寥與堅持，也積澱了你歲月裡過多的蒼然與沉鬱。終不知笑為何物，終不知山花般的美麗純樸是那幾世的夢裡光景，因你心裡還留有鶯鶯的影子，從來都不曾捨得將她從記憶裡劃去。只是，你已經很努力了，你不想讓韋叢看出你的三心二意，只能盡力討她歡心，人前人後，時刻保持著應有的體面和如沐春風般的笑容，但心裡畢竟還是裹了一份深深的惆悵。而她也都一直在你面前演戲，為了她心底守護的那份同樣癡絕的愛，她必須放下身上所有的驕矜，裝出什麼都不

3. 入華居

知道，毫不在意的樣子，要在歲月的流轉裡，慢慢將你蛻變成她想像中的最好的丈夫。

她生病了。你猶豫著，在她凌亂的髮間，曼妙地幻想著鶯鶯的容顏，激起心海波浪萬千。不，你不能。你盡力克制內心對鶯鶯的思念，一心一意侍候起韋叢。她為你付出了太多，為你，她把自己從一個千金小姐變成了職卑位低的校書郎的妻子；為你，她不顧你心裡藏了別的女人，卻始終對你保持著微笑，不妒忌，不無理取鬧，也從沒向你提過任何無理的要求，她總是在你端著一碗銀耳蓮子羹遞到她嘴邊時，望著你嫣然地笑，然後咬著銀勺吃一口，再反過來舀一勺遞到你嘴邊，直到看著你慢慢嚥下，她才帶著滿足的微笑沉沉睡去。

鶯鶯。你望著緩緩睡去的韋叢，心裡想念的還是那遠去的佳人。捧著鶯鶯過去寫給你的情詩，你仍然忠誠地篤信記憶中的美麗，遠遠超越著現實生活的平靜，仍然堅定地守候在有你有她的愛情裡。你在她不知道的地方等她，你在她不能出現的地方愛她，你想把這個埋藏在心底的諾言，完完整整地告訴她，只要她肯為他再次停留，你就一定會在那個地方等她。

可是這對韋叢公平嗎？你望著面色蒼白、默無一語的她，心猶如被刀割般疼痛難忍。已經傷透了鶯鶯的心，不能再讓無辜的蕙叢成為犧牲品了！可你又有什麼方法能讓自己愛上她呢？你囁嚅著嘴唇，輕輕撫著她的秀髮，到底，自己還有什麼不滿足的？蕙叢這麼好，這麼溫柔，這麼善良，難道就不能分出一點點愛意來撫慰她、愛慕她嗎？

你的指尖感到一抹微涼。是她的淚水。她偷偷抹去眼淚，輕輕轉過身，裝作沒事人似的對著你淺淺淡淡地笑，把心底所有的溫暖都轉到眼角眉梢，輕輕撫慰著你驚惶的心。

「蕙叢……」

「相公。」她坐起身，輕輕替你理了理皺了的衣袖，「你不用分分秒秒

地陪著我,想幹什麼就幹什麼去吧。」

「蕙叢⋯⋯」你撫著她哭過的眼眸,「妳⋯⋯哭了?」

「沒有。」她莞爾一笑,「剛剛做了個噩夢,夢到我娘了,沒想到真的哭出來了⋯⋯」

「真的夢到妳娘了?」

韋叢點點頭:「我娘去世得早,想起韋府今時的風光,就替我娘感到難過。要是她還在⋯⋯」

你一把將她擁入懷中:「別難過了,妳不是還有岳父大人,還有我嗎?」

「相公!」韋叢感到得涕淚交加,「我⋯⋯」

「妳正病著,還是躺下好好休息,我出去替幫妳熬藥,等妳醒了正好可以趁熱喝了。」

「讓膽娘去熬就行了。」她盯著你,感動得不知如何是好,「韋府人多嘴雜,讓別人看見了會說閒話的。」

「怕什麼?」你緊緊盯著她閃亮的眸,「我是妳相公,我替自己娘子熬藥,有什麼見不得人的?」

你憂愁的眉頭終於舒展開來,取而代之的是溫柔的笑靨,如同三月的春風吹拂在韋叢心頭,更讓她覺得嫁給你從來都不曾是個錯誤的選擇。

「這些瑣事還是讓膽娘去做吧。」韋叢柔情脈脈地望著你,「你好歹也是有功名在身的人,不可為了我壞了官場上的規矩。」

「哪有那麼多的規矩?」你在她額上輕輕吻一下,「難道有功名在身,就不能替自家娘子做些力所能及的事嗎?」

你終於還是起身出去,在走廊裡就著一盞精緻的銅爐,替韋叢親自熬起藥來。韋叢拗不過你,只好讓貼身侍婢膽娘過去幫你忙。你自幼讀書習文,這種平時女人們做的家務從來都沒沾過手,不是拿錯了罐子,便是加

進去的水不夠分量,或者加得太多,毛手毛腳的,看得一旁的膽娘直抿嘴偷笑。

「姑爺,哪有你這樣熬藥的?」膽娘最終還是忍不住笑出了聲來,「水太少了,照這個熬法,一會鍋都要乾了。」

「啊?」你忙不迭地舀起一碗水往藥罐裡倒去。不就是熬個藥嘛,有那麼困難嗎?

「不行不行!」膽娘立即制止住你,「倒半碗就夠了,水放得太多,藥性就沒了。」

你將信將疑地盯一眼膽娘,很聽話地把還剩下的半碗水擱到地上,搬來一張小凳偎坐在銅爐前,目不轉睛地盯著上面的陶製藥罐,就等著它開鍋了。

「還是讓膽娘在這看著吧。」膽娘伸手在裙角邊擦了擦,「往常這樣的事都是由奴婢來做的,外邊冷,姑爺您還是進屋吟詩作賦去吧。」

「不行,這是我第一次給妳家小姐熬藥,我不能半途而廢的。」

「小姐知道姑爺你有這份心意就夠了,何必把自己搞得這麼狼狽?」膽娘邊說邊伸手捏了捏鼻子,「你聞聞,這藥的味道很大,一會鍋開了,味道更大,會燻壞您的。」

「不怕。」你靜靜坐在板凳上,瞪大雙眼盯著爐上的藥罐,「妳家小姐喝這麼苦的藥都能受得了,我連聞聞都受不了嗎?」

「姑爺⋯⋯」

「妳是不是覺得我從小過慣了衣來伸手的生活,所以不可能做好這樣的事?」你抬頭,望著膽娘輕輕地笑,「妳可別小瞧了妳家姑爺。小時候,我什麼苦都吃過,熬個藥算得了什麼?」

「可姑爺畢竟是朝廷的命官,這些事本來就是我們下邊的奴婢來做的。」

膽娘噘著嘴,略帶了幼稚的口氣望著你笑。

「再大的官也得懂兒女情長是不是?」你心底突地湧起一份對韋叢的愧疚感,「妳家小姐等了我三年,可我什麼都沒替她做過,現在,我只想為她親手熬一碗藥,但願她喝了這藥,病馬上就能夠好起來,也不枉她對這些年對我的一份情意。」

膽娘聽了你的話,很是感動。「那姑爺會一輩子都替我家小姐熬藥嗎?」

你立即皺起眉頭:「呸呸呸!說什麼呢?妳家小姐喝完我熬的這碗藥,立刻就會藥到病除,以後都不會再生病了。」

膽娘立刻伸手打了自己一巴掌:「膽娘該死,膽娘一時嘴快,膽娘⋯⋯」

「好了,妳趕緊進屋看看小姐好些了沒有。」你一邊催促著膽娘,一邊揭開藥罐的蓋子,拿著象牙筷子按逆時針方向攪動著藥液,將對韋叢點點滴滴的關愛之情全部融進黑色的液體,在罐裡洶湧澎湃著翻滾、扭動、沸騰⋯⋯

韋叢喝了你熬的藥後,病情真的很快就有了好轉。你心裡的一塊石頭終於落了地,她滿眼柔情地望著你,親暱著喊你的名字,眼裡汪起一池秋水,數度哽咽不能成語。

「蕙叢⋯⋯」你望著她,擁著她溫暖的身子,忽然覺得一股從未體會過的情意在你和她之間輾轉留連。你有些忐忑,甚至不敢相信,難道,你和她之間有了那種生死與共的糾葛纏綿?曾經的曾經,你一直相信這種感覺只會在你和鶯鶯之間發生,可現在,在韋叢面前,你居然也有了這種久違的感覺,不由得不詫異起來。

「相公!」她把頭緊緊埋在你的懷裡,笑容和著淚水迷離了你的雙眼,也攪亂了你的心緒。怎麼會?你在心底質問著自己。你愛上了韋叢,還是根本就是對她的同情?你不知道,你現在還搞不清自己對韋叢的依戀到底

3. 入華居

是因為愛，還是因為愧疚，但你卻清楚地發現，此時此刻，在一個轉身的瞬間，在一個沒有停歇的片刻，你和鶯鶯曾經所有的過往都已煙消雲散，如同掛在晨曦裡的露珠，在陽光下消失得無影無蹤。你滿心念著的只有韋叢一人。

難道她才是你尋了幾千百世要尋的那個人？蕙叢。你慢慢閉上眼睛，急促地整理著混亂的思緒。一路上找尋鶯鶯的身影，連同幾個世紀的呼吸，都積在胸口，令你透不過氣來，可為什麼尋尋覓覓，覓到的卻是另一張如花的面孔？到底是怎麼回事？你心裡念念不忘的，和你糾纏了百千萬年的那個她，究竟是哪個她？鶯鶯，蕙叢？蕙叢，鶯鶯？如今城闕依舊，那年你在佛前許諾生生世世為侶的女子，究竟醉依在何處的鶯鶯燕燕之中？

不要想了。她已給了你最後的答案。在你悵望的片刻，她揭開纏繞的面紗，一朵笑靨便悠悠蕩漾開來，任傾城的容顏在履信坊韋府深院裡為你盛情綻放，所有的疑問亦都迎刃而解。她那微微的一笑，淺淺地划向你的心湖，幽幽地沁入你的心腑，詮釋著生命的輕靈，詮釋著生活的豁然，詮釋著人生的美好，如同一朵山花的豁朗挑開了你對於美，對於愛情的更深層次的解讀。只這一笑，你便明了，原來愛情便不是驚天動地、泣絕鬼神的驚豔，而是朝朝暮暮、舉案齊眉的溫情。這一切，也只有這個小字蕙叢的女子能帶給你了。

你睜開雙眸，任淚水恬淡了你心底所有的疑惑。痴痴望著她絕世的姿態，才明白何為魅惑，何為眷戀，只是這份遲到的愛卻讓你感到悵然，甚至不知道該如何是好。是你還沒準備好嗎？她仍然淺淺淡淡地望著你笑，卻於你不經意間，踮起腳尖，在你額角輕輕一吻，瞬間便美掉了你的靈魂。

原來相敬如賓才是你想要的愛情，想要的生活啊。流星再美也只是瞬間，夕陽無限好卻是近黃昏，鶯鶯早已遠去，現實的世界裡，唯有蕙叢刻在了你的永恆裡。儘管沒有妖嬈的色彩，沒有瑰麗的場景，然而，只要她

241

淺淺地一笑，再晦暗的天色也會剎那亮堂了你的視野。你知道，你這輩子都無法再與這個女人劃清界限。

你緊緊摟著她，跟她說對不起，跟她說你愛她，跟她說這輩子你們都不會分離，跟她說娶她是你幾輩子才修來的福分。然後輕輕攏著她拂上額頭的秀髮，送上去一個甜蜜的吻，告訴她，這輩子，只有她才是你最值得珍愛的女人，你會一直像呵護嬌嫩的花草那樣照顧著她的。

「微之⋯⋯」她在你懷裡輕輕呻吟，「你喜歡男孩還是女孩？」

「我⋯⋯」你望著她微紅的雙頰，生怕自己的唐突褻瀆了她的完美，卻又在心底感嘆著追問起那遙遠的回憶是否就是前世的禱告，你的今生莫非就是只為伊人而來？

她頭髮簾披，在你懷裡輾轉嬌籲，溫良的眉眼間憑添了一絲嫵媚。你深情地看著她，看著她幸福得發抖的眼睛，將她摟得更緊，更緊。

「你還沒說喜歡女孩還是男孩。」她輕輕咬著你的手臂。

「女孩。」

「為什麼是女孩？」

「因為女孩才能長得像妳一樣美麗，一樣溫柔賢淑。」

她輕輕笑著。纖秀的玉臂隱藏在紅綢衾被下，錦繡肚兜晃暈了凝滯的空氣，那一頷首的青澀，恰似荷花沾露時的嬌羞，就連綾羅帳外的蝴蝶，都被她的婉轉嫋娜迷醉了雙眼。你禁不住在心裡輕輕地嘆息，從來都沒像今天這般仔細欣賞過她的美豔風流，卻原來諸多的芳香中，你獨戀的竟是這一縷於濃郁中散發出的清淡，更是別有一番滋味在心頭。

你托起她的下巴，緊緊凝視著她柔情似水的眸，那一瞬，你告訴自己，如果還有來生，你還要娶她為妻。如果來生真的還可以相見，你希望是在草長鶯飛的三月，花稠雨潤的季節，那時，你會站在前世相約的花樹下，和

著杏花微雨的春光，淺淺地對著她笑，然後果斷地牽起她纖若柔荑的手，十指緊扣，入紅塵，只與她翰墨素箋寫透人間的歡娛，更飲盡世間的所有風花雪月。

4. 舞腰

　　從西元 803 年秋十月起，到次年正月二十五日起身回長安為止的這段日子裡，元稹一直在洛陽陪著嬌妻韋叢，在履信坊的韋府豪宅中度過。岳丈韋夏卿剛從京兆尹改任為東都留守兼東都畿汝防禦史，雖然治所從長安遷至了洛陽，但絲毫不影響權勢煊赫的韋氏一門在官場中的影響力，生活的奢華之處無不令自小受盡貧寒之苦的元稹側目。

　　元稹作為韋夏卿最寵愛的嬌婿是幸運的。因為他相貌出眾、才思敏捷，作為洛陽最高行政長官的韋夏卿便經常帶著他出入眾多高級社交場合，讓他結識了很多炙手可熱的達官貴人和名震朝野的文人墨客，其中就包括他終身的摯友白居易、李建等。透過和上層階級互動的各種社交活動，元稹不僅開闊了眼界，而且改變了內心深處積壓已久的自卑心理，更難能可貴的是，岳丈對其的欣賞也替他累積了豐厚的政治資本，名動江湖的「元才子」稱號也在這一時期迅速流傳開來。

　　整體而言，洛陽的生活對元稹來說是幸福得無以言述的。在這裡，他終於意識到和鶯鶯的那段感情已成為過去式，痛定思痛後，終於向妻子韋叢敞開了心扉，正式接納了她的愛情，並努力扮演著好丈夫的角色。

　　下雪了。洛陽城的第一場冬雪。

　　你──元稹，坐在窗前的書案下，看雪。窗外，是一片荒蕪的雪地。

　　雪花紛紛，落在你的額上、臉上，滋潤成水，又「哧」的一聲滑落到

雪地上，再也尋不見一絲痕跡。落雪無痕。你輕輕地嘆，雪中的人，也會是無痕的嗎？

雪越下越大，淹沒了你的記憶，全世界彷彿都在下雪，讓你無法呼吸，你就這樣無可抑止地再次陷入到那些久遠的記憶中去。

就是那一個飄雪的日子裡，你第一次遇到了她。你又想起了鶯鶯，無可救藥。

你一直記得那一剎那，那個素衣白裳的女子從雪地那邊盈盈地走過來，身後拖著一條淡淡的影子。

你轉過頭去，望著她，一望千年。

你總在幻想，耽於幻想。你這個孤獨的寂寞的人，你想著一個人，只是這樣一個人，她在這個世界上愛著你，只是愛著你。你這樣一個孤獨的人，不會去愛別人，當然也沒有人肯去愛你，那樣漂泊的道路，你始終堅持一個人走，你就是這樣，你總是這樣，雲影下的那條小路，隨便就那麼走下去，沒有方向，也沒有盡頭，只是這般的孤獨，這般的熱切。

你總是幻想著，在哪個街口，哪個碼頭，哪個明晃晃的水邊，哪個青石板鋪成的小巷子裡，會有那麼一個女子，只是那樣一個女子，高傲而孤獨，熱切而寂寞，你們同是那樣的孤獨，同是那樣的驕傲，於是便在孤獨中相戀，在驕傲中思念，你愛她，她也愛你，只是你不會說，她也不會言語，你們就這般相互欣賞著，相互依偎著。你們牽著彼此的手一起走過了天涯，走過了海角，走過了天高，走過了水長，再相逢，已是千年之後，那命運糾葛的輪迴，就像一張糾結的蛛網，布滿了你們未來的預言，只是你們卻又看不懂。

你們注定在這一世相愛，在下一世分開，在後一世錯過，再在另一世形同路人，以後的以後的以後，你們注定再也不會相逢，沒有你相伴的日

子裡，她會在一個又一個的寒夜裡，陷身於這個孤獨的城市中，為你哭泣，為你悲傷，而你，始終都會在漂泊的月光下思念著她，孤獨而熱切，日日夜夜，歲歲年年，永不停息。

　　為什麼？你還是無法將她的影子從腦海中完全抹去？不是已經在心裡發誓要一生一世都只愛著蕙叢，都只對她一個人好嗎？為什麼自己又背叛了自己？你抬起頭，望寂寂的流年牽纏她羞澀的嫵媚，純潔與簡單便成了世間一場偶然的相遇。她哭著伏在你的肩頭，呢喃著說這雪美得宛如一首憂傷的採蓮曲，宛如一顆破碎的心飄在泥濘的土地上無助地流淚，卻怎麼也無法撫慰靈魂深處的孤寂。你痴痴地望向她，她眼角的淚水恰恰漫過你指間枯萎的玫瑰，而那些瀰漫在窗前的心事，便在縈繞過千百年歲月的一聲長長的嘆息裡，有了別樣的滋味。

　　她在你耳邊不停地說，此生此世，縱使赴湯蹈火，上刀山、下油鍋，承受煉獄之苦，只要天無絕人之路，就會與君永不相棄。你沉醉在她流瀉的芬芳裡徘徊，伸手輕輕撫著她的耳垂，感動地抽泣，苦澀地微笑，可只一個回眸，她便又在你眼前消失得無影無蹤，讓你再也找不到她一絲一毫的明媚。瞬間的溫柔迅速逝去，一切的美好都藏在她逸去的脂粉氣裡裊裊飄走，偌大的世界裡只剩下一個冰冷的回憶，毅然決然地鎖上你染香的衣襟，擄走她的溫婉，卻帶不走你任何的眷戀，也撫不去你心底翻捲起的憂傷。

　　荒蕪的歲月，瘦去了東風，瘦落了黃花，回首之間，唯餘一地空洞的蒼白在思念濤生的心房瑟瑟鳴咽。落雪的季節裡，你的心中為她下了一場磅礡的雨，淅淅瀝瀝，連綿不絕，淋溼了心夢，淋溼了記憶，美好，已是了無痕跡。你無可奈何，只能保持著一種絕望而茫然的姿勢，端坐在書案邊，惆悵著看雪聽風。當思念如潮水般洶湧而來，你多想大聲喊出她的名字，就像嬰兒初生時放肆的哭泣，可是午夜的那份悠長的清寂，卻讓你伸

長了脖子、扯破了喉嚨怎麼喊也喊不出來。

凝眸,月牙上似乎被染了大片璀璨而眩目的嫣紅,那如夢的痴想,讓你轉瞬陷身於一場水月鏡花的幻境,然而,還沒等你回過神來,記憶中所有風花雪月的畫面便又全都在清晨的第一縷陽光裡一一破碎。看來,上天已拿定主意不讓你心想事成,那麼,是該繼續隱忍下去,還是衝破一切的障礙迎難而上?你不知道,你完全失去了主張,只是在心裡痛苦地唸著她的名字執著地問著,到底,該怎麼做才能涉過你宿命的心河抵達她的彼岸?

抬起頭,你看到,伴著幾片飄零的雪花,窗外的老梅顯得愈加蒼茫,彷彿已是繁華落盡。你站在灰暗的天空下沉默不語,任抱香枝頭的梅花灑下一場互古的寂寞,默默看著你和她在相愛的陌上擦肩而過,心中裹挾的是滿滿的、不可丈量的惆悵。那一瞬,悲傷在眉間凝成的黑,荒蕪了你那顆因徬徨而困惑的心,幾縷溫柔的呼吸,帶著心底瘀青的傷悄然爬上你的額角,留下一抹怎麼也擦拭不去的痕跡,而面對這一切,你依然顯得無能為力,只好任淚水從眼角別離,在瘦了的面龐上潮起潮落,儘管再也惹不出一絲漣漪,卻於頃刻間翻江倒海了千百回。

一片雪花落入手心,融了,化了,你便又在寒風中痴痴地臆想,這不是一片雪花的融化,而是一朵淚花在掌中的皈依。在這空空的歲月中,老天爺究竟還要讓你在思念中守候著誰默默老去?你早就不想再去回憶,只想擁著你的蕙叢一起看日出日落,看江上漁火,看點點星輝,可是,為什麼,你總是逃不出這愛情的魔咒呢?

鶯鶯,放過我吧!是我對不起妳,只是,我決定放手,給我們的愛情一條生路,只因為她眼中對我燃放的風華。也許,我對妳的愛,只是一種習慣,一種固執。我們都習慣於尋找一種不知道路途和終點的飄蕩,習慣於風掠過耳際的時候,總有低沉的耳語靜靜講述著失落,卻仍然不懂得後

退，可是，這真是我們想要的愛情嗎？不，這不是。你搖著頭，儘管想要忘記的時候總有一種極致的傷痛和釋放的愉悅充盈著你的心臟，但為了蕙叢，你必須學會取捨，必須讓所有的感懷幻化為無聲息的沉寂眠於塵埃底部，讓你的婚姻變得徹底生動輕盈起來。

「相公！」韋叢醒了，披散著頭髮輕輕站在你身後。她張開雙臂，從背後緊緊擁住了你。

「妳怎麼披了單衣就下床了？」你回過頭，緊張地打量著衣著單薄的韋叢，連忙扶著她往床邊走，「快，趕緊上床暖和著，要不待會就該著涼了。」

她聽話地鑽進被窩，抬起頭，痴痴盯著你看：「只要有你在，整個世界都是溫暖的。」

「蕙叢……」你不無愧疚地低下頭，拉過她的手緊緊抓在懷裡，卻不敢看她明亮的眸子。

「爹讓你做的那首詩寫好了嗎？」

「寫好了。我拿給妳看。」你輕輕踱回書案邊，揀起一張詩箋，遞到韋叢手邊，「剛剛寫好，不知道合不合岳父大人的心意？」

「〈韋居守晚歲常言退休之志因署其居曰大隱洞命予賦詩因贈絕句〉。」韋叢輕輕念著詩題，不禁「噗嗤」笑出聲來，嬌羞滿面地望著你說，「這詩題真長。你說，爹幹麼非要把自己的居室叫做大隱洞？他是想學陶淵明隱居嗎？」

你望著韋叢輕輕笑著：「岳父大人興許是厭倦了官場上的應酬吧。能過上採菊東籬下的生活才是人生最高的境界啊。」

「你不會也想採菊東籬下吧？」韋叢對著你做了個鬼臉，繼續念著詩箋上的詩句：

謝公潛有東山意，

已向朱門啟洞門。

大隱猶疑戀朝市，

不知名作罷歸園。

「你把我爹比作東晉的謝安？」她有些吃驚，然而心裡卻有些自得，「這後兩句帶了些調侃的味道，爹看了一定喜歡。」

「我正擔心岳父大人看了會怪罪下來，所以正想重新擬作一首。」

「就這首，爹一定喜歡。」韋叢望著你嫣然一笑，「爹在官場中聽慣了溜鬚拍馬的奉承話，這樣帶著調侃意味的詩才正合他的心意。」

「那我這就給岳父大人送去。」

「急什麼？」韋叢拽了你的衣袖，「爹請了洛陽的名流今晚來府裡飲宴，到時當著大家的面把詩呈上去，爹豈不更加歡心？」

「那不成賣弄了？」

「你是大名鼎鼎的元才子，賣弄又如何？別人想賣弄還賣弄不成呢！」韋叢不無自豪地盯著你歡快地說，「誰讓我相公才高八斗，想不賣弄都不成呢。」

「蕙叢……」你緊緊盯一眼韋叢，感動的淚水頓時迷茫了雙眼。

「看你，怎麼老跟長不大的孩子似的？」她伸手替你拭去眼角的淚花，「讓膽娘看見了，還以為我欺負她家姑爺了呢。」

「妳對我太好了。」你哽咽著，「可是，我……我從來……」

她伸手捂住你的嘴：「好了，瞧瞧你，男兒有淚不輕彈，你再這樣，我可要笑話你了。」

「蕙叢……」你拉著她的手放到嘴邊輕輕呵著熱氣，「妳冷不冷？冷的話，我再去點幾個暖爐端進來。」

4. 舞腰

　　她望著你笑笑，搖了搖頭說：「心裡暖和，即使睡在雪地裡也會覺得溫暖。只要醒來一睜眼就能看到相公守在身邊，外邊再冷我也覺得渾身是暖和的。」

　　你緊緊擁住她：「妳對我的這份情意，恐怕今生今世我都報答不完了。妳說，我怎麼就能娶上妳這麼好的妻子？是上天可憐我，還是⋯⋯」

　　「都不是。」韋叢把頭深深埋進你懷裡，「我們是夫妻，所有妻子都希望自己的丈夫能成為天下最幸福最快樂的男人。」

　　韋叢的溫情融化了你內心的冰塊。清晨的第一縷陽光慢慢劃過窗戶，肆無忌憚地射進屋內，映著你臉上模糊的淚光，曾經與鶯鶯的那些歡笑與憂傷，那些零碎的片段，那些擁進心裡的幸福，便在這無言的洗禮下迅速流轉過幾世的光陰。你也終於明白，那些曾經的過往，那些美好的情懷，那些幸福又惆悵的期盼，終有一天會曲終人散，取而代之的便是蕙叢眼底無盡的脈脈溫情。或許悲傷還是真的，但眼淚卻是假的，那些所謂的淚水只不過是悲傷的一種發洩方式罷了，可擁有了這麼好的妻子，你還有什麼值得悲傷的？既然不是所有的緣分都可以成為十指相扣的天長地久，那就任你把心底的千種相思都寄向身邊的蕙叢吧。

　　⋯⋯

　　日落後的韋府一派歌舞昇平的景象。元稹和韋叢在眾歌舞伎的簇擁下被包圍在了她們圍成的圓心中。

　　「讓蕙叢小姐和新姑爺為大家跳綠腰舞好不好？」韋府主謳者泰娘望著紅了面龐、羞了嬌顏的元稹夫婦興奮地嚷著。歌女小玉、舞伎曹十九也都應聲附和，座中的韋夏卿和夫人段氏以及被請來的洛陽貴客們都一邊把盞，一邊瞪大眼睛談笑風生，紛紛要求他們為大夥跳舞助興。

　　「我不會。」元稹連連擺手，「我真不會。泰娘，妳就別尋我開心了。」

來自吳郡的泰娘望著元稹「咯咯」笑出了聲：「不會？新姑爺可是名震朝野的元才子，有什麼是您不會的？」邊說邊手舞足蹈地盯著座下的客人們，高聲嚷嚷了起來，「你們說是不是？新姑爺今天要不陪蕙叢小姐跳綠腰舞，我們就不讓他回長安任職。」

「好！」有客人舉起象牙筷子叩擊著紫檀木製的案几，「校書郎才高八斗，跳個舞算什麼？」

「就是，不會跳舞哪配做韋大人的女婿？」

「他真的不會跳舞。」韋叢連忙替夫婿打圓場，嬌笑著瞟著泰娘，對眾賓客說，「誰都知道泰娘的舞跳得最好，大家要看舞自然得看泰娘才是。」

「小姐此言差矣。泰娘自小就跟著大人走南闖北，從吳郡到長安，又從長安到洛陽，大家看泰娘的舞都看膩了，誰不圖個新鮮？」泰娘顧盼生輝地瞟一眼座上的韋夏卿，擺出一副嬝娜的姿態，「大人，您說是不是這個理？今天新姑爺和小姐如不為大家跳綠腰舞，以後泰娘也不跳了。」

「妳這死妮子！」韋叢睖著泰娘沒奈何地笑著，「我看妳是存心想出我們的醜，讓大夥看我們的笑話。」

「哪能呢？」泰娘上前附在韋叢耳邊低聲嘀咕了一陣，又回頭瞟一眼元稹說，「姑爺今天要不跳，便是心裡沒我家小姐。」

「就是。」歌女小玉附和著說，「我家小姐等了姑爺三年，姑爺連一支舞也不願意為我家小姐跳嗎？」

「小玉！」韋叢紅了臉睤著小玉，「越來越沒規矩了。」

小玉朝韋叢扮了個鬼臉，退到泰娘身邊。韋叢輕輕拉了拉元稹的衣袖：「要不，我們就跳吧？」

「可我真不會。」

「胡亂跳著就好了。」韋叢瞟著泰娘，「跳〈綠腰〉舞，總得有人為我們

4. 舞腰

彈琵琶伴奏吧？」

「我來主奏！」泰娘從樂工狗兒手裡接過琵琶，「新姑爺和小姐跳綠腰，泰娘怎好不湊個熱鬧？」邊說邊吩咐著眾樂工歌舞伎，「狗兒，你吹笛，曹婆妳伴舞，新姑爺要真不會，可以讓他照著妳的樣子依樣畫葫蘆。」又伸手指了指在座下忙著吃剛從嶺南運來的櫻桃的膽娘，「膽娘妳過來敲鐘，還有小玉，妳來打鼓，代九九，你來奏絲簧，其餘的人都排在我身後彈琵琶……」

泰娘話音剛落，便橫抱彩畫琵琶，左手按弦，一攏一捻，右手持一端作芝頭形的金絲嵌畫撥，一抹一挑，加上紅牙板的節拍，鳳笙與玉簫、龍笛、篪、壎的輕吹，箏與瑟、阮、箜篌的撥彈，玉磬、編鐘、方響、雲鑼的輕擊，盡顯出序曲的柔和清切。曹十九的舞步非常柔緩，韋叢拉著元稹跟著她輕輕跳起來，雖然毫無章法，卻早已逗得座下笑語喧譁片片。

曹十九的舞姿是那樣美，看得元稹目不暇接，卻只能跟著節拍胡亂舞袖搖擺。綠腰舞以手袖為容，踏足為節，欲揚先抑，欲放先收，曹十九在樂聲中盡情展現著自己非凡的腰功、袖功，不斷飛舞、迴旋著。她扭腰轉步，袖飛翩翩，隨著跌宕起伏的樂曲，俯仰如意，或一臂上舉、一臂下舉，袖覆而下，微側腰；或折腰扭胯，然後雙臂張開而圓彎，將捻著的筒袖向相反方向揮灑而出；或彎腰如弓、髻幾觸地；或向後下腰，腰勢如圓規一般，頭部卻上揚，然後雙臂如花枝斜出，將筒袖平撐開來、又向前衝盪開來。時而背對觀眾，微擺腰身，又側臉回眄，微抬一腿；時而又將雙手收回筒袖鉤著，作合蟬之狀，如蟬翼般收在背後，然後從後向下分開，再把筒袖迎空挑出。她的繁姿慢態一拍一拍地舞動，讓人看得很清楚，如行雲流水般流暢，似乎無有窮盡。

「元大姑爺，你別光顧著看曹婆跳啊！」泰娘邊彈著琵琶，邊搔首弄姿著睨著已然駐足一邊觀看曹十九舞袖的元稹暱聲笑語。

「太好了！真是太好了！」元稹目不轉睛地盯著曹十九曼妙的舞姿，情不自禁地即興吟出一首詩來：

急管清弄頻，舞衣才攬結。
含情獨搖手，雙袖參差列。
騕裊柳牽絲，炫轉風迴雪。
凝眸嬌不移，往往度繁節。

——〈曹十九舞綠鈿〉

所有人都被曹十九的舞姿和元稹的詩情陶醉。就在元稹如痴如醉之際，曲調已入中序，拍聲愈來愈急。編鐘、羯鼓與震鼓、大鼓、杖鼓、大鐃爭相連催，琵琶等樂聲緊緊相和。舞池中，曹十九的舞步愈變愈快，腰袖和著曲調飛速旋轉起來，如風中的冉冉蒲艾、拂拂蘭苕，柔美之中帶著流麗飛轉的氣勢。就在這時，羞答的韋叢完全被曹十九的精湛舞藝感染，盡情跟著她左右折腰、甩袖飛動，步法如疾馳如縈旋，直看得元稹目瞪口呆。

韋叢在眾人的喝采聲中一拍緊接一拍地迴轉起舞，人們漸漸看不清楚她的舞姿。她放緩呼吸，不斷地深深吸氣，下沉丹田，把綿綿氣息貫穿腰肢與手足，盡量運轉於每一處肌肉關節，把每一點每一滴的力氣都彙集起來，注滿全身，然後再把全身的力量都融入對元稹的濃情蜜意中，追隨著音樂的節拍，盡情揮灑在綠腰舞中。

入破！入破！在泰娘的指揮下，數十面琵琶大弦小弦，連續用畫撥來急奏，掃、拂、叩擊、飛快彈挑，能發聲宏遠的鶤雞筋弦匯成一片湯湯之聲。殷殷鐘磬鼓鐃聲急應，其餘簧管板絃樂器也緊隨旋律而奏。管更急弦更繁，節拍更催曲更驟。虛催、實催、袞遍、歇拍、殺袞。這是入破後的大麴的層次。

4. 舞腰

　　六腰舞到虛催，幾多深意徘徊，舞者要盡可能舞得出曲中的蘊含才是上乘功夫。快速的旋律抑揚跌宕，如急雨私語，如大珠小珠滾落玉盤，如天際迴風，韋叢的舞姿也隨之千變萬化。睨著深情凝望她的元稹，她不再感到吃力，全身的力量重新積蓄，驟然如銀瓶乍破、隨樂聲爆發。

　　她感到久已萎縮的身軀四肢全都舒張、繃緊起來，額上、身上也都沁出細密的汗珠，可因為有了元稹目光的鼓勵，她便覺不著絲毫的累，盡量舒展開身軀，催動舞步，隨著樂曲轉舞。她的腰部如轉軸般旋動，目光也在向四周流盼，深蘊無限，雙足腳步也在踏、促、蹬中輪迴，再次贏來一片喝采聲。

　　錦茵在急促變換、趨行的舞步中皺褶，香煙在雪片般縈翻的舞袖中拂旋，她昂首、垂頭、手下揮時如蓮蕾破浪，奔、拋、翻身旋轉時卻又長幅衣裾飛揚凌空，如同瀉灑開來的蒲艾的綠影，不斷迎風招展著天地之思。

　　太完美了！元稹痴痴盯著搖曳擺舞的韋叢，簡直不敢相信自己的眼睛。樂聲急進，然後驟然停剎。琵琶師一齊收撥，金絲撥在琵琶的中心倏然劃過四弦，發出長聲，聲如裂帛。韋叢和曹十九也應聲騰躍而起，緊接著落到地上，前腿弓步、後腿跪著，腳背貼地，再折腰向後急彎仰，直貼到後腿的腳後跟上，用這個舞姿結束了綠腰的表演。

　　「怎麼樣，新姑爺？」泰娘甩開琵琶，笑盈盈地走到元稹面前，「我家小姐綠腰舞跳得如何？」

　　「美，美不勝收！」元稹意猶未盡，「可是……」

　　「有我這個舞師在韋府坐鎮，小姐又怎麼可能不會跳綠腰呢？」泰娘呵呵笑著，「不過姑爺跳了幾拍就不跳了，這又該怎麼罰呢？」

　　「這明明是女人才會跳的舞，你們讓我一大男人跳，明明是強人所難嘛。」元稹嬉皮笑臉地望著泰娘求饒說，「泰娘妳還是饒了我吧。」

「泰娘妳就別為難他了。」韋叢裊婷地飄至元稹面前，輕輕握了他的手，盯著泰娘說，「罰他做詩如何？」

「做詩？」泰娘想了想，「不行！新姑爺最拿手的就是做詩，得罰他喝三罈酒才是！不喝趴下都不算！」

「泰娘⋯⋯」韋叢蹙著眉頭盯她一眼，「微之喝不了那麼多酒。再說明天午後他就得往長安趕，喝多了要誤事的。」

「還是等我下次回洛陽，再來領泰娘的罰吧。」元稹陪著笑臉說。

「總不能什麼都不罰吧？」泰娘歪著脖子，眼珠骨碌一轉，「要不這樣，罰新姑爺現場為小姐賦詩一首，就以小姐跳的綠腰舞為詩題如何？」

「這⋯⋯」

「新姑爺是不肯賞臉嗎？剛才都給曹婆作詩了，難不成我家小姐在你心裡還不如曹婆重要？」邊說邊睨著已經被膽娘拉下去吃櫻桃的曹十九嚷著說，「曹婆妳說是不是？」

曹十九睨一眼泰娘：「瘋丫頭，也不知發了什麼瘋，盡說些沒來由的話。」

「妳這妮子，再強嘴就讓大人把妳賞了新姑爺做個姬妾，讓新姑爺天天為妳吟詩作賦。」泰娘打趣著曹十九，又瞟著元稹說，「新姑爺要不肯為小姐賦詩，就得罰酒三罈！」

「好！我做詩！」元稹望著韋叢嘿嘿笑著，臉上卻陡地騰起一片紅雲。讓他當著這麼多人的面讚美自己的妻子，他著實有些尷尬，可又拗不過豪放不羈的泰娘，只好依了她作罷。

話音剛落，泰娘便讓小玉捧來了筆墨紙硯。「新姑爺，為我家小姐作詩，得寫在最好的紙上，我們得留作紀念是不是？」

「泰娘⋯⋯」韋叢輕輕斥責著她，心裡卻比吃了蜜還甜，「妳就別作賤

4. 舞腰

姑爺了。」

「怎麼是作賤？瞧小姐和姑爺新婚燕爾的幸福成這樣，總得讓大夥也跟著沾沾喜氣不是？」

眾人又跟著附和起來，就連韋夏卿也忍不住喝起采來。

「瞧，大人催著呢。」泰娘和小玉各自拽著宣紙的一角，面向座下的賓客立著，「新姑爺，今天你得站著寫。喜慶。」

元稹無奈，待狗子研好墨，接過他遞來的狼毫，略一沉吟，並在紙上迅速寫下一首瑰麗綺豔的詩來：

裙裾旋旋手迢迢，

不趁音聲自趁嬌。

未必諸郎知曲誤，

一時偷眼為回腰。

——〈舞腰〉

新寫好的詩被泰娘拿下去，一個個地送到眾賓客面前觀摩。所有人都為元稹的才氣折服，在向他投去豔羨目光的同時傳去陣陣讚嘆的呼聲。韋叢緊緊抓著他的手，望著他淺淺淡淡地笑，渾身都流溢著幸福的喜悅。

「相公！」她輕輕柔柔地喚他，一臉小女人的冶豔。

「蕙叢……」他反過來緊緊握住她柔嫩的小手，「妳跳得真好。」

「你要喜歡，我天天跳給你看。」

「小兩口說什麼悄悄話呢？」歡聲笑語中，泰娘冷不防迴轉到他們身邊，朝韋叢使個眼色，一手拽了元稹便往座下跑去，一邊跑一邊尖聲嚷嚷著，「一首詩哪作得了罰？大夥快上，灌新姑爺酒！今晚不讓新姑爺一醉方休，誰都別回屋睡覺！」

第 6 卷　公子文衣護錦輿

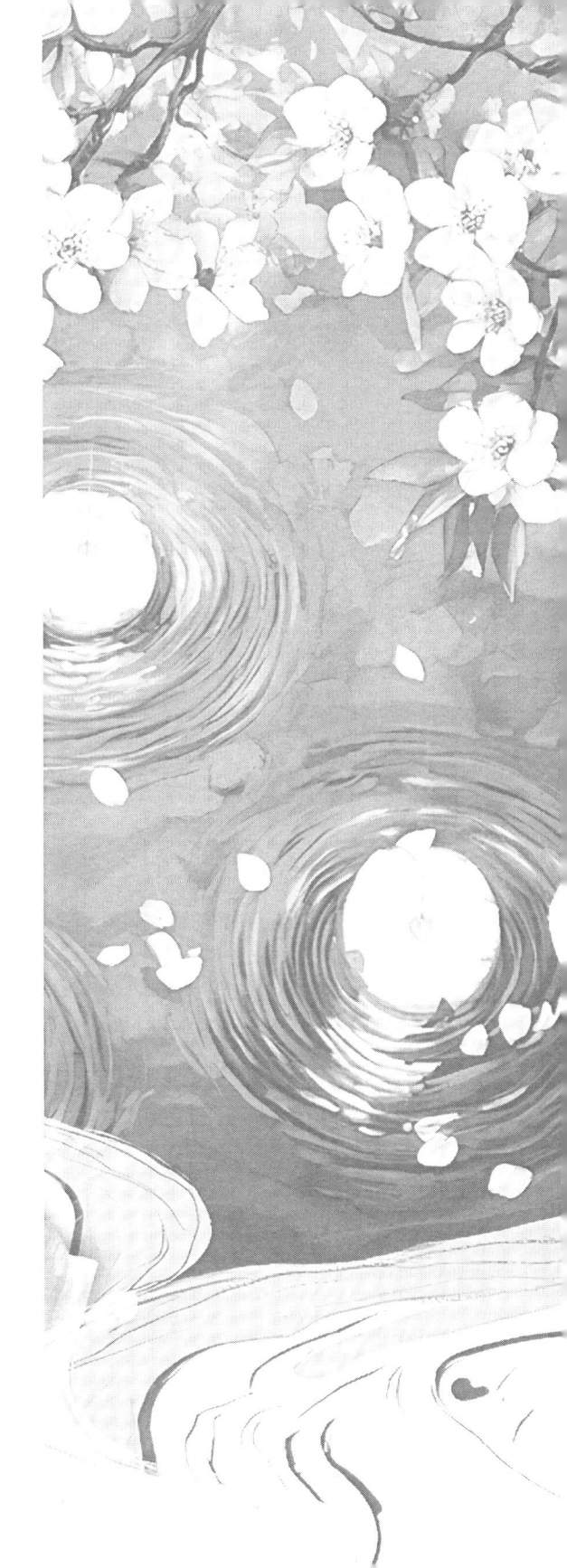

第 7 卷
誠知此恨人人有

昔日戲言身後事，
今朝都到眼前來。
衣裳已施行看盡，
針線猶存未忍開。
尚想舊情憐婢僕，
也曾因夢送錢財。
誠知此恨人人有，
貧賤夫妻百事哀。

1. 喪妻，感小株夜合

西元 809 年初秋。洛陽。

窗外細雨如絲，恣意飄灑。

你，坐在床邊，緊鎖著眉頭，含淚侍候韋叢喝完碗裡最後一滴湯藥，終於忍不住伏在她肩頭哽咽起來。

你不知道如何是好。老天爺為何要這般捉弄你們？韋叢的病來得太突然，讓你措手不及。怎麼會這樣？你剛剛從東川辦完公務回來，還沒來得及和她講述旅途中發生的奇聞趣事，她便已經病入膏肓，憔悴得不成人形，直把你的心揪得支離破碎。

六年了。這個女人已經和你共同生活了六年。六年的時間，她為你生了五個子女，可命運偏偏跟你們過不去，除了女兒保子，其餘四個孩子通通夭折，你每次從外面回來都會看到她哭得紅紅的眼睛，但為了不讓你難過，她總是望著你淺淺淡淡地笑，緊緊抓著你的手說你們還年輕，還有大把的時間，只要保子身體健康，她便要燒高香叩謝菩薩慈悲了。

六年的時間如同滾滾長江東逝水，韋叢對你的愛卻像山河那樣寬廣深厚。你無法接受這無情的事實，日夜跪倒在香煙繚繞的菩薩像前祈禱，儘管那時的你並不崇信佛教，但為了韋叢，為了能讓她迅速好起來，你願意相信這世上一切一切的不可能。

「相公……」韋叢掙扎著支撐起大半個身子，深情款款地凝視著你，嘴角掛著一如既往的燦爛笑靨，「生死有命，這輩子能陪在相公身邊伴你度過六年的時間，蕙叢死而無怨。」

「蕙叢……」你緊緊抓著她的手，淚眼模糊地望著她抽泣著，「不，妳不會有事的。妳一定會好起來的。」

韋叢蒼白著一張臉，無力地搖著頭：「好不了了。我自己的病自己心裡清楚，只是……」

「妳不要胡思亂想。」你扶著她重新躺好，「好好睡一覺，養足了精神病才會好得快。」

「我看到母親大人了，還有我爹和我娘。」韋叢仍然輕輕笑著，「他們在叫我，孩子們也在叫我，他們哭著、喊著、拽著我的裙裾，說我偏心眼，只對保子好，卻對他們不聞不問，他們要我下去陪在他們身邊，他們……」

「蕙叢……」你痛苦地把頭埋進懷裡，「求求妳，別再說這些，求求妳……」

「你哭什麼？」她緊緊拉著你的手，「死並不可怕，可我真的捨不得。相公，我捨不得丟下你和保子，可是孩子們說要我，要我去唱歌給他們聽，要我去跳綠腰舞給他們看，他們拍著手說娘跳的舞可好看了，可一睜開眼睛，他們就又通通不見了蹤影。」

「那只是個夢。是妳每天都想著他們，所以才會做這種奇怪的夢。」你強打起精神勸著她，「聽話，千萬別再瞎想，我和保子都不能沒有妳，妳要為我和保子活著。」

「可我們誰也改變不了命運啊！」韋叢臉上的笑忽地收斂起來，瞬間便換了一副悽悽慘慘戚戚的模樣，終於壓抑不住地低聲嗚咽起來，「你知道，我不想離開你們，但那不是夢，我真的看到他們了，就在剛剛，剛剛你大姐和二姐還手拉著手，捧著鮮花對我微笑呢。」

「不！蕙叢！這不是真的！不是！」你激動地站起身來，恐懼迅速襲遍你的全身。

「大姐！二姐！」韋叢突然看著他身後，睜圓眼睛大聲說著話，一副和熟識的人打著招呼的模樣，好像大姐、二姐真的就在這屋子裡。

第 7 卷　誠知此恨人人有

「不！」你瘋了一樣地轉過身，聲嘶力竭地嚷了起來。「走開！你們都走開！求求你們，你們都已經丟下我不管了，難道還要把蕙叢也從我身邊帶走嗎？大姐！二姐！你們在哪？說話啊！」你圍著屋子轉起了圈，「蕙叢是我生命裡最重要的人，我不能沒有她，你們不能帶她走！不能！」

你癱軟地跌倒在了地上，但屋裡除了韋叢卻再也沒有其他人。你的聲音在空蕩蕩的屋子裡肆意迴盪，整顆心都像被挖空了一樣。你不知道該如何才能從死神手裡搶下韋叢，在天的意志面前，你從來都顯得那樣無能為力。

「相公……」床邊傳來韋叢低低的呼喚聲。

你伸手摸著一臉模糊的淚水，爬起身，跌跌撞撞地跑回床邊，一把將掙扎著要下床的韋叢攬入懷裡，千憐萬愛地撫著她凌亂的長髮，在她額上印上一個深吻，向她信誓旦旦地保證著：「我去求菩薩，去求神靈，去求太上老君，去求玉皇大帝，他們一定會讓妳留在保子身邊的！一定！」

「沒用的，相公。」韋叢哽咽著，「做什麼都是徒勞的。我最擔心的就是我走了以後，你和保子該怎麼辦，我放不下心，我……」

「放不下心就不要拋下我們！」你緊緊摟著她瘦弱的身軀，「我們不是說過要一起白頭偕老的嗎？妳在母親大人面前不是也答應得好好的嗎？」

「對不起，我說的話恐怕要食言了。」她輕輕咬著右手的食指尖，「我也不想這樣，我也想和相公白頭偕老，可我怕，怕這輩子再也沒機會再陪著你，替你剪指甲，替你縫製衣被了……」

「蕙叢！」

「聽我的話，不要難過。」她費力地抬起頭，目光炯炯地盯著你，「幫保子找個繼母，幫我照應著她。她還太小，不能沒有母親。」

「保子是妳十月懷胎生下的女兒，妳得活著，好好活著看她長大……」

1. 喪妻，感小株夜合

妳要替她親手做嫁衣，風光地把她嫁出去，嫁一個比她爹強百倍的好男人……」

「你就是這世上最好的男人。」韋叢輕輕偎在你的懷裡，「這輩子能遇見你，嫁給你，就是我最大的幸福。日後保子如若能像我這樣有幸嫁給你這樣出色的郎君，就是她三生修來的福氣。」

「我不好！」你哽咽著，「我總是不知道妳心裡在想什麼，不知道妳最需要的是什麼，不知道妳最喜歡的衣服是什麼料子什麼顏色的，不知道妳最喜歡的花是什麼，不知道……」

「可是在我孤單寂寞的時候，陪伴在身邊的始終都是你。」韋叢伸手輕輕捂著你的嘴，「我說過，只要讓我每天都能看著你，我就心滿意足了。」

「可我還是個窮書生，沒有出眾的家世，沒有足夠多的俸祿讓妻子過上衣食無憂的生活，卻總是讓妳為我擔憂，為我提心吊膽，為我顧慮重重……要不是嫁了我這樣一無是處的丈夫，妳也不會病成今天這副模樣。蕙叢，是我對不起妳，是我不好，是我害了妳……」

「不。你是天下最好的丈夫。你已經做得很好了，為了我，你閉門苦讀，以名次第一的成績考中制舉，年紀輕輕就當上左拾遺，現在又升作監察御史，我還有什麼好不知足的？」

「可我卻因為得罪了權貴，上任才幾個月就被趕到洛陽來分務東臺，讓妳拖著病體跟著我跋山涉水，從長安來到洛陽，要是我對妳多關心一點，早點發現妳的病情，我就不會這樣自私，把妳帶到洛陽來了。」

「你忘了我父親的根在洛陽嗎？」她伸手理著你褶了的衣袖，「是我自己要跟著來的，不怪你。」

「可我不能原諒自己。」你淚流滿面，望著日漸憔悴的韋叢，恨不能拿一把匕首狠狠捅向心窩，也許那樣你心底的負罪感才能減輕一些。

「我是不是變得很難看？」她忽地抬起頭，輕輕呢喃著問你。

「不，妳很美。」

「你騙我。」她的眉頭掠過一絲淡淡的憂傷，「我一定病得不成人形了。」

「不，妳真的很美。」

「幫我把梳妝檯上的鏡子遞給我好嗎？」

「蕙叢……」

她輕輕地笑：「我就知道自己已經變得不堪入目了。」

「可妳在我心裡永遠都是最美麗的。」

她搖著頭：「我希望死的時候能變美一些，那樣你以後想起我來就不會只記得我最醜的模樣了。」

聽著她的喃喃低語，你整顆心都碎了。回頭望著窗外淡淡的月色，此時此刻，你只想剪一段回憶，貼在時光的眉梢，憶昔花間初見時，她藏身花舫珠簾後那抹柔美純真的微笑。

「別哭，你一哭，臉花了就不英俊了。」她憂傷地笑，「還記得我們初見時的模樣嗎？公垂拉著你的手，冒冒失失地跳上我家的花舫，你知道當時我心裡想了些什麼？」

「想什麼？」

「我在想，公垂認識的朋友中什麼時候多了個小白臉，可當他告訴我你就是那個寫出〈鶯鶯傳〉的痴情男子時，我的心一下子便又為你醉了。我沒想到，只一眼我便愛上了你，並且發誓非你莫嫁，更沒想到當我等了你三年，以為再也不可能和你相遇之時，卻又峰迴路轉，如願以償地成為你的妻子，你知道當我披上嫁衣的時候心裡有多快活歡喜嗎？」

你點點頭，表示明白。

「你不明白。我就像揀到一件舉世無雙的珍寶一樣興奮。」她失去光澤

的雙頰開始溢位動人的光彩,「我暗自慶幸,慶幸我比鶯鶯幸運,慶幸我終於可以明正言順地做你的妻,可以日夜陪在你身邊伴著你,看你作詩,聽你讀書,還可以替你剪出你喜歡的各種樣式的窗花,讓你在讀書疲倦了時一抬頭就可以看到它們,讓它們帶給你快樂和歡喜。」

「蕙叢……」你淚如雨下,「可我不知道珍惜妳,新婚之夜,我居然把妳冷落在一邊,心裡卻想著別人,可妳竟連一句責怪我的話都沒有……」

韋叢的話讓你想起過去的點點滴滴。她是如此溫良恭儉讓的女子,就這份深情,叫你這輩子如何報答?六年的婚姻生活,她為你付出了畢生的心血,陪你一起經歷人生的幾度悲歡離合,在你最無助、最孤寂的時候始終陪伴左右,卻無一句怨言,這樣的女人你還能到哪裡去找?可是現在,她卻要離開你了,無情的病魔已經把她折磨得皮包骨,不知道什麼時候就會棄你而去。你害怕,你恐懼,這六年的時間,離你而去的親人已經太多太多了,你不能再失去生命裡最重要的人了!

西元805年十月,就在你和最要好的詩友白居易一起辭去祕書省校書郎職務,閉關讀書,準備參加制舉試時,年僅三十五歲的大姐采薇在河中府夏陽縣突發急病,死在了姐夫陸翰的任上;806年正月,在你滿懷悲痛參加完制舉試後,岳丈韋夏卿也突然在洛陽履信坊韋宅病逝;更讓你悲慟的是,就在同年四月,制舉試考試成績公布,你不僅高居榜首,還被授官左拾遺後不久,噩耗再次傳來,那個含辛茹苦,被迫變賣首飾,寄人籬下把你和三兄元積拉扯成人的母親鄭氏,居然於九月病逝在了長安靖安坊元氏老宅內。接二連三的打擊令你身心俱疲,眼看著親人們一個個離你而去,你真的覺得活在這個世間沒有太大意義。

「答應我,我走之後,你得好好照顧自己。」

你含淚點著頭:「妳先躺好,睡一覺,人就會精神起來。」

你再次扶她躺好,守在她身邊,看著她昏昏沉沉地睡去。望著眼前這

個陪你度過六個春秋的女子，你心裡有著太多的不捨，可她居然絲毫不緊張自己的病情，心裡始終掛念的只是你和女兒，這份情縱是三生三世替她做牛做馬也報答不盡啊！

夜已深沉，你握著她漸漸失去溫度的手，緊緊貼在腮邊，在月色中細細回想她過去美豔的容顏。想她溫婉的笑靨；想她嫋娜的身姿；想她淡妝素容後，踏著細碎的蓮步迎面走來，在人間花影中與你盈盈相握；想她與你凝眸相望、暖徹心扉的怡人；想她在經年的風霜中卻依然保持心境明澄剔透、淡然自若的態度……

那年，落花捲起的飛絮中，那蛾眉淡掃、清麗若荷的婉約女子懷抱琵琶，靜坐珠簾之後凝視著冒然闖入的落魄書生，顧盼生輝、鶯語呢喃。而今，相識的點點滴滴，一幕幕浮上你回憶的眼眸，幾年的滄桑時光頓時便在搖曳的燭火下明媚如初。那日，偶然與她邂逅，你不驚，不喜，似乎一切都是必然，直到很久之後，你才恍然，原來當初她千古一笑的回眸，便是你傾情千載的相逢。你始終等在那裡，在時光的渡口，不離不棄，只為等她與你共一世的美麗，而她也一直都藏身於窗花後的紗影裡為你默默守候，直到遇見你眉間蹙起的苦笑為止。

隔著窗外的一簾雨幕，依稀恍惚中，你看到荳蔻年華的她正穿過曲江畔的杏花微雨，在一朵又一朵恣意盛開的蓮花中涉水而來，那一瞬，她裙裾飄飛，花落成風，一縷淡香徐徐散開在天際流，頓時便入了你的心扉，浸潤了你的魂魄。嫻靜的她淡雅如蓮，心若錦緞，嫁給你之後總是兩耳不聞窗外事，經年守著窗下的十里春風，任蘭花指輕捻細拈，用飛剪走刀將滿腔的真誠與深情都剪成了與你的舉案齊眉、執手相對。而有她相伴的日子裡，你卻仿若置身紅塵之外，總是靜心聆聽著似水流年的清音，秉燈夜讀，漢賦魏風，盡收眼底，任一支瘦筆在她痴痴的凝望中書寫出無數豐盈的生命華章。

1. 喪妻，感小株夜合

　　她在你眼裡一直都是平淡而柔弱的女子，卻又有著不平凡的毅力和臨風而立的韌性。無論外面的世界如何風雲變幻，她依然沉靜如斯，安靜如斯，從未有過絲毫的驚慌與忐忑；無論和你一起經歷過怎樣的風雨，她依然不急不躁，不慌不忙，即便心裡裹挾了無限的憂傷惆悵，也會在春花秋月下為你輕吟淺唱；無論生活中有多少的艱辛需要她與你一起分擔承受，她也總是毫無怨言地堅守在你身邊，依然會在晚秋的雨韻中撥動愛你琴弦，替你撫去心中糾葛纏繞的萬千愁苦；無論家中是不是已經入不敷出，吃了上頓愁下頓，她都不會喜怒形於色，即便在最艱難的時候，亦依然會佇立在繁華的塵埃之上，任水袖翻飛，笑靨如花，為你獨舞於煙雨斜陽、霧靄輕寒之中……

　　你在她身上看不到一絲一毫的驕矜怯懦之氣，取而代之的則是她眉宇間散發出的安然淡定的氣度，與安於平淡的豁達胸襟。這一切都在無聲地對你述說著她的嫻淑，讓心裡始終惦念著另外一個女子的你剎那間便醉在了她無限纏綿的溫柔裡，陶然而忘歸。如果可以，你願意與她攜手走過一生，直到歲月霜白了你們的鬢髮，斑駁了你們所有的記憶。

　　這就是你的蕙叢，善良、溫柔、大方、端莊、與世無爭。她只想把手裡的剪紙剪出更好看的花樣，只想伴著你慢慢度過生命裡所有的光陰，而對你卻是從來一無所求。你時常一個人坐在角落裡靜靜地想，前生的她必定是佛前的那朵青蓮，心性高潔、清麗而不妖媚、出淤泥而不染，歷經風霜雪雨，卻始終能夠淺笑自若，能夠坦然面對一切的打擊與磨難，哪怕風起雲湧、驚濤拍岸，也能時刻保持從容淡定，身處任何境地都會固守心中的那一片清涼，用「清澈如水、純淨至真」八個字來形容她正是恰到好處。

　　「蕙叢……」你低頭俯在她腮邊，輕輕吻著她的耳垂，心裡湧起無限纏綿情意。都病成這副模樣了，她眉眼間卻仍然透著那抹悠然、婉約的氣

質，素雅而恬淡。你輕輕地嘆，深深地盼，盼菩薩保佑她病情好轉，盼她能像四月的櫻花一樣絢爛綻放，讓一切的清愁和落寞瞬間凋零，讓錦瑟的心事和欲說還休的寂寥，通通在她淡然的微笑中化成雨霧飄散。

可她還是走了。等你醒來時，膽娘正抱著保子伏在韋叢的床頭，撕心裂肺地撲打著床板哭喊。你一下子便怔住了。你抬頭望向躺在錦繡衾被裡的她，望著她蒼白的臉，望著她垂落在床下的左手，望著她手邊滑落的針線盒，望著她枕邊一件質地精良的新綢衣，望著新綢衣上還沒來得及拔掉的銀針，心陡了變空了。

不！不會的！你顫抖著雙手去撫她垂落在床邊的手，那是一雙早已失卻了溫度的手，冰涼，冰涼。怎麼會？剛剛她不還在跟自己說話嗎？不！他猶不敢相信地掉過頭望向哭成淚人的膽娘和她身邊年僅四歲的保子，渾身一軟，立即癱倒在了地上。

「不！不！」你使勁渾身的氣力，匍匐著將韋叢冰冷的手緊緊抓在自己手心裡，放入懷裡替她揉搓著，「蕙叢，我來了，別怕，我就在妳身邊，我替妳暖手，我替妳暖……」你顫抖著身子瞟向膽娘，「快，快去外邊拿暖爐來，蕙叢她冷，她的手都冰了，快去啊！」

膽娘潸然淚下地盯著你：「姑爺……姑爺……」

「妳還愣著做什麼？」你瞪著她歇斯底里地嚷了起來，「想凍死妳家小姐嗎？啊？」

「姑爺……小姐她……」膽娘一把將被嚇呆了的保子摟入懷裡，淚如雨下地望著你，哽咽著說，「小姐已經去了！」

「我叫妳去拿暖爐，聽到了沒有？」

膽娘跌跌撞撞地跑了出去，不一會又抱了暖爐進來，抖著手遞到你手邊。你把暖爐放到韋叢手邊：「蕙叢，暖爐來了。妳是不是很冷？抱著暖

1. 喪妻，感小株夜合

爐暖一暖，就會暖和起來的。來，聽話⋯⋯」

韋叢的手是僵硬的。你費力地將她的手腕移到暖爐邊，它就又滑了過去，如此周而復始，直到暖爐被你不小心碰到地上，你才開始意識到她是真的走了。你把她枕邊那件新綢衣緊緊抓在手裡，淚如雨下，望著衣襟處還縈著的銀針，更是痛徹心肺。她到死心裡念念不忘的還是你，仍在與死神爭搶時間，為你趕製新綢衫，可是如今她不在了，你要這新綢衫又有什麼用處？你再也不能穿著它向詩友們炫耀妻子的能幹，再也不能穿著它問她好不好看，再也不能穿著它和她一起看山看水，以後的以後，這蒼茫世間，愛情的日子裡只剩下你一人孤芳自賞，還要它做什麼？

你奮力地將新綢衫揉成一團，任憑銀針扎破你的指尖，心也跟著韋叢一起死去。七月的夜，殘月高懸，你坐在地上，呆呆望著窗下新萎的小株夜合，痛不欲生。那是韋叢生前栽下的，你還記得她每天都坐在窗下，一邊剪紙，一邊含笑等候夜合花期的身影，可一眨眼的工夫，卻已物是人非，花萎，人亡，你宛若置身夢中，怎麼也不敢相信這一切都是真的。

纖干未盈把，高條才過眉。
不禁風苦動，偏受露先萎。
不分秋同盡，深嗟小便衰。
傷心落殘葉，猶識合昏期。

——〈感小株夜合〉

你在地上鋪陳開舊日的素箋，淡淡墨香淺淺愁，十個瘦了的指尖下將一世的清夢唱盡，卻留不住往昔的溫情，只能讓過去的點點滴滴都棲居在你古舊而倦倦的詩句裡。

「纖干未盈把，高條才過眉。」她栽下的夜合樹還未盈把，高條也不過才長過眉梢，可卻和她一樣腳步匆匆，不肯為你稍作停留，甚至都沒來得

及綻開一朵花蕾，便與你剎那永別。你無奈，你潸然淚下，你開始質疑，質疑這紅塵世間，是否所有的緣分從一開始便都注定了遇見後就要別離，擁有後就要忘卻？突地，心猶如被錐子錐出一個巨大的漩渦，劇烈的疼痛伴著萬千相思將你迅速拉下悲痛欲絕的深淵，你瞪大雙眼，想要在這深不見底的幽暗中抓住她的手，卻是伸手不見五指，徒然抓了一把空虛。

「不禁風苦動，偏受露先萎。」小小的夜合樹禁不起夜風的肆虐，才剛剛受了一點寒露便即凋零枯萎，就像韋叢一樣，英年早逝，終是逃不過病魔的召喚。你還能用什麼去懷念她？在這燭影搖紅的未央夜裡，你也只能掬一捧花間詞，研一方上谷墨，在易水硯中蘸一滴月華之淚，任那些流失於遠古的、關於思念的墨跡在你的案臺邊隱隱再現。蕙叢啊蕙叢，知不知道我心裡現在最放不下的人是妳而不是鶯鶯？妳怎麼捨得扔下我一人，像這株還沒長大的夜合樹一樣先行枯萎了呢？

「不分秋同盡，深嗟小便衰。」才剛剛入秋，這小小的夜合樹就和你最心愛的女子一起消逝在寂寂流年裡，你深深地嗟嘆，嗟嘆它小小的年紀便即夭折。同時，你也深深地自責，如果你不是每天都忙於公務，不是忙於吟詩作賦，不是把所有心思都用在朝廷裡的那些事上，哪怕只分出一點點心思，抽出一點點時間，多為這小株夜合澆些水、施些肥，它也就不會枯萎凋謝。還有韋叢，如果你肯多留意一下她的起居飲食，多關心她一點，及時發現她的病情，她也就不會在青春盛年就撒手人寰。這都是你的錯，你的錯啊！

恍惚間，你又跌跌撞撞地走入夢裡，踩著印滿記憶青苔的石階，任寂寞的足音，在水之湄，在山之巔，去覓她走過的所有痕跡。夢裡，蒹葭蒼蒼的盡頭，她披歌踏露而來，讓你在安然與篤定裡與她曠世相逢。眼眸深處，癡心不曾分離，她深情地望著你呼喚，告訴你，你便是她今生的唯一，於是，過去的恩愛纏綿又浮上你的心頭，她的柔情和你的風雅，便在

瞬間糾纏成一縷縷記憶的蛛絲，在瘦長的月光下，搖落下一窗輕瀾微波的心事。

「傷心落殘葉，猶識合昏期。」小株夜合雖然弱不禁風，又逢秋風肅殺，早已枝萎葉殘，可即便如此，它還識得合昏之期，至晚必合。再看看自己和蕙叢，已是人天永隔，真是人不如花，斯人已去，無葉可合，情何以堪！

寫罷〈感小株夜合〉，你奮力扔掉手中的羊毫筆，匍匐在地失聲號哭起來。縱使為她寫一千首詩一萬首詩，她也無法再活著走進你的世界來啊！多想和她坐擁錦繡床邊一起回首流年往事，多想牽著她的手共遊曲江賞那春光牡丹，多想和她在簷屋下重新栽種下一株株盛放相思的夜合樹，讓你時時想念，時時眷戀。可現在，你卻只能獨抱一箋素字，用淚水澆灌出曾經的風花雪月，卻失卻了往昔的所有美麗與驚喜。

2. 夜闌

你靜靜踩踏在清風玉露裡，抬頭望向頭頂那抹月色溶溶的清輝，對韋叢的叢叢思念便在搖曳的風裡，被流轉的時光一再傳唱，一片一片，都染上了徘徊的色調，而四周清寂孤悵的氣息裡更是寫滿一種深沉的寂寥與落寞。

你孤單地坐在水畔，口中唸唸有詞地數著相思的花瓣，看夜的憔悴緩緩嵌進寂寞的蒼穹，看與你一樣疲憊的夜色，輕輕揉過她披散的長髮，看煙青色的迷離低低地籠罩住她朦朧的纖影，看縹緲的落花芳香遍灑在舊日的房前屋後，看月光一縷一縷地掉落在無人輕挽的柳枝上，任飛度的愁緒顫抖著一絲一絲地縈繞在那條望不到盡頭的阡陌之上，心裡滿滿溢起的，是無限的遺憾與自責。

本以為，牽著她的手，便可以把一世艱辛修成兩個人的輕盈；本以為，有她作伴紅塵，你便可以靜逸在文字的江山裡修身養性……又豈料人算總是不如天算，只短短一個回眸的工夫，所有的恩愛纏綿便都被冷酷無情的現實一一改寫？你佇立於紫陌紅塵的風聲裡，任幽幽的嘆息一一掉在翻捲的水光裡，看它們緩緩化作煙靄深處的欸乃聲，衝破雲霄，一去不返，心底與眼底糾葛的是相同的悲傷與哀慟，怎麼也遣之不去。儘管明知人生無常，你還是無法接受這突如其來的變故，你好恨，你好怨，為什麼老天爺總是將多情的幽媚罩在了你這個多情人的心頭，任你一腔不捨的相思始終含於幽怨的眉間，卻只能在花間月影下悠悠述說那些流雲般的過往？

　　你不知道這樣的情與愛是何等的傷心蝕骨，但我知道那份孤獨的寂寥卻將從古至今的所有天地都填得滿滿(的)，找不到一絲一毫的縫隙。或許，像你這樣婉轉痴情的男子，只有在遠離婆娑世間的方外，於靜謐高遠的月夜下，才能洗淨一懷糾結的心事，將滿腔曲折的眷戀放在枝頭風乾，自此便不再有痛苦與迷離。然而，那樣的世界你又該去哪裡找尋？你找不到，也無心去找，所以你只能任由自己一再沉溺在悲傷的情緒裡，站在姹紫嫣紅開遍的原上遠遠地眺望，眺望你遺失已久的愛戀，用文字把所有的相思都熬煮成難以磨滅的回憶與惆悵，儘管風不語、花不言，但風花的妖嬈卻在月光裡蘊滿你的枯心寂情，讓你怎麼也無法逃離愛情畫成的讖。

　　知道嗎，我就站在你面前，現在。在你失去韋叢一千二百年後。你說你愛她，我相信；你說你辜負了她，我為此心痛；你說你本想與她攜手一生共白頭，可老天卻不肯給你救贖的機會，我聽得肝腸寸斷。是的，你是愛她的，你愛著你的妻子——韋叢。她也愛你，愛得忘記自己，愛得無怨無悔，愛得無欲無求，愛得失魂落魄，可她心底始終都埋著深深的隱憂，和你在一起的日子，她沒有一天不在害怕，不在擔心，她知道鶯鶯一

直是你的夢悸，更是你永遠難以癒合的傷痛，她想給你溫暖，用她溫潤的唇舐舐掉你所有的哀傷，用她溫暖的懷抱抹去你所有的冰涼，可她還是做不到，做不到讓你將她徹底忘懷，卻還要裝出一副笑臉告訴你她毫不在意。

其實她是在意的。只是你明白得太遲。你總是以為，藏在內心深處的那些事，那個人，那段情感是可以被刻在年輪的軌跡裡，可以任你在夜深人靜時和遠方的她默默分享那份纏綿糾結的，可你卻不明白，慧質蘭心的韋蘩從來都不是愚鈍的女子，你一個憂鬱的眼神便能引起她長久的共鳴，那些被刻意掩藏起來的情愫又怎能逃過她的眼睛？她為此憂傷，為此神離，為此恍惚，卻只能把傷心剪成一張張哀怨的窗花，默默悲痛，默默流淚，默默承受，卻從不輕易讓心思外露，哪怕是情如姐妹的膽娘，她也是緘口莫言。她的病根便是從那個時候就落下的。

蕙蘩。你痴痴唸著她的小字。你後悔，你絕望，你悲慟。如果世間所有色彩繽紛的溫馨片段，都要用無緣來結束，那麼你情願選擇遺忘，遺忘過往，捨棄舊時的幸福，將鶯鶯永遠丟在瑰麗的夢後，只與你的蕙蘩攜手向前。可是，你知道，一切還是太遲，面對殘酷的現實，你已經無法補救。原來，真正深深烙在你靈魂深處的那個女子卻是蕙蘩，無論你怎樣待她，她總是用溫柔的微笑凝住你遠眺的心，把世間所有的快樂送到你身邊，然而你卻又是如此的後知後覺，明白時卻已失去，又叫他如何不痛不悔？

你在字裡行間一遍一遍地翻閱著你和她的種種過往，於亙古綿長的思念中，慢慢縫補著那些散落在歲月深處的美好片段，還有那些風輕雲淡、紅袖添香的日子，每一次回味都讓你懷著滿腹的惆悵，在風中久久地凝神，想要把她的嫵媚與嬌俏都永遠留在你觸手可及的地方。想著她，念著她，你信步走在曾與她執手相對的水湄，忍不住蹲下身子，一邊伸手撩著

她映於水中的幻影，一邊於瑩瑩的清露中，靜靜地傾聽夜與愛交纏的聲音從深不見底的水中漸次傳來，心，陡地沉陷到了谷底。你知道，你眼前所見的都是不真實的虛幻，都是你刻意的想像，可若連幻想的機會都不給你，這日子又如何能夠熬得下去？

　　思念，和著憂傷的淚雨，轉瞬便化作了一朵冰花，點點滴滴都落在她了輕薄的衣裳上，刹那便劃散她水中輕盈的身影，只留下無限的惆悵染在你飄泊無依的袖口。天依舊是那麼清朗，地依舊是那麼清廓，夜依舊是那麼柔媚，貫穿了幾個世紀的風淌過你和她的前生今世，依舊那麼曖昧地披拂著清姿，只是，你的愛，你的戀，你傾心了千年的女子又在哪裡？

　　回眸，瘦了的風裡，那縷綿長的情思依然枕著亙古的落寂，曳著一片片浪漫的花雨迅即鋪滿了整個天空，飄忽東西，南來北往，恰似你眉間纏繞的那一份讓人難以捉摸的寂寥，卻不知漫天塗鴉的究竟是憂傷還是美麗，是浩瀚還是逼仄。不記得這樣的情境到底出現過多少次了，也不記得什麼時候你就戀上了在這樣的煙霧迷離中，於夜色裡漫步躞蹀且樂此不疲。那麼長遠的路途，被你一遍遍地踩踏，那些遼遠而又近在咫尺的悲傷，被你一遍遍地摩挲，那一聲聲輕撫的唉嘆裡，你看到的都是霧溼後的憂傷，儘管它們帶來的是無盡的顫慄，但落在你的眼裡，卻也有種婆娑的美麗。

　　究竟，還要你痛苦悲傷到什麼時候，又要你沉溺在困苦徬徨裡到何時？你總是處於一種混沌的狀態中，總是用淚眼模糊著那些曾經歡喜的回憶，所以，哪怕只是一次不經意的清醒，哪怕只是一次不經意的回首，你也要努力維持著那份迷離的姿態，於朦朧裡將一份人生的感傷輕搋慢揶，於恍惚中循著她走過的舊路，去感受她不羈的明豔與溫柔，然後，尋著她的芳蹤，覓著她的餘情，任相思依依繾綣在那抹極致的誘惑的氣息裡，隨波逐流，天涯海角走遍。其實你不是不喜歡清醒，可你知道她並不存在於

清醒的世界,而想要徹底溫暖她周身的冰涼,從此不再讓她一個人伴著寂寥冷清孤守燈下,你唯一能做的似乎也只有一再地讓自己陷身於迷離中,要麼沉醉不知歸路,要麼永遠都在迷糊的幻覺中度過。

感極都無夢,魂銷轉易驚。
風簾半鉤落,秋月滿床明。
悵望臨階坐,沉吟繞樹行。
孤琴在幽匣,時迸斷絃聲。

——〈夜聞〉

「感極都無夢,魂銷轉易驚。」對她的相思太濃,卻不意越想她卻是越無法與她在夢中相見,就連夢都悄然遠去了你的世界。你深深地想她,默默地念她,她的身影,她的笑靨,她的嘆息,她一闋闋的吟唱都堆疊在夜色的薄霧裡,讓你欲罷不能,然而情到濃處,卻是魂銷易驚,面對殘酷的現實,你亦無能為力。

「風簾半鉤落,秋月滿床明。」風吹簾落,秋月滿床,只是佳人已逝,你再也聽不到她聲聲的呢喃細語,怎不惹人心生惆悵?遙遙的天際,沒有了北歸的鴻雁,茫茫的虛空,寂寂地吞噬著所有渺小的身軀,縱有千種相思,又向誰人寄?

「悵望臨階坐,沉吟繞樹行。」花開花落,一場寂靜的生,一出沉默的死,於暗夜裡書寫著人間所有的悲歡離合。你坐在屋前冰冷的階上,恍惚間,卻看到她似氤氳的霧氣,若瀰漫的清香,如煙籠的薄紗,踩著清澈的碎步微笑著朝你走來,而你便靜靜倚在那份幽暗的嫵媚中,悄悄聆聽她聲聲婉轉的呢喃,任惆悵裹滿全身。

沒有她的日子,你繞樹沉吟,又是通宵無寐。想來,你時時躑躅在幽深的黑夜裡,便是她總在那裡守候著你,令你總也不忍離去。你伴著清

風，徘徊流連在院前的花草樹木間，一遍遍地數著夜空下絲絲縷縷的柳條，卻不知它們是否會把你的思念纏繞成一個剝不開的繭，於是，那些輕淺的腳步裡便有了躑躅，有了悵惘。

「孤琴在幽匣，時迸斷絃聲。」孤琴仍放在布滿灰塵的木匣中，只是因為時常還依稀能夠聽到那迸斷的絃聲，所以總是令你不忍目睹，只好將它束之高閣。你早已習慣於在這樣的夜色裡，固執地追尋一個悽迷的夢，對著一室深不見底的冥暗，想要用你痴情的目光將漆黑的黑夜永遠穿透，一勞永逸。只是，那有情人卻不忍在黑夜裡轉身離去，而你這無情無念的人亦不忍在黑夜裡再次棄她而去，不願再看到她為你難過、為你傷懷，所以你許下了要為她停留的誓言，哪怕是一生一世、三生三世，也不會覺得長遠，於是，你只能繼續流連在黑夜裡，怎麼也無法抽離。

可是你老了，才三十一歲，你便開始生出了白髮，這經不起太多等待的歲月裡，真的還有那麼多時間供你全部揮霍在失意的回憶裡、流連在永不停止的悲傷裡嗎？你漸漸覺得力不從心，健康每況愈下，但你始終沒有放棄在黑夜裡守著她的歸期，哪怕雙腿疲軟得讓你再也沒有力氣邁出下一步的路徑，而這只因為你是那麼的不想放棄她。

蕙叢，妳在哪裡？你踏著花的碎影投進夜的帷幕中，卻始終找不到她孤寂的身影，所以只能倚著牆角靜安一隅，在風聲裡細辨流光婉轉，然後持起一份清朗與飄逸，於最深的夜裡，安靜地聆聽她剎那而至又剎那而過的心語。你就那樣靜靜地等，靜靜地盼，卻不知道在某個轉身的瞬間，在某個沒有停歇的片刻，所有的過往都會煙消雲散，讓你再也來不及觸控曾經的溫婉。其實，你從來都沒有太多的要求，你只是要等她回來，等她回來給你一個甜甜的笑靨，為你彈一曲幽琴，為你跳一支綠腰，然後羽化為一縷薄紗，永遠蒙在你生命的波光裡……

你記得她曾經說過，地獄的彼岸有一種花，並有著一個美麗的名

字——曼珠沙華，而更多的人則喜歡將它喚作彼岸花。傳說那是已死的情人不寐的靈魂所綻放的奇蹟，於是，你開始相信，每一個七七之日，便都是屬於她的一個輪迴。

悲傷的你總是時常忘記你和她故事的開端和結尾，只是因為你不想憶起，可那些遙遠的記憶卻又不曾放棄過任何掙扎的機會，總是在你最痛苦的時候又將往事輕易拈起，打得你措手不及。你抬頭仰望天空，看著朵朵游離的白雲在眼中漸次透明，那濃郁的桂花香氣便裹著駱驛不絕的前來弔唁的人群慢慢散開，剎那便又消逝得無影無蹤。你在心底倏忽長嘆一聲，這一刻，你終於明白，它們在以一種絢麗而哀傷的姿態逝去，雖然轉瞬便沒了痕跡，卻也期待著能在未知的日子裡再次相遇，只是，守於你春天的明媚色澤都已隨風飄散，而你，又將要如何，如何才能等到與你天人永隔的她歸來把酒共歡？

謝傅堂前音樂和，狗兒吹笛膽娘歌。
花園欲盛千場飲，水閣初成百度過。
醉摘櫻桃投小玉，懶流叢鬢舞曹婆。
再來門館唯相弔，風落秋池紅葉多。

——〈追昔遊〉

你又想起當年在岳丈韋夏卿位於洛陽履信坊豪宅內的奢華生活。有她，有你，有無限花紅，也有著不盡春光。那時的你是多麼快活，那時的她是多麼嬌美。你們過著無憂無慮的生活，日日吹簫、夜夜笙歌，哪裡會想到今日的淒涼永絕？

你還記得，那年你回長安的前一天晚上，韋夏卿特地在府裡擺了豪華的宴席，把洛陽的名流都請來作陪，目的就是讓更多的朝野人士認識你這個才華橫溢的嬌婿。你感激老人家的盛情，可這些年來，你卻又是這樣的

不長進，不但辜負了岳丈的提點，更辜負了韋叢對你的殷切期盼，怎能讓你不懊悔不心生惆悵？

「謝傅堂前音樂和，狗兒吹笛膽娘歌。」那天晚上，在韋府樂舞主謳泰娘的指揮下，樂工狗兒吹著笛，膽娘唱著曲，氣氛歡快無比。「花園欲盛千場飲，水閣初成百度過。」大廳裡擺不下宴席，花園的空地也被占用，芳草萋萋處，擺滿了來自全國各地的美酒佳釀，而那為宴客剛剛修好的水閣，也是隨處可見端著盤子進進出出的侍婢僕役，場面空前盛大。

「醉摘櫻桃投小玉，懶流叢鬢舞曹婆。」樂工們一邊喝著酒，一邊發著酒瘋往歌女小玉身上投擲櫻桃，舞女曹婆卻帶領韋叢走進舞池跳起了綠腰舞。訴不盡的香豔浮華，舞不盡的風情萬種，每個人的臉上都溢著如花的笑靨，而如今，韋宅依舊，卻是「再來門館唯相弔，風落秋池紅葉多」。再回首，往日的輝煌不在，歡笑不在，就連韋叢嬌俏的身影也消逝殆盡，風過處，秋池邊唯留下一地淒零的紅葉，供你於落寞處默默咀嚼。

如果時光可以倒流，你寧願放棄一切的奢華，哪怕只擁著她睡在破舊的棉絮縫成的被子裡，看著她淺淺淡淡的笑，你也會心滿意足。你常常在夢裡哭醒，在夢裡看到她身處大漠，在遙遠的異域，站在黃沙之巔，懷抱琵琶悲淒地唱，一臉的憔悴。而你只能跌坐在屋角望著她遙遙地哭泣，無能為力。看盡繁華塵世，望斷歸路，你知道，你心愛的妻子早已逝去，一如東流的春水，一去不再復返。然而，此情不泯，又有誰人憶？大好的春光早已漏盡，縱花事未了，也只剩下彼岸花開遍在蒼茫大地。

你踟躕在昏暗的黑夜裡，不忍離去，是為著那份相思的無情花朵正含苞待放，從中可以輕嗅那剔透的芳菲，任你為她劃下綠色的思念音符；你踟躕在斷腸的黑夜裡，不忍離去，是為著黑夜早已侵蝕進你的骨骼肌膚，以風月的誘惑埋進了你對她念念不忘的點點滴滴的情思。或許，就那樣不經意地愣怔在黑夜裡，便能夠讓你在無盡的思念裡撥冗與她相見，可即便

2. 夜闇

遇著了夢中的她又能如何？佳人已隨清風逝，你和她終是隔著兩個世界的幽靈，而離去與堅守在你的思緒裡也早已變得概念模糊，那麼就讓你靜靜地守候在黑夜裡，讀一份夜的掙獰或清寂，在離痛的心間翻起潔白的浪花，為她也為你滌蕩一出塵世的浮華吧。

你醉了。你開始酗酒。酒真是好東西，可以讓你瞬間忘卻所有的痛苦，卻又憑添了更多的離愁。你又看到了韋叢，眼神中的憂鬱和寂寞，竟然和你一模一樣。可是，她那嬌美的容顏和溫柔的背影，你又要去哪裡才能將它輕輕捉摸？

你輕輕嘆了口氣，提著酒壺，噴著酒氣，順著院後的一條小徑，搖擺地出了門，獨自朝遠處龍門石窟的方向走去。你不管路途遙遙，不管餐風露宿，不管此時已是夜深人靜，你只知道那裡是無數佛教信徒朝拜景仰的地方，你曾帶著韋叢去燒過香拜過佛，她曾經告訴你，那裡的菩薩最靈，所以你一定要帶著最真摯的誠心去那裡求菩薩，求他把你的蕙叢還給你。

你一邊喝著酒，一邊發出淒烈的笑聲，蹣跚著朝前走去。你到了龍門石窟，那個神聖的宗教世界。那裡有你的先祖留下的氣息和璀璨的文化遺跡，可你並不打算沿著先人的足跡去打撈元氏家族過往的輝煌，你只想讓那些不會說話、不會對著你笑的冰冷的佛像給你一個承諾。你跪在佛前，求了又求，哭了又哭，可他們只是那樣一如既往地看著你，沒有表情，沒有一點點同情心。你不知所措地抬起頭，仔細端詳著面前的一具具漠然的佛像，看到的只是冷漠和無情。你絕望了，他們已將你的蕙叢帶走了，又怎會把她還給你？

你悲痛欲絕，回過頭，趔趄著繼續朝前方走去。再前方，便是懸崖，懸崖上巨大的岩石矗立在那裡，彷彿刀削一般的平整、筆直。你停了下來，久久注視著那些神祕而悠遠的石刻。據說數百年前，在元氏家族一統江山的北魏朝，曾經有很多得道高僧在這裡修行、悟道，石刻上的文字便

是那些僧人留下的感悟，字跡縱橫、凌亂，彷彿大有深意。

你默默凝望著這些石刻，彷彿看見，當初在這裡修行的高僧是怎樣斬斷了情絲，摒棄了欲望，了卻了情愛，離別了紅塵，只為追求修行上的極致。

你伸出手去，想撫摩一下這些前輩們留下的字跡，想深切感受一下他們內心的孤寂。石壁冰冷、堅硬，彷彿世俗的誘惑、人世間的糾葛。你閉上雙眼，試著像那些高僧一樣入定。

佛法無邊，漫漫紅塵，我自參禪，去留兩便。如果老天注定你的蕙叢再也回不來，那就讓你忘掉這一切吧。你在心底祈禱，祈禱能像那些得道高僧一樣，忘卻紅塵所有的煩與擾，可上蒼卻沒有如你所願。在你腦海中，卻漸漸浮起一個嬌美的容顏，還是那個在曲江畔初見的美豔得如春花般撩人的千金小姐。她在微笑，她在顰眉，她在沉思，她在嘆息，她在徘徊，她在落淚……

這時，山崖上突然落下來一滴晶瑩的水珠，冰冷至寒，直直地打在你的頭上。

你驀然一驚，猛然睜開眼，早已出了一身冷汗。

回頭望去，那石刻上縱橫犀利的文字，已然變成了一行血腥的大字：

魔，魔，魔，魔，魔，魔，魔，魔，魔，魔，魔，魔，魔，魔……

你不知所措地望著那令人毛骨聳然的石刻，臉色驟然大變，身子不由自主地朝後退去，一個踉蹌跌了下去，汙濁瞬間將你身心俱染。你扔掉酒壺，抬起雙手試圖揮落身上的灰塵，卻看到兩隻手心已然猩紅一片。你驚慌失措，酒已醒了大半，迅速抬起腳飛快地朝山下跑去，在山下的清潭邊反覆搓洗著那雙沾血的手。怎麼會這樣？此時你完全清醒了過來，睜大驚恐的眼睛仔細打量著四周，卻見山泉淙淙，流水如夢，夜鶯在泉水旁翩翩

起舞,這才稍稍安心了一些。再一頷首,清潭中便出現了一個明眸皓齒的女子,對著你盈盈地笑著。

你久久地凝神望著那個女子,是你夢中不捨離別的蕙叢。你終於知道,這就是命運,你終究抵擋不住。良久,你抓起一根樹枝,劃過孤獨的水面,寫下一首充滿惆悵的情詩:

積善坊中前度飲,

謝家諸婢笑扶行。

今宵還似當時醉,

半夜覺來聞哭聲。

——〈醉醒〉

蕙叢。你任思念化成詩文,在每個日夜,在每個醉了的角落。

「積善坊中前度飲,謝家諸婢笑扶行。」你仍然忘不掉昔日於韋府共她一起度過的美好時光,卻不知為什麼所有的快樂都是那麼脆弱,那麼經不起歲月的推敲,眨眼間,便又變得煙消雲散,讓你怎麼找也找不到一絲絲的痕跡。

你純潔的字眼裡有了更多的懺悔。不悔的情念裡,她往日花下撲蝶的身影在你眼底模糊著懸空浮現,彷彿印證歲月的一具浮雕,瞬間便被黑夜的迷霧鐫刻得雋永而剔透。你抬起頭,深情凝望著她朦朧的身影,卻驚詫地發現,原來所有的都已迷失在往日的蒼穹深處,你再也無法尋見回歸的渡口,只能悵然望著她裊裊離去。

「今宵還似當時醉,半夜覺來聞哭聲。」同是中宵醉醒,當年都有她伴在身邊望著你淺淺淡淡地笑,毫無怨言地餵你喝著醒酒湯,替你蓋上衾被,可眼下,醒過酒來的你卻只聽到自己嗚咽的哭聲,只能在孤寂的世界裡憂傷著自己的憂傷,痛著自己的痛,早知如此,還是不要醒來的好!

3. 空屋題

　　大唐的明媚已然遠去，在繁花落盡之後，依舊於心間縈繞盤旋的只是些長短的情懷。世間事，望不盡，穿不透，於你眉眼，於我心頭，總是糾纏，牽絆，難分彼此。此時此刻，於寂寞中想你，燈前案邊，有前世的眼波在窗前千般流轉，於是，便又藉著你詩中的韻律，奏成唐時樂坊的曲，在心底低低落寞成一首古老的離歌，只願輕輕地唱給你聽。

　　五十弦柱的錦瑟，端坐於每部宮商的思念間，一行行古老的樂譜懸浮在雲梯，共我於縹緲的思緒中一同傾聽花與月在遠古吹來的風中輕吟淺唱。而遙遠的你，那抹朦朧的身影，卻在愈行愈遠的跫音中漸輕漸薄，彷彿不堪一握的幻夢，總是無法踱進我流連的阡陌，也無法讓我觸控到你留給這個世界的最後的溫柔。

　　一次又一次沉溺於幻想的夢中回味你的故事，總想送你一份明媚的歡喜，讓你永遠都不再被悲傷左右，卻不意，心跳的時候，聽到的只是聲聲悽楚的辛酸離歌，即便瞪大一雙望晴的眼，在永不停歇的祈禱中也看不見你想要的永久，落入眼簾的，唯有悲傷的離歌牽著落花的絮在枝頭飄飛輾轉，片刻的眺望便已染了千年的寂寞深遠。我不知道，那些鎖居於重樓深院的心事，那些傾注於琴弦的訴語，是不是真能塵封住無盡的思念，也不知道，珠簾翠帷裡，到底鎖住的是怎樣的寂寞與情結，只知道，我和你隔了千年的距離，但你遙遠的憂傷還是穿過那些看似不可踰越的鴻溝，轉瞬便將我那顆易感的心震顫到支離破碎。

　　案前一卷卷的書頁，已輕輕在繚繞的香煙中合上，今夜遼遠而又綿長的情懷，縱寫滿流年淌過的所有香箋，又如何能傳遞至你流連徘徊的時空？我在月光下輕輕地唸你的名字，不為別的，只為替這世間留下你最美的笑靨，任你在思念湧起的阡陌上，折一身瘦骨，抒幾頁素箋，然後帶著

3. 空屋題

　　你記憶中的瓣瓣心香，在紙的一端飄舞成花，絢爛我所有的憶念與留戀，也讓這行行復行行、這一頁頁曲折迂迴的心事，在千年之後徹底尋找到釋然的理由。

　　凝眸，十月的風塵早已在堆積的時光裡織成一地荒蕪的錦繡，織俏了紅塵的滄桑，孤獨的庭院裡迅即凝住了一段寂寞的情感，在楓葉霜紅的枝頭瑟瑟發抖。此時此刻，我什麼也不去想，只是在被蠱蠱的字裡行間，細細梳理你過往的情絲，看你思念凝出的形狀，在寂寞裡緩緩盛開成一朵出塵的奇葩，然後便又沒有來由地想起了你們的故事。

　　你和她，曾經是牽牽念念的相依，是噓寒問暖的相守，是行走天涯的相諾，是千言萬語的珍惜，是刻骨銘心的相思；你和她，是一杯香醇清冽的香茗，是一曲輾轉流離的霓裳，是一卷流香不盡的芳詞，是一懷繞指纏綿的溫柔，是一臺粉墨登場的大戲，每一句對白，都在風花雪月的記憶裡婉轉成不捨不悔的詩詞歌賦，千百年後仍然綻放在搖曳的寥落裡，供人默默地憑弔傷懷。然而，這真的是你們想要的嗎？答案自然是否定的。其實，你從來都不曾甘心，那樣的結局，縱使早已被抒寫成光陰裡深情不悔的永恆，於你而言又有什麼意義？你要的不過是執手相對、白頭到老，可上天似乎並未憐憫你的痴心，你的祈求，你的禱告，終於還是被一抹無情的、盛大的蒼白輕輕覆蓋過去。

　　枕著你千年之前的悵痛，我在千年之後深種的寂寞裡，把你對韋叢的思念摺疊成了一枚枚的紙鳶，然後逐一放飛在高闊的天際，讓十月的羽翼將它們一一攜出庭院，任你和她的故事在牆外的枝頭繼續演繹，更為那遠離的愛情穿上了嫁衣，彈起了弦曲，奏出了執著的音律，在山高水長的陌上祈禱，祈禱你和她終能在那遙遠的地方長相廝守、白首到老。

　　當紙鳶帶著我的祝福飛向遙遠的遙遠，我彷彿看得見，你就坐在那裡，和我一樣，舉頭望著天邊絢爛的雲彩，卻蹙著憂鬱的眉，滿心想的只是你

的蕙叢。我還看得見，你執守在有風有月的夜裡，坐在洛陽城闊大而孤寂的屋子裡，坐在窗下的案邊，一筆一劃地書寫著熟稔卻又早已冷卻在心的詩賦，用思念的淚水攀著斑斑的文字，閱盡天涯離別苦，卻不道一聲歸來。

我就這樣長長久久地望著你，隔著天涯，隔著海角，隔著千百年的時光，隔著蒼老渺茫的記憶，伴著一份寥寂清冷，終與你剎那相逢於歲月的流轉裡。寂靜的夜宛若妖嬈的罌粟，悄沒聲息地開在最深寂的時光裡，那幽靈般的光澤星星點點地籠罩著整個大地，籠著你的相思，和著憂傷的笛聲，徜徉在我思慕的血液裡。此時此刻，我失去了發言的權利，也無法為你執筆寫情，於是只能安坐於風中靜靜地聽，聽你在雲端輕輕奏起那首清醒而又沉醉的夢曲，卻不意，那用萬千相思化成的絃音，竟聽得我的心越來越飄搖，情越來越迷離，而夢著你的夢也變得越來越遙遠。

回首，身後的大地一片蕭索，漆黑的夜伸手不見五指。芳華散盡，於你走後，世間的一切都不過是轉瞬曇花開落過後的荒涼。唯有你，才是那重樓深院裡最永恆的景，只可惜笛音夢沉，你我已剎那永訣，我再也找不著你的蹤影，亦如你無法找尋到蕙叢的身影。此時，我能做的，只是把千古的離歌在憶念中奏響，把平仄的詩頁在不捨中掛起，然後，就這樣淺淡地呢喃著，清婉地低語著，獨自寂寞地朝拜一個詩人的地老天荒。

……

浮萍若水，幾多滄桑，頻頻相望，卻都化作流水而去。韋叢去世已經三月有餘，轉眼間便到了落葉蕭蕭的深秋，你的鬢髮也因為思念遠去的妻子染白。

無獨有偶，韋叢棄世不久，你住在洛陽城外的摯友盧子蒙便也遭遇了和你一樣的變故。同樣的喪妻之痛，同樣的悲愴離愁，都令你和盧子蒙越走越近，兩個男人時常聚在一起喝悶酒，一起懷念故去的妻子，一起發洩

3. 空屋題

心中的悲苦愁悶，但無論如何卻又無法排遣內心的寂寞，只能偎著一屋秋寒，默默思念那遙遠的人打發這難熬的時日。

這段日子，你寫了很多追思故人的詩作贈給子蒙。〈擬醉〉、〈勸醉〉、〈諭子蒙〉……一首接著一首地寫，卻仍然無法寫盡自己對韋叢的思念：

九月閒宵初向火，

一尊清酒始行杯。

憐君城外遙相憶，

冒雨衝泥黑地來。

——〈擬醉〉

竇家能釀銷愁酒，

但是愁人便與銷。

願我共君俱寂寞，

只應連夜復連朝。

——〈勸醉〉

撫稚君休感，無兒我不傷。

片雲離岫遠，雙燕念巢忙。

大壑誰非水，華星各自光。

但令長有酒，何必謝家莊。

——〈諭子蒙〉

她真的已經走了？你怎麼也不敢相信妻子韋叢已經去世的真相，在深邃的暗影裡，你固執地迷失著，同時也一直在尋找，尋找著一條出路，一條麻醉自己的路。你每天都沉醉在酒的世界裡，逼迫自己不去想，不去思考，不去面對殘酷的現實，哪怕女兒保子的悲啼你也不去理會，似乎唯有

這樣，你才能當一切從來都沒發生過一樣。

刻骨的相思令人愁腸百斷，可這些對你來說還遠遠不夠。初寒之夜，醉酒醒來的你又迫不及待地披上衣服寫詩給盧子蒙，為撫平子蒙內心的傷痛，也為安慰自己那顆受傷破碎的心。

離別的日子裡，只有盧子蒙才是真正了解你悲苦心境的人。你們結伴在酒肆裡沒完沒了地喝酒，喝完後就把杯盞摔得粉碎；你們相擁著在陌上哭得死去活來；你們互贈悼亡愛妻的悲壯詩篇，點點相思都寄予筆端化作一縷青魂，無論白晝，不分黑夜。所以你還要寫，一如既往地寫下去，寫給你的知音看，哪怕那些文字將你血淋淋地肢解，你也不能稍作停歇。

月是陰秋鏡，寒為寂寞資。
輕寒酒醒後，斜月枕前時。
倚壁思前事，回燈檢舊詩。
聞君亦同病，終夜還相悲。

──〈初寒夜寄盧子蒙〉

「月是陰秋鏡，寒為寂寞資。」你抬頭望著窗外蕭索的秋色，望著秋色裡如同陰秋鏡般森森的月亮，任由她的名字在心底飛舞，卻不料，那些細密的思念怎麼也飛不出這一方庭院深深，也飛不出這一箋無字的錦書，於是，只能和著淚水在給盧子蒙的詩箋上寫下對她的脈脈思念。

「輕寒酒醒後，斜月枕前時。」酒醒時分，寒涼襲人，斜月已照枕邊，只可惜人去屋空，枕邊雖還殘留著她髮梢的蘭香，卻照不見她溫婉的面容，只餘一聲嘆息在你耳畔沉沉響起。

「倚壁思前事，回燈檢舊詩。」你倚著牆壁回憶著和韋叢一起生活的點點滴滴，想起她每個黃昏都穿著色澤黯淡的衣裳，淺淺淡淡笑著站在廊下，等你從官衙回來時的模樣，心就痛到了極點。這六年來，你究竟為她

做過些什麼？除了惹她傷心，讓她不安，你可曾有過溫暖她的言行？你搖著頭，轉過身子，在燈下搜揀起自己過去替她寫下的舊詩，驀然回首，卻發現那些簡單的文字卻從來也沒有寫出過你們之間任何真摯的情感，難道是自己對她的感情始終都沒有熱烈過嗎？

你痛心疾首地伏案而泣。蕙叢往日的溫柔，一笑一顰，卻都已成為你不解的心結。你後悔，你懺悔，可這一切又能改變什麼？能讓死去的蕙叢活生生地站到你面前來，再斜倚窗下剪出那一張張生動活潑的剪紙來嗎？

「聞君亦同病，終夜還相悲。」你只能把對韋叢的思念寫進詩裡，和子蒙一起分享你的每一份痛，每一寸傷。外面的風漸漸大了，它在嘶吼，彷彿在嘲笑你的愚蠢，譏諷你的懦弱，可是除了痛苦著思念，你還能奈之若何？風可以嘶吼，你卻只能沉默，在寂寂的夜裡和子蒙互相舔舐內心的隱痛。

你將墨跡未乾的詩稿拋向空中，擲斷手中的羊毫，跌坐在地上，孤獨地飲著烈酒。沒有盧子蒙相陪，你喝得寂寥無味，喝得清心寡慾，卻無法讓自己迷醉，對韋叢的思念也變得愈來愈強烈。希望在哪裡，出路在哪裡？沒有了蕙叢的日子，你和保子的生活究竟會怎樣繼續？失去了母親的關愛，女兒的悲痛又要誰來撫慰？你搖頭，你不知道，你實在不想面對女兒，因為是你害死了她的母親，是你害得她失去了母愛。是你，是你，都是你！你是罪魁禍首！你只想沉醉不再醒來！

抬頭，一絲星點光芒在洞開的窗前忽明忽暗地閃現——那是生命的希望，那是出路的方向。你拚盡氣力將手裡的酒壺朝牆上狠狠砸去，立即拖著疲憊的雙腿，醉眼矇矓地朝向窗外的星點光芒處踉蹌奔去，穿過院落，穿過大街小巷，一直來到人煙罕至的荒郊野外，然而等靠近了才又發覺，茫茫霧靄中，卻原來只有一團磷火在閃爍跳躍。

失望之餘，你習慣性地抬起左腳，狠狠朝前踢去，接著一陣椎心的疼

痛便又使那麻木的雙腿重新找回了知覺，讓你重重跌坐在了地上。定睛一看，原來被你踢中的卻是一具白慘慘的骷髏頭，你不禁倒吸一口涼氣，不過很快就恢復了平靜，以一股無畏的氣勢瞪大眼睛盯著那具骷髏頭，渾濁的淚水瞬間模糊了視線。想著這骷髏頭生前或許美貌如花，或許風流倜儻，可現在卻落魄到無所歸依的地步，再想到與你悵然訣別的韋叢，而今卻無法觸及她曾經的點滴溫暖，怎能不讓你頓生無限的悲痛？

　　回憶夾雜著許多花碎的映像，在你眼前默默回放。念想，不盡；疼痛，不止；迷茫，不斷；眷戀，不停。愛情跌落在迷夜的深淵，徒然變得白骨纍纍。低頭，思緒漸漸變空，你望著眼前的白骨低語呢喃，除了她，你什麼都不要。沒有她，就等於失去了整個世界；沒有她，就等於花朵失去了色澤，再也無法耀眼奪目。她走了，沒有了她的日夜，你覺得每個日夜都是你的肆意揮霍，可生命裡尚有幾多時日能夠一直供你揮霍下去？

　　生活就像一張血盆大口，正拚命地撕咬、吞噬著你記憶裡的殘片，讓你不得片刻安生。或許，終究會有一天，歷盡磨難的你，會等到一個心裡長滿荒草的時候，而到那時，便不會再沉浸在冰冷的記憶裡一一細數從前，不會再讓悲傷與痛苦繼續侵蝕你那顆曾經易感的心，但現在，你滿眼裡看到的還都是她的影子，一刻也沒有停歇，又怎能讓你止住這刻骨的相思與悲慟？你不會就這樣放任她消逝在自己的世界，因為你害怕，害怕她會從你的記憶裡消失，就像她從你的生活裡突然消失一樣，所以你必須留下些什麼，哪怕這樣做的代價是赴湯蹈火後的粉身碎骨。

　　你苦苦唸著她的名字，忽地，那冰冷的白色骷髏卻在你眼前綻出了一朵嬌豔的白花，更有幾滴暗紅的的血液從花心裡滲出，猙獰而又恐怖，但那一陣迷幻的幽香卻又使你無法轉移視線。你並不害怕，絕望中的你只想伸手去觸控那滴來自靈魂深處的血液，希望它能幫你把自己內心的渴望、痛苦、迷茫和無言的吶喊，都一一捎給天邊的韋叢，向她深刻表白。緊接

著，你又看到那一抹暗紅迅速滲入白色的花蕾之中，瞬間消失殆盡，然後那喇叭形的花冠便在你眼裡放肆地擴張、生長，妖豔欲滴而又恐怖蒼白，像極了某種遠古的神祕的詛咒。

「曼陀羅。」他輕輕呢喃著，不錯，蕙叢說過，這便是那與死亡相生的噬血之花。可是蕙叢又在哪裡？你睜大眼睛朝花底望去，卻看見一個穿著一襲素衣的曼妙女子舞動著裙裾，緩緩從花心裡飄了出來。她蒼白的臉上寫滿了憂傷、怨恨，還有無盡的離愁。但她不是你的蕙叢，卻是你曾經唸了千萬遍的鶯鶯。她放在胸前的手裡捏著一張染香的詩箋，正在颯颯寒中緩緩飄拂，你定睛一看，不是別的，卻是當年她寫給你的那首訣別詩：

棄置今何道，

當時且自親。

還將舊時意，

憐取眼前人。

「鶯鶯，妳終究還是不肯原諒我嗎？」你痛苦地閉上雙眼，「妳知道，辜負妳的是我，可這跟蕙叢沒有關係，妳不能把心裡對我的怨恨發洩在她身上。」

素衣女子只是望著你淺淺淡淡地笑，那璀璨的笑容亦如葦叢曾經如花般絢爛的笑靨。

「我們不可能了，難道妳還不能放下嗎？」

她還是望著你嫻靜地笑，默無一詞。

「妳放過我們吧。求求妳，放過蕙叢，她從沒做過一點傷害妳的事，求求妳，把她還給我吧！」

她收斂起臉上的笑容，又蹙著眉頭憂鬱地望著你。

「妳還不明白嗎？沒有了蕙叢，我就再也找不到回家的路，沒有了她，

我就會變成腳下的石子，變成眼前的磷火，變成……」

你還想說下去，可她已轉瞬消逝在你的眼前，只剩下那朵曼陀羅花依然在空蕩蕩的世界裡瘋狂地生長著。你不去理會曼陀羅，忽地轉過頭望著那依舊閃爍著的陰森森的磷火，忍不住痛苦地大聲問著它說：「難道你也有什麼要對我傾訴的嗎？我失去了蕙叢，我為她而痛，為她而苦，可你又為了什麼？」

你喃喃自語著，眼前的磷火卻愈燒愈烈，愈烈愈詭異。它兀自孤寂地跳躍著，彷彿要對你傾訴些什麼，似是悽婉，似是哀怨……一時間，在你耳畔響起的都是陰靈的聲音，然而迷夜卻控制著它們，讓它們滿腔的怨恨無處發洩，只能在你頭頂肆意盤旋、呼嘯。

你不敢理會，生怕被這充斥著痴怨的空間同化。飄來蕩去的陰靈在你耳邊空洞而又久遠地吱叫著，像是引導著寒與怨的匯聚。你突地心生恐懼，跌跌撞撞地爬起身來，邁開腿盲無目的地四處奔襲，只留下一曲哀歌在你背後響徹雲霄……

睜眼，膽娘正拿著熱毛巾敷在你的頭上。你這才發現原來剛才的遭際只是南柯一夢，不禁伸手揭去額上的毛巾，輕輕坐起身，打量著膽娘問：「現在幾更天了？」

「剛剛敲過四更天。」

「這麼晚，妳怎麼會在這？」

「保子一直哭個不停，我哄了她一夜好不容易才哄睡了她，」膽娘低頭咬著嘴唇說，「剛想躺下，就聽到姑爺聲嘶力竭地叫起來，所以就過來看看，沒想到姑爺額頭燙得厲害，所以膽娘就……」

「我沒事，天亮了就會好的。」你輕輕嘆口氣，「我又夢見妳家小姐了。」

「小姐……」膽娘含著一眶晶瑩的淚花，「姑爺，人死不能復生，您自

個身子骨要緊,千萬不能⋯⋯您要是再垮了,我和保子就真的要無依無靠了。」

「保子這幾天還鬧著?」你不無難過地問。

「保子每天都哭著喊著要我帶她去找娘,奴婢只能哄她,說小姐去了一個遙遠的地方,要等她長大時才能回來,可是⋯⋯」膽娘早日淚如雨下,「姑爺,再這樣下去,奴婢怕是瞞不住了,奴婢⋯⋯」

「我不是個稱職的父親。」你痛心疾首地望著窗外寂寂的夜色,忽地問道,「蕙叢的後事,都,都準備得如何了?」

「二老爺都安排妥當了,就等著姑爺您發話,送小姐的靈柩回咸陽洪瀆原元家祖墳入葬了。」膽娘哽咽著說。

「二哥⋯⋯」你淚眼模糊,「我⋯⋯我不是人⋯⋯我不配做你家小姐的夫婿,我⋯⋯」

「姑爺!」

「二哥他⋯⋯」

「二老爺吩咐下來,不讓我們下人打擾姑爺,他說再等等,姑爺自己就會想通了,到那時再跟姑爺商量不遲。」膽娘泣不成聲地望著你,再也說不下去了。

「妳是不是很恨我?」

「姑爺⋯⋯」

「我知道,妳從心底裡厭惡我,如果不是我,妳家小姐就不會患病,就不會⋯⋯」你痛苦地閉上雙眼,「小姐臨終前有沒有什麼特別的話交待過妳?」

「小姐她⋯⋯」

「我從東川公務回來,還沒來得及喘口氣,就因為得罪朝中掌權的重

臣，被趕到洛陽分務東臺，妳家小姐也馬不停蹄地從長安隨了我來，可我卻每天都忙於公務，沒能多關心她，沒想到，才來了十幾日，她便突發疾病撒手西去了，我……妳儘管告訴我，小姐要是還有什麼未了的心願，我就是肝腦塗地，也要替她辦好。」

「小姐未了的心願就是姑爺和保子將來的日子該怎麼過。」膽娘抽泣著，「小姐到死心心惦念的只有姑爺和保子，可姑爺您在外面做的那些事對得起小姐嗎？您知不知道，小姐這病是怎麼落下的？要不是您，小姐她……」

「妳說什麼？」你不明白地盯著膽娘，「我……」

「姑爺還想隱瞞嗎？全天下的人都知道您在東川和那個叫薛濤的女校書唱詩互和，您還派人把她從成都千里迢迢地接到梓州，每天花前月下，又哪裡還會想起我家小姐是誰？」

你震驚了。你沒想到膽娘會說出這麼一番話來。可你不想解釋，只是平靜地望著膽娘嘆口氣問：「妳家小姐也聽到這些流言了？」

「小姐若沒聽到倒好，就是因為聽到外面的流言蜚語，所以才氣出好歹來的。」膽娘瞪著你忿忿地說，「這世上就數我家小姐最善良，可你也不能因為我家小姐善良就憋足了勁欺負她到底啊！先是鶯鶯，現在又是什麼女校書，你心裡什麼時候有過我家小姐？」

「膽娘……」你拭去眼角的淚水，怔怔望了她半天，才翕合著嘴唇喃喃地說，「事情並不像妳想像的那樣。」

「不是我想像的那樣？」膽娘苦笑一聲，「那是什麼樣子？你知道小姐聽說了那些事後，心裡有多難過痛苦嗎？可她什麼也不說，她把淚水全部憋在肚子裡，卻強作歡顏迎接你回來，可你都為她做了些什麼？你除了往她傷口上撒鹽，拿刀子往她心裡捅，你還做過什麼？」

3. 空屋題

　　膽娘的話，字字句句都像刀子刻在你的心上，痛徹心腑。蕙叢，妳為什麼這麼傻？為什麼一個字也不說，卻把所有的憂傷都藏在了心裡？難道妳不知道憂鬱得太久會憋出病來嗎？你癱坐在床上，不知如何向膽娘解釋才好。有些事並不是她能夠明白並理解的，現在你唯有用沉默來排遣內心對韋叢的那份深重的愧疚。

　　「你為什麼不說話？做賊心虛了嗎？」膽娘索性將心中對你積壓的所有不滿，通通像倒豆子般地倒了出來，「你在東川風流快活的時候，知道小姐在做什麼？她日夜都守在窗下替你趕製新衣，她說姑爺現在是監察御史了，不能再穿得像從前那樣寒酸，為了幫你買質地上乘的料子，她一次又一次地讓我去當鋪當了她出嫁時戴的首飾，十個手指頭都被針扎破了，可她一句抱怨的話也沒有，只是望著奴婢說不礙事，你說，咱家小姐有什麼地方對不起你的？」

　　「膽娘……」你哽咽著，「是我對不起蕙叢。是我不好，都是我不好。」

　　「就是你不好！小姐做什麼事，心裡牽掛的都是姑爺你！只要你高興，只要能聽你笑出聲來，就算讓她為你去死也是心甘情願的，可你卻背著她……她為你付出了那麼多，你說，你對得起小姐嗎？」

　　「我對不住她，我對不住……」你的心痛到了極點，可你知道，無論你怎樣懺悔也不能挽回韋叢的生命了，你只能任由自己滾下床，長久地跪在窗下，對著案頭擺滿的五顏六色的剪紙，痛哭涕零。

　　夜風裹著冷雨透過敞開的窗戶，夾著落花的憂傷，輕柔地撩起你一簾蔚藍的幽夢，拂起你片片悲哀的心緒，於一張張精緻的窗紙前旋轉飄飛，幻化成一縷輕魂，靜靜釋放在盈盈秋水間，換來你一聲長長的低嘆。

　　你實在無顏再去面對蕙叢。無論如何，她是因你而死。如果自己及早向她解釋，打開她心裡的死結，或許她就不會過早夭折。可是，為什麼自己偏偏沒有想到，偏偏沒有注意到她心緒的變化？從東川回來的那些日

子，她每天都守在窗下望著你淺淺淡淡地笑，但只要你稍加留意，便會發現藏在她眉眼深處的憂愁，為什麼這一切你又偏偏視而不見？

你真該死，你不配做她的丈夫。那麼一個玲瓏剔透的女子就這樣死在了你無情的冷漠裡，叫你怎麼回報她的好、她的真？蕙叢啊蕙叢，妳走了，卻把無盡的痛苦與譴責留給了我，都不曾給我機會改正，妳這是至死也不肯原諒我啊！你跌坐在地上，聲嘶力竭地吼著，蕙叢，如果時光可以倒流，我一定不會再漠視妳的痛苦，不會任由妳把所有的苦都憋悶在心裡，可現在，我已經沒有這樣的機會了！

窗外的夜雨淅瀝淅瀝下個不停，彷彿韋叢哀傷的嗚咽。細碎的聲音慢慢啃噬著你的心，沒緣由的痛陣陣襲來。沒有韋叢的日子裡，你莫名其妙地喜歡上了下雨天，尤其是下雨的夜晚。在這樣的夜裡，想她已經成為你擺脫不了的魔障，悔恨的心緒時刻包圍著你，不讓你有任何逃脫的機會。你無力地坐在地上，望著斜細的雨絲，卻想起春天時韋叢撐著油紙傘送你出行的場景。

那時你剛剛脫了母親鄭氏的孝，又被朝廷從左拾遺的官階提拔任命為監察御史，正是年輕有為之際，心裡便暗暗起誓，要大展一番拳腳報效國家，心情激盪而又愉悅。她在驛站口不停地囑咐自己，出門在外，要好好照顧自己，天熱了要減衣，天涼了要加衣，要是飯菜不合口，就別勉強自己，該下館子就下館子，千萬不要捨不得花錢。

快要分別之際，她背著你一同前來送行的好友白居易，掏出一個包袱塞到你手裡，告訴你，等走遠了再拆開看。你不解地望著她，卻只看到她淺淺淡淡的笑，然後你便騎著馬揚長而去，等到了另一個驛站打開包袱才發現裡面全是「飛錢」。她哪來的那麼多錢？自從岳丈韋夏卿過世後，你們就鮮少到韋家走動，加上為母丁憂，斷了俸祿，日子過得一天比一天吃緊，不要說會有這麼多銀票，能湊合著吃飽飯就要謝天謝地了，可這……

你明白了，她一定是怕你在外邊受委屈，怕你吃不好穿不暖，所以便又讓膽娘背著你偷偷當了首飾，換來了飛錢，想到這，你的淚水就嘩啦嘩啦流了出來。

蕙叢，妳為什麼要對我這麼好？你佝僂著身子從窗下踱到屋外，任細柔的雨絲輕輕打在臉上，沁到心裡，往日的一幕幕再次在你心底縈繞糾纏。伸開雙手，你閉上眼睛，仰起頭接受上帝賜予的洗禮，肆意感受著雨水的冰涼，心，瞬間斷成了一截一截。

「姑爺……」膽娘拿了披風披在你身上，咬著薄薄的嘴唇，不無憐憫地盯著你日漸消瘦的身影，「奴婢一時失態，冒犯了姑爺，還請姑爺不要跟奴婢計較。」

「膽娘。」你睜開眼睛，轉過身，認真盯著她的低垂的臉龐，嘆口氣說，「妳沒有說錯。我對不住蕙叢的地方太多了，就算讓我死也無法償還欠下她的心債了。」

「姑爺這麼說，小姐在地下聽見了會難過的。你知道，小姐從來都不希望你難過，她希望你每天都開開心心地笑，希望你每天都快快樂樂地生活。」

「你覺得這還可能嗎？她走了，我的心也死了。」

「可是……」膽娘咬了咬牙說，「姑爺不是想知道小姐臨終前的心願嗎？其實她最大的心願就是希望姑爺儘早替保子找個母親，她……」

你搖著頭：「我心裡只有蕙叢，這輩子，我都要守著她一起度過。」

「可小姐已經不在了。」

「可她的靈位還在。」

「可你在東川……」

「我跟薛校書是清白的。我沒有做過對不起蕙叢的事。」

「真的?」

「我發誓。」

「姑爺!」膽娘望著你淚流滿面,「可小姐她……你為什麼不早點跟小姐解釋清楚,她是個心重的人,要是你早點說清楚了,她也就不會……」

「是我對不住她。」

「是時候讓小姐入土為安了。」膽娘哽咽著,「小姐太苦了,這輩子她活得太不容易。奴婢知道姑爺心裡捨不下小姐,可這樣耽擱下去也不是辦法,該是讓她好好到地下歇息了。」

「我知道。」你緊緊盯著她的眼睛,囁嚅著說,「明天我就跟二哥商量蕙叢下葬的歸期,明天……」

你再也說不下去,泣不成聲。該走的終歸要走,可你還是捨不下。一旦下葬,就意味著自己和蕙叢剎那永訣,可是不讓她下葬又算什麼?難道自己還要讓她死都死不安生嗎?

朝從空屋裡,騎馬入空臺。

盡日推閒事,還歸空屋來。

月明穿暗隙,燈盡落殘灰。

更想咸陽道,魂車昨夜回。

——〈空屋題(十月十四日夜)〉

韋叢的靈柩終於被二哥元秬護送著回到咸陽洪瀆原下葬。下葬的那天是十月十三日,但仍然無法抑制住內心悲慟,無法直接面對與韋叢天人永隔的你,在痛定思痛後選擇了留在洛陽,沒有隨同家人前往送葬。

儘管身居洛陽,你也無法擱淺對韋叢的思戀,總是一個人忍受著孤寂的長夜,於官邸守著一燈寂寞的燭火,卻分不清哪是現實哪是夢幻。睜眼,閉眼,滿屋全是韋叢的身影,都是那般的傾國傾城,那般的嫵媚可

人。可她何時才能盛裝歸來？是踏著離歌還是涉著江水重新走進你墨韻生香的世界？醉眼朦朧裡，無語翻撿起一地的相思，不料卻撫了滿手的嗔怨，到底，還要你如何才能把一份曾經的溫婉明媚還給你，又該以怎樣的字詞，才能把所有的相思在無盡的失意裡言明？或許，失去她後，你始終都徘徊在一個守株待兔的故事裡，用掩耳盜鈴的方式依著不斷飄散的過往取暖，只是你不明白，她的歸期，其實是個永遠都找不到答案的假想，而你的執著，也只是別人一眼便能明了的自欺欺人。

「朝從空屋裡，騎馬入空臺。」就在葦叢下葬後的次日，你早上照常拖著疲軟的雙腿，緊鎖著眉頭，從留有葦叢氣息的空屋裡走出，帶著一身無法撫平的哀傷，騎著馬去官衙處理公務。這一路的距離其實很短，但在你心裡卻又顯得那麼的遙遙，彷若隔了千山萬水，總也走不到盡頭。

那天早上，你一個人呆呆地站在晨露裡，在寂無人聲的路口，拈著昨夜凋落在枕畔的一縷殘夢，不捨那夢中還未消逝的情香愛韻碎成段段飄零，任淚水漣漣你的官服。琴音未斷，弦已斷，你困於自己編織的桎梏裡，糾結於該如何才能續寫一卷殘舊的思念，任它越過流年的痕跡，讓所有的憂傷迅即流離失所。一切，都已過去。儘管已聽慣了這樣的話語，卻依舊習慣地不去忘記，因為你知道，忘記就是辜負，就是罪孽。

「盡日推閒事，還歸空屋來。」對她的思念不盡，憂傷也不盡，所以只能強迫自己把所有心思都撲在永無止境的公務上，藉以轉移自己的痛苦，可公務總也有忙完的時候，日落時份，你還是要回到那個空蕩蕩的家裡，而看到那曾經留有她身影的每一個熟悉而又陌生的各個角落，你空了的心又總會不由自主地變得沉重。

「月明穿暗隙，燈盡落殘灰。」你痴痴地嘆息，或許今生的盼望都將融浸在燭火的輕煙裡，飄飄裊裊，不絕如縷，卻又永遠都沒個盡頭。你不知道該如何喚回她轉身的軌跡，所以只能在不斷的徬徨中珍藏下為她掉下的

淚珠，依舊浸在痛苦中陷身於難以自拔的困境。看月亮在夜色中升了又落，看燈花在窗下落盡殘灰，恍惚的夢幻裡，不由得又想起那日曲江畔初見時的裊裊清歌、潺潺流水，讓亙古的相思轉瞬承載了整個世界的重量，然而，天上人間，縱妊紫嫣紅開遍，你卻依然找不到她遺失在你指尖的溫度。

「更想咸陽道，魂車昨夜回。」想起殯車途經的咸陽道，想起她的的靈柩已於昨夜下葬，而她從此後便要與你天人永隔，心，立刻裂開一道道褶了的傷痕，痛不可當。時光荏苒，無論天亮還是天黑，都無法掩蓋那份痛徹心肺的傷，可你知道，除了痛著，你什麼也做不了，所以你只能拚盡全部的心力，任深邃的雙眸在惆悵中咀嚼起那一份難以割捨的真心痴情，卻不料對她的愛意卻是越鑄越濃。

夢裡再現了往日恩愛的情景，而現實卻又是如此這般的殘酷，怎麼也無法回歸美好的夢境，所以你唯一能做的選擇便是一再將她在腦海中憶起。卻原來她竟然美得那樣出塵，那樣清奇，就連說話時不經意噘起的嘴巴，在你眼裡看來也都是那麼的美豔絕倫，只是她可知道，而今你孤單獨守的這一份枕冷衾寒、悽悽苦雨，已間隔了你們的相守，讓你再也無法一伸手就能捧起她的嬌豔與嫵媚？

要怎麼做才能將她從那個遙遠的世界追回？你搖搖頭，愛情的誓言早已隨著她的歸去打溼了夢想的翅膀，跌落在你枯萎的心田裡，以後的以後，你只能將心頭的縷縷情絲吝嗇地裝起來，然後把它們藏匿在一個無人可以尋及的地方，只期待在夢著她的時候再深刻表白，讓充盈一生的嘆息，都凋謝在她微笑的臉上。

幽暗的寂寞中，你知道，你始終都在等一個人，等一個愛你的女人，因為她總是不能如期歸來，所以你心底一直盤旋著些微的難過，然而卻又感到些微的幸福。漆黑的夜，依舊不緩不慢地在你的思念中輕輕踱著步

伐，心跳聲也依舊鏗鏘有力地迴盪在這死寂的夜空裡。聽著沉寂的夢囈聲，想著她的窈窕身姿，寂靜陡地爬上你的手心，迅即便又惹得你淚光漣漣。恍惚中似乎聽到她在燈下低聲呢喃，她說她孤單，她說她想你，可放眼望去，卻只看到微弱的燭火在風中搖曳後落下的殘灰，所以你再也按捺不住，索性伏案而泣，任手裡的酒杯空了又滿，滿了又空，再也不願清醒過來。

韋叢是真的走了。帶走了她的笑靨，帶走了你的幸福。你伏在案頭撕心裂肺地哭，自忖那份綿薄的情念是永遠也開不出永恆的花來了，難道這一生，你都要守在寂寂的聲音裡聽那朵孤寂的燈花落了又開、開了又落？徘徊見證了你的無助，顫抖的心跡該如何才能承載起對她無盡的思念？你抬頭望著窗外那顆和你一樣孤獨的星辰，禁不住深深地悵嘆，或許，唯有送韋叢的靈柩回咸陽下葬時，自己在洛陽城外寫給盧子蒙的那首回謝詩才能如實地表達你此刻落寞的心情吧！

　　十里撫柩別，一身騎馬回。
　　寒煙半堂影，爐火滿庭灰。
　　稚女憑人問，病夫空自哀。
　　潘安寄新詠，仍是夜深來。

——〈城外回謝子蒙見諭〉

4. 遣悲懷

　　潮起潮落，緣起緣滅，星移斗轉，滄海桑田，冥冥之中，世間的一切皆有定數，又豈是人力可以輕易改變？蝴蝶在花叢中迷醉了雙眼，流星在夜幕下劃過了遺憾，是心甘情願，亦是依依不捨，而你，依舊不分晝夜地

徘徊在房前屋後，流連在窗前花下，卻只因為記憶中那顆永遠遺留在她眼角的溫柔淚滴。

愛她，念她，儘管明知眼底的一切都是虛幻，你卻毅然決然地穿過一場又一場假象，甘願沒入落荒的夢境，每天都停留在她曾去過的地方，夜夜期待一夢芳蹤，看她在花叢中輕歌漫舞，看她蓮步輕挪、絲絛搖曳，總是柔情脈脈地望著你莞爾一笑。落霞再現的那刻，你依舊在風中想著她，盼著她，等著她，然後獨自一人牽馬歸家，管他春花秋月，管他逝者如斯，你要的只是一份超度你的希望與滿滿的感動。你的世界除了她還是她，那些個日子裡，你不僅感動了自己，也任淺藏在心頭的希冀和潑墨在紙箋上的文字內涵了你飽滿的感情，可即便如此，她還是無法回歸你的世界，而你也只好讓自己一次又一次地沉溺於愛的往事裡，難以自拔。

風，輕輕地吹來思念的韻律；月，淺淺地映出你滿懷的深愁。風清月朗的夜裡，盡把愛唱了幾個輪迴，憑欄處，卻仍是一人獨坐，無人與共。千年一喚，那藏在柳條下的呢喃細語可是她輕輕的低訴？舉杯邀月，你惆悵著拎起一卷細碎的心情，讓花香盈袖的記憶在指下恣意環繞，轉瞬便在心底臨摹出一襲飄逸的影子，你知道，那是你日日祈慕的畫中仙，亦是你深愛的蕙叢，可她依舊沉默無語，冷漠的表情在你看來就是一尊失去了溫度的冰雕，再也不是往日裡與你把盞共歡、苦中作樂的煙火佳人。

記得，你曾在燈下歡喜著說她是你今生乘舟涉水，尋覓了千百個日夜才尋來的女子，而今，這些你儂我儂的醉語猶在耳畔，而她卻早已淪落在你不知道也無法走近的天涯。莫非，是要踐那前世留下的約定，今生的你才會踏著亙古的詩韻，在鮮花與荊棘共生的路上執著尋她而來？可為什麼，你費盡了千辛萬苦，好不容易才求得與她執手相望，她卻又不留一絲牽掛地轉身而去，讓你再也不能把白首同心的誓言續寫在和她共有的花前月下？

4. 遣悲懷

恍惚中，遙遠的天際飄來遺失已久的歌聲，初聽，令人心碎，再聽，令人心醉，毫不猶豫地將它聽完，卻只令人痛不欲生。歌聲裡古老的呼天為誓隔了千年仍依稀可辨：「上邪！我欲與君相知，長命無絕衰。山無陵，天地合，乃敢與君絕……」悽悽，楚楚，儘管和你隔著幾千年的昏黃，但那份令人神魂顛倒的痛依然在剎那間灼傷了你憂鬱的眉眼，只怕繼續聽下去便會讓你魂飛魄散，永不超生。

窗外，一脈柔情在縷縷花香中豐潤滋生，你的心緒也如同那縷縷花香，在思念中氤氳綿長。抬起頭，你悲悵地望著那輪溫婉而又略微顯得模糊的月亮，忍不住在心底低低吶喊著：月亮啊，你能否替我寄出這一縷恬美飄香的相思給那彼岸正翹首等候著我的佳人？你可知道，在那些輕輕淺淺的夢寐裡，在那些瑣碎的記憶裡，只要有她守在身邊的那份真實貼切的感覺一路相伴，我便是死了也終是無怨無悔的啊！

可是月亮聽不懂你的悲傷，你心底的呼喚，只能伴著窗外的冷風飄飛入夢。蝶以花為露，花以蝶為媒，今夜的你卻只能以雪為韻，在夢中與她譜一曲相思，哪怕聽到的依舊只有你一個人，你也要把它用滿腔深情演繹到完美。對她深深的思念總是在隨風徜徉，吹到哪落到哪，遺憾的是始終無法生根，若浮萍般無所歸依；那些淡淡的清愁亦總是宛若清澈的小溪在腳下緩緩地流淌，卻有誰知，再多的凝眸顧盼，換來的也只是他自欺欺人的沉醉？日以繼夜的思念、歲歲年年的回憶，前塵舊事卻如同指間的流沙，正一點一點地漏去，往日裡那一幕幕唯美的纏綿，那一縷縷氤氳的花香，那一懷懷歡喜的心緒，那一曲曲繾綣的紅塵，到如今，卻只能在夢中一晌貪歡，怎不令人愁緒叢生？

你凝目遠眺，但見青山縹緲，樓閣隱隱，惆悵依然難耐。搖曳的燭火在透窗而入的風中默默流下紅色的胭脂淚，一襲單薄的長袍一如既往地翻捲著思念深處的落寞，卻無法替你抵住季節的寒涼，你知道，這又是個難

寐的夜晚，而孤寂，深不見底的孤寂，不過才剛剛開始。對她的思戀依舊在寂寞的風塵中無依地輾轉，青石板上深深的巷弄，落在千年的夢境裡，轉瞬便搖曳下一片絢麗的花瓣，在你襟口烙下了深深的離愁別緒，而你依然義無反顧地踩踏著遠古遺留下的青苔，朝著傳言中她流連過的地方執著尋覓而去。你在心底深深地嘆，為她，即使長醉於默默的守候，你也心甘情願，又哪管朝朝暮暮、日昇月落。是的，現在的你願意為她做任何事，願意每天都在山中為她坎坎伐檀，願意每天都在家裡等待她採薇而歸，然後，用舉案齊眉、相敬如賓的愛情之火為她燃成塵世間的裊裊炊煙，一點一點地溫暖她那顆受傷的心，讓所有失卻的溫馨與柔美，都在如花的詩箋上綿長若水，緩緩流過她相思不語的琴弦，染過你情深不悔的紅塵。

……

今夜，我又坐在燈下讀你。讀你元稹的〈遣悲懷三首〉。

讀這等悽美的悼亡詩，或許應該選擇落花繽紛的雨夜，沏一壺清茶，看青煙裊裊，聽流水潺潺，偶爾夾帶幾聲鳶鳴，只把那絕美的詩章慢慢渲染開來；或者，選擇一個飄雪的寒冬，當地上積了蓬勃的一層厚雪，在屋裡煮上一罈紹興花雕，邊飲邊吟，在那悠哉遊哉中一路品讀，也感慨，也唏噓，也即興彈奏起那一曲〈東風破〉，高歌一曲〈七里香〉。

然後，便在那醉眼迷離中，看那月下的飛雪，看那點點的哀愁轉瞬鋪滿一整個天空，接著，再聽那時空之上，有仙子般靈動縹緲的嗓音又在風中輕輕吟唱起那首憂傷纏綿的歌謠。就那麼一首古老的歌，卻不知道已被傳唱了多少年，而你又聽了多少回，你只知道，每次聽到它倏忽唱響的時候，你便總是痛並快樂著，總是在字裡行間默默品讀它的意蘊，卻不意，它累積了千年的相思，早已染了不可逆轉的力量，只一回首，就讓你無法自拔地沉陷，讓你寧可溺身於距離千年之遙的夢境，也不想有一分一秒是醒在現實的世界裡。

4. 遣悲懷

　　凝眸，一縷婉約的清風，將你埋藏了千年的心事剎那吹落在秋水之上，轉瞬便暈出一抹瀲灩的波光，掀翻了我沉寂多年的心湖，撥開了層層的漣漪，而想念便又在濤起的浪花中成災。那些心事似一枚沉睡了千年的蓮子，剎那間驟然甦醒，在我守望的眼前，以曼妙的姿態輕輕地催出一朵馥郁的白蓮，散發著千年的清香，只是，千年之前，你又可曾披著這一身襲人的香氣在回憶與現實裡不停地徘徊？

　　抬頭，那片片幽香飛舞著的花瓣，在一場不期而遇的細雨中輕輕瀰漫縈繞，而那飄落著的秋雨，飄落著的花瓣，還有那些飄落在秋雨裡的文字，都在不悔的思念中繽紛流淌，然而，流去的是時間，流不去的卻是你從不曾走出過的心的樊籠。幽婉的花瓣如絲絲眷戀的情感，如纏繞在心中的長青藤，被愛的旋律激盪著，牽引著，緩緩劃向明媚後的永恆，是要帶我去看一場花落花開的璀璨與寂寞嗎？

　　回首，你如期而至，悠然飄逸在我懷想的文字裡，而我知道，你之所以來，只是因為對她的不捨，然而，你那笑靨叢生的臉上，卻為何還是寫滿了惆悵與徬徨？你依然心細如塵，儘管你想隱藏亙古之前的悲慟，但那點點的憂傷、縷縷的柔情，還是出賣了你內心最真實的感受。一千年了，你依然無法將她忘懷，一簾舊夢幽藍，只閃爍在你思念的眉梢眼角，那份深沉的痛自是不言而喻。我望向你，無語沉默，但問紫陌紅塵，相思何時可了，一千年，一萬年，還是更遠的遙遠，亦或永遠沒有窮盡？此時此刻，我不想和你一起沉浸在悲傷的思緒裡回憶痛苦，只想隔著千年的塵埃與你攜手風中，長醉於那片藍藍的幽夢之中，去找尋一絲感動後的歡喜，哪怕它是那麼的微不足道。

　　謝公最小偏憐女，自嫁黔婁百事乖。

　　顧我無衣搜藎篋，泥他沽酒拔金釵。

野蔬充膳甘長藿，落葉添薪仰古槐。

今日俸錢過十萬，與君營奠復營齋。

——〈遣悲懷之一〉

　　煙水三千，天涯路遠，明月依舊映著我的想念在風中打轉，然而，照來照去，落入眼簾的還是那座遙遠的、寂寞的孤城，而她，卻早就在你不休的叨念中失去了蹤影。流年似水，幾多陌上的繁花依舊在靜夜裡緩緩綻放，那一縷幽香卻是我永遠拈不起的歡愉，尋來覓去，唯一被我染上指尖的卻還是你那滿腔遣之不去的惆悵。

　　再回首，舊日的歡曲亦已闌珊，當瘦了的手指在案邊輕拈起一段過往裡的雲煙，我無法不讓自己為你難過，可又無法說服自己不再去想，不必再痛，於是，只能將如蘭的心事，一如既往地，一一填進那些平仄的詩章，在自欺欺人的迷茫中繼續沉醉不知歸路。西窗外，一片煙水迷離，不遠處有三兩聲鴉鳴隱約可聞，那些記憶裡的深愛與哀愁，又都在我的祈盼與禱告中交織成千絲萬縷的殤，彷如眼前那一條綿長的雨巷，蜿蜒沒有盡頭。只是這一切，你都看得見、體會得到嗎？

　　夢裡長安可依舊？似水往事如煙愁！是何處的簫聲幽幽，盈繞間偏偏傳來了這離人幽怨悽婉的輕愁，生生將今晚孤單的夜，更平添了幾許蒼涼與寒意？凝眸，風也蕭蕭，雨也蕭蕭，往事依舊沉溺在悲傷裡無法自拔，哪怕歷經了千年的變遷，亦未曾有過絲毫的褪色，而我迷亂的眼，卻怎麼也望不穿這個塵世間的悲歡離合、聚散無常，我所看到的，仍然是你眉間累積的憂傷與輕愁，只是我並不知道該做些什麼才能讓你綻出會心的笑容。

　　午夜夢迴，縱然彼岸早已奼紫嫣紅開遍，繁花似錦，芳香四溢，而我的心，依舊和你一樣，卻還是一座空曠落寞的孤城。寒涼的風，緩緩吹散了夢裡那一場縹緲的煙雨，一池清淺的心事，便在午夜的門楣上綻放成了一朵純白的花蕾，頓時便冶豔了所有老去的回憶。悄悄的，我剪下一枝寒

4. 遣悲懷

露未退的梅花，循著夜風裡縹緲如水的琴音，輕輕叩開記憶的重門，在仰慕的思緒裡逆水而上，要去趕赴你一場前塵之約，然而卻又無端地擔心起來，不知道那裡到底有沒有我容身的位置。

夢裡幾度回長安，卻可惜，大唐的長安城早已在繁華落寂的時候悄然隱退，而那些素年錦時的婉約與香豔亦都不復存在，唯一留下的也只是古人遺落在紙箋裡的幾聲輕嘆罷了。霓裳羽衣何處覓，昔日裡羽扇綸巾的檀郎又踱向了哪一個在水一方的佳人？駐足，凝眸，找不到那年溫文爾雅的你，卻是轉瞬便換了我一身的意闌珊，莫非，你並不願意讓我看到你心底的孤寂與悲傷嗎？雪雨寒梅，在紅塵的渡口氾濫成災，長安，那一場我夢裡始終無法抵達的宿命前緣，亦如北歸的大雁，隨時光的跫聲漸行漸遠，最終湮滅於流年之上，而我究竟又該如何，才能走進你生命裡那一場花深似海的驚豔呢？

一千二百年前，你與她於煙波浩渺的長安春色裡留下的驚鴻一瞥，在彼此的心底烙下了一個永生不滅的印記，任誰也無法拭滅。一千年後，我於臘梅飄香的寒夜裡，偎著滿身的惆悵，一路輕踏著你曾經馬蹄聲疾揚起的塵土，在風中一次次地把你苦苦尋覓，尋覓著你深情不悔的身影，尋覓著你不願轉身的蹤跡。

我看得見，千年前的那個夜晚，微風輕搖，搖來窗外陣陣梅香，瞬間便溫馨了你一世的傾城等待。而你正埋首案前，於昏黃的燈下，追憶著和韋叢六年來共同面對的艱苦處境，沉痛默無一語，只是任由指端的筆墨盡情抒寫著你的抱憾之情。

「謝公最小偏憐女，自嫁黔婁百事乖。」在你心裡，蕙叢完全可以比擬於東晉宰相謝安最寵愛的姪女謝道韞，除了她，古今中外，再也沒有哪個女子能與你的蕙叢相提並論。她有著高貴的出身，不可一世的家世背景，還是太子賓客韋夏卿最憐愛的幼女，卻默默愛了你三年，等了你三年，發

誓非你莫嫁,這樣才德兼備的女子還能到哪裡去找?

可是以千金小姐的身分下嫁給初為校書郎的你後,韋叢卻沒過上一天好日子。你的家境實在是太窮了,那微薄的俸祿還不夠你奉養母親鄭氏呢!全家人都把過上豐衣足食生活的指望寄託在你身上,所以婚後數年,你一門心思都用在讀書備考上,希望有遭一日能藉此飛黃騰達,賺取到更多俸祿,讓韋叢和家人過上真正幸福美滿的生活。

因為忙於應舉,你也沒能過多關心韋叢。因為家境貧寒,初嫁元家的韋叢做任何事都感到萬分不順遂,不是缺衣少食,就是斷了油鹽,但她從來沒有心生怨念,也從沒後悔當初選擇嫁給你的決定。為了幫助你全家度過清貧的日子,她不斷回娘家纏著父親韋夏卿,要父親幫他們解決生活上的困難。韋夏卿生前最愛的就是這個女兒,自然對她有求必應,所以那些年生活雖然說不上過得很好,但也能安然度過。

無耐好景不長,西元806年正月,韋夏卿突然病逝在東都洛陽任上,韋叢也就失去了直接的經濟援助來源,加上當時的你剛剛辭去了校書郎的職務,正和白居易一起準備參加制舉試,連朝廷那點微薄的俸祿也徹底失去了,寒苦的日子變得更加捉襟見肘,更把韋叢逼入「巧婦難為無米之炊」的困境之中。

「顧我無衣搜藎篋,泥他沽酒拔金釵。」看到丈夫窮得連換洗的衣服都所剩無幾,韋叢就翻箱倒櫃去搜尋;家裡沒有閒錢買酒招待客人,你只好纏著她去買酒,她二話不說,拔下頭上的金釵就塞到你手裡讓你去換錢。可這是她初嫁給你時的嫁妝,你怎麼能拿去換錢?韋叢只是盯著你淺淺淡淡地笑,喃喃地告訴你,金釵當了還可以再贖回來,只要你用心讀書考取更好的功名,日後還怕沒有更好、更貴重的金釵戴?她總是這樣善解人意,不管你要她做什麼,她絕無一絲忤逆的意思。只要看著你每天都高興、快樂,就是她今生最大的心願,那麼就算當掉她所有的嫁妝又能如何?

4. 遣悲懷

「野蔬充膳甘長藿，落葉添薪仰古槐。」你為了讓她日後過上好日子，整天閉門讀書，壓根就沒想到因為你失去了那杯水車薪的俸祿，家裡連煮飯的米都快沒有了。怎麼辦？眼看丈夫馬上就要參加應試，這個時候絕對不能讓你分了心思，所以她只好背著你，和膽娘一起到野外挖些野菜回來，再想方設法地將野菜和在米裡做成各種合你口味的美食，為你充飢。但儘管如此，這樣的食物還是讓過慣好日子、享盡榮華富貴的韋叢難以下嚥，但為了不影響你的情緒，她每次都裝出一副吃得津津有味的樣子，好像口邊豆葉之類的野菜便是當年韋府宴賓時豐盛的佳餚，生活過得分外香甜。

家裡值錢的東西幾乎沒有，韋叢每天都要小心仔細地算著帳過日子。父親去世了，繼母段氏畢竟不是自己的親生母親，家裡的兄長姐妹個個過慣豐衣足食的生活，都有些瞧不起你這個出身寒門的妹婿，所以她也不便前往叨擾。婆母鄭氏病體纏綿，也幫不上她什麼忙，為了孝養鄭氏，讓你安心備考，她總是微笑著說還沒走到山窮水盡的地步，私下裡卻一再讓膽娘拿著她陪嫁過來的首飾當了換成錢幫鄭氏打藥，勉強支撐起家裡的所有開銷花費。

但是接二連三的變故偏偏一再降臨在元氏老宅裡。韋夏卿去世的同年四月，你終於以第一的優異成績考中制舉試，被朝廷任命為左拾遺。眼看著貧苦交加的日子馬上就要熬到頭了，然而，當所有人都以為這一回終於苦盡甘來，可以揚眉吐氣過上好日子的時候，令大家萬萬沒想到的是，血氣方剛的你卻因為自己的剛正不阿得罪了權相杜佑，於九月被貶為河南尉，朝廷更斥令你即日東下洛陽赴任。因為替兒子擔心，鄭氏一夕數驚，於同月病逝於長安靖安坊元氏老宅，你不得不回到長安替母親守制，再次失去了賴以存活的俸祿。

那一夜，你抱著韋叢在鄭氏靈前哭得死去活來。為什麼多羼的命運總

是降臨在你們身上？你撲在鄭氏的棺柩上嚎啕大哭，韋叢卻望著你哽咽欲絕。元氏家族再一次陷入十多年前元寬去世時的絕地窘境，為了陪你度過困難，韋叢開始全心全意地投入家庭主婦的角色，每天都和膽娘一起上灶下廚，數年內都沒再為自己添做一件新衣。為了節約開支，她絞盡腦汁，想出各種奇妙的方法降低生活成本，甚至留意起院內那棵老槐樹，每天天一亮就拿著掃帚將樹下的落葉掃成一堆，再抱到灶間當成柴禾用來燒飯。

多麼賢惠的妻子啊！為了你，她心甘情願地將自己從一個千金小姐蛻變成了不施粉黛的粗俗婦人；為了你，原本無憂無慮的她每天都鎖著眉頭坐在窗下，想著節省開支的各種方法，甚至不惜和小商販錙銖必較。失去了她，便是你今生最大的損失，所以在你悼念她的詩文中，字裡行間，滿滿的充斥的都是你對妻子的愧疚之情。可愧疚又有什麼用？在她生前，你居然從沒關心過她心裡的所想所思，像你這樣的丈夫又如何能配得上這樣完美的妻子？是的，你配不上，所以她便離開了。

「今日俸錢過十萬，與君營奠復營齋。」現在，你已經當上了俸錢過十萬的監察御史，分務東臺，成為有錢人了，但這一切榮華富貴都無法與她共享了，沒有了她，有了錢又能如何？窗下的你淚眼模糊，看來自己現在也只能多花些錢延請僧道替其超度亡靈，為她辦一桌像樣的齋飯，用祭奠的方式來寄託自己的哀思了。一個「復」字，說明這種悼念活動的頻繁，出語雖然平和，但內心的情感卻是極其悽苦的。撫今追昔，悲莫悲哉，只可惜有些「樹欲靜而風不止，子欲養而親不待」的意味。

昔日戲言身後意，今朝都到眼前來。
衣裳已施行看盡，針線猶存未忍開。
尚想舊情憐婢僕，也曾因夢送錢財。
誠知此恨人人有，貧賤夫妻百事哀。

——〈遣悲懷之二〉

4. 遣悲懷

那一夜，長安城曲江畔的牡丹次第綻開，瞬間明豔了十里長堤的一城春色。燈火，銀燭，明月，琵琶，霓裳，紅袖，歌聲，水聲，搖櫓聲……匯成了一片撩人的魅影。

當皎潔的明月悄悄爬上山後那一片蒼茫的柳梢頭之時，恰是三五之夜。如水的清暉，將曲江的夜色妝點得格外嫵媚，長安城一年之中最美麗的時節，便正是如此的春色之夜。西窗外的柳色一片翠綠，桃花輕曳著淡彩的粉瓣，梨蕊在風中舞動著潔白的風姿，輕柔的夜風裡，自是暗香浮動，流光飛舞，好一幅美不勝收的曼妙之景。

牡丹紅雨中，你輕踏一江煙柳翩然而至，衣袂飄飄、臨風玉立。她與你初見，心不禁微微地亂，兩朵紅雲陡地飛上臉頰，羞顏淺淺恰似眼前的牡丹，心花朵朵，只緣今始為君開。那一瞬，風醉了，醉在了夜色下那幅顧盼多情的繾綣畫面裡，似是在為你們的聚首歡喜歡呼。淺淡的月色下，你柔情的眸光裡，映出的都是她含笑的漣漪和憐惜，而你的眉間心上，亦都散落著她無盡的花香和愛意。或許，這便是緣定三生的深愛吧。

你用一管瘖啞的洞簫，吹開了她一湖寂寞了一季又一季的心海；她傾一世芳華之舞姿，流光飛舞中輕叩開你心底斑斕似火的狂潮。此情此景，如幻亦真。花影重重的月色下，風輕輕，輕輕地搖碎了一地相思的花瓣，牡丹深處，幸福如水般在輕輕蔓延，小徑上霎時溢滿了美麗的芬芳，而你和她終是執手相望，沉醉在流年的歡喜中不知歸路。春秋輾轉，白駒過隙，從此，她與你晨起閒池觀花落，雨夜共剪西窗燭，那菡萏深處、露橋之上，卻是誰輕點她一瓣如蓮心香，只為你聞笛擊鼓歡歌？

那是夢嗎，緣何你記得卻是如此的真切？

真切到連她的一顰一笑，都是如此的清晰可見。那麼的近，卻又那麼的遠。近到彷彿間你都能聆聽得到她每一次輕柔的呼吸，又彷彿都能觸控得到她每一次遒勁有力的心跳。或許，於你而言，夢就是現實；亦或許，

是夢還是現實都不重要，真正重要的唯有她，唯有她在你生命裡的每一次降臨，無論虛實。

「昔日戲言身後意，今朝都到眼前來。」你又開始寫詩，仍是遣悲懷。曾經，夫妻情深，她和你開玩笑時說到過彼此身後的情形，雖是不經意之言，卻是另一種海誓山盟的表現。然而，沒想到戲言成真，假想的情形竟成了你眼前無情的現實！造化弄人，言猶在耳但人已不在，沉痛之情、悼亡之意平淡而出，更覺悲痛。

一個「戲」字，包含著無限你儂我儂的柔情蜜意；一個「來」字，又包含著無盡觸目傷心的酸慟。今昔對比，突出了痛失愛侶的悲涼悽惻，為全詩奠定了哀痛難抑的情感基調。

「衣裳已施行看盡，針線猶存未忍開。」人已逝，而遺物猶存。為了避免睹物思人，你將韋叢穿過的衣裳全部施捨了出去，但卻把她用來做女紅的針線盒原封不動地保存了起來，卻又不忍打開。你想用這種消極的辦法封存起對往事的記憶，然而，心中的那份眷戀和負疚之情，真能隨之而釋懷嗎？或許，這種做法本身恰好證明你無法擺脫對妻子的思念。

「行看盡」，寫出了你眼睜睜看著妻子遺物一件件消失時的無奈和感傷；「未忍開」，刻劃出你剪不斷、理還亂，欲說還休的矛盾與痛楚。看似日常事，卻含著難以割捨的深情。

一個小小的針線盒，卻牽動著你的神經。你睜開眼、閉上眼，看到的都是韋叢臨終前斜倚在床邊為你趕製新綢衣的情景，都到了病入膏肓的時候，她心裡想的仍然只有你。她要為你趕製衣裳，要趁自己還沒有嚥下最後一口氣時把所有沒來得及縫製的衣裳鞋襪全部準備好才行，否則她會走得不安，死也不能瞑目。她總是這樣，把丈夫當作了生命裡的神和偶像一樣崇拜，但這份情卻讓你更加覺得對不起亡妻，若是自己能夠在她生前對她好那麼一點點，今日也就不會有這麼多的遺憾了。可惜世間沒有後悔

藥，你只能把對她深深的眷戀埋在心底。

「尚想舊情憐婢僕，也曾因夢送錢財。」難忘她在世時的深情，想起她生前含辛茹苦、獨立支撐起整個大家庭的壯舉，哪怕看到她的婢女膽娘也會引起你無限的哀思，於是對膽娘也平添了一種哀憐的感情。

膽娘的眼神裡總是含著一種刻骨的冷漠，你知道，蕙叢的死傷透了她的心，所以你想盡力彌補。日有所思夜有所夢，白天觸景傷情，晚上則忍不住夢魂飛越冥界相尋，要送錢財給她讓她在另外一個世界安享富貴。夢中送錢，似乎荒唐，卻是一片感人的痴情。陰陽兩分，除了夢中致情而外，還能為她做些什麼呢？哀思纏綿、愧疚難當、追悔莫及，全在「憐」、「夢」二字之中。

「誠知此恨人人有，貧賤夫妻百事哀。」此句一出，流芳千古，成為你這首詩最大的亮點，而日後能吟誦此詩的，無不詠嘆這末後兩句。反覆詠嘆過後，愈覺此景此情之「哀」，感人至深，這就是詩歌的魅力。

夫妻死別，固然是人所不免的憾事，但對你來說，同貧賤共患難卻不能分享富貴的妻子一旦永訣，這種傷痛就顯得更為悲哀，普通的夫妻之情又怎能與之相提並論？「人人有」與「百事哀」將普通的情感進一步推進，不僅著力寫出了自身喪偶不同於一般的悲哀沉痛，更寫出了天下所有相濡以沫的患難夫妻共同的心聲。

思念的情感在這裡達到高潮，悼亡的悲慟湧至極致，讀之令人頓生徹腑之痛、難言之悲。全詩情真意切，自始至終貫穿一個「悲」字；戲言成真的怨懟，睹物思人的淒傷，夢中送錢的悔疚，百事俱哀的痛慨，都用質樸之語道出。悲懷難遣，哀痛滿紙，是悼亡詩中的千古絕唱，夫妻死別之悲，孰能出其右乎？

第 7 卷　誠知此恨人人有

閒坐悲君亦自悲，百年都是幾多時。
鄧攸無子尋知命，潘岳悼亡猶費詞。
同穴窅冥何所望，他生緣會更難期。
唯將終夜長開眼，報答平生未展眉。

——〈遣悲懷之三〉

記憶的書籤，隨著年輪的翻轉而漸漸泛黃。而今，你一個人孑獨行於萬丈紅塵之上，雖早已看淡了塵世間緣起緣散的滄桑浮沉，也漸漸明瞭鏡花水月的空淨無塵，可卻依然捨不去心底裡對她的那一份最初的眷戀。

當初，她採擷了一枚叫做相思的種子，卻不料，無意間散落種在了你的心田；如今，在歷經了春秋寒暑的交疊之後，你用淚水把它灌溉成了一株芝蘭仙草，卻叫你更惹相思怨。那一天，當你們再次邂逅在十字路口時，你曾問她：恨過我嗎？那一刻，她望著你悽清地笑。她不懂，愛與恨怎會糾纏在一起？緣盡了，愛無窮盡，愛的盡頭又怎麼可能會是恨呢？再次相遇，依然擦肩而過。你向左，她向右，不忍凝眸看她風中那襲清瘦孤單的背影，那一刻，你無語凝噎。紅塵深深、寂寞深深，長安月下，青石板上，那層層疊疊斑駁的青苔，似乎也在無言地見證著塵世間的聚散悲歡。

如果可以，你願意用你幾次轉世的等待，換得與她執手相看的剎那芳華。那樣，你便可以為她挽起那一頭秀麗如瀑的青絲，為她洗淨浮世的鉛華，用你一顆最真的心，在這最深的紅塵裡輕舞飛揚，與她共同演繹一場地老天荒的傳奇；如果可以，你願意折去你一身的瘦骨，任由她衣袖裡的花香，不經意間飄落在她的眉間髮梢，讓你以愛為墨，以情為箋，為她落筆成花，吟唱出紅塵裡最婉約纏綿的愛之篇章。可是，與她失之交臂後，而今的她又會在哪裡等待你愛的輕語呢喃？

4. 遣悲懷

「閒坐悲君亦自悲，百年都是幾多時。」無所事事的時候閒坐著便會不可抑制地「悲君」，你知道，所有的記憶都會隨著時光的飛逝變得面目全非，所有的美好和傷痛也都會隨著時間的推移逐漸被淡忘，只是那份痛會留在內心深處，化成一道深深的傷口，結成一道不敢觸碰的疤痕，所以，你更為自己感到「自悲」，發出了人生百年幾多時的感嘆。

「鄧攸無子尋知命，潘岳悼亡猶費詞。」你在詩中運用了鄧攸和潘岳的典故。鄧攸，西晉人，字伯道，官河東太守，永嘉末年戰亂中，他舍子保姪，後終無子；潘岳，西晉人，字安仁，妻楊氏去世後，曾作〈悼亡詩〉三首，為世所傳誦。你默默感嘆著，鄧攸那麼善良，卻終身無子，這難道不是命運的安排？潘岳〈悼亡詩〉寫得再好，對於死者來說又有什麼意義，不等於是白費筆墨嗎？

你真的放下了嗎？其實你只是在故作達觀無謂之詞，字裡行間，無不透露出無子、喪妻的深沉悲痛之情。但你還能如何？你只能憑欄靜聽花開，任瑟瑟的蒼穹、綿綿的清愁，都在蕙叢的琴曲下揉成解不開的千千心結。月落烏啼，那又是唱響了誰的風霜千年？當年一笑惹痴情，注定紅塵裡要與她糾纏中走過千年，只是，夜暮孤山下，煙蒼露淺，萬籟俱寂，今宵的你，無由地便飲醉在了前世的那一場曉風殘月裡。

「同穴窅冥何所望，他生緣會更難期。」你只能把所有的希望都建立在絕望的廢墟上，期待自己死後能和她夫婦合葬，來世再做夫妻。可是，細細思量，這只不過都是你一廂情願、虛無縹緲的幻想罷了，又怎能作為畢生的指望？

蕙叢，妳在哪裡？為什麼每當我在夢裡想要攬妳入懷，卻總是徒勞無功？妳一次次地逃匿，明滅於遠山近水之間，無跡可尋，難道是埋怨我不能與妳相偎一生？流年暗換，轉眼六年的休戚與共，都在指間飄零消逝。閉上眼，恍惚地行走於從前的恩愛纏綿裡，卻只看見自己的倒影，猶如疏

影橫斜的月痕，孤寂地染在天邊，於是，你只能躲在文字裡痴然哭笑，帶著無法述說的寂寞，撰寫下一句句泣不成聲的悼亡詩。

「唯將終夜長開眼，報答平生未展眉。」藕花深處，楊柳岸邊，煙雨樓臺依舊是滄海桑田後的渺茫；淚沾衣襟，痴心不改，花影寒窗亦只不過是醉舞胭脂香盈袖的悵然。死者已矣，過去的一切都過去了，自己無論再做什麼，也都無法彌補欠她的那份情了。寫到這裡，你的詩情愈轉愈悲，不能自已，最後被逼出一個無可奈何的辦法：如果可以，你將永遠地想著她，將在每天晚上都長夜不眠地睜著眼睛，來報答她平生都未曾展過的眉頭，和她跟著他所受的那些苦楚。或許，唯有這樣，泉下有知的她才會好過一點，也才能贖取你的罪愆吧！

……

我和衣躺在床上，沐浴著窗外輕柔的晚風，把你——元稹的〈遣悲懷三首〉讀了又讀，仍是欲罷不能，心裡依舊裹了無限惆悵。凝眸，我看見你遺失在千年之前的詩箋，然而，紙行初褪新墨時，卻是誰在那拾不完的一地琉璃碎片中，輕輕吟唱起了一曲愛的清歌？

是不捨，是珍重，是痴絕，是癲狂，是你一生一世的奢望，亦是你祈求了三生三世的緣起緣滅。那夜，你披著一身輕寒獨上西樓，放眼望去，柳絲飄拂的是人約黃昏後的驚喜與忐忑，月色輕攏的是大漠孤煙直的豪情與悲壯，然而，一襲白袍依舊裹不住你清瘦的身影，你的臉上亦依舊寫滿相思之苦。讀不盡悽然新詞與舊愁，而今，我只想透過夢裡那一場朦朦煙雨，在那些平仄的字裡行間，任她與你重續前生那一場未了的前緣，只是，這樣的心願你又會給我機會去實踐嗎？

繼續吟誦你的悼懷詩，卻發現，一個「悲」字貫穿了這三首詩始終。你的悲痛之情，層層疊疊，如水向前，撲面而來，帶給讀者巨大的視覺衝擊效果。悲韋叢，你從她的生前寫到身後；悲自己，你又從眼下寫到將

來，字字出於肺腑，深層的悲痛以鮮明的形象躍然紙上，若不是當生命處於尖銳的痛苦中時，縱使你有生花妙筆，又怎難描摹和抒寫出內心激盪的痛楚和哀愁？

我沉浸在你悲慟的情緒裡無法自拔，只好丟開詩集，披了衣服出門，走在夜色下的洛陽城裡，想在千年之後為你們失落的愛情找尋一個完美的答案。風吹散路邊的菊花叢，無依的花瓣被捲上天空，再落下來，一片一片地吹迷了我的眼睛，吹痛了我的心，有一種說不出的寒涼與落寞。街上擦肩而過的行人帶著與世隔絕的冷漠表情，我和飄零的菊花同時陷入了孤獨無助的境地，剎那間，一股蒼涼、絕望的感覺以閃電般的速度刺進我的肌膚，刺傷我微弱的生命，剎那之間，心口便有了種撕心裂肺的疼痛。我想，一千二百年前，你的心情也該是和我現在一樣的壓抑難過吧？

「悲」字是你這三首詩的主基調，但你在字裡行間卻運用了一種與眾不同的親暱情調將將人人心中所有，卻又人人口中所無的意思，用極其感人、極其質樸的語言吟唱了出來。諸如「昔日戲言身後意，今朝都到眼前來」、「誠知此恨人人有，貧賤夫妻百事哀」、「唯將終夜長開眼，報答平生未展眉」等，字面意義無不淺顯之極，卻又處處透著人物內心的傷痛之極，字字句句，無一不在向世人證明你對韋叢的感情是真摯而熱烈的。

在取材上，你善於抓住日常生活中發生的瑣碎小事來寫，事情雖小，卻都曾在不同的時間、地點深深觸動過你內心的情感。每一個字，每一句話，都是在你對往事的追懷中柔腸百結，無以發洩之後一揮而就，從而也就全方位展現出了你至性至情的一面，於平淡樸實中引起讀者的強烈共鳴，以至千年之後，這些詩還能深深打動讀者的心，讓大家和你一起悲傷，一起痛徹心肺，使之成為古今悼亡詩中的絕唱。

她走了，也帶走了你的心。時光荏苒，彈指芳華逝去，千年後，我走在你曾走過的洛陽城頭，心卻早已流連成昨日的滄海桑田。這一刻，我坐

在想念的雲端，任思念氾濫成海，然後，便在菊花飛舞的月色裡，看千年前的她穿起舊時那襲素衣白裙，在夜的指尖上獨舞，歌盡桃花扇底風，只為你傾城綻放。原來她竟是那樣的風華絕代，那樣的風情萬種！我望著她輕輕地嘆息，卻發現三千煙水之上全都是她的淺淺吟唱，字字句句，滿滿的都是對你的深情不悔。看她輕揮一袖嫣紅，獨挽一叢菊香，我無可救藥地沉陷在她的溫婉與清芬裡，那麼現在，就請容許我在夢的邊緣，為你，為她，點起一盞浣花燈，明媚你們眉梢上那抹憂傷的笑靨吧。

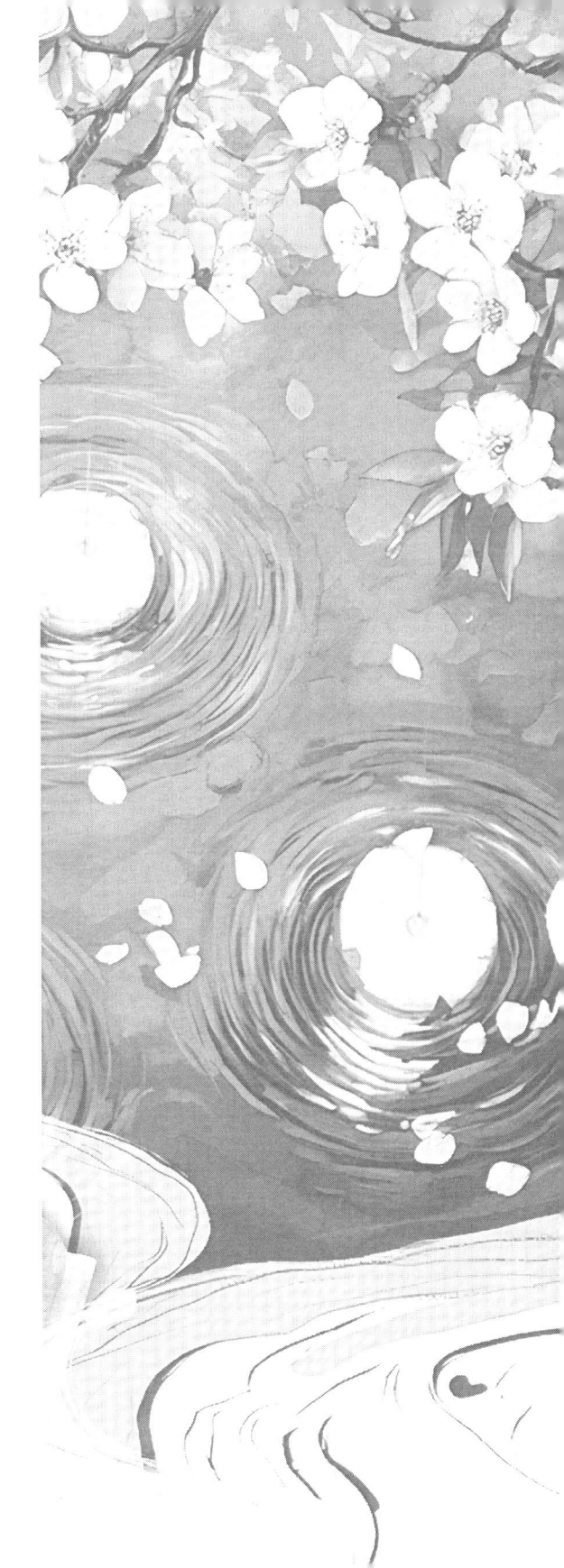

第8卷
半緣修道半緣君

曾經滄海難為水，
除卻巫山不是雲。
取次花叢懶回顧，
半緣修道半緣君。

1. 江陵遣懷

《詩經》有云：「邂逅相遇，適我願兮」。與她相遇是你所願，彷彿一場春雨吹動千樹萬樹梨花，一個凝眸，便有緣自遠古的幽香搖墜，直沁心肺，從此，你忘了世界忘了自己，只記得她一抹笑靨永遠綻在了她二八年華的嘴角。

曾經以為，她是你頭頂的一縷明月光，清新溫婉、明豔動人；曾經以為，她是門前的一泓清溪，澄澈柔軟、波光瀲灩；曾經以為，她是你案邊的一紙新墨，寧靜飄逸、安然妥貼；曾經以為，她是你榻上的一張蒲蓆，柔韌剛強、風不過隙……卻不意，她終究只是一片隨風飄舞的飛花，柔弱無依，轉眼間便失去了蹤影，就連曾經留下的所有印跡也都一一飄散在九霄雲外。她走了，你一直執著在紫陌紅塵間尋覓，然而，穿過了風雨，路過了荊棘，涉過了大河，跨過了高山，你找到的也只是屬於你自己的悲傷憂鬱，還有那份錐心刺骨的痛。

悵立風中，有淚水輕輕滑過你憔悴的面頰，你可以清楚地聽到有悽楚的聲音在淚珠裡悲咽，然而你卻不敢伸手去擦拭，只怕低眉回首的瞬間，便錯過了她逾過千山萬水想要找尋你的目光。你知道，在你找尋她的時候，她也一定在找尋著你，所以你不甘心就此與她錯過，總是努力在一朵花的淚眼裡，望穿她正在歸來的路，要把莊生舊夢的遺痕牢牢刻劃在思念叢生的心底。想她，念她，惆悵起無眠，不是睡不著，只是害怕夢醒後又是三更夜，尋來覓去，望到的還是那顆天邊的殘星，任你在萬籟俱寂的靜謐裡獨釣起兩處閒愁，卻是無人應答。

蕙叢啊蕙叢，妳可知道，無論白晝還是黑夜，攢眉千度，我只為妳一人相思？妳不在了，此後，誰會撥捻著五絃，把銀燈挑了又挑，誰會虛掩著柴扉，把未歸的良人等待，誰又會輕舞著霓裳在窗下以一襲粉墨書盡嬋

1. 江陵遺懷

娟？總想在月上柳梢時，獨倚西窗的剪影，用一縷花香獨悼這滿紙的悲傷，然後，十指輕點，在所有可以觸及的角落都寫下她的名字，一筆一劃，任她的嫵媚溫柔鋪滿一整個屋子，來來回回，蜿蜒的全是她走過的痕跡。可每當你瞪大眼睛站在記憶裡，以滿懷的希冀迎接她到來的時候，你觸到的竟無一例外的都是不盡的空虛與荒蕪，即便想像再美，她也不曾在你面前演繹過鏡花水月的幻美。

你知道，她是真的已離你而去，剎那便是永恆，咫尺便是天涯，今生今世，你和她注定不可能再相遇在任何的轉角之處。你憶起了孟姜女哭倒長城的淚水，傳說中癡心的眼淚可以傾城，卻為何，她的清顏還不隨著這滿城的思念回歸到你的有情世界，而你滿眼的淚水也只是喚回了一場清風露水的歸依？回首前程，她依然是你心底最美的記憶，然而，每一次念起，縈繞在心頭的又總是那道不盡的離情別緒，還有那怎麼也揮之不去的孑孓獨影。沒有她紅袖添香的日子裡，那一篇未完的詩賦，有誰能為你落下最為隆重的一筆勾勒？沒有她秉燭夜讀的日子裡，那一襲素衣霓裳，會是誰在你窗下搖曳成夢裡繽紛的飛絮？沒有她花前月下作伴紅塵的日子裡，那一架落滿塵埃的古琴，又是誰皓腕下錯過的宮商角徵羽？你不知道。你只知道，她不在的日子裡，你只能守著一懷愁緒，於寂寞中翻起書案上那一枚泛黃的書籤，在悲傷憂鬱中輕嘆這世事多罹罷了。

秋去冬來，冬去春盡。經年過後，你才知道，即便你真的想忘記，有些過往還是不能隨風飄散，而是揉碎在心，銘刻在骨。光陰似箭，哪怕已與她作別了很久，你那顆思念的心依然無法因為天人永別而游離於萬丈紅塵之外，日日夜夜，分分秒秒，都在有她的夢境中撥弄著愛的琴弦，不求長相廝守，只求生死相依。知不知道，這一生，縱有山水相隔，你只想走過流年中的荒蕪，竭力在她必經的巷口站成一棵枝葉繁茂的樹，將塵煙裡的寂寞催開成一朵絢爛的花，從此，不說離愁，不言情深，但願有她作伴

紅塵，不再是你虛無縹緲的牽掛？然而，你知道她是不會回來了，所以你只能繼續守著孤單為她寫詩，夢著她曾經的音容笑貌，握著那些細碎的聲音，一行一行，在紅塵素箋中潑墨揮毫，任那些墨跡未乾的字字句句，從頭到尾寫出來的全是些痴婉纏綿、哀痛欲絕。

竹簟襯重茵，未忍都令卷。
憶昨初來日，看君自施展。

——〈竹簟〉

良夕背燈坐，方成合衣寢。
酒醉夜未闌，幾回顛倒枕。

——〈合衣寢〉

內外都無隔，帷屏不復張。
夜眠兼客坐，同在火爐床。

——〈旅眠〉

憶昔歲除夜，見君花燭前。
今宵祝文上，重疊敘新年。
閒處低聲哭，空堂背月眠。
傷心小兒女，撩亂火堆邊。

——〈除夜〉

踰年間生死，千里曠南北。家居無見期，況乃異鄉國。
破盡裁縫衣，忘收遺翰墨。獨有纈紗幬，憑人遠攜得。
施張合歡榻，展卷雙鴛翼。已矣長空虛，依然舊顏色。
裝回將就寢，徒倚情何極。昔透香田田，今無魂恻恻。
隙穿斜月照，燈背空床黑。達理強開懷，夢啼還過臆。

1. 江陵遣懷

平生貧寡歡，天柱勞苦憶。我亦距幾時，胡為自摧逼。

燭蛾焰中舞，繭蠶叢上織。燋爛各自求，他人顧何力。

多離因苟合，惡影當務息。往事勿復言，將來幸前識。

——〈張舊蚊幬〉

你坐在燈下，潸然淚下。甩掉手中的湖筆，凝望案邊張張晶瑩剔透的新箋，心裡湧起無限說不出的惆悵。她不在，你文字的江湖開始風起雲湧，你人生的世界已是風煙滾滾，以後的以後，你該用怎樣的勇氣與膽量去築起一座固若金湯的城池，只承載你和她亙古不悔的愛情？風，淹沒了你最後的期盼，你的思念成了鏡花水月的夢幻，你的痴情成了人們茶餘飯後最大的笑話，莫非，這世上本不該有感天動地令人景仰的深愛嗎？是的，你是個痴人，除你之外，還會有誰會心念著天人永隔的她，再次遙寄新詩舊賦，又有誰會無論白天黑夜地敞開心扉，只為守候她的歸來？儘管早已清楚地知道，今生今世她都不可能再出現在你的世界，但你依然願意為她等待，無怨無悔。

秋意款款，悲了歲月，涼了心意，亙古的空虛裡，你張開十指，握住的依然只有永遠都無法排遣的寂寞與惆悵。晨鐘暮鼓，記取了你的深情，也複製了你的悲傷；清風明月，淘盡了你的記憶，也留下了你的哀慟⋯⋯獨倚孤樓，在被時空放大了的荒蕪中茫然地守候，你發現，你的心所能感受到的唯有時間在不停的繞轉，每環繞一次似乎都是按照最初的順序進行著、等待者永遠都感受不到時間的的極限，所以除了相思你還是什麼都做不了，只能和淚在原地等待，只為她默默守候，默默追憶⋯⋯

天氣一天比一天寒了，竹簟將要被收起來儲藏的時候，面對「竹簟襯重茵」，卻「未忍都令卷」，是因為「憶昨初來日，看君自施展」；從前用過的錦帳「依舊舊顏色」，但卻「已矣長空虛」，自己則「裴回將就寢，徙倚情何極」？到年末除夕之夜，更是「憶昔歲除夜，見君花燭前。今宵祝

文上，重疊敘新年。」孤身一人，入夜總是無法成眠，常常是「良夕背燈坐，方成合衣寢。酒醉夜未闌，幾回顛倒枕。」，而因閨中無人，屋內則是「內外都無隔，帷屏不復張。夜眠兼客坐，同在火爐床。」

失去了韋叢，你的心死了。你逐漸把所有的心思都用在了替朝廷盡忠上，想讓手邊沒完沒了、總也處理不完的事務來麻痺對韋叢愈加強烈的思念。作為分務東臺的監察御史，你在行使自己職權範圍內的權力時做到了一絲不苟、兢兢業業，凡事都要親力親為，完全忘記了自己就是因為辦事太過認真才會被從長安驅逐到洛陽來的。

西元809年年初，剛剛脫下母孝不久的你受到宰相裴垍的器重，由丁憂前的河南尉之職提拔授官為監察御史。任監察御史的第一件任務，是奉命充劍南東川詳覆使，查辦瀘州臨界官任敬仲貪汙案。本來，任敬仲只是一個小吏，牽涉的案情也不複雜，但你到達梓州後，卻意外地發現劍南東川節度使有擾民貪贓的罪狀，於是你在細緻察訪的基礎上，向唐憲宗上〈彈奏劍南東川節度使狀〉，彈劾前節度使嚴礪等人「擅沒管內將士、官吏、百姓及前資寄住莊宅奴婢，今於兩稅外加徵錢、米及草等」。這一案件牽連到遂州刺史柳蒙、綿州刺史陶鍠、瀘州刺史劉文翼等八刺史以及崔遷等三判官，案情重大，一般人是不願意去自惹麻煩的，但你卻堅決要求嚴加懲辦。回長安後，你又上〈彈奏山南西道兩稅外草狀〉，彈劾山南西道「管內州府每年兩稅外配率供驛禾草，共四萬六千四百七十七圍，每圍重二十斤」，主張對州府官吏予以處分。

唐代法律規定：「加率一錢一物，州長史並以枉法貪贓罪論」，但由於你這兩道彈奏，皆涉及人事眾多，宰相于頔有意迴護，裴垍上任不久，在此複雜的案情前，也不便過多支持你，況且劍南東川一案中的嚴礪已死，無從追究，便草草敷衍過去，而山南西道一案，結果則是「觀察使宜罰一月俸，刺史各罰一季俸。仍令自元和四年已後禁斷。」如此重大的貪汙

1. 江陵遣懷

案，在大官僚階級的相互勾結的庇護中，就這樣輕易地處理了；然而，也正因此，你得罪了朝中舊官僚階層與各大藩鎮，他們便找出種種理由，將你逐出朝廷，令分務東臺。東臺即東都洛陽的御史臺。這樣，你從元和四年二月任監察御史，時僅四月有餘，即被外遣分務東臺，於六月末滿懷悲憤和不平，帶著妻女家眷一起離開長安到洛陽赴任。

韋叢去世後，你的心一下子便空了。你並沒有因為先前遭受的不公正待遇而藏其鋒芒，相反，在這段時間內，你完全把個人的安危拋諸腦後，不畏強暴、不徇私情、事事秉公執法，堅決維護老百姓的利益。不過，你所彈劾的人物大多有權有勢，或者具有複雜的權勢背景，因此，你的所作所為很快就觸怒了以宰相杜佑為首的舊官僚以及宦官、藩鎮集團勢力，朝中針對你的誹謗和仇視不斷增加。恰巧其時河南尹房式「詐諼事發」，你知情後毫不留情，立即勒令房式停止公務，並將其拘禁起來，同時上奏朝廷，罰房式一月俸錢。對於這一案件，你「按幫事追攝」，本有前例可循，但朝中舊官僚集團正好以此為藉口，認為一個八品御史分司竟把三品大員河南尹抓了起來，是「擅令停務」、越權辦事，要求追究你的責任。唐憲宗迫於舊官僚集團的壓力，竟降旨罰你一季俸錢，並召回長安問訊。

帶著滿心的委屈，你於三月上旬從洛陽出發回長安，途經華州敷水驛時，歇宿於驛館上廳。你剛剛歇下，宦官仇士良和劉士元等人也到了驛館，並蠻橫地要求你把上廳讓出來給他們住。根據唐代制度規定，「御史到館驛，已於上廳下了，有中使後到，即就別廳。如有中使先到，御史亦就別廳。因循歲年，積為故實」。你因此據理不讓。在宮中作威作福慣了的仇士良哪肯罷休，當下就指著你的鼻子一通大罵，並唆使劉士元用馬鞭擊傷你的面頰，直打得你滿面血流，硬是將你從上廳趕了出去才心滿意足。

可令你沒想到的，仇士良等人回到長安後居然惡人先告狀，反誣你失

禮，並鬧到唐憲宗面前。當時的權相于頔、杜佑早就看你不順眼，尤其是杜佑更是對你深惡痛絕。原來元和元年（西元806年）你考取制舉第一名，被授官左拾遺時，正值朝中大臣裴度、韋貫之等人上「密疏論權幸」，主要矛頭指向杜佑，說他身為當朝宰相，其子不宜任諫官，於是八月十三日憲宗召你到延英殿問狀。你支持裴度等人的譬見，認為「所言當行」，這樣便得罪了杜佑，在杜佑的打擊下，你和時任監察御史的裴度於九月十三日同時被貶官外任，裴度出為河南府功曹，你則由左拾遺出為河南尉。因為有了前怨，杜佑更是唯恐天下不亂，在唐憲宗面前竭盡所能地詆毀你，而唐憲宗本身就是由宦官扶上皇位的，自然偏袒仇士良而責罰你。但爭廳事小，且有包庇宦官之嫌，於是便以你擅自拘押房式為罪狀，將你貶為江陵府士曹參軍。

……

春去春來。轉眼間又是煙花三月時，你被貶至江陵已整整一年。殷墟卜辭中有曰：此時辰適宜離散以及懷念。所以你便跟著昔日韋府門客東都留守從事，現已被貶至江陵任戶曹參軍的摯友李景儉踏上了遊春的里程，一路賞花玩水，一路將那夢中的嬌妻思了又念。

你和李景儉尋香踏歌於阡陌之上，身畔萬丈桃樹悠然點綴著這盛世良辰的美景，而你滿眼裡看到的只是悵惘誰家燕雙飛，心裡想到的都是相思今在誰夢中。一個不悔的「情」字，讓你欲罷不能的言說，夜夜都在深不見底的寂寞中點燃思念的燭火，然而，你又可曾在沿途覓得那相思夢中人，與她一晌貪歡？一枕詩書夢盡前朝的月亮，此時此刻，你只想為她持卷做一個畫苑人，每天每夜，都在思念湧起的時候焚香禱告，任盈室的淺墨瞬間醉了花蔭，甘願陷身在春天裡描摹一生一世永不褪色的桃紅，用心，一點一點地喚醒她沉睡已久的情深不悔。

凝眸，詩經的水湄，南朝的城池，今朝的桃花，這些恍若一簾隔世的

1. 江陵遣懷

布景，總是讓你望不盡、穿不透，而她明媚的身姿亦依然未曾流連在你的山高水長裡。問君何在，問君歸否？眼見得這般奼紫嫣紅開遍，她不在，你又該如何一筆一筆，只替她把春天輕描淡寫？

你記得你的蕙叢曾經說過，她幼時常年隨父客居江南，所以最憶便是江南的煙柳。而江南此時近在你的眉梢處：小橋，流水，杏花，煙雨，粉牆，黛簷，樓臺，香榭……藉了風捲簾起，你都重新一一撫之。你還記得她望著你淺淺淡淡地笑說，如果她是一朵桃花，你就是那桃林中終生繚繞的清風；如果你是一江春水，她就是那秦淮下結著閒愁的月影。只是，一夕紅顏黯盡，你依然不是她的歸人，不過是一個無足輕重的過客而已，終要與她遠隔天涯，任往事，任一切曾經的歡喜，從此了休。

眼角處的貪歡，終於在她轉身之後化成一滴滴清淚落在了枕畔，溼了曾經的眉梢舊夢，也溼了曾經的你儂我儂，打了你個措手不及。在離愁的岸上，你轉身栽下十里的花蔭，抬腕信手摘星攬月掛上柳枝頭，看三千古樂府從蔥翠的葉子上緩緩墜落，那一刻，你瞬間讀懂了四個字：真愛無言。如若真的愛她，又何必千言萬語寫盡相思？只把那一腔的深情都刻在心裡便好！

一直在夢裡冗長地向她描述你貶居江陵所住的那座年月幽深的庭院，而今時節，細花雕鏤的格窗外已是綠意盈盈，卻又是誰的一聲嘆息，悄然搖落了西窗下那一樹的粉白梨花？你的心思在鶯歌燕語中問世，驀然回首，才發現，那一點一滴的思緒竟一直都未能走出這一片庭院深深，而她的身影也被你原樣搬到了這杏花微雨的江南世界。寒食節又至，你耳中猶響徹當年韋府盛宴時泰娘的歌聲，於是又開始深切悼念起夢裡的蕙叢，坐在案邊，寫著一些悲慟的句子，任心裡漫溢的憂傷點點滴滴地遺落在桃花箋結成的眉紫上，轉瞬幻化成柔腸百結的〈六年春遣懷八首〉。只可惜，你並不能藉著筆下的詞藻，抵達她白衣素顏的世界，遺憾仍是你難以踰越

的鴻溝。

> 傷禽我是籠中鶴，沉劍君為泉下龍。
> 重繐猶存孤枕在，春衫無復舊裁縫。
> 檢得舊書三四紙，高低闊狹粗成行。
> 自言並食尋常事，唯念山深驛路長。
> 公無渡河音響絕，已隔前春復去秋。
> 今日閒窗拂塵土，殘弦猶迸細箜篌。
> 婢僕曬君餘服用，嬌痴稚女繞床行。
> 玉梳鈿朵香膠解，盡日風吹玳瑁箏。
> 伴客銷愁長日飲，偶然乘興便醺醺。
> 怪來醒後傍人泣，醉裡時時錯問君。
> 我隨楚澤波中梗，君作咸陽泉下泥。
> 百事無心值寒食，身將稚女帳前啼。
> 童稚痴狂撩亂走，繡球花仗滿堂前。
> 病身一到總帷下，還向臨階背日眠。
> 小於潘岳頭先白，學取莊周淚莫多。
> 止竟悲君須自省，川流前後各風波。

——〈六年春遣懷八首〉

「檢得舊書三四紙，高低闊狹粗成行。」某日，你在清理舊物時，尋檢出了韋叢生前寄給自己的幾頁信紙。信上的字寫得高高低低、參差不齊，行距也時闊時狹、不大勻稱，只能勉強成行罷了，但這字跡行款，對你來說，卻是熟悉而親切的。睹物思人，再次喚起你對往昔共同生活的深情追憶，眼前頓時浮現出亡妻樸質淳厚的面影。字裡行間，不稍修飾，卻更加

1. 江陵遣懷

流露出你心底的親切之情、感愴之意。

「自言並食尋常事，唯念山深驛路長。」她在信中說，由於生活拮据，常常不免要過兩天只吃一天糧食的「並食」而炊的日子，不過卻安慰你說，這種清苦的生活她已經習慣了，倒也視同尋常，不覺得有什麼，只是心裡深深繫念的倒是你這個出外遠行的人，擔心你在深山驛路上奔波勞頓，飲食不調，以致累壞了身體。

這封信的內容自然不止這些，但你轉述的這幾句話無疑是最令你感動唏噓、難以忘懷的。那舊書上自言「並食」而炊，又怕身為丈夫的你為她的清苦生活而擔心、不安，所以輕描淡寫地說這只不過是「尋常事」。話雖說得很平淡、隨意，卻既展現出她「野蔬充膳甘長藿」的賢淑品性，又傳神地顯示出她對你的細心體貼。

看著信上的字字句句，你時時生出凌空的慨嘆，彷彿有種隔世的迷離。這些無可訴說的幽情，也許只是那輕輕一夢便能了然於心的釋然，然而此時此刻你依然無法走出心的樊籠，只能繼續沉溺在痛苦中不斷糾結著掙扎著。你曾於萬丈紅塵中遙看她的芳姿，曾於繽紛絢麗中旁觀她的飄逸，曾於熙熙攘攘中跟隨她的清芬，曾於悽悽楚楚中冥想她的高潔，那些漫長的光陰荏苒裡，時間慢慢教會你該如何做她指間那朵素然的花，任她靜靜地看，輕輕地搖曳，微微地笑，可每一次念起，你還是無法說服自己安然地沉睡於風中，只在夢中與她行遍天涯。

「婢僕晒君餘服用，嬌癡稚女繞床行。」看著膽娘在院裡晒她留下的衣物，望著幼小不懂事的女兒繞床而行，蕙叢的面目便又在你眼中逐漸清晰起來。她的笑靨仍然很美，她的身姿依然輕靈，瞬間便在你的眸中溫馨起來。奈何「玉梳鈿朵香膠解，盡日風吹玳瑁箏。」她的飾物經久無人佩戴，上面的膠都脫落了，窗下的箏也無人撫彈，盡日為風所吹，你感覺自己好像是個局外人，只能在遠方看著你們曾經的甜蜜默默沉醉。

「傷禽我是籠中鶴，沉劍君為泉下龍。」她已作古泉下，只留下你宛若籠中之鶴在深夜悲啼，卻還見「重繾猶存孤枕在，春衫無復舊裁縫。」窗外更深露重，輾轉難眠，她遺留的舊物吞沒了你所有的幻想，在孤枕邊綻開一個又一個寂寞的幻影。思念的樂章總是在夜深人靜之際才越來越鮮明，遠處燈影闌珊、古樹婆娑，閒起一走，那些難得擁有的片刻安寧又被褶皺的情思迅速絆倒，令你再也找不到曾經的花前月下。那一瞬，孤寂修長的影子怎麼也無法融入自然，你只能站在古老的虛無裡，默默咀嚼心底的憂傷，卻是無人與你分享哪怕是一點一滴的痛苦。

「公無渡河音響絕，已隔前春復去秋。」逝者已矣，「今日開窗拂塵土，殘弦猶迸細箜篌。」你在想，在那隔世的夢裡，她一定住在桃花綻開的深處，只為你彈起思念的箜篌，任絃音悠悠，和著那一襲瘦骨盈香，從古彈到今，從長安彈到江陵，而你亦會投桃報李，以夢為馬，一程復一程，在她的眉彎採擷吟哦古樂府裡一闋最美的詩賦。然而，桃花落盡月又西的殘夜，浮塵撥斷了最後一根琴弦，從吹滅燈燭的那一刻起，你終夜譫語神昏，依舊守在日漸淡薄的春天裡想她念她，卻始終還是尋不到她的天荒地老。

「伴客銷愁長日飲，偶然乘興便醺醺。」長夜寂寂，無法阻隔你對她真誠執著的眷戀，那一懷相思都化作了「伴客銷愁長日飲」，卻是曲曲傳情，讀來更沉痛感人。伴客銷愁，表面上是陪客，實際上是好心的客人為了替你排遣濃憂，而故意拉你作伴喝酒。既是「伴客」，總不能在客人面前表露兒女之情，免不了要虛與委蛇、強作歡笑。這樣銷愁，又哪能不愁濃如酒？在這長日無聊的對飲中，喝下去的只能是自己的眼淚，所謂「酒入愁腸，化作相思淚」，透出了你心底的無限悽苦。

「偶然乘興便醺醺」一句，妙在「偶然乘興」四個字。這個「興」，不能簡單地當作「高興」的「興」，而是沉鬱的樂章中一個偶然高昂的音符，是

情緒的突然跳動。酒宴之上，客人想方設法開導你，而你一時悲從中來，傾杯痛飲，以致醺醺大醉。可見，這個「興」字，融進了客人良苦的用心和你傷心的淚水。「偶然」者，寫出你「醺醺」大醉的次數並不多，足證「長日飲」其實喝得很少，不過是借酒澆愁而意不在酒，甚至是「未飲先如醉」，正見傷心人別有懷抱。

「怪來醒後傍人泣，醉裡時時錯問君。」這兩句可謂錐心泣血之言，讀詩至此，有情人能不掩卷一哭？醉後吐真言，這是常情；醒來但見旁人啜泣，感到奇怪，一問才知道，原來自己在醉中忘記愛妻已逝，口口聲聲呼喚著妻子的名字，曩昔「泥他沽酒拔金釵」的場面，宛在目前。悽惶之態，撼人心弦。

「我隨楚澤波中梗，君作咸陽泉下泥。」韋叢化作了咸陽泉下泥，你卻在楚澤波中用萬千筆墨抒寫了對她深切的思慕和悼念。但你無法追隨她去，只能在水湄迢遞守望著一場花事，任泛黃的詩書和欲蓋彌彰的似水流年，帶著一縷意難收的寂寞，輕輕綻放在江陵如煙的柳色裡。「百事無心值寒食，身將稚女帳前啼。」女兒年幼無知，只知道在帳前悲啼，令你無心留意眼下百事，奈之若何？難道真要接受李景儉的提議，要在江陵納一小妾代替韋叢照顧保子嗎？

你搖搖頭，低低地悲嘆。然而你終是遇上了她，在這鶯飛草長的陌上，你遇上了生命裡第三個女人 —— 安仙嬪。

2. 魚中素

我一直屹立在紅塵的此端，聆聽寂寞的樂聲如何似風過水，而你，元稹，卻在這一場戲碼中，踏著我文字的鼓點，攜子之手，粉墨登場。

「蒹葭蒼蒼，白露為霜。所謂伊人，在水一方。溯洄從之，道阻且長。溯游從之，宛在水中央……」一支月夜的笙歌在我耳畔淺斟低唱，於遠古的冥想裡婉轉驚醒了沉睡千年的曲調，許多往事，便都隨著你俊美的面龐一路踏歌而來。推開鏽跡斑斑的心扉，任縷縷柔情在思念中輕舞飛揚，而你，便又在我的筆下上演著一幕又一幕恍若隔世的折子戲，那一顰一笑，那離情別緒，都宛如揮手袖底風，散出幽幽一縷香。

今夜，我站在古荊州城下，追尋你和安仙嬪的芳蹤。為了寫你，我去了蒲州，去了西安，去了鳳翔，去了洛陽，現在又來到江陵，馬不停蹄。是在曲江還是漢水不停地踟躕徘徊，已無關緊要，只知道，與你相遇是我一生中最美的劫，你輕輕走入我的戲中，落入書稿，落入深遠悠悠的故事中，於我掌心點了新墨，你的微笑她的容顏，便都盛開在我腦海的畫卷之上。而今，我坐在窗下一遍又一遍塗鴉著那些桃紅舊事，不知疲憊，不知倦怠，你和她的故事便在晨鐘暮鼓的離歌中，散成了時下流行的斷絃絕唱：「你轉身的背影，是我垂墜的心情，搖曳不出聲音，精采沒結局的結局，你我故事如一幕戲，當觀看我的人都散去，我才看見我自己……」

午夜夢迴時，是誰的眼眸無法穿越千年的荒涼，依然在為那些過往的溫柔落淚？如今的我已然相信一人成城，獨自斑駁，獨自歡笑，獨自雲煙，獨自悲傷，獨自精采，獨自瀟灑，也好過兩個人歡喜之後留下的寂寞永恆。沉溺在一個人的舞臺，與自己的對白推心置腹，任嘴角揚起的那一朵眷戀的花，緩緩浸在風流過的痕跡裡，再回首，便意識到，原來一切的聚散離合終不過是一曲荒涼的開場白罷了。因為早已知曉，人生如戲，你方唱罷我登場，再執著、再不捨也終究只是一場枉念而已，根本就改變不了任何既定的命運，所以只好坦然接受，以一顆安之若素的心去面對、去承擔所有注定裡的幸與不幸。回首之際，你依舊還是我手中那闋傳誦千古的詩篇，然而，吟誦之後，遺留下的卻是戲劇散場之後亙古不滅的寂寞，

茫然間便又在鋪天蓋地的懷想中添了我的憂傷，只是那憂傷究竟緣於你還是緣於別的因由，我不得而知。

「青青子衿，悠悠我心。縱我不往，子寧不嗣音！青青子佩，悠悠我思。縱我不往，子寧不來！挑兮達兮，在城闕兮。一日不見，如三月兮！」長長久久的等待中，你只是個故事，永不再續，而我依然演繹著屬於自己的寂寞，在你斷章的詩句裡拈花微笑時。驀然回首，才看得見你和她曾經擁有的那些你儂我儂的甜言蜜語，轉瞬間便都已是過眼雲煙的悵痛，而那些山盟海誓的諾言，也只在一首首膾炙人口的離詩裡留下一抹縹緲的香痕，縱遣盡相思，也無法再續。

都說安仙嬪是溫柔嫻淑的女子，在你被貶江陵，情緒低落時，有了她，生命才有了溫暖的陽光。你們相濡以沫、相敬如賓，尤其可喜的是，婚後當年冬天她就為你生下長子元蒴，完成了你內心期盼已久的夙願。江陵是安仙嬪的故鄉，你們在這裡共同生活了三年有餘，所以在這裡，她一直都是我夢裡獨一無二的主角。很多個夜裡，枕著江水的濤聲，你和她便在朦朧的絲竹聲中緩緩走進我的夢鄉，穿梭於我替你們編排的戲文中，搔首弄姿，顧盼生輝。

夢中的戲臺場境虛設，有著崑劇中的花園布景，清淺池塘，鴛鴦戲水。回眸間，胭脂輕染、袖攏薰香的安仙嬪穿著一襲青衣，輕捏著蘭花指在清風朗月下唱得扯連不斷、欲斷還休，如桃花一樣在流香的扇面上，痴等那羽扇綸巾的你跫音如歌，輕叩月門。夢醒，窗外月圓如盤，金黃的光暈鋪染得遠處的江水熠熠生輝，才明白原來所有的纏綿悱惻只是一片水墨，一轉身，你還在句首，她卻早已落在了句尾，沒有起承轉合，風起時，她眉睫上的臺詞在綻開的沒落內，再也無法組織最後的放縱。只是那時的你還不知道，這便是你們的命運。

……

第 8 卷　半緣修道半緣君

　　西元 811 年春寒食節後，在友人李景儉的撮合下，你在江陵納當地女子安仙嬪為妾，但好景不長，僅僅共同生活了不足四年，安氏便於 814 年秋突發急病、輾轉病榻之上。而這個時候你恰巧和好友相約著結伴外出共遊，等十月回到江陵時，安仙嬪卻早已香消玉殞。

　　安仙嬪的突然離世對你來說是個致命的打擊，你無法接受幾年之內連喪妻妾的無情事實，自是悲慟欲絕。在你親自為安仙嬪所作的〈葬安氏志〉中說：「供侍吾賓友，主視吾巾櫛，無違命」，無不顯示出安仙嬪在和你共同生活的這些年裡，在精神上給予了你巨大的安慰，而今，安氏居然也跟著韋叢一起西歸，怎能不讓你感到撕心裂肺的劇痛？

　　夜色深深，窗外風聲簌簌、夜雨瀟瀟，柔柔的雨絲順著簷角傾瀉下來，如詩般灑落成一幅畫卷，瞬間便憔悴了你漸瘦的心事。抬頭凝望如織的雨幕，那絲絲的悽清滴落在眼眸深處，在你頰上濺起一朵朵溫情的浪花，每一滴跳躍的晶瑩都折射出她的名字。你知道，那是你對她浸潤了千年的相思，飄落於眸中才激起陣陣漣漪，如影隨形。

　　空氣中，透著微微的涼，悠然地漫入心底，潮溼的思緒讓你無心再去品味那些平仄纏綿的詩行，只能靜坐在寂寞的邊緣，一遍遍地聽著裊裊琴音，一次次地舉起酒杯，不期然地，把自己瀰散在脈脈的愁緒裡肆意地放逐，融化那為她才衍生出的揉損心腸的傷，任其凝固成一顆顆純潔的心粒灑滿一地。悄問，黃泉路上的她，能否聽到你來自靈魂深處的聲聲呢喃，能否看到你揉碎滿地的無限深情？伸手輕輕撫著她臨終前替你納好的鞋底，淚如斷了線的珍珠，再也無法抑止，仙嬪啊仙嬪，妳是那麼溫柔，那麼善良，那麼美麗，為何卻也不能為我再多停留片刻？

　　其實你知道的，她捨不下你，相依相守的三年半時間內，不管人生幾何，她總是用思如線、情如溪的萬般柔順，為你串起一個又一個溫暖的夜晚；而你不在的日子裡，她亦總是用無盡的思念，望穿盈盈的秋水，為你

2. 魚中素

牽掛成災。可她知不知道，在和友人結伴出遊的這段日子裡，沒有她相伴的每個夜晚，都是讓你感到孤寂清冷的傷？她不在身邊的日子裡，彷彿一切都染著藍色的憂傷，心，也始終都瀰漫著婉轉的牽掛，自是思濃情悵，青澀難嚥，每晚都叫你無法安心入眠，總是按捺不住浮躁的心緒，在窗下一遍遍尋覓她的蹤影，在夢裡一遍遍問她那裡是否有輕風拂過，是否有白雲飄動，如果有，那一定是你澄澈而深情的眼眸在找尋她，在痴痴地期盼著自己的歸期。

仙嬪！你靜靜凝視著畫像上清麗柔美的她，只覺得有一股暖流在體內默默淌過，緩緩注入你的骨髓與血液，瞬間便撩撥起胸腔最深處的那根弦，拆開摺疊的心事，掀起層層漣漪，令你在濤起的思念裡深嘗每一層彼此走過的痕跡，悲傷並歡喜著。直到此時，你才悵然發現，卻原來她便是你心底最深處的那一抹溫柔，任誰也無法取代。她的柔情似水，讓你心甘情願地掉入她的漩渦，無論時光怎樣流逝變遷，洗滌掉所有的華美色彩，都不能改變她是你生命裡的唯一，那是因為戀戀紅塵的最深處，她叫你最為心動。

你記得，她是個愛浣花的女子。臨行那天，她照例用花鋤收攏起樹下的落花，一瓣一瓣，放入門前的溪水，一遍一遍地替它們浣洗。她說，花總是愛美愛乾淨的，其實它們不願意化作春泥，所以她便要把它們浣得一塵不染，就像她愛你的心那樣玲瓏剔透。

「仙嬪……」你不無內疚地踱到她背後，默默看她浣花，囁嚅著嘴唇，好半天才從牙縫裡擠出一個「我」字。

「你放心去吧。」她轉過頭對著你微微一笑，又迅速轉過去繼續浣花，一雙纖手把一溪清水撩撥得婉轉纏綿，看那花紅逐流，一下子便醉了你的心扉。

「仙嬪……」

第 8 卷　半緣修道半緣君

她抬手拭一下被水淋溼的鬢髮，從水裡將浣洗過的花瓣一片一片打撈起來，緩緩放進身邊的陶罐裡，這才輕輕起身，伸手替你整理著皺了的衣襟，不無難過地微笑著說：「君子一言，駟馬難追。相公既然已經與人有約，就不當因為牽掛妾身便輕易違約，只是出門在外，事事比不得家中方便，相公定當好好照顧自己才是。」

你點點頭，深情凝視著溫柔可人的安仙嬪：「只是……」

她立刻打斷你的話說：「相公不必擔心保子和荊兒，有妾身和膽娘在，一定會侍候好他們的。」

「我倒不擔心保子和荊兒。」你嘆口氣，眉宇間夾著淡淡的憂鬱，「我是擔心妳的病……」

「大夫不是已經開過方子了嘛！」安仙嬪毫不在意地說，「又不是什麼大病，頭痛腦熱的，每年到這個時候都要犯一陣的，吃幾劑草藥就好了。」

「不管大病小病，妳總是個病人。我這個時候出去實在是放心不下。」

「那相公想讓妾身成為你違約的罪人嗎？」安仙嬪皺著眉頭說，「好男兒志在四方，又豈能整日沉湎於兒女私情？相公既然答應了人家，就不應私行毀約，否則傳出去，別人就該說閒話，說妾身閨房不謹了。」

「誰愛傳就讓誰傳去好了。」你動情地拽著安仙嬪的衣袖，「我想了想，還是決定……」

安仙嬪伸手捂住你的嘴，搖著頭說：「衣服細軟妾身都已替相公打點好了，相公要真是替妾身著想，就按時赴約，等你回來時，我們一家不是又可以團聚了？」

「可是……」

「不還有膽娘嘛！」她淺淺淡淡地笑著，「有膽娘在，相公有什麼可擔心的？要真是病厲害了，我就寫信託人捎給相公。」

2. 魚中素

「……」

「好了，一會讓保子和荊兒看見我們在這裡說話，成何體統？」安仙嬪望著他輕輕點著頭，「我自己的病自己知道，沒什麼大礙的。昨天大夫也說了，多吃幾劑藥便好了，實在不值得相公大驚小怪。」

「那，那如果病情厲害了，妳一定得及時捎信給我。」

「嗯。」安仙嬪鄭重地點點頭，忽地抿嘴打著趣說，「妾身一定不會讓相公趕不上見仙嬪最後一面的。」

「說什麼呢？」你憐愛地瞪了她一眼，「好端端的，倒咒起自己來了？」

「不礙事才這麼說的嘛。」安仙嬪把手裡的陶罐遞到你手裡，「等你走後，我就把這些花瓣泡在酒裡釀成花酒，你回來就能喝上了。」

「妳身子骨不好，以後浣花的事還是交給膽娘做吧。」

「浣花講究的是心氣神，膽娘怎麼做得好呢？」安仙嬪莞爾一笑，「妾身浣花十餘年，精魂早就跟花融合到一塊了，除了我，誰也做不好的。」

聽她這麼一說，你不禁心頭一凜，但也沒再說什麼。你知道，她是愛浣花如同愛惜生命的女子，既然她喜歡，自己又何必擾了她的雅興？窗下，你舉著安仙嬪去世前泡好的花酒，一杯接一杯地喝著，早知今日，你必定會阻止她浣花的行為，可現在說什麼都來不及了，你唯有和著熱淚把所有的後悔難過都喝到肚裡，但無論如何你心愛的小妾是再也回不來了，如同當年的蕙叢，一去不返，再也踱不回你冷寂孤獨的世界。

重疊魚中素，

幽緘手自開。

斜紅餘淚跡，

知著臉邊來。

——〈魚中素〉

深夜，你挑燈披衣，把盞回首，關於她的舊詩新賦都在你的案上漸染塵灰，冗沉地塗寫在心事塵封之前。那一瞬間，你看見自己淚流滿面的文字在詩箋的背後，鋪染的卻是無法修飾的偽裝，心中更是悲慟悵然。

　　如何才能抵達她的彼岸，與她攜手沉醉在只屬於你們的紫陌紅塵間？一章新詩？一片閒雲？你雙手撐著尖削的下巴細細思量，眼角處婉轉出悽然淡笑，心裡卻不禁暗自惆悵著，到底只是煢煢孑立，你和她，早已隔著一片深海的距離，現如今，也只能將自己的背影與轉身，通通交給暗傷隱隱的眉梢，和窗外的雨聲一起在寂寞中咀嚼那箋苦澀的〈魚中素〉了。

　　她病重時託人捎一封信給你，可信中卻對自己的病情寥寥帶過，說的都是保子和荊兒的事。可你心裡已經隱約感到不妙，所以快馬加鞭、日夜兼程趕回了江陵，但仍然沒能見上她最後一面，唯一值得欣慰的是你在途中為她寫下了一首〈魚中素〉，藉以寄託自己的思念之情。

　　「重疊魚中素，幽緘手自開。」在這首詩裡，魚是有象徵意義的，「魚中素」指的是信箋，而「魚」則指代可以裝入信箋的「雙鯉魚」。漢代以前，「雙鯉魚」就是古代的信封，這種信封和現在用紙作成口袋形的信封不同，它是用兩塊魚形的木板做成的，中間夾著書信。

　　秦漢時期，有一部樂府詩集叫做《飲馬長城窟行》，主要記述了秦始皇為築長城，強徵大量男丁服役而造成妻離子散之情，且多為妻子思念丈夫的離情，其中有一首五言寫道：「客從遠方來，遺我雙鯉魚；呼兒烹鯉魚，中有尺素書。長跪讀素書，書中竟何如？上言長相思，下言加餐飯。」

　　這首詩中的「雙鯉魚」，也不是真的指兩條鯉魚，而是指用兩塊板拼起來的一條木刻鯉魚。「呼兒烹鯉魚」，即解繩開函，「中有尺素書」即開函看到用素帛寫的書信。這種鯉魚形信封沿襲很久，一直到唐代還有仿製；而從小喜愛浣花的安仙嬪因為受附庸風雅的你影響，當時便使用這種古老的方式捎了信箋給你，想起古人典故，再想起心愛的小妾伏於案下重疊

2. 魚中素

魚中素，用纖細的手將信箋裝入「雙鯉魚」中的景象，更加觸痛了你內心揮之不去的哀傷。

「斜紅餘淚跡，知著臉邊來。」信箋上還留有她的淚痕，想來她在案邊寫信時心中定是裹挾了無限悽楚的情懷，生怕見不上你最後一面，卻又不想讓你替自己擔憂，所以故意把愈加嚴重的病情說得輕描淡寫，但一想起往日的恩愛，便又忍不住落下淚來，任其湮溼了信紙。因病體纏綿，無力再謄寫一遍，於是便託人將這沾了淚痕的信箋捎了過來。

你一遍一遍翻看著她用盡全身氣力寫給自己的那封信，一次又一次在虛幻裡演繹著她寫那封信時的情景，越想越悲，越想越痛，終於忍不住伏案而泣。曾經在窗下說起的溫存軟語，如今卻又轉成淡薄，你和她之間，再也沒了花前，沒了月下，唯有天人永隔的悲慟，自此後，你寂寞的身影，便要消瘦成落拓的化石，獨守這份望眼欲穿的情感，卻再也無法踰越亙古的距離，抵達她的夢鄉。

憶她時，十指冰涼，忍不住俯身去撿拾記憶的碎片，然而，七拼八湊，也終不過只是任往事疼痛著，流落於一紙盈香的詩箋內罷了。你知道，恩愛纏綿書寫在紙上是悽美，握在手裡卻是痛徹掌心，居留之中，剎那便即灰飛煙滅、悽風苦雨，怎一個痛字了得，而你並不想就此放手，即便灰飛煙滅，你也要讓那份錐心刺骨的疼痛時時提醒她的存在，還有你對她永遠不盡的思念。

為她寫就的字詞裡，一切的歡喜都婉轉成了昨夜的小樓，還有那簾卷的西風，於是，你只能沉痛著將「別離」的寥寂，沿著低徊的唱詞一路瘖啞地抒發。仙嬪！你撫著她冰冷的棺柩，悲嗆地喊著她的名字，內心猶如刀絞。你還記得掀起她紅蓋頭的夜裡，那時的她嬌美如花，有著和鶯鶯一樣的羞澀笑靨，也有著和鶯鶯一般的淡淡憂鬱。便是那一眼，你就喜歡上了這個嬌柔纖弱的水鄉女子，喪妻的悲痛也逐漸在她的溫柔之中被埋葬到

心底。那時的你只想好好愛她疼她,而她也用自己的善良與美麗化解了你被貶異鄉的憂愁,可就在你以為要和她共此一生之際,卻偏偏又傳來了噩耗,為什麼老天爺總是要收回你來之不易的幸福,總是要讓你剛剛步上幸福的雲端就又被重重摔到地上?

現如今,你又變成了那個整天抱著酒罈,獨守斜陽的詩人,只能在紅塵深處,時時刻刻、分分秒秒地丈量著寂寞的距離。雲湧時,看日暮日蘇、月斜月掩;風起時,聽柳絲搖曳、花落花飛,總是孤獨地固守在暮山下,訴說年華在水影裡流逝的過往,讓悲傷染了一整個四季。或許,一切的風花雪月、纏綿悱惻,本就是塵世間獨有的約定,初見無痕,再見便如風,從來都不曾與永恆相關,即便你有心逆轉,也是心有餘而力不足。回首,所有的前塵過往,早已遺落在歲月的邊緣,已然承載不了這些淺墨書行裡的濃愁淺恨,而你眼裡望見的依然還是你的仙嬪,所以便注定了這輩子你都要與悵痛作伴同行。

仙嬪!你再次醉臥案頭,潸然淚下。為什麼,為什麼上天總是要如此不公地對待你?你已經疲憊得再也無法承受任何的打擊,夜色寂寂,卻只能擁著一個人的孤單無聲地嘆息著,然後將她的名字,一筆一劃寫在心上,遙寄明月,期待月光能夠把你的思念捎至她的世界。你無能為力,所以你只能將閒愁落盡的傷感,一筆筆融入泛黃的詩箋中任其流轉徘徊,只能端坐在寒風裡,悄然濾去滿身的風塵,將其撥成一弦相思的夜音,於無邊的寂寞裡繼續痴心守候著與她夢中再會的奇緣。

倦寢數殘更,

孤燈暗又明。

竹梢餘雨重,

時復拂簾驚。

——〈雨後〉

2. 魚中素

「倦寢數殘更，孤燈暗又明。」她未能走入你的夢鄉，所以你哽咽著從夢裡醒來。睜開眼睛，還是看不到她浣花的身影，長夜難眠，只能蜷著身子頻數殘更，一遍一遍想著她拿著花鋤在樹下收攏落花時的微笑與嬌俏。案上的孤燈暗了又明，明了又暗，昏黃的燭火更增添了心底的落寞惆悵之感，悲痛也到了極點。

望著滿屋的孤寂，不由得輕嘆，雲已淡風已輕，多少事，卻在眉間心上憶。總想躲開紅塵的喧囂，揮手間，輕輕散去心底的憂傷，在詩箋上寫滿簪花小楷，任落筆的心事從遙遠的空間款款而來，帶著書行上的墨香，瞬間便疏遠身邊的紅塵瑣碎。抬頭，窗外風雨幾度，窗裡朱顏暗換，那一行行憂傷的字句依著簷下的積雨，緩緩滴成你手邊婉約的詩章，洗著繁華過後的蒼涼，然而，你念念不忘的她何時才能歸來，再偎著墨卷生煙的書案只為你紅袖添香？

「竹梢餘雨重，時復拂簾驚。」雨停了，窗外的竹梢上還留有雨後的積水，風乍起，那帶雨的竹梢拂在窗簾上不斷發出「唏唏嚓嚓」的聲響，以為是她江上踏波而去，令你更覺心驚。

你伏案醉墨，以她成文成詩，每一個字眼，都想描摹她的模樣，卻總是塗抹成模糊不清的影。在她面前，你塗鴉了多少筆墨，已經無從計算，只是早已知曉，你於她，只是舊年的一場雪月，她於你，卻是從此風花兩寂寞。剪水無情，何處芳心歇？休休復休休。或許，人生只是一場戲，臺上流年似水、粉墨舞袖，臺下則日月穿梭、車水馬龍。或許，愛情亦似這一場戲，只是徐徐揮出去的袖，暗香浮動之際，臺前鑼鼓喧天，臺後卻早已塵埃落定。如是，世間情愛便如出一轍，最後還是空空如也，終躲不過曲終人散的結局。

你深深地嘆息，心事在無聲的等待裡一路輕歌而來。幻影裡，衣袂飄飄的她帶著淺淺淡淡的笑靨，為你穿渡千年，踏遍落花一路尋來，瞬間羽

化成你指尖清絕的琴音。此時，你彷若看到自己走在遠古的陌上，守著三千青絲，守斷了疲倦，以萍為舟，攜著花開的唐韻漢賦，踏著古樂府的詩行，赤足沿著流淌的月華，踏碎萬里清霜，一步步奔向她似水的流年。只是，驀然回首處，你已明白，原來你和她的結局早已在墨跡未乾的戲文中被安排妥當，容不得戲中人有任何不同的想法。你無法更改結局，更無法打破陳規，只能任脈脈相思，湮濕案頭的水墨宣紙，在紙跡上化成篇篇繞指柔，默默著懷念她，思慕她。

你寫了又寫，唸了又唸。案邊、枕畔、花下、陌上，處處都遺留著未乾的墨跡，可她還是無法像畫中仙那樣從畫中從容走出，回到你身邊來。淚跡未乾的你在極度的悔恨中深深折磨著自己，煎熬著自己，以懲罰自己在她病中外出遊山玩水的自私行為，並開始厭倦在詩裡找尋她的芳蹤。

寫再多的詩又有何用？縱使寫盡天下的筆墨，反覆囈語著為她作詩寄託哀思，也只是自欺欺人罷了！可你沒辦法，除了寫詩你還能為她做些什麼？所以，明明厭倦，明明知道這是鏡中探花、水中撈月，你還是一如既往地寫著這些陳詩濫調。而這一切只是因為，一旦愛上，便已潰不成軍。你早已習慣了有她研墨相伴西窗的日子，沒有了她，你的生命不再精采，你的世界不再絢爛，以後的以後，你只能以字造屋訴與簷風，讓風鈴為她捎去你的思念。或許，有天你能從年深代久的屋中走出；或許，有天你身後會是青瓦花影疊加；或許已沒有或許……

3. 離思

你說過喜歡雨，說過要在草長鶯飛的春天陪她一起到曲江邊看雨，說過要在雨裡種下大片的牡丹，讓它開遍她瑰麗的原野……

3. 離思

　　愛著的日子很長，愛著的時刻很短。你一直想寫些溫馨的詩句給她，想寫些如煙如靄的迷濛，寫些花非花、霧非霧的幻影，挽在她的衣襟，暖著你的眼眸。可你的目光始終尋覓不到她的身影，除了久久佇立在花下想她，讓單薄的身影與朦朧的暮色融成一個隔世的傳說之外，你還能怎樣把思念寫得更加真摯？

　　以一方斜陽鋪成詩箋，以一支蘸滿落霞的筆輕敲墨硯，你一百次、一千次、一萬次地寫下她的名字，卻始終道不出一句源於思念的惆悵。她是一幅不能畫的畫，是一首不能寫的詩，但你仍不忍釋筆，儘管知道不能把她寫得更好，描摹得更美。

　　心愛的小妾安仙嬪走了，無盡的孤獨將你拽下無底的痛苦深淵。可就在這寂寂的夜裡，你卻開始思念起另一個女子來。她的舉手投足、一顰一笑，都曾被你刻意埋葬到心底，不忍觸碰，因為一經揭拭，你便會痛不欲生。但你從沒真正將她忘卻，夜深人靜之際，她的名字總會伴著那份與生俱來的柔情，三番五次地以盛典的方式將你帶回她遙遠的溫柔裡，宛如一縷柔和的燈光，瞬間便會溫暖你疲憊的眼神。

　　鶯鶯，妳是否能聽到我隔山隔水的聲聲呼喚？妳是否還可以從眾多的聲音裡辨認出我來？

　　是的，你知道，在這絲絲縷縷的思念中，你端起的是酒，落下的是淚，四處飄零的是心，難以走出的卻是她的閨怨。你已經在幻影裡的她面前丟掉了矜持，已經難逃她那雙隔著千山萬水仍然憂鬱的雙眸，儘管你試著一逃再逃。你不知道自己當初放棄的決定到底是對還是錯，光陰逝水，轉眼間十五個年頭過去了，可她仍然活在你的心裡，此時此刻，你只想對她說一聲，只要繭能抽出絲，你就會把自一生的思念都交給她等待的歲月，可是她又能原諒你當初的輕薄嗎？

　　你在江邊躑躅徘徊，翹首眺望，江的那一邊，遠方的遠方，是否也有

一個如你一樣孤獨的女子，正守著一汪清流默默將你思慕？她是不是在期盼下一場磅礡的大雪，再在雪裡拉動皮影的絲線，和你共演一幕〈採桑子〉？是不是在期盼回到桃紅柳綠的梨花深院，再望一眼初升的明月？是不是守在門前的辛夷樹下等候著情郎的歸來？是不是閒坐窗下再撫那一曲〈霓裳羽衣〉，任哀思緊鎖眉梢？究竟，她冰清的夢裡還有多少關於西廂飛花的記憶會在她的眸中蕩漾？

現在，我也和你一樣，孤獨地踱在江邊。舉起一把濃淡的菊花，擺一葉悠盪的扁舟，追一位隱約的背影。用阡為經，用陌為緯，我細細地編織起一個五彩的網，網中的你是首字韻兼備的唐詩，網中的你是一闋流香不盡的宋詞，網中的你是一幅散發著墨香的丹青。在靜如詩行的夕陽下，我依稀聽見一個風流倜儻的男人在風中吟唱，依稀看見一個歷經滄桑的男人在宣紙上揮豪潑墨，那男人便是千年之前的你。

望著你獨行的背影，望著你穿梭在青山綠水之間的背影，望著你飄蕩在白雲悠悠之下的背影，一切的一切都恍惚如夢。然而我知道這並不是夢，因為夢是來有影去無蹤的逍遙，而這片念你的心卻未曾有過絲毫的輕鬆與灑脫，哪怕夢裡與夢外對你的景仰始終都是一樣的，並沒有任何的區別。與你相隔的路程其實並不遙遠，甚至可以說只有咫尺之距，而我卻蹣跚著走了千年才抵達你的影子；與你相遇的情境那麼美，一路妊紫嫣紅開遍，流水潺潺，花好月圓，我卻仍舊走不出層層的迷霧，然而，這一切欲罷不能的劫究竟又是緣自何處的讖？

水流花開，雁過無痕，一聲相思唱斷錦繡年華，你卻一襲白衣飛逝在江水盡頭，漸行漸遠。難道，千年之後的我只能從你亙古的眸中惆悵著路過，只能獨自在風中結成繭埋入衾中，把此生的糾纏都憂傷成一場躲不了的劫？或如往宵一樣，一個人孤單著抬起思念的頭，一邊數著天上的點點繁星，一邊數著你的落落芳華，卻永遠都不再與你的故事相關？我不知道。

3. 離思

……

西元 815 年，即唐憲宗元和十年正月，在宰相韋貫之的幫助下，已經被貶江陵五年之久的你奉詔回京。這次回到長安，你不僅與故交摯友白居易、李紳、韓愈、張籍、劉禹錫、柳宗元、樊宗師、樊宗憲、李景儉等人重逢，還透過白居易的介紹結識了盧拱。一時友人聚集，大家宴飲酬唱，不亦樂乎。而更讓你感到意外的是，你在長安竟然遇見了朝思暮想的初戀情人崔鶯鶯。

其時鶯鶯的丈夫鄭恆正在朝中任職，鶯鶯隨夫定居長安。偶然邂逅，本以為十五年的離別已將曾經的青春片段飄散在記憶之外，只是那一瞬間，在曲江畔再次目光相聚時，才發現彼此眼神裡的情份依舊，只是當著旁人的面，彼此都只能把淚水埋在心底。那一瞬間，你和她都明白了，原來再久的分別也不能隔閡你們心底的情意纏綿，曾經的一切都在眼前復甦，只是凝眸間，彷彿整個世界剩下的只是無聲。

曾經，柔情似水的鶯鶯停留在普救寺朝朝暮暮苦苦等待，只為等待你為自己的青春故事劃上一個完美的結局。歲月的水往前靜靜流淌，一去不復返，那顆曾經為你激起過一圈圈漣漪的心，還依舊柔韌如絲。只是後來，她在你的猶豫徬徨中，帶著滿心的委屈嫁給了另外一個男人 —— 鄭恆。鄭恆很愛她，正如她愛曾經的你一樣，只是她知道，從蓋上紅蓋頭的那一刻起，她的心就死了，因為她這生只可能愛上一個男人，而那個男人卻將她遠遠拋在了一邊，另結了新歡。失去了你，今生今世，已然注定她再也無法擁有任何真正的幸福，無數個日夜裡，她只能斜倚西窗獨飲那份惆悵的迷醉。

她讓紅娘把你請到了江畔的六角亭子裡，又親手替你斟滿一杯花雕，輕輕遞到你手邊，語氣平淡地望著你說：「元大人，請！」

「鶯鶯……」你默默盯著眉頭鎖著一縷淡淡哀愁的她，一句「元大人」

冷了你心底所有的熱情。是啊，整整過去十五年了，她的眼角已經爬上淺淺淡淡的魚尾紋，早已不是那個在普救寺西廂花園裡跟自己捉迷藏的無知少女了，又如何能要求她像過去那樣親暱地叫自己一聲微之或元郎呢？於是你接過酒杯，一飲而盡，「多謝鄭夫人」五個字便脫口而出。

「元大人！」鶯鶯又替你滿上一杯花雕，「這是外子託人特地從越州帶回長安的上等花雕，今天有幸與大人相遇，也算是天定的緣分，不妨多嘗幾杯。」

「多謝鄭夫人。」你一杯接著一杯地滿飲手中的花雕，鶯鶯也一杯接著一杯地替你斟酒，彷彿要你把她這十多年為你所受的委屈飲盡。

「鶯鶯……」你已然醉了，醉眼迷離地盯著鶯鶯依然憂鬱的眸子，眼眶裡忍不住溢位幾滴晶瑩的淚花，叮咚一聲掉入手裡的杯中，心碎成了一塊一塊。

此時此刻，你心裡憋了一肚子話要對她說，可又不知從何說起，只是呆呆地打量著一臉愁緒的她，一仰脖子，便又將杯中苦酒和著淚水一口氣飲盡。

猶記得那年桃花初開，她踏著陌上繽紛的花雨而來，從此你便迷失在尋她的柳絮下。只是這十五年裡，她那一襲素衣早已杳杳無言，遍尋不見。三千青絲不結，十里桃花不開，你只能欄杆倚遍、嘆息聲聲，任懷念在沒有開篇、沒有結局的故事裡，於筆下飛舞，落字成殤。或許她前生便是曲江畔的桃花一朵，於紅塵中將寂寞開在你的心頭，任你在想她的花叢中留戀，任你看思念在冷月中凋殘……透過煙塵回望，你和她之間始終隔了一朵花的距離，便再也開不出繁盛的愛情。你潸然淚下，仔細打量著她漸漸老去的容顏，心裡卻在暗暗思忖，如果用花瓣連綴起一件華美的袍，是否能裹住此刻深深入骨的寂寞？

鶯鶯……你瞪大眼睛盯著她，希望可以從她眼神裡得到一絲憐憫與諒

解，可她始終不動聲色，這讓你內心更加糾結，只能繼續一杯接著一杯地往自己面前的杯中斟著酒。

「微之！」她忽然伸過手，緊緊抓住了你冰涼的手。

你冷了的心突地跳了起來，深情款款地凝視著她憂傷的眉，才發現原來她的心始終牽掛的還是你，可這時你除了能將她纖細的手緊緊握住又能如何？她早已嫁作他人之婦，自己也早為人夫、為人父，你和她，注定沒有未來，沒有希望，可為什麼老天爺又偏偏要安排你們在曲江再次遇上？

繁瑣的塵世淹沒了鶯鶯那顆浪漫的心。她果斷地抽出了自己手，輕輕喊著你的名字：「你醉了，不要再喝了。」

「醉了？」你呵呵笑著，「沒有，我沒醉。」

「你真的醉了。」

「你醉了。」鶯鶯起身走到亭外，喚紅娘進來扶了你起身說，「天快黑了，你還是早點回家歇息著吧。」

「不，我沒醉！」你輕輕推開上前扶住你的紅娘，淚眼迷離地盯著漠無表情的鶯鶯，「鶯鶯，不，鄭夫人，妳忘了在普救寺那會，我的酒量就很好嗎？今天這點酒算什麼？再喝三罈我也醉不了！」

「夫人……」紅娘為難地盯一眼鶯鶯，「白大人他們都在下游花舫裡飲酒，要不奴婢去喊他們來接了元大人過去？」

鶯鶯點點頭：「那妳快去快回。」

紅娘應聲出去，你怔怔盯著鶯鶯，忽地一反常態地拉著她的衣裾，痛不欲生地哽咽起來：「鶯鶯，我知道，是我對不起妳，是我負了妳，可這麼多年過去了，妳還不能原諒我嗎？」

「元大人……」鶯鶯變了臉色，正色盯著你說，「男女授受不親，元大人請自重！」

「元大人？」你冷笑著,「妳不是一直叫我微之的嗎?元大人?哪裡來的元大人?鶯鶯,妳這可是拿刀子往我傷口上捅啊!」

鶯鶯盡量忍住眼裡的淚水,顫著聲音說:「我就知道不該請你進亭子喝酒,你……」

「可妳還是請我來了。」你淚眼漣漣地盯著她,「我只想讓妳知道,當年我是沒有辦法,我只能在仕途和愛情之間選擇其一,我……」

「不要說了,」鶯鶯痛苦地望著你,「求你了!」她已經看到丈夫鄭恆從遠處走了過來,儘管鄭恆一直知道她心裡愛著的人只有你,儘管他一直容忍著她,可自己和舊日情人在江畔共飲畢竟不是什麼光彩的事,此時此刻的她只恨不能挖個地洞鑽下去,臉頓時變得滾燙起來。

「鶯鶯……」

「相公!」鶯鶯望著威而不怒的鄭恆,輕輕咬著嘴唇,瞟一眼面前的你向他介紹說,「這是我表哥元微之,他剛從江陵回長安來,剛巧在江邊遇上了,所以妾身就讓紅娘……」

鄭恆盯了你一眼,禮節性地朝他作了一揖:「原來是元參軍,久仰久仰!」

你不得已,也給鄭恆還了一禮:「叨擾了,鄭大人。」

正尷尬時,紅娘已經領了白居易和李紳來。白居易、李紳和鄭恆早在京裡相識,所以鄭恆也不便當著許多人發作,只是陪著笑臉邀請他們一起繼續喝酒。白居易和李紳看著這副情形,哪還有心思留下喝酒,當下便拉著喝得醉醺醺的你迅速離去,只留下鄭恆夫婦和紅娘在亭子裡伴著一輪殘陽,各自咀嚼著內心的苦澀。

情至濃時,才知道紅箋已無色。自曲江一別,你對鶯鶯的思慕加劇,睜眼閉眼,各個角落,到處都是關乎她的消息,不久就纏綿出一身的疾

3. 離思

病，臥床不起。原以為能把自己偽裝得不留一絲痕跡，以為只要不去驚擾她，不去觸及那些夢境般繁雜的片段，就會把她放在心底最隱祕的角落收藏好，沒想到，無論你怎樣努力，還是不能將她從思緒裡抹去，輕輕一揭，便都是永遠無法癒合的傷疤。你後悔起那天在亭子裡的言行，為什麼要對她說那些話，是想表達自己還深深眷戀著她？你深深自責著，為什麼不能替她的處境考慮一下？也許她早已將你拋在九霄雲外，早已將他你忘得一乾二淨，早已和鄭恆夫唱婦隨，過著幸福美滿的日子，這個時候去打擾她，再讓她沉入無休無止的痛苦之中，豈不是害了她嗎？

夜入三更，玉枕生涼，幾分追憶幾分冷。風吹亂了頭髮，翻遍她早就烙在無數詩箋上的名字，想起在水一方輕舞飛揚的她，匆促間飲下一壺情深不悔的煙雨，寂寞已瘦成了你相思筆底一個荒涼的笑語。你明白，你和她的這段情緣，早已被無情的霜劍截成一簡斷章，縱痴心不改，也是譜不成篇，只能隔岸唱響一曲有始無終的離歌，任由自己欺哄自己罷了。案上，錦瑟的五十弦，輕輕一撥便將你和她之間那淺淺的塵緣離散，此時此刻，你只能望著鏡中凌亂的青絲，用傷感的手指縮起如墨的長髮，收藏起落寞的情懷，將一弦一柱幽幽長長的顫音，和著曾經執著的矜持，演繹成一首有聲有色的淪陷，猶是訴說著物非人非的悵然。

自愛殘妝曉鏡中，環釵漫簍綠絲叢。

須臾日射胭脂頰，一朵紅蘇旋欲融。

山泉散漫繞街流，萬樹桃花映小樓。

閒讀道書慵未起，水晶簾下看梳頭。

紅羅著壓逐時新，吉了花紗嫩麴塵。

第一莫嫌材地弱，些些紕縵最宜人。

曾經滄海難為水，除卻巫山不是雲。

取次花叢懶回顧，半緣修道半緣君。

> 尋常百種花齊發，偏摘梨花與白人。
> 今日江頭兩三樹，可憐和葉度殘春。

──〈離思五首〉

一夜相思的糾纏，你將淚水堵在斷腸處，滴滴，聲聲，在靈魂深處泣鳴。不用放懷悲哭，心已盲然……

無法釋出心中的陰影，你在極度的苦痛中絕望掙扎。幻影裡，鶯鶯憂鬱的眼神陰沉得可怕，讓你瞬間陷落在海底般黑色的陰霾中，無法逃出，只想從此之後就這樣一個人孤獨地走，孤獨地哭，不要再有任何依靠。

心，孤傲；靈，純潔；情，黏纏；愛，真摯……感受著這種種氣息，你徬徨，你無依，想躲避，想逃離，然而每次趕到渡口，守候在船上的都是她愁腸百結的惆悵，你知道，這輩子，你是無法將她從心底丟棄了。

就在那個夜裡，你寫下了千古絕唱〈離思詩五首〉，為她，為你的鶯鶯。

「自愛殘妝曉鏡中，環釵漫篸綠絲叢。」如花般嬌豔的鶯鶯，天生的感性、優雅。猶記得，她最愛在早晨醒來時坐在梳妝檯前，舉著鏡子欣賞自己的殘妝，那時的她釵環插滿在髮絲叢中，媚而不妖、豔而不嬈，自是美不勝收。

「須臾日射胭脂頰，一朵紅蘇旋欲融。」剛剛梳完妝，不一會兒初升的陽光便斜照在她抹了胭脂的臉頰上，彷彿一朵紅花甦醒綻放，只是一會又好像要化開了一般。這般的美豔風情，又怎能不讓你為之神魂顛倒？

「山泉散漫繞街流，萬樹桃花映小樓。」山泉繞著小街緩緩流去，萬樹桃花掩映著她住的小樓。你迷醉在宛若仙境的美景中，然而令你念念不忘的卻是小樓裡的紅粉佳人。此刻，她又在做些什麼？

「閒讀道書慵未起，水晶簾下看梳頭。」記得那個時候，很多個清晨，你都慵懶地躺在床上，悠閒地翻看道教書籍，卻又按捺不住欣喜的心情，

隔著水晶簾偷偷看她在妝臺前梳頭的樣子。她是那樣美貌,那樣溫婉,你又如何捨得放棄偷窺的愉悅?

「紅羅著壓逐時新,吉了花紗嫩麴塵。」著壓的紅羅總是追逐時髦新穎的花樣不斷翻新,繡著秦吉了花紋的紗布也染著酒麴一樣的嫩色,要是鶯鶯穿上這種料子裁成的新衣,怕不是要疑為天女下凡?為了討她歡心,你把在西河縣文吏任上得來的俸祿都用在買綾羅綢緞送她上,只是不知道她到底喜不喜歡,生怕買錯了惹得她不高興。

「第一莫嫌材地弱,些些紕縵最宜人。」買料子這種小事又怎會難得了惠質蘭心的鶯鶯,她把你拉到一邊,悄悄告訴你說,看一塊料子好不好,首先不是看材質的薄弱,稍微有些經緯稀疏的帛才是最宜人的。

「尋常百種花齊發,偏摘梨花與白人。」世間的花千千萬萬,你卻因為她皮膚潔白如玉,偏偏摘了朵白色的梨花送給她。在你眼裡,梨花柔白香濃、平和親切,可以在一闋優美的古樂府曲調中香遍天涯。那是一種平凡的香,也是一種性格,宛如過著芬芳而平靜生活的她,美得靜悄悄的,永遠都在自己溫文的舉止中蘊藉著溫暖,樸素的美麗總是綻放在燦爛的笑靨裡,不需要太多關注,也能讓人看到她的賞心悅目。

「今日江頭兩三樹,可憐和葉度殘春。」那時的她還在青青樹枝頭,咿啞來回擺弄著皮影唱著〈採桑子〉的曲調,而今萬丈潭水渡走百花,只有兩三棵孤獨的樹和你一起靜靜佇立江畔,任寂寥的思緒灑落在孤寂的江水裡共你長嘆。問子規?也空切!你老了,記不清你是她馬上翩翩的少年,還是她桃花叢下的過客,此去經年,只剩下一樹的綠葉,伴著一身的落寞的你默默度過殘春,再也看不到她明麗動人的身影。

從內容上看,這一組詩與每首第三句都用「憶得雙文」句式的〈雜憶詩五首〉一樣,描寫了鶯鶯在不同場合中的各種情態。這組詩對鶯鶯的讚美之情也比〈雜憶詩五首〉更甚,從「曾經滄海難為水,除卻巫山不是雲」

這樣震顫人心的絕妙好辭即可洞悉。而讚美之甚，顯然由於你對鶯鶯的思念之切所致。

「曾經滄海難為水」，是從孟子〈盡心篇〉「觀於海者難為水，遊於聖人之門者難為言」脫化而來的。兩處用比相近，但〈盡心篇〉是明喻，以「觀於海」比喻「遊於聖人之門」，喻意顯明；而你則是暗喻。滄海無比深廣，滄茫無際、雄渾無比，可謂壯觀，因而使到過大海的人會覺得別處的水與它比起來都相形見絀，不足為觀。用筆意境雄渾深遠，然而，這只是表面的意思，其中還蘊含著深刻的寓意。

「除卻巫山不是雲」，是使用「巫山雲雨」的典故。巫山有朝雲峰，下臨長江，雲蒸霞蔚。據宋玉〈高唐賦序〉說：「其雲為神女所化，上屬於天，下入於淵，茂如松榯，美若嬌姬。」因而，相形之下，別處的雲就顯得黯然失色了。顯而易見，宋玉所謂「巫山之雲」——「朝雲」，不過是神女的化身，你在這裡卻是巧妙地運用了「朝雲」的典故，把它比作心愛的鶯鶯，充分表達了對鶯鶯的真摯感情。

「滄海」、「巫山」，是世間至大至美的形象，你引以為喻，從字面上看是說經歷過「滄海」、「巫山」，對別處的水和雲就難以看入眼了，實則是用來隱喻你和鶯鶯之間的感情有如滄海之水和巫山之雲，其深廣和美好是世間無與倫比的，因而除了鶯鶯之外，這世上再沒有能使你動情的女子了。

「難為水」、「不是雲」，情語也。這固然是你對鶯鶯的偏愛之詞，但也表明了鶯鶯在你心目中無人可代的地位。除了她，縱有傾國傾城的絕代佳人，也不會再打動你的心，取得你的歡心和愛慕。寫得感情熾熱，又含蓄蘊藉。

「取次花叢懶回顧，」這裡用花比人，是說你即使走在盛開的花叢裡，也會毫不留心地擦身而去，懶得回頭顧視，表明自己對女色已經沒有半分眷戀之心了。

3. 離思

「半緣修道半緣君」，為什麼你無心去觀賞迎入眼簾的鮮花呢？這一句便作了最好的詮釋。你生平「身委〈逍遙篇〉，心付〈頭陀經〉」（白居易〈和答詩十首〉），是尊佛奉道的。另外，這裡的「修道」，也可以理解為專心於品德學問的修養。然而，尊佛奉道也好，修身治學也好，對你來說，都不過是心失所愛、悲傷無法解脫的一種感情上的寄託。「半緣修道」和「半緣君」所表達的憂思之情是一致的，而且，說「半緣修道」更覺含意深沉。統觀全詩，不難看出，「取次花叢懶回顧」的原因，說到底還是因為失去了「君」，「半緣修道」之說，只不過是遁辭罷了。

你愛她，你用滄海和巫山之雲來形容她。你告訴她，經歷過無比深廣的滄海後，別處的水再難以吸引你；你告訴她，除了雲蒸霞蔚的巫山之雲，別處的雲都將黯然失色。這樣的愛，曖昧而含蓄，但卻純淨得脫俗，是你今生的不悔，亦是你來世的追求。沒有輕狂的相依相伴，只有隨著漸老的歲月抹不去的回憶，你與她，即便愛得死去活來，卻也只能相思於心，相聚於夢中，所以曾經擁有的一切便都顯得彌足珍貴。雖然，在這段曠世奇緣中，你和她有著同樣的心動，同樣的懷想，同樣的牽掛，同樣乍然相見的喜悅，同樣依依不捨的眷戀，可是，老天卻在你們之間劃上了一道永遠都無法踰越的鴻溝，所以便有了憾，有了痛，有了無奈，到最後，兩個痴心相愛的人也只能在深不見底的黑夜裡，因思念絞心而暗自飲泣。

總以為水是山的故事，海是帆的故事，雲是天的故事，而千帆過盡之後，你會不會再次成為她故事裡的主角？彼此走失之後，深院裡的她又在為誰青梅煮酒，為誰衣帶漸寬終不悔，為誰滴不盡相思血淚拋紅豆，為誰開不完楊柳杏花滿畫樓？難道，美麗的夢只能在天外聚散離合；難道，相思的琴音只能在夢中南來北往？你一遍又一遍地仰天自問。淚眼模糊時，你終於明白，今生的愛已經走遠，來世的痛卻提前抵達，卻是誰丟失了時間裡的分分秒秒，讓夢都轉瞬變冷？你跪在佛前默默祈禱，今生只求化身

為花，於她必經的路旁，為她綻放一季的美麗。然而，卻又怕時間經不起太長的等待，怕一次次的錯過會演繹成永恆，怕萎靡成泥再也無人問津。

鶯鶯，莫非我們今生真的無緣？不！不要說今生無緣，只待來世。不要！你不要做紅塵路上的獨行者，只揣著滿懷孤獨，在蒼茫古道上遠走天涯！可你無能為力，擺在眼前的只有那難以預測的明天，無法抗拒的命運，和無法預知的情緣，你只能踏著晨鐘暮鼓的梵音，走在縷縷飄散的檀香紫霧中，任憂傷與惆悵默默祭奠著你們的情殤。

我是愛妳的。真的，對妳的愛已經成為一種意念，一種信仰，一種想像，彷彿曲江上的霧，瀰漫著，演繹著；彷彿雪地裡的一剪寒梅，傲放著，芬芳著。可是經年過後，我卻不能再像從前那樣大張旗鼓地愛妳，因為妳已是鄭恆的妻子，我已經失去愛妳的所有資格。

清風從雙肩拂過，遠處一曲嫋娜的長相思曲調溫馨地落在心頭，她便揮舞著手裡綠衣霓裳的皮影，從你憂鬱的眼瞳裡輕輕飄出，彷彿你在佛前跪求了五百年的期待。五百年的青燈古佛，五百年的香煙繚繞，為的，都只是今日；為的，都只是相逢一笑。只是她轉瞬便失其所在，你茫然四顧，猶疑地問著自己，這縈繞在心間揮之不去的情愫，究是愛，還是痛？或許，走近她，便是走近一場心酸的浪漫；或許，遠離她，便是遠離一幀經典的幸福，但無論如何，愛她，從來都沒有後悔的方向。

對不起，鶯鶯，請原諒我平靜如水的目光和轉身潸然而下的淚水，請允許我唸著妳的名字生生不息、潮起潮落，請允許我以不變的姿態終身守望這份不老的愛情，請允許我為我們來生再見的那天默默祈禱，祈禱我們的情永遠都是春光明媚的人間四月天……

一顆相思的淚水，迅速在你面前滴醒千年的夢幻。你踩著飄飛的落花，穿過白雲，穿過青山，穿過綠水，穿過芳草，穿過雁陣，一路追去，迫不及待，似是在追尋一個遠古的呼喚。你長髮飄飛，精靈般澄澈的眸子

顧盼生輝，潔白的長袍飄揚風中，任落花、雨滴都幻化成你一路隨意拋灑的詩句，而這一切，都只為了一個晶瑩的夢幻，為了她夢裡呢喃的呼喚。

曾經滄海，難為水！是她，是她給了你絢麗的夢想、纏綿的溫情，除她之外，再也沒人能讓你的心海碧波蕩漾！除卻巫山，不是雲！是她，是她給了你浪漫的輕風、青翠的憧憬，讓你的心從此不再流浪在孤山野嶺……

只是，剛剛回到長安的你，卻因為和白居易、李紳、韓愈、柳宗元、劉禹錫等詩友過從甚密，遭到舊官僚集團的忌恨，於是便慫恿唐憲宗再次把你們貶至外地任職。這一次，你被外放至交通閉塞的通州（今四川達縣）任司馬，由於思慕鶯鶯，又兼在途中聽說鶯鶯因與你在曲江私會，遭到鄭恆的冷落與責罰，心裡悔恨交加，本就染了病的你愈來愈病體纏綿，所以從三月末離開長安，一直走到閏六月才到達通州。

4. 曉寺鐘聲

無法拒絕季節的更替，如同無法拒絕你的痕跡潛入。爬滿牆角的常青藤，蘸著恬淡的芬芳，倏忽浸醉了三月天的蓓蕾，開成千嬌百媚的顏色，在輕風裡舞蹈，瞬間便舞出你的絢爛華美，讓我守在春天的枝頭流連往返，久久不忍離去。

達縣，一個熟悉而又陌生的名字。唐朝時，她叫通州，和我現在居住的地名相同，或許是冥冥中自有注定，或許是對她充滿了莫名的嚮往，所以現在的我終於來到這座小城，站在你曾經飲馬的護城河邊，默默唸你傷情的詩，懷想你濃得化不開的眉間哀愁，看那飛不過的長天碧水悠悠。

清晨，推開窗，卻發現牆外的桃花被昨夜的一場細雨濺落滿臺，一顆顆晶瑩剔透的水珠滾動在嬌嫩的花瓣上，彷彿一串串水靈靈的音符。我知

道一定是你昨夜迎風而立，手握一支鳳簫，吹奏起曲調悠揚的清音，將遠古的思念傾瀉千里，讓滴滴清淚化為漫天相思的雨，彙整合淺淺的憂傷，輕輕地飄落在我的窗臺，不然那滴晶瑩又怎會在我眼前久久地流連、迴繞？

春天的達縣，柳橋花榭、瑣窗朱戶，處處良辰美景。穿戴整齊後，我再次沿著古護城河水道徘徊而行，想要找尋你過往的蹤跡。水邊桃李已現，卻於風中獨自凋顏，我彷彿看見你緩緩走向花叢，帶著淡淡的笑，帶著淡淡的驚喜，望著樹樹桃花暗自芬芳。

我知道，我看到的是西元818年春天的你。那時的你雖然遠謫邊地，卻意外收穫了豐美的婚姻生活，想必心境也定是愉悅的。早在西元815年你被初貶通州之際，因為鶯鶯的緣故大病了一場，不得不暫時離開通州，北上興元治病，而就在同年年底，在和韋叢母親裴夫人家有世交的鄭餘慶的幫助下，你續娶了官宦人家的千金小姐裴淑為妻。

裴淑和韋叢一樣，既溫婉可愛，又善解人意，所以你很快就從安仙嬪棄世的傷痛和對鶯鶯刻骨的相思之中解脫了出來，把一腔愛意都轉移到了嬌妻身上。西元816年，裴淑在興元替你生下了女兒元樊，因為病體纏綿的緣故，你們在興元度過了兩個年頭，於西元817年五月才回到通州任上。不久，裴淑又在通州替你生下了第二個女兒降真，而你又託白居易將遠在長安的保子和元荊接了過來，正是夫婦舉案齊眉、兒女繞膝之際，又怎能不令你歡欣鼓舞？

更令你驚喜的是，身在長安的摯友崔群已經入拜為相。憲宗皇帝已於正月宣告大赦天下，規定謫貶官員均可「量移近處」。崔群已經寫信把這個喜訊告訴了你，想到馬上就能回到闊別已久的長安，可以去咸陽洪瀆原祭拜母親鄭氏和妻子韋叢，又怎能不讓你激動若狂呢？

是的，你有理由欣喜，激動更是無法避免。因為長期遭受宦官和舊官

4. 曉寺鐘聲

僚集團的排擠打擊，你被貶在外已快十個年頭，長得你都忘了曾經醉了你心頭的曲江畔牡丹的顏色，忘了元氏老宅裡那株辛夷花的芬芳。無數個夢裡你都將它們憶起，你是多麼希望在草長鶯飛的三月天裡回到長安再看一看它們，再和白居易、李紳、韓愈、劉禹錫等一眾詩友齊聚江畔，為它們輕吟淺唱一曲啊！

不經意地抬頭側目，過往的千年隨著逝去的風塵在我眼中靜靜流轉。我看見你身邊那片輕柔的綠在風中輕輕搖擺，蕩漾起幾多的嫵媚與柔婉；看見你腳下那條小溪水聲潺潺、淙淙流淌，不急不徐地擱淺在一方明媚的陽光裡。我和你，都恍若置身在一片芳草萋萋、蝶舞花飛的伊甸園裡。於是，我便任性地停滯在那壟水聲裡，不厭不倦地聆聽，載著滿腹的悠思緩緩飛蕩入水雲深處，看你笑，看你欣喜。

你也看到了我，你看著我歡快地眨了眨眼睛，然後微笑著伸開右手，輕輕舞弄著桃樹搖墜的枝條，我卻看見清風不再肆意翻騰，只是躲在枝頭撲朔迷離，和你玩著俏皮的遊戲。你折斷一枝桃花，抬起頭，與我倚樹相望，微揚的嘴角幸福成一朵美麗的桃花，長長的睫毛閃著豐腴的優美。風過處，我迎向你踏著青翠的草色悠然而上，任芬芳泊滿一流溪水，目光所及之所，是一片婉約迷離的波光瀲灩，是藏在迷惘之後的天高雲淡，還有你一襲白袍的玉樹臨風。

可是，天卻忽地沒來由地暗了下來。我忍不住心頭一震，再望向你時，卻看見你明亮的雙眸已把憂鬱淺埋，眼前的一切頓時都變得恍惚起來，似乎來自時光隧道裡的一襲空濛。你緊蹙的眉頭，深深鎖住了慘淡的愁雲，悠悠飄蕩在歲月的斑斑駁駁裡。朦朧間，天空灰白得不染色彩，你輕捻衣裳，轉頭看我的那眼深深扣擊著我的心扉，你最脆弱的一面，令我尤見憐惜。

因為宦官把持朝政，你和被貶江州的摯友白居易遲遲沒有得到朝廷「量

移近處」的詔命，眼看著一個個被貶邊蠻之地的官僚如同走馬燈似地回歸至燈紅酒綠的長安，你心裡裏挾著深深的劇痛。你只能照例守在燈影照壁下翻檢舊事，任那些痕跡撩亂如煙的心事，在深夜裡穿過古樂府的韻腳，穿過悽豔絕倫的〈採桑子〉，穿過落花和笙簫縈繞的〈長相思〉，穿過楊柳岸曉風殘月下唱徹的〈踏搖娘〉，然後，在西窗下滿斟一壺花雕，於詩箋上顫落下一聲又一聲幽幽的輕嘆，卻從不在意無人能讀懂你筆下馬不停蹄的憂傷。

斑駁的白晝裡，我們就這樣一直隔著一樹花的距離面對面地站著，站在達縣的古護城河邊，經過一幕又一幕的風雨。在你抬頭張望灰暗的天空時，我開始憶起你如蓮般開放的青春年華，那時的你於千萬蓮花中綻放出一縷別樣的荷香，曾經悸動了很多人的夢想。可現在，你淺淺的回眸惹人心顫，我無法直視你的眼睛，於是，只能輕輕轉過身，將眼淚悄悄拭去。你不知道，我有多麼心疼你當時所有不公的遭遇。這世間，有著太多的一眼漠然，誰曾真心在乎過誰，誰又曾真正了解過誰？而那些過眼雲煙的往事，誰會把誰刻骨銘記，誰又捨得把誰忘記？這是個無解的問題，我無法作答，可我卻在歷史的煙塵中找到了你，並記住了你的所有，為你心痛，為你憂傷，為你沉醉不知歸路……知道嗎，你在我心中永遠是最美，我只想把你從紛擾的紅塵中挑出來，讓我的崇敬變成一束無言的花香，在夜的黑暗裡隨你的心事一起綻放？

……

從達縣回到北京已是暮春時節，我仍然沉浸在你遠去的世界裡。桃花落盡，我守著西窗默默思量，究竟，有誰能夠挽留住你手裡那枝桃花，不讓春光洩盡？窗外春色爛漫，我卻只能捧著你的詩集，看那一首〈春曉〉，聽任淡淡的清香糾結著揪心的惆悵。春天是個長長的夢，我常常守著飄雨的夜晚，在萬籟俱靜、燈火闌珊後，獨自望向你的方向，想你是否也像我

4. 曉寺鐘聲

一樣閒坐燈下暗自嗟嘆，在憂傷中回憶起那淡淡的雨絲、繽紛的落紅；想你偉岸的身影是否獨滯於在水一方的山頂，伴柳絮飄飛，聆聽群山，俯瞰人間，任微笑映出傾世的風流倜儻；想你是否在紫陌紅塵間緩緩拈起愛的花枝，幽幽步向她的風塵之路，一遍一遍替她寫下終生摯愛的文字。

想你，緣於想她，你的鶯鶯。想起她，縱是清風朗月，與我相伴的也只是閒花深院處處愁。想著她的時候，我回到了北京，千年之後；而你也離開了通州，千年之前。西元819年春天，因為時任宰相的摯友崔群一再努力為你謀求回朝的機會，你終於接到量移虢州的詔書，於是攜裴淑及四個子女一同乘舟返回長安。然而，你可曾知，我已將達縣所有的芬芳悉數帶走，披裹在身，只為供我在你的文字裡追尋你的蹤跡時繾綣綿延、氤氳四覊？你看見了嗎？我站在船頭淺淺淡淡地笑，那笑便是流淌在我身上，屬於你贈給我的一灣清流。其實，我們早已相識，不是嗎？在長安，在洛陽，在鳳翔，在江陵，還有黃草峽，你不可否認。

我在黃草峽的船頭，第一次看到你新娶的夫人——字柔之的裴淑。平淡如她，柔弱如她，剪剪輕風中，與你盡日閒臨水，貪看飛花忘卻愁，即便雨疏風驟時，亂紅飛過，綠肥紅瘦，她也會望著你淺笑著道一句海棠依舊。夕陽西下，絲絲輕風染上我的鬢髮，轉瞬便抖落下千年的眷戀，扯去悒鬱煩悶，任我安詳地沉醉在裴淑的溫柔笑靨裡，把那訴不盡的故事繼續於夢中徜徉。

我望著她淺淺地笑，無聲的讚許輕輕沉浮在空中劃過的一聲雁鳴中，兀自深沉著，靜默著。遙望絕壁上的荒草，蕭瑟而荒誕，亂蓬蓬地縈在崖縫裡，亦兀自逍遙而嫵媚著。那是一支沒人能夠欣賞的哀曲，只有來自遠古的清風陪它在水雲間朗朗流宕，於荒蕪裡寫滿寂寞的聲音。但水邊卻寄居著蓬勃蒼翠的一襲新綠，那些荒草沒來由的便傾占著我的視野，美好得一如她初生的姿態，婆娑得一如她的風華歲月。

第 8 卷　半緣修道半緣君

你看，她早已在水畔細細地化好胭脂，顫顫地守在春的未央，淺笑盈盈，在水意泱泱的船頭為你彈起一曲〈胡笳十八拍〉。當她十指纖纖撫過琴弦，你便是她指下的一段花事，用藏了一生的芬芳點染起她憂傷的曲調，入紅塵，和她一起曼妙起舞，任煙光瀲灩所有的思緒。

琴聲悠揚，你卻沒有閒著。你坐在艙裡，秉燭西窗，任畫軸緩緩鋪展，舊時的月色迅即染了滿懷。你悠悠地嘆，幾度花開，幾度花落，伴你度過通州歲月的嬌妻——柔之，已成了你心底的所有守望和一生的痴迷。此時此刻，你只想煮一壺花雕老酒，醉倒一縷憂傷，輕輕撥開紅塵中的迷霧，為她擷一抹驛路梨花的幽香，舞來一行清新的絕句，以感謝她這四年來默默無悔的付出。你並不計較經年過後，平仄裡的墨跡終將變成一枕黃粱，你只想趁著繁花還沒落盡的日子，和她一起抵達詩書裡「生死契闊，與子同說；執子之手，與子偕老」的傳說。如此，你便不會再有遺憾。

她隔著婉轉的琴音望著你痴痴地笑，沉默無語。那嫋娜的身影，伴著娓娓道出的宛若江南煙水的曲調，映白瞭如雪的月色，卻是月光似水、人影如夢。望著她，你舒捲的心緒，緘默著，清淺著，也幸福著。幸福？那時的你才倏地明白，其實自己也是幸福的，幸福地擁有著這樣一片天地、心海、情懷，又憑什麼還要與悲傷憂鬱作伴？你搖搖頭，澹定地攏起那隨風搖曳的雜七雜八，開始笑自己的多情與無情，笑自己的明媚與陰鬱。人生苦短，何必事事悵懷？桃紅柳綠中，自是隨它風輕雲淡好了。

胡笳夜奏塞聲寒，是我鄉音聽漸難。

料得小來辛苦學，又因知向峽中彈。

別鶴悽清覺露寒，離聲漸咽命雛難。

憐君伴我涪州宿，猶有心情徹夜彈。

　　　　　　　　　　　　——〈黃草峽聽柔之琴二首〉

4. 曉寺鐘聲

「胡笳夜奏塞聲寒，是我鄉音聽漸難。」長夜寂寂，裴淑為排遣你心中的愁悶，臨水彈起塞外胡族的樂曲〈胡笳十八拍〉。只是她不知，你終是個多愁善感的人，聽著裊裊的琴音，你又想起年少時寄居鳳翔的歲月，那時的你，經常跟著表兄們結伴出遊，對這首流傳於邊塞的曲調並不陌生，但因為長年貶謫在外，已經很難聽到這首曲子，當裴淑指下的絃音乍然響徹在雲宵之際，卻又激起你心底萬般的鄉愁。

「料得小來辛苦學，又因知向峽中彈。」柔之擅琴，但能把曲調悽清迷離的〈胡笳十八拍〉彈得這麼好，一定是與她自幼努力苦練琴藝分不開的。你痴痴地望著船頭的她，心裡忽地生起一股莫名的感動，要不是因為心疼你，不是為了幫你驅散心頭的愁緒，她又怎會在寂靜的夜裡對著冰冷的峽谷將那一曲相思一再彈奏？

「別鶴悽清覺露寒，離聲漸咽命雛難。」她又彈起一曲悽美的〈別鶴操〉，那是東漢蔡邕《琴操》裡所記的一首古代名曲，講的是一對相親相愛的夫妻因為婚後無子而遭父母逼迫，丈夫不得已休了妻子的故事，整個曲調都充斥著哀傷悲慟之情，聽來尤覺心驚。

「憐君伴我涪州宿，猶有心情徹夜彈。」聽著悽婉的琴聲，看著裴淑為你徹夜彈琴不知疲倦的身影，你心頭不禁為之一凜。四年來閒居僻壤，日夜相伴、相與廝守的情景一幕幕浮上眼前，讓你感到對她深深的歉疚，頓生一種愛憐之意。

花箋深處，你踮起腳尖，想把春天的姹紫嫣紅插滿她烏黑的鬢間，來回報她這四年來對你無私付出的恩情，不經意間，卻碰落了她眼角的一滴清淚，迅速打溼了淺墨書行中每一個字句。你莫名地心慌，生怕一曲悲音成讖，昨日夢見桃花落，莫非明朝離別又要遍地開？你怕了，歷經鶯鶯、蕙叢和安仙嬪的離殤，吟了幾多新憂舊愁，多少愛哽咽成段段錦字，也未能化開心底那抹愁痕，如果柔之再離你而去，你將奈之若何？

357

「相公！」一曲彈罷，裴淑端了香茗進艙，恭敬地放在你案邊，「夜深了，相公喝杯熱茶暖暖身子。」

「柔之！」你回過頭，深情款款地望向她，眼角噙著一絲傷感的淚花，心裡想要對她說的千言萬話卻只化作嘴邊一句「有勞了」。

她輕輕揀起案上墨跡未乾的詩箋，又輕輕放下，拿紙鎮壓好，望著你淺淺地笑：「寫給我的？」

你點點頭，微蹙著眉頭，不無惆悵地問她：「覺得怎麼樣？是不是寫得不好？」

她笑著：「很好。」她是和韋叢、安仙嬪一樣溫良嫻淑的女子，只要知道你心裡有她就會覺得自己是這世上最幸福的女人。看著你詩裡不經意對她流露出的款款深情，她已經很滿足了。

「柔之，我……」你萬分歉疚地盯著她，「這些年，委屈妳和孩子們了。」

裴淑伸出一根手指做了個「噓」聲的手勢：「相公何出此言？只要能時刻伴你左右，妾身心裡就不會覺得半分委屈。」

「可是……」你不無惆悵地盯她一眼，「只怕……」

「怕什麼？朝中有崔相公幫忙張羅著，妾身與相公遲早苦盡甘來。到那時，孩子們就有好日子過了。」

「孩子們都睡下了？」

「膽娘早就哄他們睡了。」裴淑望著你，輕輕指了指茶盞，「趁熱喝，喝了早些歇息，明早還要趕路呢。」

「妳先歇息著吧。」你紅著眼睛望著她，「趕了一天的路，又彈了一夜的琴，想必早就累壞了……」

「相公都還沒歇息，妾身……」裴淑依舊滿臉掛著笑靨，「還是讓妾身侍候相公歇息吧。」

4. 曉寺鐘聲

　　你揮了揮手：「我睡不著，心裡千頭萬緒的，總有種不祥的預感，可又不知從何說起。柔之，我……」你忽地站起身，緊緊握住她纖纖玉手，「答應我，不管發生什麼事，妳都會永遠守在孩子們身邊，答應我……」

　　「相公……」裴淑心疼地望著你，她知道多年的貶謫生活已經讓你身心俱疲，所以當幸福突然降臨時，你仍然不敢相信。她只能低語安慰著你，「不會的，再也不會發生任何不好的事了。虢州地處兩京之間，以後我們就可以時常回長安和洛陽走走看看了，還有什麼讓相公放不下心來的呢？」

　　「我……」你不知道說什麼才好，總之，你心裡就是覺得不安，但你不願讓裴淑跟著你擔驚受怕，所以立刻又反過來勸慰著她，直到把她送到房裡，看著她解衣歇息下才放下心來。

　　你就是這樣一個多愁善感的男人。遙望天邊，醉眼迷離中，遠處一顆星子漸漸沉落，你卻深深嘆息，為不知它又將墜落成誰家女子眼梢的淚痣默默傷懷。你又想起了遠在長安的鶯鶯，裴淑遠去的琴音將你帶入二十年前與鶯鶯分別的那個惆悵的月夜，那時的她也在西廂為你彈起一曲〈霓裳〉，卻因為悲不自勝，彈不終曲，最終擲琴而去。往事宛若鋪滿大海之上的星辰，顆顆落入你冷了的懷抱，卻是欲罷不能，怎麼也揮之不去。那年，一聲悲笳在依依惜別的不捨中轉瞬驚落了明月，只留下兩行清淚掩藏在轉身的紫陌紅塵間；而今，霓裳羽衣的遺風中，唯有那曲老調依然哀怨婉轉，唯有那場舊夢依然次第分明，而你，是否注定從始至終都只是那一幕戲中的偶然而已？

　　無須更多言語，亦無須更多回憶，情再深，意再重，於你於她，已是從此了休。回首，窗外有風初過，此去經年，卻只能在你模糊的淚眼中搖曳下一個琉璃般的曾經故事，於昏黃的燈火下欲說還休，卻永遠也無法帶你走出那痛了前世、病了今生的苦與恨。還要再對著她的方向深刻表白

嗎？還要再為她寫下情深不悔的詩句嗎？那一瞬，你比任何時候都更加清楚地明白，你和她是再也無法回到過去的清風明月了，即便能夠回去，握在手裡的也必然會是滿腹的離愁，還有一份永遠也逃脫不開的悲情。

鶯鶯。你唸著她的名字，聽潺潺流水，憶琴聲漫漫，想一段未了的花事。你知道，她轉身的背影，早已離散在花瓣的隕落上，而那漸行漸遠的啼痕，卻是總也無法淡出你窺探的視線，莫非，這一生一世你都要沉溺在對她的憶念中苟延殘喘嗎？耳畔的淺吟低唱究是誰未寄出的魚中尺素，眼前的燈火闌珊又是誰念出的煙花易冷？彼岸，誰在水一方，拈起一片破碎的花紅，任載滿相思的輕舟，只剩下一襲纖衣獨倚寒江，攬水天無際臨照心影，到最後卻又只映出一抹抹被遺忘的風景？是她，是你，還是你想像中的一抹虛無？

你想起那年摘了枝頭的梨花，歡喜地簪在她髮間的那份纏綿悱惻。只是春來春往，梨花又開，你和她卻天各一方，只能想她想到斷腸，卻無人來替你拭去心底盤結曲折的傷。槳聲燈影裡，你身披千年的輕塵，走完了簇簇梨花盛開的迷濛，卻始終聽不到她歸來的笑聲，更無法叩響她虛掩的心門，怎麼惹人心酸？你潸然淚下，她的身影，或許只是你夢裡的驚鴻，照影而來翩然而去，而蘭花指下那曲一弦一柱惹相思的〈鳳求凰〉，此時此刻，也都隨著滿江縹緲的梨花香，倏忽散落在這滿目的荒煙萋草中，再也無法尋見。

你不知道，普救寺梨花深院裡那一樹梨花的花開花謝，是否也始終伴著你的憂傷在枝頭嘆息，回眸間，那個一身梨香的女子，那個策馬而來絕塵而去的過客，卻早已成了裝訂在冊的舊事，於你的記憶裡漸次分明成陌路，空餘下一紙斷腸的寒涼，伴你守在寂寂的船頭悲鳴。傾耳，滴雨芭蕉心欲碎，那一聲聲的寂寞，那一聲聲的無奈，那一聲聲的呼喚，那一聲聲的悲悵，總在風中催你憶著當初，花前月下，或是登高西樓，然而每一念

4. 曉寺鐘聲

起，卻都是撕心裂肺的痛、魂不守舍的傷。深更半夜，總是想她想到失眠，於是只能跌坐在江風裡，小心翼翼地展開舊時寫給她卻從未曾寄出過的信箋，看那一行行的鴛鴦小字，看那一張張泛黃的墨跡，才恍然驚覺，卻原來已與她隔了半生的風塵。

已經很久沒寫過信給她了，也沒給她寫過任何的文字，是不是，倘若再憶著她伴他走過的所有過去，那些他以為早已生疏了的詞句便會再次變得熟稔？睜大一雙疲倦的眼睛，你在那些混亂不清的思緒中，模糊著找尋曾經被你刻意隱藏在腦海深處的記憶，卻發現曾經與她執手相望、卿卿我我的甜蜜歲月，到如今早已化作了煙雲小篆上的印章，蓋落在你的詩賦尾部，不知灼傷了誰的眉眼、痛了誰的相思。當時，她在前，提著宮燈，漸行漸遠；此時，你在後，兩手空空，畫地為牢。幽窗冷雨一燈孤，料應情盡，還道有情，只是，轉身過後，你還能在時光流過的煙塵中找到她當初的溫婉嗎？即便找到，你又該如何安置這段久違了的感情？

夜未央，瀰漫了一整個天空的嵐煙中，一曲殘更的離歌被你悄然撥響，泠泠音色踩著楚風漢月的韻腳，正從語焉不詳的訴說中緩緩傳來，於是，那些冷冷暖暖的曾經，那些浮浮沉沉的過往便在你的詩箋上不斷被潑墨風乾，而那空空落落的浮華，也在你的指下披著月色黯然浮動，讓你不期然地便又與過去邂逅重逢了。那一瞬，你的心碎了，那彎舊月依然懸掛在初見時明媚，轉身時萎落的柳梢枝頭，而你也終於明白，一些故事，一些斷章，是注定不能擁有的溫暖，你和她的結局，從始至終都無力改變，也無從改變。

夢醒了，兩情依依不過只是昨日的溫婉，而你仍站在「天荒地老」的誓言上，面對一紙陳舊的素箋，想用舊時的清輝織就一段今日的流香，想將案餘的廢墨演繹成與她的一幕皮影戲，然後佇在月夜下觀看著，醉笑著，一任眼底蘊淚，把故事裡的海枯石爛延續成你想要的歡喜與馨暖，直到永遠。可，好夢又如何才能成真？

第 8 卷　半緣修道半緣君

> 半欲天明半未明，
>
> 醉聞花氣睡聞鶯。
>
> 猧兒撼起鐘聲動，
>
> 二十年前曉寺情。
>
> ——〈春曉〉

「半欲天明半未明，醉聞花氣睡聞鶯。」拂曉時分，遠處天際微微透著點光亮，恍惚中，你彷彿聽到她夜鶯般婉轉的聲音在耳畔低吟淺唱，唱起一曲奼紫嫣紅開遍春光好，瞬間便冶豔了你所有的思緒。盛世浮沉，衣袂翩翩翻飛，花影重疊，那完美的皮影戲白幕上，曾經的似水流年演繹著別樣的風花雪月，如今卻已變得冷清，不復追憶。你知道，人已散，心也倦，你和她都只是戲裡被遺忘的幻影罷了，又怎好再繼續自欺欺人下去？

「猧兒撼起鐘聲動，二十年前曉寺情。」狗叫了，遠處的鐘聲也響了，你的思緒一下子回到二十年前「寺鐘鳴，天將曉」的特定情境中。也是這樣的一個清晨，也是狗叫鐘鳴後，在普救寺的西廂，那個周身散發著鮮花香氣的女子在你耳邊婉轉低語：「鐘聲響了，想來我也該回去了。」那聲音一直縈繞在你的耳畔，十年，二十年……也許一輩子都會在你記憶深處響起……

二十年了。與鶯鶯第一次相遇至今已有二十個年頭，懷念和悵惘的思緒緊緊交織在一起，令你心潮起伏，久久不能平息。你又看見了她，穿一襲素衣，手裡抓著綠衣霓裳的皮影人，望著你頷首微笑，眸裡透著精靈古怪的俏皮神色。只是瞬間便又飄忽不見，留下你一人在風中無法轉身離去。你知道，神仙也好，傳說也罷，它們都裝不下你對她的衷腸，此時此刻，你只想把心掏出來放到她手裡，讓她稱一稱，量一量，卻不知它的分量到底能不能達成她的願望，讓她永遠快樂地飛翔。

4. 曉寺鐘聲

　　不曾擁有就不曾失落，這份愛，你願以不變的姿態終生守望。只是一切早已幽然散盡，如一縷藍田雲煙吹不開江南月色，只能吹瘦花絮滿城的飄，所以你終於還是敗在了命運手裡，彷彿一隻帶著微憫的蜘蛛，行行復行行織著一張籠罩無邊的網，卻始終還是不能路過她佇立的地方，怎麼也無法將她網羅在你的世界裡。

　　淡淡的惆悵中，一抹嫣紅悄然從我頭頂飄落，我站在船尾，站在你千年前的船尾，聽到你聲聲的咳，聽到你對鶯鶯深深的念。此刻，你的憂傷我看得見，你的落寞我看得見，你的淚水我看得見。你為她挖空船舷上的月色，穿越千年漏聲的清響，微顰的眉間，鎖著生生世世的寂寞，那深不見底的傷痛在看似無語的沉寂中呼之欲出地流瀉，可你依然咬緊牙關，什麼也不肯說。

　　一個緣字叫你如何輸得起？你太愛她了，歲月無痕，斗轉星移，相隔天涯的距離卻無法濃縮，所以只能任她的幻影在朝朝暮暮的等待裡，不斷濡溼你的夢境與詩行。然而你知道嗎，元稹，此時此刻，我和你一起都浸在了那無邊的惆悵裡，臉上的憂鬱生硬得就像落到紙上就再也塗抹不掉的字跡？可我有什麼辦法，誰叫我已身不由己地沉溺在你的故事裡無法自拔？語盡，文思驟停，我只能低眉靜坐在一縷飄散的風中，淡然守著一懷寂寞，任所有的悲歡離合都在迷離的眼中漸漸變得雲淡風輕，只願你一切都好。

　　「相公……」我看見裴淑披了衣服，輕輕踱到你面前，低垂著眉頭瞥一眼你放在案頭的詩箋，關懷備至地問著，「妳在這坐了一宿？」

　　你點點頭，想藏起為鶯鶯寫的詩稿，可還是被她輕輕拈到了荳蔻般的指尖。

　　「……」

「是寫給鶯鶯的？」裴淑望著你淺淺淡淡地笑。

「柔之……」

裴淑輕輕念著詩句：「二十年了？」

你點著頭，任記憶在輪迴的塵煙中盤旋，飛舞。

「她一定很美。」裴淑把詩箋放回原處，小心翼翼地用紙鎮壓好，「或許這次回長安，相公就可以見到她了。」

「柔之……我和鶯鶯……我……」

裴淑抿嘴一笑，抬頭望著艙外柔情款款地說：「看，天快亮了。」

「天快亮了……」你囁嚅著嘴唇，望望艙外的天空，又回頭望望嫻靜溫婉的裴淑，不無感激地握住她的手，「柔之，我不是……」

她搖搖頭：「天快亮了，真好。」伸手替你理了理凌亂的長髮，「一會就該啟程了，我去替你和孩子們準備早點。」

裴淑默默轉過身，緩緩走了出去。你望著她嫋娜的背影，心裡仿若打翻了五味油瓶，什麼滋味都有。原諒我，柔之，無論如何，妳都是我生命中的永遠，妳我之間的這份情緣也將窮盡我的一生，我永遠都會躺在妳溫柔的目光裡，不再去欣賞外面的鶯鶯燕燕……

你為裴淑許下了諾言，一千年前。然而，我卻聽得見，一千年後，你又在燈下輕輕念著鶯鶯的名字。愛的阡陌上，你揮下一袖的繁華，素縞清顏，與風低首，以遁世的姿態，在千年後的普救寺山門外，將一顆顆文字化成木質的念珠，於指間輕拈，在紅塵中打坐成一個擺渡人。我默默望著你，望著你掌心那點未乾的墨跡，低低地問一句，那可是你今生為她留下的唯一印記？你點點頭，又搖搖頭，我茫然不解，可又忍不住在心底納悶著問著自己，下一次再與她擦肩而過時，她是否還會與你再續這輪迴的前緣？

4. 曉寺鐘聲

我只知道，就在你和裴淑離開通州一年後，元和十四年（819）初冬，還是在宰相崔群的幫助下，你被朝廷任命為膳部員外郎，終於從「量移」之地虢州回到闊別已久的長安。元和十五年（820）正月，唐憲宗因服食金丹暴斃，太子李恆即位，是為穆宗。五月，穆宗大赦天下，你又在時相段文昌、令狐楚等人的延譽中升為祠部郎中、知制誥，並賜緋魚袋。次年，即長慶元年（821）二月，深受穆宗欣賞的你自祠部郎中、知制誥，正拜中書舍人，兼翰林學士。長慶二年（822），你又奉詔同平章事，當上位極人臣的宰相。裴淑也妻隨夫貴，「以郡君朝太后於興慶宮，猥為班首」，被封為河東郡君。

你的故事就講到這裡吧。今夜，我只想在你的情詩裡繼續跰躚徘徊，任所有的隻影片景都在心間鏤刻成永恆的美麗。為你，為鶯鶯，為韋叢，為安仙嬪，為裴淑，更為你纏綿悱惻、至死不渝的愛情。

風華易逝，情難全，元稹詩中訴不盡的相思：

曾經滄海難為水，除卻巫山不是雲；取次花叢懶回顧，半緣修道半緣君

作　　　者：	吳俁陽
發　行　人：	黃振庭
出　版　者：	複刻文化事業有限公司
發　行　者：	崧燁文化事業有限公司
E - m a i l：	sonbookservice@gmail.com
粉　絲　頁：	https://www.facebook.com/sonbookss/
網　　　址：	https://sonbook.net/
地　　　址：	台北市中正區重慶南路一段61號8樓 8F., No.61, Sec. 1, Chongqing S. Rd., Zhongzheng Dist., Taipei City 100, Taiwan
電　　　話：	(02)2370-3310
傳　　　真：	(02)2388-1990
印　　　刷：	京峯數位服務有限公司
律師顧問：	廣華律師事務所 張珮琦律師

國家圖書館出版品預行編目資料

風華易逝，情難全，元稹詩中訴不盡的相思：曾經滄海難為水，除卻巫山不是雲；取次花叢懶回顧，半緣修道半緣君 / 吳俁陽 著 . -- 第一版 . -- 臺北市：複刻文化事業有限公司, 2025.03
面；　公分
POD 版
ISBN 978-626-7671-83-2(平裝)
855　　　　　　　114002909

―版權聲明――――――――――
本書版權為淞博數字科技所有授權複刻文化事業有限公司獨家發行電子書及紙本書。若有其他相關權利及授權需求請與本公司聯繫。
未經書面許可，不得複製、發行。

定　　　價：480 元
發行日期：2025 年 03 月第一版
◎本書以 POD 印製
Design Assets from Freepik.com

電子書購買

爽讀 APP　　臉書